Obras da autora publicadas pela Editora Record

ABC do amor
As cartas que escrevemos
No ritmo do amor
Sr. Daniels
Vergonha
Eleanor & Grey
Um amor desastroso

Série Elementos
O ar que ele respira
A chama dentro de nós
O silêncio das águas
A força que nos atrai

Série Bússola
Tempestades do Sul
Luzes do Leste

BRITTAINY CHERRY

SÉRIE BÚSSOLA

Luzes do Leste

Tradução de
Carolina Simmer

1ª edição

EDITORA RECORD
RIO DE JANEIRO • SÃO PAULO
2022

CIP-BRASIL. CATALOGAÇÃO NA PUBLICAÇÃO
SINDICATO NACIONAL DOS EDITORES DE LIVROS, RJ

C449L   Cherry, Brittainy
      Luzes do Leste / Brittainy Cherry; tradução de Carolina Simmer. – 1ª ed. –
Rio de Janeiro: Record, 2022.
      ; 23 cm.   (Bússola; 2)

      Tradução de: Eastern Lights
      Sequência de: Tempestades do Sul
      Continua com: Ondas do Oeste
      ISBN 978-65-5587-428-0

      1. Romance americano. I. Simmer, Carolina. II. Título. III. Série.

22-77978   CDD: 813
                             CDU: 82-31(73)

Gabriela Faray Ferreira Lopes – Bibliotecária – CRB-7/6643

TÍTULO EM INGLÊS:
Eastern Lights

Copyright © 2020 by Brittainy C. Cherry.

Publicado mediante acordo com Bookcase Literary Agency.

Texto revisado segundo o novo Acordo Ortográfico da Língua Portuguesa.

Todos os direitos reservados. Proibida a reprodução, no todo ou em parte, através de
quaisquer meios. Os direitos morais da autora foram assegurados.

Direitos exclusivos de publicação em língua portuguesa somente para o Brasil
adquiridos pela
EDITORA RECORD LTDA.
Rua Argentina, 171 – Rio de Janeiro, RJ – 20921-380 – Tel.: (21) 2585-2000,
que se reserva a propriedade literária desta tradução.

Impresso no Brasil

ISBN 978-65-5587-428-0

Seja um leitor preferencial Record.
Cadastre-se no site www.record.com.br
e receba informações sobre nossos lançamentos e nossas promoções.

Atendimento e venda direta ao leitor:
sac@record.com.br

CÓPIA NÃO AUTORIZADA É CRIME
ABDR
ASSOCIAÇÃO BRASILEIRA DE DIREITOS REPROGRÁFICOS
RESPEITE O DIREITO AUTORAL
EDITORA AFILIADA

Para aqueles que estão sozinhos:
Desejo que vocês encontrem um amor tão forte
dentro de si mesmos que não se sintam solitários
nem nos momentos de solidão.

"A pobreza mais terrível é a solidão e a sensação de não ser amado."

— *Madre Teresa*

PRÓLOGO

Connor

OITO ANOS ANTES
DEZESSETE ANOS

Toda história épica começa com "era uma vez". Nem precisa ser uma história tão épica assim. Até as medíocres começam desse jeito. Pelo menos foi assim que a minha começou.

Era uma vez um garoto que estava se borrando de medo de perder a pessoa que ele mais amava no mundo.

Tive um professor que me ensinou que há duas coisas na vida para as quais ninguém consegue se preparar, por mais que tente. Essas duas coisas são o amor e a morte.

Eu nunca me apaixonei, mas sabia o que era o amor entre um filho e uma mãe. Era por causa desse amor que eu sentia medo da morte. Nos últimos anos, eu me sentia nadando em uma piscina de tristeza que havia surgido do nada. Aquilo tudo tinha me pegado de surpresa. Nos últimos anos da minha vida, meu histórico de pesquisas na internet havia acumulado inúmeras buscas que nenhum garoto deveria precisar cogitar fazer.

O que acontece se o único adulto responsável por você morrer?

Qual é a probabilidade de alguém sobreviver ao câncer no estágio III?

Quanto custa um tratamento experimental?

Por que nem todo mundo tem acesso aos mesmos tratamentos para câncer?

Isso sem contar a quantidade de vagas de emprego para as quais eu tinha me candidatado a fim de ajudar minha mãe com as contas de casa. Eu tinha até criado minhas próprias empresas para conseguir arcar com os gastos. Minha mãe odiava me ver trabalhando tanto. Eu odiava vê-la com câncer. Então estávamos quites.

Para o restante do mundo, eu me fazia de corajoso, demonstrando a simpatia de sempre. Todo mundo na minha cidadezinha sabia que podia me procurar se precisasse de um ombro amigo, de um bom trabalhador ou se quisesse dar umas risadas. Eu me orgulhava de ser o garoto engraçadinho e esforçado. Droga, eu precisava ser assim, porque, se não estivesse fazendo palhaçadas ou me ocupando com trabalho, eu começava a pensar demais. E se eu começar a pensar demais, isso vai acabar me consumindo.

Nunca deixei que ninguém visse a minha dor. Achava que as pessoas ficariam preocupadas se soubessem quanto eu estava sofrendo. Eu não precisava da preocupação de ninguém — muito menos da minha mãe. Ela já tinha problemas demais para ainda ficar angustiada com a minha angústia por ela. Mesmo assim, isso não a impedia de se preocupar comigo. Imagino que toda mãe seja assim quando se trata dos filhos. Mães se preocupam.

Nossa relação era um ciclo constante de perguntas a respeito um do outro. Minha mãe era meu braço direito nesse sentido — a gente se preocupava com as preocupações um do outro. O tempo todo.

— Você pode entrar comigo — disse minha mãe na sala de espera do consultório médico. — Você esteve ao meu lado em todos os momentos nas duas vezes, então quero que esteja lá dentro hoje também, não importa o que aconteça.

Engoli em seco e assenti. Mesmo que não quisesse entrar, eu jamais a deixaria sozinha.

Eu odiava o cheiro da sala de espera, uma mistura de desinfetante e bala de hortelã. Anos antes, quando minha mãe foi diagnosticada com câncer pela primeira vez, eu enchia os bolsos de balas de hortelã sempre que vínhamos ao médico. Agora, só o cheiro me provocava ânsia de vômito.

Nós estávamos esperando o Dr. Bern para receber o resultado da última bateria de exames da minha mãe e ver se a quimioterapia havia funcionado ou se o câncer tinha se espalhado pelo corpo dela. Nem era preciso dizer que eu estava uma pilha de nervos.

— Sra. Roe? Pode entrar — disse uma enfermeira, sorrindo para nós.

Embora minha mãe tivesse se divorciado do canalha do meu pai anos antes, ainda usava o sobrenome dele. Eu tinha dito a ela que tirasse, mas seu argumento foi que aquele sobrenome lhe dera o melhor presente do mundo — eu. Além do mais, ela adorava o fato de continuarmos conectados pelo mesmo sobrenome.

Minha mãe tinha um coração mole.

Quando entramos no consultório, detestei o fato de já estar acostumado com tudo naquele lugar. Ninguém deveria se acostumar com um consultório médico. Eu detestava ficar sentado naquela sala de espera quando tinha dez, onze e doze anos. Eu detestava ser obrigado a fazer a mesma coisa quando tinha quinze, dezesseis e dezessete anos.

Eu dizia que a fase entre os treze e catorze tinham sido os anos dourados — quando minha alegria era realmente alegre, e minha tristeza raramente me visitava à noite. Tudo que eu desejava para o meu futuro, para o futuro da minha mãe, eram mais anos dourados.

Eu detestava o nervosismo que crescia dentro de mim ao pensar nas lembranças que o consultório despertava. Eu detestava tudo naquele prédio, das cadeiras horríveis até a iluminação forte. O carpete tinha manchas que deviam estar ali desde a década de 1990, e era bem possível que o Dr. Bern tivesse mais de duzentos anos. Mas com carinha de cem. Pelo menos ele estava inteirão.

Minha mãe nunca reclamava dessas coisas. Na verdade, ela nunca reclamava de nada. Ela só conseguia ficar agradecida por ter encontrado um médico que cuidava dela uma vez que os planos de saúde não faziam isso. Eu me perguntava como era para os ricos. Será que os hospitais que eles frequentavam tinham máquinas de cappuccino nas salas de espera? Havia frigobares com bebidas geladas? Alguém pedia o cartão do plano de saúde deles antes de liberar o tratamento?

A recepcionista os analisava de cima a baixo quando descobria que eles recebiam auxílio do governo?

Nos ricos o câncer desaparece mais rápido?

Como seria a vida da minha mãe se nós tivéssemos dinheiro?

Nós nos sentamos.

Eu estava enjoado.

— Seja otimista — disse minha mãe, apertando meu joelho como se soubesse que eu estava sendo dominado pelas incertezas e pela raiva.

Eu não sabia como ela fazia aquilo. Não tinha ideia de como ela sabia exatamente o momento em que a minha cabeça começava a se perder em pensamentos, mas ela sempre percebia. Instinto materno, talvez.

— Eu estou bem. Você está bem? — perguntei.

— Estou.

Minha mãe era assim — mesmo quando não estava bem, mentia e dizia que estava, porque não queria que eu me preocupasse. Eu nunca entendi isso. Aquela mulher estava lutando contra o segundo câncer e continuava mais preocupada comigo do que consigo mesma.

Acho que mães são assim mesmo — supermulheres até quando são elas que precisam de ajuda.

O relógio fazia um tique-taque absurdamente alto enquanto esperávamos pelo Dr. Bern. Pelo jeito como eu roía as unhas, em pouco tempo não restaria nada, mas eu não me importava. Era impossível eu me concentrar em qualquer outra coisa antes de saber o resultado dos exames da minha mãe.

— Você está animado pro seu festival de aniversário? — perguntou minha mãe, me cutucando.

Ela estava falando sobre a festança do meu aniversário de dezoito anos, que seria extravagante e ridícula, mas quer saber? Não, eu não estava animado. Eu não ficaria animado até saber o resultado daqueles exames e ter certeza de que minha mãe ficaria bem.

De toda forma, menti. Forcei um sorriso porque sabia que era disso que ela precisava.

— Aham. Superanimado. Vai ser incrível. A cidade inteira vai estar lá. Acho que consegui convencer até o Jax a ir.

Jax era meu chefe, e eu era uma pedra no sapato dele, e também conhecido como seu melhor amigo. A maioria das pessoas da cidade não entendia aquele cara resmungão, mas eu, sim. Ele teve uma vida de merda, mas tinha um bom coração.

O problema de Jax era que ele não sabia direito que nós éramos melhores amigos, porque era um pouco lerdo para admitir as coisas, mas ele chegaria lá. Eu era como um fungo fantástico: ia ganhando espaço dentro das pessoas.

— É claro que ele vai. Ele te ama — concordou minha mãe, porque, apesar de Jax sempre parecer irritado comigo, ela via quanto ele me adorava.

Ou talvez nós dois estivéssemos em um estado de negação irracional.

O Dr. Bern entrou no consultório, e analisei seus movimentos para tentar descobrir o que ele estava pensando. Ele vinha dar notícias boas ou ruins? Parecia estar carregando um peso nos ombros ou não? Ele seria o diabo ou o anjo naquela tarde?

Não dava para saber.

Meu estômago estava revirado, e eu só queria saber o que estava escrito nos papéis que ele tinha em mãos.

— Olá. Desculpem a demora. — As sobrancelhas do Dr. Bern estavam franzidas, e sua expressão carrancuda de sempre deixava seu rosto mais pesado. Seus ombros estavam curvados como de costume, e eu sabia o que aquilo significava.

Ele tinha notícias ruins.

O câncer não tinha ido embora.

Será que nada tinha mudado? Será que tinha se espalhado para outros órgãos no corpo da minha mãe? Ela estava morrendo? Quanto tempo de vida ainda lhe restava? Quantos dias eu ainda teria com ela? Será que ela veria o filho se formar na faculdade, ser bem-sucedido, será que ela...

Olhei para minha mãe, e lágrimas escorriam por suas bochechas. Pisquei algumas vezes, me perguntando por que ela já estava chorando, por que ela estava perdendo o controle. Olhei para o Dr. Bern e percebi que eu tinha viajado um pouco, pensando em quanto tempo me restava com minha mãe, a minha pessoa, a minha melhor amiga.

Sim, eu era um garoto de dezessete anos, e minha mãe era a minha melhor amiga. Aposto que muitos idiotas por aí se sentiriam do mesmo jeito se quase tivessem perdido a mãe duas vezes para duas batalhas dolorosas contra o câncer.

Dor.

Meu peito.

Parecia que havia um caminhão em cima de mim, impedindo minhas vias aéreas de levar ar até os pulmões. Eu não conseguia respirar. Minha mãe chorava.

Eu não conseguia respirar, e minha mãe chorava.

Eu também queria chorar.

Senti as lágrimas se acumularem nos meus olhos quando engoli em seco e tentei ser forte. Eu tinha de ser forte, era isso que significava ser o homem da casa: permanecer firme mesmo quando seu coração parecia se derreter em uma poça de tristeza.

— Você ouviu isso, Connor? — perguntou minha mãe, as mãos trêmulas unidas em oração.

Levantei o rosto para encará-la, e, por um segundo, pensei ter visto um brilho de esperança em seu olhar. Seus lábios estavam curvados para cima enquanto as lágrimas continuavam rolando. Eu me virei na mesma hora para o Dr. Bern e me recostei na cadeira assim que nossos olhos se encontraram.

Ele exibia nos olhos o mesmo brilho esperançoso da minha mãe — e estava sorrindo. Eu nem sabia que a boca do Dr. Bern podia se curvar para cima. Ele sempre nos dera as piores notícias possíveis, e, agora, estava sorrindo.

— Desculpa, o senhor pode repetir? — murmurei, ainda com medo de criar esperança antes de ouvir as palavras saindo da boca do médico.

Ele tirou os óculos e se inclinou sobre a mesa, abriu um sorriso que eu nem imaginava existir, e disse:

— Nós retiramos tudo, Connor. Sua mãe está em remissão.

Desabei na cadeira, sentindo todas as emoções boas do mundo inundarem meu peito ao mesmo tempo. Uma sensação avassaladora de êxtase tomou conta de cada parte do meu ser.

O câncer tinha ido embora, minha mãe estava bem, e, depois dos piores anos da minha vida, eu finalmente conseguiria respirar de novo.

— Mãe?

— Sim, Connor?

— Eu vou levar você pra Disney, porra.

— Olha a boca, Connor.

— Desculpa, mãe.

1

Aaliyah

Hoje

— Tá bom, já chega dessa vibe de emo deprimida. Aaliyah. Olha só pra você. Você está um caco da cabeça aos pés. Você anda comendo tanta besteira que até seus tornozelos estão mais gordinhos — disse Sofia, balançando a cabeça, em um sinal de total reprovação.

Nada é capaz de melhorar tanto seu ânimo como uma colega de apartamento dizendo que você está um lixo.

Respondi com um resmungo.

Ela revirou os olhos.

— Tá vendo? É isso que acontece quando você passa semanas deitada em casa, chorando por um cara que te meteu um par de chifres. Você está literalmente sofrendo por um traidor. Que vergonha! Agora, levanta essa bunda daí. Hoje é Halloween. Vamos encher a cara.

Essa conversa me tirou do sofá e me fez vestir uma fantasia de Chapeuzinho Vermelho. Eu e Sofia não éramos bem amigas. Fazia alguns meses que dividíamos o apartamento, e éramos completamente diferentes. Ela gostava de farra, já eu preferia ficar em casa, lendo revistas em quadrinhos. Mas, nas últimas semanas, até ler tinha se tornado uma tarefa difícil, porque as lágrimas ficavam molhando o papel.

Sofia tinha pena de mim. Eu sabia disso porque ela me falou:

— Nossa. Estou morrendo de pena de você.

Ela era bem direta.

Naquela noite, ela me convenceu a sair para beber e me largou sozinha dez minutos depois de conhecer um cara, com quem foi se agarrar no banheiro.

Eu não deveria ter esperado nada diferente. Ela é praticamente uma desconhecida para mim, apesar de ser minha amiga mais próxima.

Isso que é vida triste, Aaliyah.

Fiquei parada ali, nada à vontade, me sentindo estranhamente sozinha em um salão abarrotado, então saí do Bar do Oscar em busca de ar fresco. Tentei ligar para Sofia, que não atendia o celular fazia uns vinte minutos. Sofia e seu famoso truque do desaparecimento. Ela provavelmente passaria alguns dias sem dar as caras, então reapareceria em casa do nada, com um maço de cigarros e um monte de histórias doidas, pedindo emprestado vinte pratas para jogar na loteria.

A brisa de outubro soprou minha pele enquanto eu testemunhava o momento em que Thor dava um soco na mandíbula esculpida do Capitão América. Se aquilo não era um tipo de guerra civil, eu não sabia o que seria.

Observei toda a situação se desenrolar diante dos meus olhos. Eu sempre me sentia estranha por sair sozinha para tomar ar, porque não havia nada para me distrair. Eu nunca ficava parada nas ruas de Nova York com o celular enfiado na cara, porque a possibilidade de um psicopata aleatório me pegar desprevenida e me matar não me animava nem um pouco.

Pelo menos era esse o rumo que meus pensamentos sempre tomavam. Dar bobeira com o celular à noite significava ser assassinada — e ponto-final. Eu sabia que minha imaginação era fértil até demais, mas não conseguia evitar. A culpa devia ser do meu vício em assistir a episódios de *Criminal Minds*.

Sempre que eu saía para tomar ar, desejava ser fumante. Eu não gostava de fumar nem achava que meu coração e meus pulmões aguentariam o vício, mas seria bom ter alguma coisa para ocupar minhas mãos enquanto eu estivesse do lado de fora. Os fumantes sempre parecem à vontade ao saírem sozinhos, porque têm algo com o que se ocupar. Eu, por outro lado, só posso observar as pessoas, e, caramba, que sorte eu tive ao testemunhar o momento em que o Thor socou a cara do Capitão América.

A Mulher-Maravilha também estava lá — apesar de não haver nada de maravilhoso naquela mulher. O Capitão América saiu do bar atrás de mim e parecia não ter medo de fazer uma ligação nas ruas de Nova York, provavelmente porque homens eram menos assediados e atacados do que mulheres. *Sorte a sua, Capitão América.*

Ele tirou o celular do bolso, mas se distraiu quando escutou Thor berrando, xingando a Mulher-Maravilha. E, quando digo xingando, quero dizer que ele estava usando os palavrões mais horrorosos que vinham à sua cabeça. Puta. Piranha. Vagabunda. Vadia.

A Mulher-Maravilha estava de costas para o prédio enquanto Thor esbravejava, se agigantando para cima dela de um jeito muito intimidante. Ela já era baixinha, mas a forma como ele a cercava fazia com que ela parecesse ainda menor. Os ombros dela estavam curvados para a frente, e seus joelhos bambeavam enquanto ela ouvia as palavras horríveis com as quais era atacada.

Eu detestava alguns homens e a maneira como eles achavam que podiam tratar as mulheres.

O Capitão América baixou o celular devagar, ficando mais alerta à situação que estranhamente também prendia a minha atenção. Antes de qualquer coisa acontecer, eu já sentia um nervosismo surgindo na minha barriga.

Thor empurrou a Mulher-Maravilha contra a parede de tijolos.

— Ei! — gritei.

Eu me empertiguei, assustada, e a Mulher-Maravilha começou a chorar. Ela o empurrou de volta e, antes que pudesse dizer alguma coisa, ele deu um soco na cara dela. Uma sensação nauseante fez meu estômago se revirar. Não foi um cutucão. Não foi um tapa. Não, ele tinha fechado a mão em um punho e acertado bem no meio do rosto dela.

Eu nunca tinha visto ninguém levar um soco antes, e, naquela noite, testemunhei duas pessoas sendo agredidas. Não era nada parecido com o que vemos nos filmes, e aquilo mexeu mais comigo do que eu poderia imaginar. Enquanto ela pressionava o rosto e gritava, senti sua dor na minha própria mandíbula.

Abri a boca para falar outra vez ao me aproximar dela, mas, antes que eu pudesse me meter na história, o Capitão América entrou em ação.

— Deixa ela em paz! — bradou ele, marchando até o casal. Ele tinha um sotaque sulista. Não sei por que, mas isso me surpreendeu. Uma voz grossa, sensual, com a cadência musical do Sul.

— Isso não é da sua conta — rebateu o Thor com a fala arrastada, obviamente bêbado e agressivo.

— Passou a ser quando você levantou a mão pra uma mulher — argumentou o Capitão América, sem recuar, frente a frente com Thor.

Mostra pra ele, Capitão América!, incentivei mentalmente.

— Ela é minha propriedade. Eu posso fazer a porra que eu quiser com ela — disse Thor.

Propriedade dele? Que babaca. Quer dizer, que tipo de pessoa fala isso? De que planeta doentio tinha saído aquele super-herói para achar que era normal se comportar desse jeito? Ele parecia mais o Loki do que o herói de Asgard.

— Você está bem? — perguntou o Capitão América para a Mulher--Maravilha, ignorando o homem mal-educado à sua frente.

— Não chega perto dela — sibilou Thor, apertando com força o pulso da mulher e puxando-lhe o corpo para trás do seu.

Ela tropeçou e caiu na calçada de concreto com um baque. Suas mãos tentaram impedir a queda e se arrastaram pelo chão, provavelmente ralando a região. Um calafrio nauseante percorreu meu corpo só de pensar na pele dela ficando em carne viva.

O namorado nem olhou para ver se ela estava bem, mas o Capitão América, sim. Ele se aproximou para ajudá-la a se levantar, mas foi impedido quando o punho de Thor acertou-lhe a cara.

Meu estômago se revirou de novo. A segunda vez que vi uma pessoa levando um soco não foi mais fácil do que a primeira. Meu peito parecia estar pegando fogo enquanto eu observava a cena se desdobrando na minha frente. O mais impressionante era a quantidade de pessoas que passava por ali sem nem notar a confusão.

O Capitão América cambaleou ligeiramente antes de retomar o equilíbrio. Ele foi ajudar a garota a se levantar, mas, em vez de aceitar sua mão, ela reagiu de um modo completamente irracional.

— Sai de perto de mim e do meu namorado, seu babaca! — sibilou ela, levantou-se e batendo nele com seu laço.

Ela o acertou várias vezes, como se ele não estivesse tentando salvá-la de seu companheiro babaca e abusivo.

Que irônico.

O som das chicotadas era tão forte que me meti na briga, agarrando o laço da mulher e jogando-o no meio-fio.

— Ele só queria te ajudar! — vociferei, revoltada com aquela situação toda.

Ela me encarou com os olhos injetados e os revirou tanto que fiquei impressionada por sua visão não ter sido prejudicada com o gesto exagerado.

— Parem de encher o nosso saco. Anda, Ronnie. Vamos embora — disse a Mulher-Maravilha, pegando a mão do Thor.

Ele passou o braço pelos ombros da mulher e beijou sua têmpora como se os dois não estivessem em um relacionamento absurdamente tóxico. Enquanto se afastavam de nós, juro que pareciam até saltitantes.

O Halloween era um dia esquisito.

Eu queria que Mario tivesse presenciado aquilo tudo comigo. Fiquei me perguntando como ele teria reagido. *Aposto que ele tentaria ajudar. Aposto que ele agiria como um super-herói. Aposto...*

Espere, não. Ele que se dane.

Por que eu estava pensando no meu ex-namorado naquele momento? Será que eu estava bêbada? Não, só triste. É engraçado como meus pensamentos bêbados e tristes são tão parecidos de vez em quando.

— Merda — grunhiu o Capitão América, enquanto esfregava a lateral da cabeça.

O herói nacional tinha levado uma surra e tanto. Ele estava voltando para o bar, e fiz algo que não é nem um pouco da minha natureza: me meti no mundo de outra pessoa pela segunda vez em um intervalo de minutos.

— Ei, você deixou isso cair— gritei, me abaixando para pegar o celular e o escudo no chão.

Recolhi as coisas e me aproximei enquanto ele continuava massageando o maxilar. E era um maxilar bonito, do tipo que você imaginaria que o Capitão América teria: definido como o de um deus grego.

Ele se virou para mim, e perdi o fôlego. Ele era uma graça. Sei que homens provavelmente não gostariam de ser descritos assim, mas eu não conseguia pensar em outra palavra. Ele tinha os olhos mais azuis que eu já vi na vida, quase como se o oceano tivesse resolvido morar dentro da alma dele. Seus lábios eram carnudos, com um pequeno arco do cupido, e sua barba aparada era impecável. Infelizmente, o olho esquerdo já estava ficando inchado por causa do soco, mas isso não diminuía sua beleza. Se ele não fosse um super-herói, poderia ter virado modelo da Calvin Klein.

— Devo estar a cara da derrota. — Ele riu, balançando a cabeça enquanto pegava suas coisas.

— Desculpa, o quê?

— Dá pra ver na sua cara que está bem claro que acabei de levar uma surra, o que é... bom, é verdade. Você viu aquilo?

— Cada segundo. — Abracei meu próprio corpo e tentei ignorar o friozinho que eu começava a sentir. Era melhor voltar para o bar antes que esfriasse demais. — Só pra constar, o Thor é um babaca, e foi muito nobre da sua parte tentar ajudar.

Ele abriu os braços e sorriu.

— A culpa é do uniforme. — O sorriso desapareceu por um instante quando ele tocou de leve a pele ao redor do olho. — Mas, na minha cabeça, a situação teria um final bem diferente.

— Deixa eu adivinhar: na sua cabeça, a mulher ficaria agradecida por ter sido salva de um cara abusivo?

— É, por aí.

Arqueei uma sobrancelha.

— Você não é daqui, né?

Ele riu.

— O sotaque me entregou?

— Não, foi o fato de você ter tentado ajudar naquela situação. A maioria dos nova-iorquinos olha pro outro lado e cuida da própria vida.

— Nunca tive talento pra essa história de só cuidar da minha vida. Além do mais, minha mãezinha me mataria se soubesse que vi uma situação de merda como aquela e não fiz nada.

Não sei por que, mas gostei de como ele disse mãezinha. Ele realmente era sulista.

— Bom, sinto muito pelo momento não ter sido como nas histórias em quadrinhos.

— Tudo bem. — Ele sorriu. — Quem sabe na próxima vez? — De alguma forma, o sorriso dele parecia fazer com que seus olhos ficassem ainda mais brilhantes. Ele passou o polegar pelo nariz e assentiu com a cabeça. — Valeu, Chapeuzinho.

— Chapeuzinho?

Ele apontou para mim. Olhei para baixo e revirei os olhos por conta da minha lerdeza. Certo... Chapeuzinho, tipo Chapeuzinho Vermelho.

— Ah, é. Obrigada a você, Capitão benfeitor.

Benfeitor? Será que você não podia ter falado nada menos idiota, Aaliyah?

Ele continuou sorrindo enquanto seus olhos percorriam meu corpo, não de um jeito invasivo, mas como se estivesse apenas me analisando. Foi uma coisa rápida, e não me senti nem um pouco desrespeitada, porque fiz a mesma coisa com ele.

Então seus olhos azuis encontraram os meus castanhos.

— Posso te pagar uma bebida? — perguntou ele, com o olho roxo.

O nível de confiança que ele teve para fazer esse convite depois de eu tê-lo visto levando uma surra era inspirador. No lugar dele, eu estaria no metrô, remoendo a derrota e evitando contato humano pelo resto da vida. Talvez esse tivesse sido o início da minha história como vilã: levei uma surra da Mulher-Maravilha e do Thor na frente de um bar em Nova York.

Mas o Capitão América? Não. Ele parecia estar mais confiante do que nunca.

Hesitei em aceitar o convite por um instante. Por um lado, interagir com o sexo oposto era a última coisa que eu queria fazer. No entanto, minha outra opção era voltar para casa, tomar um vinho e chorar ouvindo Taylor Swift, olhando minhas fotos antigas com Mario e lendo nosso histórico de mensagens.

— Ah, Capitão América. — Eu me aproximei dele e lhe dei um tapinha nas costas. — Deixa que eu pago. Você merece mais do que eu.

2

Aaliyah

Ele pediu um uísque, o que me deu a impressão de que era bem mais velho do que parecia. Quem bebe uísque puro na nossa idade? A maioria dos homens que eu conhecia tomavam cerveja ou os shots mais baratos que conseguiam encontrar. Pedi um Long Island, porque eu era rebelde. Quando peguei a bolsa para pagar pelas bebidas, ele já tinha pedido ao bartender que colocasse tudo na sua conta.

— Ei! — reclamei, lançando um olhar sério em sua direção.

Ele deu de ombros.

— Foi mal. De onde eu venho, é o homem que paga as bebidas da moça bonita.

Ele me chamou de bonita, e fingi não reparar.

— O senhor veio de 1918. Os tempos mudaram.

— Então você curte Capitão América.

— Sou fanática por revistas em quadrinhos. E também passei uma época obcecada pelo Chris Evans. Pra ser sincera, acho que continuo obcecada por ele.

— Dá pra entender. Você já viu a bunda daquele cara?

— É a bunda mais querida da nação — brinquei, erguendo meu copo. — Obrigada por isso, mas, só pra deixar claro, eu não te devo nada só porque você me pagou uma bebida. Não te devo meu tempo, não te devo a minha atenção e não te devo o meu corpo.

Ele riu e concordou com a cabeça.

— Obrigado por esclarecer esse detalhe. A mesma coisa valeria se você tivesse pagado a minha bebida?

— Ah, não. — Balancei a cabeça. — Você teria que me dar seu tempo, sua atenção e seu corpo.

— Que injustiça!

Dei de ombros.

— Eu não invento as regras. Eu só as obedeço. Aliás, quantos anos você tem?

— Vinte e cinco. E você?

— Vinte e dois. Eu sabia que você era velho quando vi que gosta de beber uísque puro.

Ele riu.

— Só tenho três anos a mais que você.

— Muita coisa pode acontecer na vida de uma pessoa em três anos.

— É verdade. Três anos atrás, acho que eu nem bebia uísque, mas depois de um tempo comecei a fazer negócios com uns caras mais velhos, e eles sempre me ofereciam bebidas caras. Então me acostumei.

— Você gosta mesmo de uísque ou só bebe porque disseram que você deveria gostar?

— Ah, a velha questão do que é realmente escolha de uma pessoa ou influência da sociedade. — Ele dá umas batidinhas no queixo com um dedo. — Acho que eu gosto por gostar mesmo.

— Você também pode aprender a gostar das coisas que a sociedade impõe.

Ele estreitou os olhos e ficou me observando como se tentasse descobrir meus segredos. Ele piscou e olhou para seu copo antes de erguê-lo, então voltou a se concentrar em mim. Por um instante, parecia que nós éramos as únicas pessoas no meio daquele bar lotado. Eu me perdi nos olhos dele por um breve momento — até o Garibaldo da Vila Sésamo esbarrar em mim, me trazendo de volta à realidade.

— Quer pegar uma mesa pra bebermos essa rodada juntos? — perguntou ele, muito atencioso.

Nem o esbarrão do pássaro fez seus olhos desviarem dos meus. Ele continuava focado em mim, fazendo com que fosse fácil retribuir sua atenção.

— Se você conseguir encontrar uma mesa nesse lugar abarrotado, eu tomo até a segunda rodada — brinquei, sabendo que seria praticamente impossível encontrar uma mesa vazia em qualquer bar na noite de Halloween.

Ele ergueu uma sobrancelha e deu um sorrisinho divertido.

— Aceito o desafio. Vem comigo.

Eu obedeci, e demos a volta no salão não uma nem duas vezes, mas três. Todas sem sucesso. Acabamos parando perto de uma escada que levava ao andar superior do bar, onde ficava o estoque. O Capitão América bateu palmas, foi até a escada e se sentou. Ele bateu no degrau abaixo do seu, me incentivando a acompanhá-lo.

— Isso não é bem uma mesa — falei, dando um gole no meu Long Island. — O que significa que você perdeu o desafio.

— O que é uma mesa, na verdade? — questionou ele. — Isso não passa de um conceito inventado por alguém que espalhou a ideia pelo mundo.

Eu ri.

— Se você for olhar por esse lado, tudo não passa de um conceito inventado.

— "Não existem fatos, apenas interpretações", já dizia Nietzsche.

Ele gesticulou para que eu me sentasse, e obedeci, porque estava realmente achando aquele cara interessante. Fazia semanas que eu não me divertia dessa forma. Eu só sentia tristeza e solidão. Era bom sentir algo diferente por um momento.

— Você gosta de filosofia? — perguntei.

Ele pareceu surpreso por eu saber que aquela tinha sido uma referência a Friedrich Nietzsche, mas não fez nenhum comentário.

— Cursei uma matéria de filosofia antes de largar a faculdade. Aquelas aulas mudaram a minha vida, e acabei mergulhando de cabeça na busca pelas verdades existenciais, estudando as palavras dos mestres. Sabe, Platão, Nietzsche, Aristóteles, Sócrates. Vou parecer bem nerd se começar a falar sobre qualquer um deles.

Era meio sexy ver um cara revelando seu lado nerd. Os dois conceitos deviam se anular, mas, caramba, ser nerd sexy era uma tendência que tinha vindo para ficar.

— Tudo bem. Me conta sobre Aristóteles — eu o incentivei, inclinando meu copo na direção dele antes de tomar um gole. — Quais são suas frases favoritas dele?

Ele se empertigou um pouco, animado com o desafio.

— "A esperança é o sonho do homem acordado."

Gostei da maneira como ele proclamou a frase. Não foram apenas as palavras, mas a forma como ele se conectava a elas, como as conectava à pessoa com quem estava falando. O Capitão América conversava comigo como se eu fosse a única pessoa no mundo naquele exato momento, e isso me deixava toda arrepiada.

A esperança é o sonho do homem acordado.

— Você sonha acordado? — perguntei.

Ele sorriu e deu um gole em seu uísque.

— Espero que sim. — Ele coçou a barba e torceu ligeiramente o nariz. — Mas acho que ficar declamando frases de filósofos deve me fazer parecer um babaca metido. Então acho que agora é o momento ideal pra te contar que também sou treinado em piadas ruins.

Eu ri.

— Preciso de provas.

Ele se inclinou na minha direção, e seus olhos fizeram meu coração perder um pouco o compasso.

— O que o ketchup disse pra mostarda?

— Não sei. O quê?

— É nós nas fritas, mano.

Soltei uma gargalhada e balancei a cabeça, incrédula.

— Você tem razão. Essa piada é horrível.

— Qual é o contrário de papelada?

— Não sei.

— Pá vestida.

Demorei um instante para ligar os pontos desta última, mas, quando entendi, comecei a rir alto.

— Você tem um monte de citações aleatórias e piadas ruins na cabeça, né?

Ele cutucou a têmpora.

— Essa cuca é um lugar bem assustador. A quantidade de fatos inúteis que tenho guardados aqui é apavorante, mas acho que também tenho muitas informações importantes, então as coisas se equilibram.

— Deu pra perceber.

— As piadas acabavam diminuindo a imagem que passo de babaca metido?

— É, você ficou parecendo meio bobo, mas acho que os bobos estão em alta este ano.

Ele passou a mão pela testa, aliviado.

— Ainda bem, senão eu estaria fodido.

Sorri para ele, e ele abriu um sorriso para mim sem fazer o menor esforço. Por alguns segundos, ficamos apenas sorrindo um para o outro, mas o silêncio não parecia constrangedor. Era agradável, como se ficar em silêncio com ele fosse algo normal.

Então voltamos a conversar, e isso também pareceu normal.

Conversamos sobre várias coisas, e o que mais me surpreendeu foi o quanto eu ria. Nossa, eu nem me lembrava da última vez em que tinha rido com tanta espontaneidade, sem me conter.

— Hum... vocês podem sair da escada? — disse uma garçonete, parando em nossa frente com uma bandeja cheia de louça suja.

Nós nos levantamos na mesma hora com nossos copos vazios e saímos do caminho. A garçonete resmungou alguma coisa sobre as pessoas serem irritantes, e dava para entender por quê. O público do Halloween devia dar trabalho.

— Bom, as bebidas acabaram — observou o Capitão América, levantando seu copo.

— Que pena. Eu estava me divertindo com nossa conversa.

— Se ao menos tivesse um jeito de a gente conseguir beber mais — disse ele, balançando a cabeça.

Eu sorri.

— Se nós vamos partir pra segunda rodada, eu pago. E não se fala mais nisso.

— Se o único jeito de você continuar falando comigo é pagando pelas bebidas, eu me rendo. Guardo minha carteira e deixo tudo por sua conta.

Bom menino.

Eu conseguia sentir o efeito do drinque no meu corpo, que relaxava de um jeito bom, mas sabia que meu próximo pedido seria uma água. Eu tinha uma regra muito rígida sobre beber água depois de cada copo de bebida alcoólica. Eu nunca saio para encher a cara. Gosto de ficar só alegrinha, assim continuo me sentindo eu mesma, mas em uma versão melhorada.

Fomos até o bar, e pedi as bebidas. Notei que o Capitão América ficou decepcionado por não pagar, mas não reclamou nem insistiu no assunto. Uma parte de mim não conseguia entender por que ele queria tanto ficar conversando comigo. Outra parte achava que talvez ele se sentisse tão confortável quanto eu durante a conversa.

Talvez ele estivesse gostando da naturalidade de tudo aquilo.

— Acabei de perceber... passamos a última meia hora conversando, e ainda nem sei qual é o seu nome, Chapeuzinho.

Meu peito apertou ligeiramente. Eu tinha percebido esse detalhe, mas aquilo meio que era a graça.

— Não vamos dizer nossos nomes. Acho que, se nós revelarmos nossa identidade, a mágica da conversa vai desaparecer. Tudo vai parecer mais... real, e, sinceramente, nesta fase da minha vida, a realidade anda meio difícil.

Ele arqueou uma sobrancelha, mas comprou a ideia.

— Tá bom, vou continuar chamando você de Chapeuzinho então.

— E eu te chamando de Capitão. Ou Capi, pra abreviar, é claro. Eu...

— Puta merda! — bradou o Capitão América.

Desviando o olhar de mim, ele pegou nossas bebidas e saiu em disparada para o lado esquerdo do salão, me deixando ali desnorteada e confusa. Olhei em sua direção e entendi tudo quando o vi sentar em um reservado de onde saíram duas Sininhos e um Peter Pan. A forma como o Capitão América tinha pegado a mesa me fez sorrir. Havia certo ar de orgulho estampado em seu rosto enquanto ele estufava o peito e dava tapinhas no espaço ao seu lado.

Fui até lá e me sentei ao lado dele, deixando um pouco de espaço entre nós, por mais que uma parte estranha de mim quisesse chegar mais perto.

— Já que não vamos revelar nossos nomes, imagino que você não vá me passar seu telefone no fim da noite.

Balancei a cabeça.

— Acho difícil.

— Tudo bem. Então isso significa que tudo que dissermos hoje provavelmente serão as últimas palavras que trocaremos.

— Sim.

— Então... — Ele se inclinou para mais perto de mim e passou o polegar sobre o lábio inferior, seus olhos brilhando de curiosidade. — Qual foi a coisa mais feliz que aconteceu com você neste ano?

Eu ri.

— Que pergunta profunda.

— Preciso fazer as perguntas profundas agora, porque nunca mais vou ter essa chance. Acho que é importante fazer perguntas profundas quando surge a oportunidade.

Senti um frio na barriga e me remexi um pouco no banco. Ele estava me pedindo que fosse um livro aberto durante aquela noite, e, na maioria das vezes, meus pensamentos estavam mais para um diário com cadeado.

Apenas eu tinha a chave, e nunca a compartilhava com outras pessoas. Na verdade, ninguém parecia muito interessado em ler esses pensamentos.

Mas, mesmo assim, respondi com sinceridade. Eu não sabia se era por causa do álcool ou pelo interesse genuíno que ele demonstrou, mas me abri e contei:

— Consegui um estágio na empresa dos meus sonhos. Recebo uma miséria e sou explorada, mas acho que, agora que já estou lá dentro, talvez possa crescer até me tornar editora-assistente na revista.

— Editora-assistente? Então você é escritora?

— Sou aspirante a escritora. Estudo jornalismo e quero ser editora--chefe um dia.

— Você vai conseguir.

Ele disse aquelas três palavras com tanta convicção que quase acreditei.

— Não sei. É um mercado muito competitivo, ainda mais em Nova York.

— Você ama isso? Ama escrever?

— Amo.

— Então o lado competitivo não importa. Se você tem um sonho, vá atrás dele.

— Mas outras pessoas também estão indo atrás do mesmo sonho.

Ele se recostou no banco e jogou o braço por cima do encosto.

— Se você ficar pensando nas outras pessoas que estão tentando realizar o mesmo sonho, vai desperdiçar energia com coisas que não importam. Você tem que focar em você mesma e no seu sonho. A vida é curta. A gente não tem tempo pra ficar prestando atenção naquilo que os outros estão fazendo. Isso só serve pra nos desviar do nosso destino.

Eu sorri.

— Parece que você também tem um sonho.

Ele olhou ao redor do bar e balançou a cabeça.

— Você já foi no terraço deste prédio?

— Não, nunca.

— Tem uma das melhores vistas da cidade. Venho aqui pelo menos uma vez na semana, só pra pegar um ar lá em cima e desanuviar a mente.

Ele se levantou, pegou seu copo e esticou a outra mão para mim.

Ergui uma sobrancelha.

— Você atropelou uma multidão pra pegar esta mesa, e agora vai me dizer que quer sair daqui pra ficar em pé no terraço?

— Às vezes, temos que seguir os desejos da alma — respondeu ele.

— Que filósofo disse isso?

Ele mordeu o canto do lábio inferior e deu de ombros.

— Eu.

Impressionante.

Ele esticou a mão na minha direção outra vez.

— Vamos. Você confia em mim?

— Quando as pessoas perguntam "Você confia em mim?", isso me faz confiar menos nelas na mesma hora.

— Que bom, tem que ser assim mesmo. Eu sou um completo desconhecido. Confiança é algo que se conquista, e ainda não conquistei a sua. Mesmo assim, quero te mostrar o terraço.

Eu sabia que era uma idiotice, mas queria ir.

Assim que peguei a mão dele, rezei para não precisar usar o spray de pimenta que estava guardado no meu sutiã esta noite. No instante em que nossas palmas se encontraram, uma onda de calor atravessou meu corpo, como se ficar de mãos dadas com ele fosse a coisa mais natural que eu tinha feito em muito tempo.

Ele foi me puxando pelo espaço lotado, e, de vez em quando, eu olhava para nossas mãos entrelaçadas. Depois de levar um pé na bunda, você sente falta de coisas bobas: de rir com a sua cara-metade, de dormir de conchinha, de andar de mãos dadas.

É engraçado como segurar a mão de outra pessoa parece um gesto simplório em um relacionamento, mas é algo que faz uma falta imensa.

Chegamos à porta nos fundos do bar, e meu alerta vermelho foi acionado imediatamente quando larguei a mão dele. Ele abriu a porta, e demos de cara com uma escada que parecia levar até o céu.

— Vai na frente — disse ele, indicando a escada com a cabeça.

— Ah, não. — Balancei a cabeça. — Não subo essa escada com você atrás de mim nem que me paguem. Pra ser sincera, isso parece muito coisa de serial killer.

Ele estreitou os olhos.

— Você confia em mim?

— Não.

— Ótimo.

Ele sorriu, e, que droga, eu era uma idiota, porque parte de mim confiava naquele sorriso. Deve ter sido assim que Ted Bundy conquistava suas vítimas.

Que pensamento sinistro, Aaliyah! E mais sinistro ainda era saber que eu ia subir aquela maldita escada.

— Eu vou primeiro e fico alguns degraus mais à frente pra você se sentir mais segura — disse ele. Seus olhos me encaravam com preocupação. — Se você estiver confortável com a ideia. Senão a gente pode voltar e tentar achar outra mesa.

Vamos deixar algo claro — eu não era rebelde. Eu nunca infringia leis, não dava respostas atravessadas a autoridades, sempre oferecia meu lugar para idosos no metrô. Mas, por algum motivo, subir aquela escada parecia ser algo proibido.

— A gente pode subir? — perguntei, ao perceber que ninguém estava sequer olhando para a escada, que parecia meio escondida.

— Bom, eu posso. Você é minha convidada.

— Por que você pode?

— Trabalho com o dono do prédio.

— Com o que você trabalha?

Ele sorriu e levantou as mãos.

— Chapeuzinho, se você estiver desconfortável, não precisamos subir. Ou posso tentar achar o Tommy pra ele garantir que não tem problema.

— Quem é Tommy?

— O dono do bar.

— Você trabalha com ele?

— Não. O prédio não é do Tommy, mas ele trabalha com o investidor da propriedade, que trabalha comigo.

Estreitei os olhos e mordisquei a ponta do meu polegar — um sinal de nervosismo. Os olhos dele seguiram meu dedo antes de encontrarem meu olhar de novo.

Pigarreei.

— Você ficaria muito irritado se a gente pedisse pro Tommy?

Ele riu e balançou a cabeça.

— Eu tomei uma surra na frente do bar, e você me ofereceu uma bebida e me fez rir depois do momento mais humilhante da minha vida. Duvido que você consiga fazer qualquer coisa que me irrite hoje, Chapeuzinho. Vamos lá.

Ele ofereceu a mão para me guiar até o escritório nos fundos do bar, e eu a segurei outra vez.

Eu nem sabia que tinha sentido falta de seu toque até retomar o contato.

Fomos até o escritório, onde um homem sentado a uma mesa fez menção de se levantar ao nos ver.

Seu olhar se cruzou com o do Capitão América, e ele começou a dizer:

— Oi...

— Não fala o meu nome! — gritou o Capitão América, balançando as mãos em pânico.

Tommy ergueu uma sobrancelha, confuso.

— Tudo bem... hum... o que aconteceu, cara? Preciso voltar lá pra fora pra ajudar com o movimento.

— Tá, claro. Só uma perguntinha rápida. Posso subir no terraço?

Tommy riu.

— Desde quando você pede permissão?

— Quero levar uma amiga lá em cima — respondeu o Capitão América, apontando para mim.

— Juro por Deus que se você comer a Chapeuzinho Vermelho no terraço do prédio, eu vou te matar.

Minhas bochechas coraram, mas não tanto quanto as do Capitão América, que ficaram parecendo um pimentão.

— Cara, não é isso. Só quero mostrar a vista pra ela.

— A vista que faz você ficar sonhando acordado feito um besta — brincou Tommy, fazendo o Capitão América ficar ainda mais vermelho. Comecei a ficar mais tranquila ao ver os dois interagindo. — Vá em frente, leva ela lá. Aquele lugar é mais seu do que meu. — Ele olhou para mim. — Peço desculpas para o caso de ele começar a falar um monte de nerdices lá em cima. Esse cara é um idiota.

O Capitão América riu e deu um tapinha nas costas de Tommy.

— Também te amo, Tom.

O Capitão América se virou para mim e me lançou um olhar questionador, como se estivesse esperando a minha reação.

Concordei com a cabeça e sorri.

— Vamos.

Subir a escada em caracol foi um esforço para o meu coração. Quando chegamos ao topo, e depois de um bom tempo, eu fiquei respirando como se tivesse acabado de correr uma maratona. O Capitão América não parecia nem um pouco cansado, provavelmente por causa dos seus superpoderes.

— Eu deveria usar mais o simulador de escadas na academia — falei com a respiração entrecortada.

— Aquela máquina é do demônio — afirmou ele, segurando a maçaneta da porta que dava para o terraço. — Está pronta?

— Estou.

Ele abriu a porta, e prendi o ar ao sairmos.

— Caramba! — exclamei enquanto soltava o ar, admirando a noite.

Nós estávamos tão alto que fiquei até chocada com o número de degraus que tínhamos subido para chegar ao terraço. Dava para ver tudo dali. Nova York estava toda iluminada com o céu noturno ao fundo.

Era de tirar o fôlego. Era tudo muito deslumbrante daquela altura.

— Uau! — sussurrei.

— Pois é — respondeu o Capitão América, pegando minha mão. Sempre que ele fazia isso, eu gostava de seu toque um pouco mais.

Nós fomos para a beirada do terraço, e ele mostrou a cidade movimentada com os olhos arregalados de paixão.

— É isso, é isso que eu quero fazer. Estar no mercado imobiliário não é meu maior sonho. Meu maior sonho é criar. Quero criar e quero construir. Quero comprar prédios como aquele ali e transformá-los em condomínios de luxo para a população com baixa renda. Imagina, Chapeuzinho. Não seria muito louco criar algo luxuoso pra pessoas tão negligenciadas?

— A ideia é incrível, mas não seria muito caro?

— Seria. — Ele entrelaçou as próprias mãos e abriu seu maior sorriso daquela noite. — É por isso que minha atual missão é ganhar dinheiro pra caralho. Se eu tiver uma fortuna, não vou me importar em gastar um pouco. Quero ajudar as pessoas que crescem passando dificuldade. E aí, no terraço dos prédios, podemos ter estufas para a comunidade cultivar as próprias hortas e colher tudo no inverno e no outono. Jardins comunitários podem mudar e salvar muitas vidas. Seria incrível. As áreas comuns teriam atividades pra crianças com pais que têm dois ou três empregos, pra que elas não fiquem se metendo em confusão por aí. E os apartamentos poderiam ter banheiras para mães e pais solteiros que precisam de um momento de paz. — Ele encarou as luzes da cidade e levou as mãos à nuca. — Quero tanto isso. Só quero ajudar as pessoas.

Dava para ver a paixão em seus olhos. Todas as palavras que ele pronunciava vinham do fundo de seu coração. Enquanto ele falava sobre seu sonho, eu podia sentir meu coração acelerando.

E fiquei pensando que meus objetivos de vida não são tão grandiosos quanto poderiam ser.

— É um sonho lindo — comentei, ao lado dele. Acho que ele não percebeu, mas eu tinha me aproximado um pouco mais, porque gostava do calor que ele emanava.

— Vai acontecer — afirmou ele, concordando com a cabeça, todo feliz. — E vai ser lindo.

— De onde surgiu esse sonho?

Ele olhou para mim e se sentou no chão de cascalho. Eu me sentei ao seu lado. Ele dobrou as pernas e abraçou os joelhos.

— Eu cresci pobre. Minha mãe cuidava de mim sozinha, e não tínhamos praticamente nada. Isso só piorou quando ela descobriu que estava com câncer.

— Nossa, sinto muito.

— Tudo bem — disse ele, batendo com o joelho de leve no meu. — Ela está bem. Está em remissão há anos, graças a Deus. Mas, por eu ter crescido sem muito conforto em casa e na vida, isso acabou se tornando a minha motivação. Desde novo, aprendi a me virar, a saber o que fazer pra conseguir as coisas de que eu e minha mãe precisávamos. Mas eu sei que tive mais sorte do que muita gente por aí. Eu vivia em uma cidade pequena, lá as pessoas se ajudam, e acho que muita gente tinha pena de mim, então as pessoas me apoiavam com meus empreendimentos aleatórios. Na cidade onde eu cresci, as pessoas cuidam umas das outras.

— Totalmente diferente de Nova York.

Ele riu.

— Totalmente diferente

— Acho isso muito legal. Eu cresci aqui, com uma condição de vida não muito boa, então sei como é difícil tentar se manter estável física e mentalmente. Nem imagino como deve ter sido fazer isso com um filho.

— Pra ser sincero, não sei como minha mãe conseguiu. Ela deve ser uma super-heroína.

— Então isso é genético. Fico imaginando como deve ser a mãe do Capitão América — falei, abraçando minhas pernas.

— Eu diria que minha mãe é tipo a Mulher-Maravilha, mas como uma Mulher-Maravilha acabou comigo, não gosto mais dela tanto assim.

Eu sorri.

— Você é próximo da sua mãe.

— Sem querer parecer um idiota, mas ela é minha melhor amiga.

Isso aqueceu meu coração. Um filhinho de mamãe.

— E o seu pai?

Ele ficou mais sério e balançou a cabeça.

— Um inútil. Fugiu de casa depois de trair a minha mãe, quando eu era garoto.

— Você tentou encontrá-lo?

— Não. Na minha cabeça, se ele fosse homem de verdade, teria me procurado. Passei dezoito anos da minha vida morando no mesmo lugar. Ele sabia onde eu estava, mas mesmo assim nunca apareceu.

Ele começou a brincar com os dedos, um gesto que ele parecia fazer quando estava tenso ou se sentindo desconfortável.

Eu meio que gostava disso — de ter visto tantos lados dele em tão pouco tempo. Eu o vi feliz, empolgado, sério. De algum modo, isso o tornava mais humano do que a imagem de super-herói que ele encarnava naquela noite.

— E você? Como é a sua relação com os seus pais?

Eu já estava esperando por essa pergunta, mas ainda não me sentia completamente preparada para ela. Fazia vinte e dois anos que estava no mundo, mas perguntas sobre a minha família continuavam me pegando desprevenida. Não era uma questão de me sentir desconfortável com o assunto. Fazia muito tempo que eu havia aceitado o que tinha acontecido comigo e a maneira como cresci. O que mais me incomodava eram os olhares de pena que eu recebia. Parecia que as pessoas se sentiam culpadas pela minha história, como se o fato de eu não ter família fosse culpa delas.

— Cresci em lares de adoção temporária. Não conheci meus pais.

— Ah. — Ele ficou quieto por um instante e olhou para as próprias mãos. Quando voltou a me encarar, ele não transmitia a pena que eu sempre via nos olhos dos outros quando ficavam sabendo desse detalhe. Em vez disso, perguntou: — Como isso te afetou?

Fiquei muito surpresa com essa atitude. Ninguém nunca tinha me perguntado isso ao descobrir que eu havia crescido em lares de adoção temporária. A maioria das pessoas dizia que sentia muito e depois falava que eu merecia o maior amor do mundo. Elas falavam que, na vida, criamos nossas próprias famílias, e que o começo não precisa determinar o fim. Eram argumentos bons e legítimos e nunca me incomodaram.

As palavras do Capitão América me causaram uma reação diferente. Era uma pergunta difícil de responder, mas feita com sinceridade. Eu não sabia dizer se tinha gostado disso ou não.

— Você quer ouvir a verdade ou a mentira simpática? — questionei. Ele olhou para as luzes da cidade antes de me encarar de novo.

— A verdade. Sempre a verdade.

— Tenho dificuldade de confiar nos outros e também uma pitada de codependência. Odeio admitir isto, mas acho que sonho em ser amada mais do que a maioria das pessoas. Não digo nem de um tipo romântico, mas qualquer amor. Amor dos meus amigos, amor e admiração dos meus professores, do meu chefe. Quero que as pessoas gostem de mim... que me amem. Porque, em algum lugar da minha cabeça, criei a ideia de que o caráter de uma pessoa está atrelado à quantidade de pessoas que a amam.

— Você gosta de agradar os outros.

— Demais. No meu primeiro ano de faculdade, fui mal na primeira prova de história e passei o fim de semana inteiro chorando. Na segunda-feira, levei muffins de mirtilo pro professor no horário de atendimento aos alunos, porque ele tinha mencionado uma vez que era seu sabor favorito. Pedi desculpas por ter ido mal e nunca vou me esquecer do que ele me falou. Ele olhou nos meus olhos e disse que ir mal em uma prova não era sinal de fracasso. Ainda tenho dificuldade em aceitar isso, a ideia de que uma derrota na vida não te torna um fracasso.

— Você se cobra demais, Chapeuzinho.

— Como você sabe? A gente se conheceu faz uma hora.

— Acho que dá pra conhecer uma pessoa em poucos minutos, se você prestar bastante atenção.

— É isso que você faz? Interpreta as pessoas?

— Aham. Na área em que eu trabalho, é útil fazer isso. No mercado imobiliário, preciso ter uma ideia de quem são meus clientes, para saber qual versão de mim apresentar a eles.

— Você mostra uma versão diferente pra todo mundo que conhece? Isso deve ser cansativo.

Ele deu de ombros.

— Nem tanto. Todo mundo mostra versões diferentes de si mesmo o tempo todo. Algumas pessoas só não percebem isso. Além do mais, gosto de pensar que as versões diferentes são partes da mesma pessoa. Os seres humanos são complexos, complicados. Temos muito mais do que apenas uma versão.

Quanto mais ele falava, mais eu detestava o fato de que nunca mais ouviria suas palavras depois daquela noite.

Ele esfregou o nariz com o polegar.

— Qual era a mentira simpática? Pra minha pergunta sobre como os lares adotivos te afetaram?

— Ah. — Eu me empertiguei um pouco e abri um grande sorriso falso. — A forma como eu cresci não me afetou em nada. Acredito que nós criamos nossa própria história de vida. O passado não define ninguém.

— Dá pra ver nos seus olhos que isso é mentira.

Eu me virei para observar a noite.

— Deve ser porque você está prestando atenção demais em mim.

— Não consigo evitar. Olhar pra você parece ter sido a melhor decisão que tomei nos últimos tempos.

Eu ri, tentando ignorar o frio na barriga que ele me causava.

— Você usa essa cantada com todas as garotas?

— Não, mas agora que vi você ficar toda vermelha, talvez comece a fazer isso — brincou ele.

— Bom, você vai precisar se esforçar mais. Não estou vermelha de vergonha. Minhas bochechas estão geladas.

Ele ergueu as sobrancelhas, preocupado.

— A gente pode entrar. Está meio...

— Não estou reclamando. Eu só queria inventar uma mentira pra justificar a cor das minhas bochechas.

— Você é linda.

Revirei os olhos e ri do comentário repentino.

— Para com isso. Você já conseguiu me deixar vermelha. Não precisa forçar a barra.

— Não, é sério. Você é linda. E nem estou falando da sua aparência, apesar de ser maravilhosa. Estou falando da sua alma. Ela é linda.

A timidez tomou conta de mim enquanto eu me remexia e cruzava as pernas feito um pretzel.

— Você nem me conhece.

— Eu falei que sou bom em interpretar as pessoas.

— Você não é o único que tem esse talento. Sou uma introvertida de carteirinha que adora observar as pessoas. Aprendi a interpretar os outros ainda nova.

— É mesmo?

— É. Se contar com tudo que aprendi assistindo a *Criminal Minds*, sou praticamente uma expert em personalidade profissional.

— Tá bom, Chapeuzinho. — Ele se virou de frente para mim e cruzou as pernas diante de si. Nossos joelhos se encostaram e ele levantou uma sobrancelha de curiosidade. — Então me interpreta.

Esfreguei as mãos.

— Deixa comigo. Vamos lá.

Meus olhos percorreram seu corpo, analisando-o por inteiro. Os ombros estavam relaxados. Ele era musculoso, a julgar pelos músculos dos bíceps marcados na fantasia. Era bem-dotado no quesito...

Não olha pro negócio dele, Aaliyah. Para de encarar a América do Capitão.

Desviei meu olhar das partes baixas dele e voltei a olhar para seu rosto, o rosto que exibia um sorriso convencido e olhos cheios de divertimento. Era óbvio que ele tinha percebido que fiquei encarando seus atributos. Eu sentia tanta vergonha que estava com vontade de me esconder em uma caverna e morrer.

Mas, mesmo assim, não podia dar para trás no desafio de interpretá-lo.

— Você malha demais. Não pra ficar fortão, mas como uma válvula de escape. Sua rotina é caótica, mas você não liga. Você gosta de se manter ocupado, porque assim não sobra tempo pra ficar analisando demais as coisas. Por outro lado, quando fica sozinho, você se sente solitário, então vai pra academia pra se concentrar em outra coisa. Você não para de trabalhar, e sua mãe provavelmente vive dizendo que você precisa tirar uma folga. É determinado e impetuoso, mas, às vezes, tem medo de não conseguir conquistar todos os seus sonhos. Mas vai conseguir. Não estou dizendo isso por conta da interpretação. Eu apenas sei.

Ele sorriu.

Eu adorei.

Então continuei.

— Você é sociável. As pessoas vão com a sua cara de imediato, por causa do seu charme e do seu carisma. Quando conversa com uma pessoa, você se concentra nela de verdade. Não escuta só pra bolar uma resposta, e sim porque presta atenção no que elas têm a dizer. A vida é a sua escola, e você sempre faz o dever de casa. E sente saudade da sua mãe. Eu percebi que, quando você fala dela, tem um momentinho em que o seu sorriso hesita. Às vezes, você até cogita voltar pra casa pra cuidar dela e ficar por perto de novo. Mas então se dá conta de que não dá pra mudar o mundo sem sair do lugar. — Bati as mãos. — Ah! E você é leonino.

Ele estreitou os olhos por um segundo antes de apontar um dedo para mim.

— Acho que não gosto de ser interpretado.

— Não se preocupa, a maioria das pessoas não vai conseguir te interpretar. Eu apenas tenho um dom.

— Como você sabe que eu sou leonino?

— Ah, essa foi a parte mais fácil. Pela sua personalidade determinada e pelo seu carisma. Além do mais, seu cabelo bonito te denunciou.

Ele passou a mão pelos cachos castanho-claros e sorriu.

— Você acha que sou o Capitão América com o cabelo mais bonito?

— Não seja convencido, rapaz.

— Tarde demais, meu ego já está inflado. Posso interpretar você agora?

— Fica à vontade.

Ele esfregou as mãos e concordou com a cabeça, se divertindo.

— Vamos lá. Você não estava muito a fim de sair hoje à noite, mas a ideia de ficar sozinha era mais triste. Você passou por uma situação difícil há pouco tempo, talvez um término de namoro. O jeito como o canto da sua boca acabou de se contrair me diz que estou certo. Você tem traumas relacionados a abandono, e é por isso que é tão apegada às pessoas que estão na sua vida. Mas elas são poucas. Você precisa confiar muito em uma pessoa antes de deixá-la entrar no seu mundo, que dirá no seu coração. E, quando entra, você reza pra ela nunca ir embora.

O incômodo começou a se espalhar pelo meu corpo com os palpites certeiros dele, mas tentei esconder o desconforto porque queria que ele continuasse. Eu não entendia por que era tão importante saber o que ele via quando olhava para mim, mas eu precisava saber.

Ele continuou:

— Quando você decide amar alguém, é pra sempre. Até as pessoas que te abandonaram no passado ainda têm um espaço no seu coração, por mais que você tente esquecê-las. Você tem medo de decepcionar os outros, mas também tem dificuldade em reconhecer seus próprios talentos. Você acha que não merece o sucesso com que sonha, porque outra pessoa pode ser melhor. Você ama animais. Não sei se essa parte é verdade, mas tenho essa impressão. Você odeia ver pessoas passando dificuldade ou sofrendo e quer fazer do mundo um lugar melhor, mas não sabe exatamente como fazer isso. Você gosta de filmes de terror, mas se esconde embaixo da coberta. — Esta me fez sorrir. — Você se cobra demais. Guarda suas dores mais profundas pra si mesma. Não quer ser motivo de preocupação pros seus amigos, então esconde sua tristeza, porque não quer ser um fardo. Ah — ele apoiou as mãos nos meus joelhos e se inclinou na minha direção —, e você é de Gêmeos. Só digo isso porque é o único signo que eu conheço além do meu. Não entendo nada de astrologia.

Eu ri.

— Sou de Peixes.

— Ah, eles devem ser conhecidos pelos olhos lindos.

— Para de ficar me elogiando.

— Para de ficar merecendo. — As mãos dele continuavam nos meus joelhos, e ele não fazia ideia das faíscas que seu toque suave produzia. — Fui bem?

— Foi, mas errou uma coisa.

— Ah?

— Eu me escondo embaixo de um travesseiro *e* da coberta quando assisto a filmes de terror, não só da coberta.

— Bati na trave. — Seu olhar brincalhão mudou um pouco enquanto ele me encarava e mordiscava o lábio inferior. — Então você terminou um namoro há pouco tempo.

— Ele terminou comigo há cinco semanas.

— Que babaca.

— É, mas eu o amo. Eu queria poder dizer que não o amo mais, mas fazer o quê? Minha colega de apartamento, Sofia, diz que a melhor maneira de superar um cara é pegando outro, mas não consigo nem pensar nisso agora. A última coisa que quero é ir pra cama com alguém.

— Sem contar que sexo não tira ninguém da fossa, e... *puta merda!* — Ele bateu as mãos e se levantou em um pulo. O sorriso em seu rosto era enorme, mas eu não entendia o que tinha causado aquela mudança repentina. — Já sei, Chapeuzinho! Já sei o que a gente pode fazer pra ajudar você.

Arqueei uma sobrancelha e me levantei.

— Estou confusa.

— Eu sei, eu sei, e você vai achar que sou louco. E talvez eu seja mesmo. Mas o negócio é o seguinte: uma transa não vai curar o seu coração partido. O amor não funciona assim. O amor não é uma conexão física; é emocional. Além do mais, depois de términos, as pessoas só se lembram das coisas boas e começam a pensar que cometeram algum erro, quando, na verdade, sempre existiram mais momentos ruins do que bons. Você só se apega mais às lembranças positivas porque elas eram mais raras no fim. Caso contrário, elas teriam sido suficientes pra manter vocês juntos.

Eu odiava saber que ele estava falando a verdade. Eu tinha passado as últimas semanas pensando em todas as lembranças boas que tive com Mario. Não parava de relembrar os momentos mais importantes da nossa relação.

Havia algumas poucas lembranças boas, mas eu revivia uma atrás da outra, tornando-as melhores do que realmente foram. Mario era mestre em fazer o mínimo possível, e eu admirava isso nele como se ele fosse um deus. A culpa não era dele por ter me dado um amor medíocre. Era minha por tê-lo aceitado.

— Aonde você quer chegar? — perguntei.

— Você acredita em destino?

Eu ri.

— Não vai me dizer que você acredita.

— Acho que tudo acontece por um motivo, mesmo que não esteja muito claro na hora. Talvez tenha sido por isso que nos conhecemos hoje, Chapeuzinho, porque as coisas deveriam acontecer assim. Talvez eu precisasse levar um soco na cara e umas chicotadas para os nossos caminhos se cruzarem e eu ajudar você a superar seu ex.

— Como?

— A melhor forma de esquecer um amor é encontrando uma conexão mais forte com outra pessoa. Então aqui está a sua história de amor de Halloween.

Ele fez uma reverência, como se aquilo fizesse algum sentido.

Fiquei parada, mais confusa do que nunca.

— Eu perdi alguma coisa?

— Parece que sim, porque você está me encarando como se eu tivesse ficado louco. O que é bem provável. — Ele pigarreou e se empertigou enquanto passava as mãos pelo peito. — Estou pedindo pra você se apaixonar por mim.

Dei uma risada.

— Desculpa, como é que é?

— Me dá a chance de fazer você se apaixonar por mim antes do sol nascer daqui a umas — ele olhou para o celular — cinco horas. Já passa de meia-noite. Deixa eu usar esse tempo pra te conquistar. E então encerraremos nossa história de amor com um belo desfecho. Sem corações partidos, sem momentos difíceis nem problemas de relacionamento. Sem traições nem escândalos. Apenas duas pessoas que se apaixonaram e tiveram que se separar por coisas da vida, ou, no nosso caso, por causa do amanhecer.

— Você acha mesmo que duas pessoas conseguem se apaixonar em cinco horas?

— Não sei. — Ele deu de ombros e estendeu a mão para mim. — Quer tentar?

Eu devia ter dito que não. Eu devia ter rido daquela ideia idiota e encerrado a noite ali no terraço, mas eu não queria voltar para casa. Eu não queria ficar sozinha. Mas, acima de tudo, eu queria mais tempo com o Capitão América, mesmo que por poucas horas. Mesmo que fosse impossível eu me apaixonar por ele e aquilo não passasse de uma chance de me sentir um pouco mais feliz.

Feliz.

Eu estava feliz.

Eu não sabia a falta que aquele sentimento me fazia até ele me encontrar naquela noite.

Então fiz o que qualquer garota louca faria. Peguei a mão dele e concordei com a ideia de me apaixonar nas próximas cinco horas.

Ele entrelaçou seus dedos aos meus e me puxou para perto. Era o mais próximo que estivemos um do outro desde que nos conhecemos, e a forma como ele me olhava nos olhos aumentou ainda mais o frio na minha barriga. Ele devia ter mais de um metro e noventa, se agigantando sobre o meu um metro e setenta — de salto alto. A forma como ele me olhava fazia com que eu me sentisse importante, como se ele fosse se dedicar de corpo e alma àquele plano doido.

— Tenho outra piada — disse ele, com o sorriso mais bobo do mundo.

— Que piada?

— Toc-toc.

— Quem é?

— A pessoa por quem você vai se apaixonar.

— Quem?

— Eu.

3

Aaliyah

Não sei onde eu estava com a cabeça quando concordei em me apaixonar por um super-herói até o fim da noite. A situação toda era bizarra, mas da melhor maneira possível. A possibilidade de me apaixonar por alguém em tão pouco tempo me deixou meio empolgada.

Parecia algo quase impraticável, o que tornava a ideia ainda mais intrigante. Eu tinha levado mais de dez meses para dizer a Mario que o amava. Eu não entregava meu coração com tanta facilidade. O Capitão América sabia disso, porque ele havia mencionado essa característica quando me interpretou. O fato de ele acreditar que faria com que eu me apaixonasse por ele em poucas horas era interessante.

Ainda bem que nós vivíamos na cidade que nunca dorme, porque, apesar de já passar de meia-noite, ainda havia inúmeras aventuras disponíveis.

— Tudo bem, que tal a gente fazer assim: cada um escolhe dois lugares pra ir. Tem que ser um lugar que amamos, o outro é um lugar que achamos que o outro vai amar. Podemos compartilhar esses momentos enquanto nos conhecemos melhor — sugeriu o Capitão América.

— Boa ideia. Quem começa?

— Damas primeiro.

— Ah, é, você é um sulista educado.

— Quando se trata de respeitar mulheres, faço questão. — Ele esfregou as mãos. — Então, aonde vamos primeiro?

Eu queria pensar com calma em um lugar que ele amaria, então achei melhor começar com um dos meus favoritos. Sem contar que meu estômago estava roncando, um sinal evidente de que a primeira parada deveria incluir comida.

— Você está com fome? — perguntei.

— Comer nunca é uma má ideia.

Sorri, empolgada para levá-lo ao meu lugar favorito na cidade, para comer minha comida favorita.

— Você conhece o Asinhas de Frango do Grant?

— Nunca ouvi falar.

— Bom, meu amigo, você tirou a sorte grande hoje. Vamos pegar o metrô.

Apesar de eu ter meu próprio cartão do metrô, o Capitão América fez questão de passar o dele para mim. Andar de metrô todo dia era uma coisa, mas andar de metrô na noite de Halloween era completamente diferente.

Nós tivemos a sorte de conseguir dois lugares juntos, e era fenomenal ficar observando as pessoas. Havia tantas fantasias diferentes, tanta criatividade, que era quase impossível desviar o olhar. Na maior parte do tempo, eu fazia questão de não bisbilhotar a vida dos outros, porém, naquela noite, eu queria admirar todo mundo.

— A minha favorita é a escada rolante — sussurrou o Capitão América, inclinando-se na minha direção.

Olhei para a esquerda e vi um homem que carregava uma escada dobrável cheia de pênis de plástico grudados nela. As palavras "escada rôlante" estavam escritas em uma placa grudada na escada.

Dei uma risadinha.

— Não sei, acho que o prato executivo me conquistou.

Apontei para a direita, na direção de um homem de terno e gravata e com um prato de isopor grudado na cabeça.

— Ah, sim, a concorrência está acirrada. Mas acho que nós dois concordamos que a moça com as orelhas de gato foi meio preguiçosa, né?

— Com certeza, mas ela está segurando o look. Não vi defeitos.

Quando paramos na estação seguinte, uma mulher mais velha vestida de pizza entrou no vagão. Sem hesitar, o Capitão América cedeu o lugar para ela, e ficou se segurando na barra diante de nós.

Ela se acomodou ao meu lado e escutou meu estômago roncar. Coloquei as mãos na minha barriga faminta e sorri para ela, numa tentativa de me desculpar pelo barulho.

A mulher me lançou um olhar sério, apontando um dedo para mim.

— Não ouse tentar me comer, sua psicopata — avisou ela.

Achei que fosse uma piada, mas ela virou as costas para mim em um movimento dramático e bufou, irritada. Então começou a resmungar sozinha.

Levantei o olhar bem a tempo de ver o Capitão América se controlando para segurar uma risada.

— Fica quieto — articulei com a boca, sem emitir nenhum som, e ele se virou para o outro lado, explodindo numa gargalhada daquelas.

Eu não tinha nem como ficar irritada com a senhora mal-educada que ganhou um assento no vagão. A risada do Capitão América me fez esquecer de tudo e todos.

Eu adorava a maneira como ele gargalhava, se divertindo horrores com aquela situação. Era o tipo de risada que fazia você querer rir também.

Quando chegamos à nossa estação, ele ofereceu a mão para me ajudar a levantar. Então se virou para a mulher-pizza.

— Sinto muito por ela ter tentado comer a senhora — declarou ele, me fazendo dar um tapa em seu braço.

— Ela é uma psicopata — disse a mulher-pizza. E voltou a resmungar sozinha.

Esse tipo de coisa só acontece em Nova York.

Quando saímos do metrô, ele soltou minha mão e me lançou um olhar cheio de preocupação.

— Por que você ia comer aquela mulher, Chapeuzinho? Foi porque você passou tempo demais com o Lobo Mau? Comer pessoas faz mais o estilo dele. Aliás, se estiver pensando em me levar pro seu restaurante favorito só pra me engordar pro abate, já vou logo dizendo que não tenho muita gordura corporal. Sou puro músculo.

Ele levantou o braço para mostrar o muque feito um bobo, e eu corei como uma garotinha.

Sim, ele estava sendo ridículo e dramático, mas, caramba, aquele bíceps imenso era a prova viva de que ele era puro músculo mesmo.

Revirei os olhos.

— Se eu fosse comer um personagem da Marvel, com certeza não seria você.

Ele estreitou os olhos.

— Espera, como assim? Você não ia me escolher? — perguntou ele, parecendo ofendido.

— Você ficou chateado porque eu não te comeria?

Ele fez uma careta e concordou com a cabeça enquanto caminhávamos pela rua.

— Bom, um pouco. Quer dizer, que história é essa? Quem você comeria primeiro?

— A gente está mesmo discutindo canibalismo?

— Com certeza. Agora, anda, desembucha. Quem você comeria?

Dei de ombros.

— Sei lá. Provavelmente o Thanos.

— O *Thanos*?! — gritou ele, fazendo algumas pessoas se virarem para nós.

Obviamente, elas logo desviaram o olhar, porque Nova York é assim mesmo.

— Não grita! As pessoas estão olhando! — sussurrei, cutucando-o.

— E deveriam olhar mesmo! — continuou ele, aos berros. — Você acabou de falar que comeria o Thanos!

— Falei mesmo, e não me arrependo. Tudo bem que ele é um supervilão que tentou matar metade do planeta, mas ele é grandalhão, o que significa mais comida. E eu gosto de carnes exóticas.

— Ele não é uma carne exótica, Chapeuzinho. Ele é roxo, cacete.

— Só estou dizendo que ele seria a minha escolha. Não tenho que explicar o meu canibalismo.

Ele bufou, balançando a cabeça.

— Não acredito que você prefere o vilão mais odiado do mundo em vez do melhor super-herói de todos.

Soltei uma gargalhada.

— O melhor super-herói de todos? Você está se achando.

— O quê?! — Ele arfou de novo, ainda aos berros. — Você está de brincadeira? Eu sou o Capitão América! O benfeitor!

— É, mas isso não faz de você o melhor. Sua moral costuma te atrapalhar. Não dá pra ser bonzinho o tempo todo. Mas não precisa ficar preocupado, você com certeza está na lista dos dez melhores super-heróis.

— Eu sei que faz sentido, mas isso não consola meu coração machucado.

— Desculpa por eu ter te magoado quando disse que não te comeria.

— Tudo bem. Eu perdoo você. Nem todo mundo toma boas decisões na vida, mas quero que saiba de uma coisa antes de continuarmos nosso passeio. — Ele segurou meus ombros, interrompendo meus passos, fixando seus lindos olhos azuis nos meus enquanto usava o tom de voz mais sério que escutei sair de sua boca naquela noite. — Eu te comeria todinha.

Uma onda de calor me preencheu conforme as palavras dele faziam minha cabeça e a minha região inferior ferverem.

— O duplo sentido foi de propósito?

— O quê? Não. Só estou dizendo que eu te comeria com prazer. — Ele arqueou uma sobrancelha e abriu um sorrisinho presunçoso. — Eu te comeria... a noite... toda.

Eu o empurrei e continuei andando.

— Você é irritante.

— Talvez você devesse me comer pra calar a minha boca.

— Não, eu vou alimentar você pra calar a sua boca — rebati, assim que paramos diante do Asinhas de Frango do Grant. — Bem-vindo ao Grant. Este lugar, meu amigo, faz sonhos virarem realidade.

Gesticulei para o pequeno restaurante como se tivéssemos acabado de dar de cara com a Disney.

O rosto do Capitão América assumiu uma expressão boba, e eu já tinha percebido que ele ficava com aquela cara sempre que pensava em algo ridículo.

Suspirei.

— O que foi?

— Nada, nada. É só que você me chamou de amigo.

— Ah, nossa. Não deixe isso subir à cabeça.

— Não vou deixar. Quer dizer, vou, mas não vou. É só que já progredimos de completos desconhecidos para amigos. — Ele passou o braço ao redor dos meus ombros e me apertou. — E todo mundo sabe que grandes histórias de amor começam com uma amizade. Pergunta pro Harry e pra Sally.

~~oↄ~~

Ele pediu três tipos de asinhas de frango, e fiquei extremamente ofendida quando vi que ele tinha escolhido as desossadas. "Asinhas de frango desossadas" era o mesmo que pedir nuggets de frango. Ele ficou me observando enquanto eu o ensinava a retirar toda a carne da asinha e depois chupá-la, limpando todo o osso em uma tacada só.

Os olhos do Capitão América estavam arregalados de fascínio enquanto ele me observava manipulando o osso.

— Sei que essa experiência não devia ser sexual, mas, puta merda, essa foi uma baita experiência sexual.

Sorri e dei de ombros, pegando outra asinha e separando a carne dos ossos.

— Fazer o quê? Tenho talento pra usar a boca.

Os olhos dele se arregalaram de curiosidade.

— O duplo sentido foi de propósito? — perguntou ele, repetindo o que eu havia dito antes de entrarmos no restaurante.

— O quê? Não. Só estou dizendo que eu sei usar a boca muito bem.

Depois disso, chupei o restante da carne do osso da asinha e lambi os dedos lentamente, um de cada vez, bem, bem devagar, porque sabia que ele estava prestando atenção.

— Você está me provocando — disse ele, incrédulo, balançando a cabeça.

— Não foi você quem falou que passaria a noite toda me comendo?

— Eu mereci essa, Chapeuzinho. Eu mereci.

Ele ajeitou ligeiramente seu uniforme de super-herói abaixo da cintura, e fiquei me perguntando se meus pequenos gestos tinham despertado algo nele. A ideia me fez sorrir, não sei por quê. Eu gostava de pensar que seria capaz de deixá-lo excitado, mesmo que só precisasse comer uma mísera asinha de frango para isso.

Ele voltou a devorar suas asinhas, nitidamente sem querer passar dos limites com os comentários sexuais, e perguntou:

— Tem muito tempo que você encontrou este lugar?

— Ah, nossa, tem anos. Acho que eu tinha uns quinze anos quando fugi e vim parar aqui.

— Desculpa, o quê? Você fugiu?

— Aham. Eu estava com uma família ruim na época. Eu não era a garota mais fácil do mundo, mas eles eram cruéis. Então, depois de passar uma noite sendo humilhada, eu fugi. Mas não queria voltar pro abrigo. Eu não sabia aonde ir nem o que fazer; só coloquei minhas poucas coisas numa mochila e fui embora. Fiquei vagando pelas ruas por um tempo. Dormi embaixo da escada de incêndio nos fundos de um prédio à noite.

"No dia seguinte, andei pra cima e pra baixo nesta rua, me sentindo sozinha e com medo. Até que encontrei o Grant parado do lado de fora do restaurante. Ele me perguntou se eu estava com fome. Eu estava faminta, então ele me chamou pra entrar e me deu comida. Na semana seguinte, ele fez a mesma coisa e me deixou dormir naquela cabine ali. Ele trouxe cobertores, travesseiros e tudo mais. Nós não conversamos depois da primeira vez que eu vim comer. Foi uma conexão implícita."

— Que incrível.

Concordei com a cabeça.

— Ele era incrível. Na verdade, foi ele quem me deu minhas primeiras revistas em quadrinhos. No final da primeira semana, ele veio conversar comigo de novo, sentou do meu lado depois de preparar panquecas com gotas de chocolate pra mim — meu prato favorito. Enquanto eu atacava a comida, ele falou: "Está na hora de ir pra casa." Contei pra ele que eu não tinha casa. Ele me disse que eu precisava voltar pro abrigo. Se eu fizesse isso, ele me daria um emprego e bancaria minha faculdade. Eu ri, porque nunca tinha cogitado a possibilidade de ir pra faculdade. Minhas notas não eram das melhores, e nunca tive nenhuma paixão que me motivasse. Falei pra ele que eu não acreditava em mim.

— O que ele disse?

Dei uma risadinha, olhando para o copo de água que eu segurava com as duas mãos. Meus dedos estavam molhados com a condensação, refrescando meu corpo enquanto eu pensava em Grant.

— Ele disse que isso não importava, que acreditaria em mim até que eu aprendesse a fazer isso sozinha.

— E ele cumpriu a promessa?

— Aham. Vou me formar na próxima primavera por causa dele. Devo minha vida àquele homem.

Ele abriu um sorriso, mas depois vacilou um pouco.

— Você falou que ele era incrível... no passado.

— Ele sofreu um acidente de carro feio no ano passado. Não sobreviveu.

— Sinto muito. Nem imagino como deve ter sido pra você.

— Ele era praticamente a minha... — Minha voz falhou um pouco enquanto eu pensava em Grant. — Praticamente a minha família.

— Não. Ele era a sua família. Ele sempre vai ser a sua família.

Sorri.

— Obrigada por dizer isso. Toda semana vou ao cemitério pra ler revistas em quadrinhos pra ele. É uma tradição esquisita, mas foi ele quem me apresentou a elas, e nós sempre líamos juntos. Eu ainda preciso da companhia dele e das nossas conversas, mesmo que ele não consiga me escutar.

— Ele provavelmente escuta.

— Espero que sim. É esquisito, né?! Às vezes a gente acaba encontrando pessoas aleatórias que mudam nossa vida pra sempre.

Ele se inclinou para a frente e colocou as mãos sobre as minhas, ao redor do copo.

— Você vai mudar a minha vida, Chapeuzinho.

Ele não usou um tom brincalhão quando pronunciou aquelas palavras. Não, ele as falou com tanta seriedade que, de alguma forma, seu toque pareceu mais gelado do que o copo que eu estava segurando.

— Por que você acha isso?

— Você já teve esse tipo de sensação que vem de dentro de você?

— Geralmente depois que como estas asinhas. Acho que são gases.

Ele riu, e o som fez com que eu me derretesse toda. Uma parte de mim não conseguia acreditar que eu tinha acabado de falar sobre gases na frente dele. A outra metade achava aquilo totalmente natural. O que aquele cara tinha de especial? Por que parecia tão fácil ser eu mesma na companhia dele?

Sem pedir, ele esticou o braço para pegar uma das minhas asinhas com osso, e bati na mão dele.

— O que você está fazendo? — gritei, horrorizada.

— Quero provar uma asinha com osso.

— Bom, você devia ter pedido com osso então. Pra ser sincera, eu meio que te julguei por ter pedido as desossadas. Na minha experiência como especialista, elas nem são asinhas de verdade. Estão mais para nuggets gigantes.

— Você é uma comedora profissional de asinhas de frango?

— Sou, e nem pense em fazer piada com isso. Tenho orgulho desse título.

Ele levantou as mãos, rendido.

— Tudo bem, tudo bem. Desculpa. Eu jamais ofenderia uma mulher e sua comida.

Eu me recostei na cadeira, sorrindo de satisfação ao ver que ele sabia quando desistir. Pelo menos, foi o que eu achei. Assim que me convenci de sua derrota, ele se inclinou para a frente e surrupiou uma das asinhas da minha cesta. Depois de balançá-la no ar, orgulhoso, ele a lambeu para mostrar que eu não a teria de volta.

— Você é um idiota — falei, lançando para ele um olhar fulminante.

— Um idiota que você vai começar a amar daqui a pouco.

— É melhor você esperar sentado.

— Concordo. Seria cansativo comer minha asinha de frango em pé.

Revirei os olhos e suspirei.

— Come direito, pelo menos. Usa a minha técnica. Juro por tudo que é mais sagrado que, se você deixar qualquer pedacinho de carne no osso, vai se ver comigo.

— Mas sem pressão, né? — Ele riu. Então olhou para mim. — Consequência ou consequência? — perguntou.

— Você não quis dizer verdade ou consequência?

— É, mas não quero te dar a chance de ser covarde e escolher verdade. Então, consequência ou consequência?

Eu ri baixinho.

— Hum... Acho que prefiro consequência.

— Tudo bem. Desafio você a olhar nos meus olhos enquanto eu destrincho esta asinha de frango.

— Você é maluco.

— Sou, mas você escolheu consequência, então não tem jeito.

Ele estufou um pouco seu peitoral de Capitão América, se remexendo, antes de fixar seu olhar no meu. Caramba, os olhos dele. O universo nunca poderia ter criado olhos assim. Eles carregavam mais poder do que qualquer pessoa deveria ter.

— Vou fazer igual a você — alertou ele.

— É o mínimo que eu espero.

Ele começou colocando a asinha na vertical sobre o guardanapo, então empurrou a carne para baixo bem, bem, bem devagar, concentrando tudo na parte inferior. Então ergueu a asinha até a boca e lambeu o molho de pimenta antes de mergulhá-la no potinho de ranch à sua frente. Ele a levou de volta à boca, arqueando uma sobrancelha e abrindo um sorriso travesso que fez minhas pernas tremerem involuntariamente. Ele abriu a boca e deslizou a carne para dentro, sugando tudo, sua língua limpava os ossos de qualquer resquício de molho que pudesse ter escapado de sua boca na primeira vez.

Então ele baixou os ossos e enfiou o dedo indicador no potinho de ranch. Ao tirá-lo lá de dentro, deixou o molho escorrer antes de levá-lo à boca e chupar devagar, de um jeito sensual — e, ai, minha nossa, engravidei de gêmeos na mesma hora.

Eu só queria desviar meu olhar e esconder meu rosto corado feito o de uma garotinha, mas missão dada é missão cumprida, então mantive contato visual pelo tempo inteiro, enquanto ele fazia minhas pernas tremerem por comer uma mísera asinha de frango.

— Você é ridículo — falei, desviando o olhar assim que ele terminou de chupar a asinha.

Tomei um gole enorme de água, tentando me refrescar depois daquele show.

Ele riu.

— Mas acho que você gosta.

É verdade. Eu gosto mesmo.

Eu me remexi na cadeira, tentando desviar a conversa para longe da situação estranhamente sexual, porém nada sexual, que tinha acabado de acontecer.

— Então... — Minha voz falhou. — Qual é a nossa próxima parada?

Ele pegou um lenço umedecido e começou a limpar as mãos.

— Ah, essa vai ser boa. Ótima, na verdade. E é cem por cento a sua cara.

4

Connor

Eu sentia uma necessidade inexplicável de agradar as pessoas. Eu conseguia entender que elas eram responsáveis pela própria felicidade? Sim. Isso me impedia de tentar dar um empurrãozinho para que elas encontrassem a tal felicidade? Nem um pouco.

Eu tinha orgulho de ser um cara simpático, no geral. É claro que eu não estava sempre de bom humor e também tinha meus dias ruins — afinal, eu ainda era humano —, mas, no fim das contas, sabia que a felicidade devia ser a motivação da minha vida. Quando eu via que estava me afastando muito dela, arrumava um jeito de me sentir bem e me recolocar nos eixos.

Por coincidência, animar os outros é algo que faz com que eu me sinta bem. Eu garantia minha dose de felicidade quando via alguém sorrir. Era muito gratificante saber que uma pessoa poderia ter um amanhã melhor porque seu caminho havia cruzado com o meu hoje.

Mas eu não esperava que a Chapeuzinho tornasse o meu amanhã mais feliz porque nossos caminhos se cruzaram naquela noite. Eu já tinha aceitado o fato de que pensaria o tempo todo nela pelos próximos dias.

Nossa... que mulher.

Estou apaixonado, estou apaixonado, e quero contar pra todo mundo!

Tudo bem, eu não estava apaixonado. Mas, caramba, eu gostava daquela garota. Eu tinha conhecido muita gente legal desde que trocara o Kentucky por Nova York. Eu me orgulhava de ser um cara amigável. Meu maior talento era lidar com pessoas. Verdade seja dita, ficar sozinho não era o meu forte. Quando não havia ninguém por perto, eu me sentia isolado e começava a ter pensamentos que preferia evitar. Algumas pessoas chamariam isso de ansiedade, mas eu chamava de "pare com essa porra". Portanto, eu passava muito tempo cercado por gente. Qualquer reuniãozinha já valia a pena. No dicionário, a palavra extrovertido devia aparecer ao lado de uma foto brega minha, sorrindo de orelha a orelha.

A Chapeuzinho parecia ser diferente. Quando a vi pela primeira vez, do lado de fora do bar, dava para perceber que ela tinha saído para respirar um pouco, para dar um tempo da multidão lá dentro. Sempre que a gente atravessava o tumulto do bar, ela se encolhia um pouco, chegava até a apertar mais a minha mão enquanto eu a guiava. Nossos níveis de extroversão eram diferentes, e eu gostava disso. Eu gostava do fato de ela ser calma, de parecer profunda sem fazer esforço nenhum.

Como eu disse, eu gosto dela.

Além disso, fora tudo o que eu havia descoberto por meio das nossas conversas, ela era linda. Seu cabelo preto era comprido, com cachos bem definidos, seus lábios eram carnudos, seu sorriso destacava o brilho marrom-dourado de suas bochechas. Seu corpo tinha curvas em todos os lugares que eu adorava, e, minha nossa, eu falei do sorriso dela? Sim, falei — mas valia a pena falar dele de novo. Ela sorria de um jeito que era capaz de fazer a pessoa mais triste do mundo se sentir feliz por alguns segundos. Ele prendia a minha atenção e era quase impossível desviar o olhar.

Eu fiquei meio surpreso quando ela concordou com a minha ideia maluca de se apaixonar por mim antes do nascer do sol, mas, lá no fundo, eu não queria encarar a possibilidade de nunca mais vê-la depois que o bar fechasse. Se o nosso tempo era limitado, eu queria preenchê-lo com outras experiências além de beber em um lugar qualquer.

Eu estava torcendo para que ela me desse seu telefone no final da noite? Sim.

Eu também estava torcendo para que ela não fizesse isso? Sim. Eu sabia como era minha vida agora — trabalhava feito um maníaco, tentando realizar meus sonhos mais loucos. Todo o sucesso que eu tinha conquistado nos últimos anos veio à custa de sacrifícios para construir o império que existia na minha mente. Isso significava que relacionamentos não eram uma prioridade. Eu não seria um bom namorado e, se não pudesse dar à Chapeuzinho a disponibilidade e a atenção que ela merecia, seria melhor que ela não perdesse tempo comigo.

Mas, droga... aquela noite estava virando uma das minhas favoritas. Você já viveu um momento sabendo que ele se tornaria uma das suas lembranças preferidas? Era exatamente isso que a noite de Halloween estava se tornando para mim. Eu tinha quase certeza de que nenhum outro Halloween chegaria aos pés daquele.

E a parte mais louca de tudo isso?

Eu ainda não sabia o nome dela.

— Você vai dar alguma dica sobre o lugar para onde estamos indo? — perguntou ela, enquanto seguíamos pelo caminho.

Nós tínhamos ido para o Queens de metrô, e dava para perceber que ela estava confusa com a situação. Meu primeiro colega de apartamento em Nova York tinha me apresentado ao lugar aonde eu a levava agora, e eu estava torcendo para que ela gostasse.

— Não se preocupa, já estamos chegando. É virando a esquina.

Vi que ela estremeceu ligeiramente, e apoiei a mão em suas costas, perto da cintura, puxando-a para mais perto de mim em uma tentativa de mantê-la aquecida. Antes do fim da noite, eu tinha de encontrar uma loja aberta para comprar um casaco para ela. Ela não havia reclamado do frio, mas era perceptível que seu corpo pequeno estava congelando.

Para minha surpresa, ela se apoiou em mim, deixando que eu a envolvesse com um dos meus braços. Ela se encaixou no meu corpo como se tivesse sido feita para isso, como se fosse uma peça de quebra-cabeça que eu nem sabia que faltava no meu mundo.

Pelo menos temporariamente.

— Não acredito — disse ela, ofegante, quando paramos em frente a um fliperama. Ela levantou uma sobrancelha. — Como você sabia que eu adoro fliperamas?

— Eu não sabia disso até agora, mas não era bem isso que eu queria te mostrar, então acho que acertei duas vezes. Vem, vamos entrar.

O UpDown era um fliperama-bar onde as pessoas podiam beber e ser nerds ao mesmo tempo. O lugar estava lotado naquela noite, o que não era nenhuma surpresa. Mesmo fora de datas comemorativas, sempre tinha fila para entrar no UpDown.

Entramos na fila, e continuamos encaixados feito um quebra-cabeça enquanto conversávamos sobre nossos jogos de video game favoritos da infância. Era muito fácil bater papo com ela, mas ao mesmo tempo parecia algo muito importante. Eu ouvia cada palavra que ela dizia, prestando muita atenção. E também fiquei reparando nas manias discretas dela. Ela franzia o nariz quando não gostava de algo, sacudia os ombros quando ficava animada. Suas duas covinhas ficavam mais fundas quando ela sorria, ela balançava o quadril quando uma música começava a tocar sem nem se dar conta do gesto.

Quando finalmente entramos no fliperama, fui obrigado a sorrir quando vi Chapeuzinho arregalar os olhos e sacudir os ombros. Então aqueles olhos castanhos se viraram para mim, ainda brilhando.

— A gente pode jogar alguma coisa?

— O que você quiser, meu bem. Vou só pegar umas fichas.

Passamos uma hora nos divertindo com vários tipos de jogos, desde máquinas de pinball até um fliperama antigo dos *Simpsons*. Ela ria e xingava quando cometia um erro, dava pulos de animação, girava e fazia uma mesura sempre que me destruía em um jogo — o que acontecia com frequência. Eu queria poder dizer que tinha deixado que ela ganhasse, mas estaria mentindo. Ela era boa pra cacete.

O que mais me impressionava naquela garota era que ela conseguia ser sexy e fofa ao mesmo tempo. Havia algo muito atraente nela e na forma como se movia, e que também a fazia ser adorável.

Que palavra descreveria alguém que é fofa e sexy — fexy? Fofexy? Droga, eu não sabia que nome dar àquilo, mas ela encarnava aquela definição perfeitamente.

Olhei para o relógio e me inclinei por trás dela enquanto ela jogava pinball.

— São quase três e meia da manhã — avisei, me sentindo um pouco enjoado. Meu plano era passar a noite fazendo um monte de coisas diferentes, mas, com o tempo da viagem de metrô e com a cidade mais caótica do que nunca, o tempo não estava do nosso lado. Quanto mais a manhã se aproximava, mais eu queria congelar o tempo. Desejava ter mais tempo com ela, mais tempo para nós, seja lá o que esse "nós" significasse. — Eu queria te mostrar outra parte deste lugar antes de irmos embora — expliquei.

Quando me inclinei, meu corpo pressionou as costas dela, e, por um segundo, tive a sensação de que ela também se inclinou na minha direção, deixando seu corpo se moldar ao meu. Ao longo da noite, nossos corpos foram encontrando maneiras de se aproximar, como se um ímã nos unisse.

Eu não me importava. Eu gostava de tê-la perto de mim.

— Já são três e meia? — perguntou ela, se virando para mim e franzindo a testa.

Era bom saber que nós dois estávamos insatisfeitos com essa realidade.

— Já. Vem, vou te levar pra melhor parte deste lugar.

Peguei a mão dela e comecei a avançar pelo salão. Havia uma porta com um Q enorme e brilhante pendurado.

— O que é isso? — perguntou ela.

— Essa é a parte que me fez pensar em você.

Segurei a maçaneta e abri a porta. Naquele instante, me senti como o Papai Noel realizando os sonhos mais loucos da Chapeuzinho. Atrás da porta, havia uma sala enorme, cheia de prateleiras e mesas tomadas por revistas em quadrinhos. Havia até edições especiais de colecionador em uma vitrine no caixa.

— Nossa. — Ela estava impressionada com aquilo tudo. — São...?

— Sim.

— Eu posso...?

Sorri.

— Pode.

Ela passou direto por mim e se jogou na sala, indo em disparada para a seção da Marvel. O espaço era iluminado como uma boate antiga, dando um clima brega, mas descolado, se é que isso faz sentido. Uma das paredes era coberta por carpete e exibia pôsteres gigantes de super-heróis de vários universos diferentes.

Cruzei os braços, satisfeito por ver que tinha conseguido achar algo que ela adorou. Gostei de vê-la sorrir ao folhear as pilhas de revistas. Fui até o corredor onde ela estava e comecei a folhear os quadrinhos também. A única coisa que separava nós dois era a cesta com as revistas, e, para falar a verdade, estávamos a uma distância maior do que eu gostaria.

— Verdade ou verdade? — perguntou ela.

Arqueei uma sobrancelha.

— Verdade.

— Qual foi o dia mais feliz da sua vida?

— A segunda vez que descobri que minha mãe não tinha mais câncer.

— Você não poderia ter escolhido melhor.

Eu estava totalmente de acordo.

— Verdade ou verdade? — perguntei.

— Verdade.

— Por que o seu último namoro acabou?

Ela parou de folhear as revistas por um instante, e vi a mágoa surgir em seus olhos por um milésimo de segundo. Ela balançou rápido a cabeça antes de responder:

— Peguei ele me traindo. Aí ele terminou comigo porque estava apaixonado pela outra mulher.

— De novo, que babaca.

— É. Mas mesmo assim... ele terminou comigo. Não consigo acreditar que fiquei parada lá, com ele pelado, e permiti que ele terminasse comigo. Sempre achei que, se eu um dia passasse por uma situação dessas, entraria no modo mulher-empoderada-durona e perderia a linha. Quebraria um abajur e daria um chute no saco dele. Mas, em vez disso, não tive reação nenhuma e levei um pé na bunda. Depois, passei cinco semanas chorando. — Ela se empertigou. — Na verdade, hoje é o primeiro dia que não choro.

— Vamos comemorar essa evolução — sugeri, aplaudindo.

— Tenho certeza de que é porque você está me distraindo da minha fossa, então obrigada.

— Você continua triste.

Ela concordou com a cabeça.

— Sim. Mas estou menos triste hoje.

— O que significa que talvez você esteja menos triste ainda amanhã.

— Pois é. É só que términos de relacionamentos fazem você questionar tudo sobre si mesmo. Fico pensando o que eu poderia ter feito pra ser uma namorada melhor, como eu poderia ter sido a mocinha da história dele, em vez da Monica. — Ela fez cara de nojo. — Nossa, Monica. Que nome idiota. Dá pra acreditar? Ele se apaixonou pela Monica e me contou isso como se ela fosse o final feliz da história dele. Esse tempo todo, era ela a heroína da história dele, enquanto eu achava que era a protagonista. Na verdade, fui apenas uma atendente de cafeteria qualquer, a coadjuvante de quem ninguém se lembra. Sei lá, talvez seja esse o meu papel na vida. Talvez eu esteja destinada a ser só uma figurante na história das pessoas. Sou só a garota que serve o café dos personagens principais.

— Você não pode acreditar nisso.

Ela deu de ombros e ficou quieta.

Depois voltou a olhar as revistas, e seus olhos brilharam de alegria ao encontrarem algo que ela adorou. Seu humor mudou da água para o vinho quando ela apertou a revista contra o peito e a abraçou.

— Você está vendo o que eu estou vendo? — perguntou ela, toda animada.

— Como é que eu vou ver se você está esmagando a revista?

Ela a virou para me mostrar, e lá estava eu — bem, não eu, mas meu alter ego.

— Capitão América, uma edição de 1950. Isto é um tesouro.

— Leva. Vou comprar pra você.

— Não. Não precisa fazer isso.

— Eu sei. Mas eu quero. Aproveita e já vai montando uma coleção pra você.

— Capitão...

— Por favor, Chapeuzinho — pedi, quase em tom de súplica. Eu estava implorando porque queria que os olhos dela continuassem brilhando de alegria como fizeram assim que ela viu aquelas revistas. — Sei que não estamos mais em 1918, mas quero fazer isso por você.

— Por quê?

— Porque é pra você.

— O que eu tenho de tão especial?

Fui até ela para ficarmos cara a cara, afastei lentamente uma mecha de cabelo que pendia sobre sua bochecha e a prendi atrás da orelha.

— Tudo em você é especial.

— Do que você tem medo? — perguntou ela, me pegando desprevenido, claramente mudando o foco da conversa para mim e tirando-o de si.

— Ah, de várias coisas. Cobras. Turbulências em aviões. Me atrasar pra reuniões importantes. Cangurus.

— Cangurus?

— Você já viu um canguru brigando? O Thor é fichinha perto deles.

— Faz sentido, mas eu queria saber de medos menos superficiais. Então vou perguntar de novo. Do que você tem medo?

Franzi o cenho. Não era sempre que eu falava sobre os meus medos em voz alta. Eu acreditava que, quando você dava voz a alguma coisa, quando transformava em palavras os monstros que mantinha trancafiados em sua cabeça, eles se libertavam das jaulas e ganhavam vida.

Mesmo assim, a Chapeuzinho tinha sido tão sincera comigo que merecia o mesmo respeito. Talvez, se eu os sussurrasse, meus medos pudessem ficar confinados aos ouvidos dela.

— De decepcionar as pessoas — confessei. — Do câncer da minha mãe voltar e ela morrer. De perder as pessoas que amo. De ir embora desta vida sem causar um impacto.

Ela sorriu. Foi um sorriso pequeno, mas teve um efeito imenso no meu peito. Não me entenda mal, os sorrisos largos dela eram maravilhosos, mas os pequenos, quase secretos, me faziam desejar que o sol ficasse mais algumas horas escondido.

— E você?

— Tenho medo de nunca ter uma família... de morrer sozinha.

— Parece que nós dois temos medo da morte, né?

Os olhos castanhos dela brilharam com um ar travesso.

— Você tem alguma frase filosófica sobre esse tema?

— Hum. "Aquilo que te preocupas, te dominas." John Locke. E é por isso — expliquei, revirando um pouco mais os cestos — que geralmente não falo sobre os meus medos. Quanto mais você os alimenta, mais eles crescem. Sim, tenho meus medos e minhas preocupações, mas tenho mais esperança do que qualquer outra coisa.

Ela parou por um instante e me encarou. Seus olhos estudaram os meus como se ela tentasse desvendar algo dentro de mim.

É só perguntar, Chapeuzinho, e vou te contar todos os meus segredos.

Ela empertigou o corpo enquanto pressionava as revistas em quadrinhos contra o peito.

— Já sei o segundo lugar aonde vou te levar, aquele que eu acho que você vai amar.

Arqueei uma sobrancelha e olhei para o relógio.

— O nascer do sol está cada vez mais próximo.

— Bom... — Ela esticou a mão livre para mim. — É melhor irmos logo.

— O Beco dos Desejos? — perguntei, levantando uma sobrancelha ao pararmos em uma ruela muito bem-iluminada.

Havia pessoas fantasiadas por todo canto, conversando, batendo papo, escrevendo em Post-its. A fumaça que saía dos bueiros se misturava com a dos cigarros, criando uma atmosfera excêntrica. As risadas que preenchiam o espaço eram poderosas, mas então eu me virei e vi uma ou duas pessoas sozinhas, parecendo mais sérias, mais tristes, do que as outras ao redor. Elas encaravam as paredes de Post-its antes de preencherem seus próprios e irem embora.

— As pessoas vêm até aqui para escrever seus desejos e grudá-los na parede. Pensei que a gente podia anotar nossos sonhos e deixá-los aqui para o mundo. Você disse que não gosta de falar sobre os seus medos, e eu entendo isso, mas falar sobre seus desejos... — Ela fez uma pausa e franziu o nariz. — Você achou sem graça? Pode me dizer se for sem graça.

Eu ri.

— É exatamente o oposto disso. Achei incrível.

Eu me aproximei da parede e cruzei os braços, lendo alguns dos desejos grudados nos tijolos.

Alguns eram sobre coisas materiais: carros caros, jogos caros, bolsas.

Outros eram um pouco mais profundos.

Quero que minha ex volte a me amar.

Quero parar de ter relacionamentos tóxicos.

Quero um lar.

Quero a cura para o câncer.

Este último me tocou no fundo da alma.

Olhei para Chapeuzinho, que também estava lendo as anotações. Adorei a forma como ela as absorvia, com as mãos no peito, parecendo se conectar profundamente com cada palavra escrita nos pedaços de papel.

— Pronta? — perguntei a ela, indo até a pilha de Post-its novos e pegando um bloquinho e uma caneta para nós.

Ela respirou fundo e se afastou da parede.

— Pronta.

— Quantos podemos escrever?

— Acho que três é o número mágico.

Três desejos. Se eu pudesse fazer três desejos, o que pediria?

Número um: Desejo que o câncer da minha mãe não volte nunca mais.

Número dois: Desejo que nenhuma criança passe fome nem fique sem abrigo ou sem amor.

Número três:

Eu me virei para Chapeuzinho, que estava perdida em pensamentos enquanto mordia o lábio inferior e escrevia no Post-it. De vez em quando, ela fazia uma pausa e mordiscava o lábio. Eu não conseguia desviar os olhos dela, em seu processo de escrita inconstante. Tudo nela era muito atraente.

Voltei para meu último Post-it e escrevi meu último desejo.

Número três: Mais noites como esta. Mais noites com a Chapeuzinho.

Grudamos os papéis na parede de tijolos. Eu sabia que eles provavelmente seriam levados pelo vento com o tempo. Eu sabia que eles acabariam enrolando e rasgando. Mas, naquele momento, senti algo poderoso em jogar os nossos desejos para o universo.

A Chapeuzinho veio até as minhas anotações, e eu fui até as dela. Ela desejou longevidade, ela desejou amor, ela desejou mais tempo.

Eu desejava mais tempo também. Cada segundo que eu passava ao lado dela naquela noite parecia um momento importante que ia se evaporando lentamente da minha vida. Lá estava eu, tentando fazê-la se apaixonar por mim para superar o ex, e lá estava eu, me apaixonando por uma garota que iria desaparecer depois do nascer do sol.

Ah, as furadas em que você se mete, Con.

— Mais noites com a Chapeuzinho — leu ela, em voz alta, antes de se virar para mim. — Você desejou mais noites comigo?

— Desejei. Mais noites com você.

Ela soltou uma risadinha e girou as mãos uma na outra.

— Que engraçado — comentou, apontando para a parede. — Porque eu trapaceei um pouquinho e escrevi um desejo a mais. — Ela revelou a anotação em sua mão e a entregou para mim. — Também desejei você.

Eu li as palavras: *Mais do Capitão América na minha vida.*

Sorri e esfreguei minha nuca.

— Mais de mim?

— Mais de você.

Cacete.

Meu coração.

Eu sempre soube que ele estava ali, mas nunca soube que ele era capaz de bater daquele jeito, como se um milhão de fogos de artifício explodissem ao mesmo tempo como um maldito espetáculo.

Ofereci a mão para ela.

— Dança comigo.

— O quê? — Ela riu. E, nossa, como eu adorava a risada dela. — Não tem música.

— Não faz diferença. Só dança comigo.

Ela me deu sua mão, e a puxei para perto. Nossos corpos se moviam lentamente quando ela passou os braços em torno do meu pescoço e apoiou a cabeça no meu peito.

— Estou sentindo seu coração bater — disse ela.

Agora, não me leve a mal, eu era um cara piegas. Quando se tratava de pieguice, eu era profissional. Mas não queria perder a linha e dizer que meu coração estava batendo por ela.

Mas sejamos sinceros... meu coração estava, sim, batendo por ela.

— O Mario nunca dançava comigo, dizia que era bobeira — disse ela.

Tudo o que ela me contava sobre aquele homem me fazia odiá-lo mais ainda.

— Você gosta de dançar? — perguntei.

— Sim. Eu amo.

— Me promete uma coisa, Chapeuzinho?

— Diga.

— Nunca mais se apaixone por um homem que não queira dançar com você.

Ela levantou a cabeça para me olhar por um segundo antes de voltar a apoiá-la no meu peito.

— Quantas vezes você já se apaixonou?

— No sentido tradicional da palavra? Nenhuma.

— Como assim? "No sentido tradicional"?

Eu sorri.

— Nunca tive uma namorada, então nunca vivi aquele tipo de história de amor tradicional de menino conhece menina, menino e menina passam o tempo todo juntos, não param de conversar e ficam loucamente apaixonados.

— Se você nunca amou uma mulher, então nunca se apaixonou. Simples assim.

Sorri.

— Discordo de você nessa. Quem dera fosse tão fácil assim. Mas sinto amor o tempo todo. Digo que são doses de amor, pequenos ou grandes momentos de conexão com outra pessoa. Os meus preferidos são os pequenos. Tipo quando alguém corre pra abrir a porta pra você quando suas mãos estão ocupadas. Ou quando uma criancinha tem um ataque de riso e não consegue parar. Quando um casal mais velho anda de mãos dadas. São nessas horas que eu sinto amor. São nessas horas que eu me sinto perdidamente apaixonado. Adoro doses de amor.

— Entendi o que você quer dizer, mas posso ser sincera?

— Adoro gente sincera.

Ela se afastou um pouco, interrompendo nossa dança, e fez uma careta.

— Quando você diz essas coisas todas, noventa e nove por cento de mim acredita, mas tem um por cento que pensa: *Isso parece aquelas cantadas ensaiadas que caras escrotos usariam para levar uma garota pra cama* — brincou ela.

Eu ri e concordei com a cabeça.

— É, dá pra entender. Sinceramente, é por isso que eu quero que esta noite termine hoje. Quero passar mais tempo com você? Com certeza. Mas tenho condições de oferecer o amor e a disponibilidade de que você precisa? Não. Estou focado demais na minha carreira pra ocupar espaço na vida de uma mulher quando sei que não vou poder tratá-la do jeito que ela merece.

Ela arqueou uma sobrancelha.

— Então, na verdade, você não quer que ninguém perca tempo.

— A gente não vive pra sempre. Seria horrível da minha parte desperdiçar o tempo dos outros.

— Só caras que não são escrotos diriam uma coisa dessas.

Eu ri.

— Tento não ser um cara escroto.

— Capitão?

— Sim?

— Podemos dançar de novo?

Em questão de segundos, voltamos a nos balançar ao som da nossa própria música.

— Então esta poderia ser uma, né? — perguntou ela.

— Uma o quê?

— Uma dose de amor.

Apoiei o queixo no topo da cabeça dela enquanto íamos de um lado para o outro.

— Esta noite inteira com você é uma grande dose de amor.

❧

Depois da visita ao Beco dos Desejos e de dançar ao som da nossa própria música, nós dois percebemos que o tempo estava acabando, e que era a minha vez de levá-la a um lugar que eu amava.

— Então, o negócio é o seguinte. Tem muitos lugares que eu amo nesta cidade, mas queria voltar pro início da noite, onde começamos. Pensei que, talvez, a gente pudesse ver o sol nascer lá do terraço do bar — sugeri.

— Estou me sentindo mal. Acabamos passando tempo demais na loja de revistas em quadrinhos por culpa da minha nerdice. Agora você não vai conseguir me levar ao lugar que ama — desabafou ela.

— Os lugares que eu amei hoje foram os que fui com você. Se você esteve lá, eu amei.

Ela corou, e, se aquilo não fosse uma pequena amostra do que era amor, eu não queria saber o que realmente era. Porque a sensação no meu peito era de tamanha alegria que achei que meu coração ia explodir, era algo absurdo.

— Você é cheio de lábia, Capitão.

— Acho que você gosta disso, Chapeuzinho.

— Gosto — confessou ela. — Gostei de todos os momentos da noite. Quer dizer, menos da parte em que você ganhou um olho roxo — disse ela, tocando de leve a pele ao redor do meu olho.

Eu quase me esqueci daquela surra.

Era engraçado que ela não se considerava a heroína da própria história quando tinha me feito literalmente esquecer da minha dor. Só uma protagonista faria uma coisa dessas.

— O bar não vai estar fechado quando chegarmos lá? — perguntou ela.

— Não precisa se preocupar com isso. Tenho meus contatos, lembra? A menos que você queira fazer outra coisa pra garantir que se apaixone por mim. Posso fazer uma reserva pra gente em Bora Bora ou algo assim — comentei, brincando.

— Não. — Ela riu e balançou a cabeça. — Acho que o melhor jeito de eu me apaixonar por você é só estar ao seu lado.

Agora foi a minha vez de corar como um garotinho.

— Você é cheia de lábia, Chapeuzinho.

— Só porque eu quero que você se apaixone por mim.

Droga, Chapeuzinho... está dando certo.

5

Aaliyah

Paramos para comprar um café antes de voltarmos ao bar onde começamos a noite. O lugar já estava fechado, e as únicas pessoas lá dentro eram os funcionários que cuidavam da limpeza. Meu coração bateu descompassado assim que percebi que a porta estava trancada, mas voltou a bater normalmente quando o Capitão América tirou o celular do bolso e fez uma ligação.

— Oi, Tommy! Sou eu. É, estou aqui fora. Deixei minhas chaves aí dentro. Você pode abrir pra mim? — Ele fez uma pausa, então mordeu o lábio inferior. Ele ficou um pouco envergonhado e eu achei muito fofo. — Não, Tommy. Eu não vou transar no terraço. — *Pausa.* — Eu sei! Tá, que tal a gente fazer assim: eu te dou aqueles ingressos pro campeonato de que a gente estava falando dia desses. — *Pausa.* — Sim, tá bom. Combinado. Mas só se você prometer me levar em uma partida. — *Pausa.* — Muitíssimo obrigado. Estamos combinados.

Pouco tempo depois, Tommy surgiu à porta, abrindo-a para nós.

— Não acredito que esqueceu suas chaves aqui — disse ele. — Você é que devia estar abrindo esta porta.

O Capitão América se inclinou para a frente e deu vários beijos na bochecha de Tommy antes de bater na bunda dele.

— Eu sei. Dei mole. Valeu, Tommy!

— Tá, tá. Devo ir embora antes de você, então pode trancar tudo?

— Deixa comigo.

O Capitão América pegou minha mão e me puxou pelo espaço agora vazio. Era estranho andar por ali sem ninguém ao nosso redor, depois de ver como o salão estava abarrotado antes. Aquele era apenas outro sinal de que o nosso tempo juntos estava acabando; a contagem regressiva ia chegando ao fim.

Ele me levou até o escritório onde eu havia sido apresentada a Tommy mais cedo e pegou suas chaves em cima da mesa. Ele também pegou a jaqueta pendurada atrás da porta e a colocou sobre meus ombros.

— Pronta? — perguntou ele.

— Espera um pouco. Por que você tem as chaves daqui? E por que ele vai deixar você trancar tudo? Que parte da história eu não sei?

— Ah. — Ele esfregou a nuca e deu de ombros. — Sou dono do prédio.

— Desculpa, o quê?

Ele sorriu, e sua covinha ficou mais funda quando ele pegou minha mão.

— Anda, vamos.

Demos início à nossa escalada pela escada, e comecei a sentir um aperto no peito na metade do caminho. Eu detestava me sentir cansada. Sabia que não estava na melhor forma, mas sentia que meu coração estava batendo mais rápido do que o normal. Fiz mais pausas do que gostaria de admitir, mas o Capitão América não me julgou. Quando eu parava, ele parava comigo.

— Preciso voltar pra academia — brinquei depois de percorrermos três quartos da escada.

Coloquei a mão no peito, sentindo as batidas acelerarem. Cada respiração era mais profunda que a anterior. Ele foi paciente comigo. Até diminuiu o passo quando recomeçamos a subir.

Quando chegamos ao topo, encontramos um lugar para sentar, ficamos virados na direção do nascer do sol, esperando o começo do nosso fim. Eu estava tentando controlar minha respiração para que ela voltasse ao normal. Eu queria falar, mas sabia que não conseguiria dizer nada até ter me recuperado.

Quando me senti melhor, olhei para o Capitão América.

— Então... você é dono do prédio?

— Sou, deste e de alguns outros — disse ele em um tom casual, como se aquilo fosse algo completamente corriqueiro para um cara de vinte e cinco anos.

— Desculpa, o quê? Você é dono de prédios, no plural? Você trabalha com o que exatamente?

— Ah... com várias coisas diferentes.

Lá vai meu coração acelerar de novo.

— Isso parece o tipo de coisa que alguém da máfia diria, e, se eu passei a noite inteira com um mafioso, realmente vou ter que começar a repensar minhas escolhas na vida. Ai, meu Deus! Você já matou alguém? Você é um assassino?

Ele arqueou uma sobrancelha.

— Se eu fosse da máfia, você acha mesmo que eu contaria isso pra alguém que acabei de conhecer?

Justo.

Ele deve ter percebido meu desconforto, porque riu.

— Tenho uma agência imobiliária e sou investidor. Venho me matando de trabalhar desde que cheguei em Nova York, quando tinha dezoito anos. E digamos que valeu a pena.

— Cacete. Você é rico?

Ele riu.

— Riqueza é um conceito complicado. O que torna alguém rico, afinal de contas?

— Você tem mais de um milhão de dólares no banco? — perguntei sem titubear. A hesitação dele foi a minha resposta. — Cacete! Você é rico!

— Não é nada de mais.

— Diz o cara rico. Ai, caramba, não acredito que você deixou eu pagar suas bebidas hoje! E as suas asinhas de frango!

— Ei! Eu me ofereci pra pagar!

— Se você tivesse me contado que era milionário, eu teria deixado você pagar — brinquei. — Eu devia ter pedido pra você comprar aquela revista em quadrinhos raríssima que estava atrás do caixa pra mim.

Ele começou a se levantar.

— Bom, a gente pode voltar lá e...

— Para com isso. — Eu ri e agarrei o braço dele, puxando-o para baixo. — Só estou brincando.

— Da próxima vez, eu compro.

— Bem que eu queria que tivesse uma próxima vez — falei sem pensar.

Ele ficou me encarando por um tempo e depois olhou para o céu.

— Sabe o que é estranho, Chapeuzinho? Você ainda está aqui, mas já sinto a sua falta.

Eu sorri, ele sorriu, e adorei o jeito que sorrimos juntos.

Ele pegou uma revista em quadrinhos e começou a ler para mim. Seu polegar roçava seu lábio superior antes de virar as páginas, e eu não conseguia não observar todos os seus gestos. Naquele momento, meu coração decidiu que bateria por ele pelo restante da noite. Talvez pela manhã seguinte também.

Infelizmente, o sol começou a nascer, e eu odiei que a parte boa estivesse chegando ao fim.

Eu odiava o sol. Eu odiava o fato de ele não poder mudar seu cronograma por um dia só para me deixar passar mais algumas horas com o Capitão América. Eu devia estar cansada, mas a única coisa que sentia era tristeza. Quanto mais claro o céu ficava, mais triste eu me sentia.

Como foi que um desconhecido havia se tornado tão importante em um período de tempo tão curto?

— Me explica mais uma vez por que a gente não pode se apaixonar de novo amanhã e depois de amanhã — pediu ele, sua voz baixa e vacilante.

Ele também estava ficando nervoso com o fim iminente da conexão que criamos, seja ela qual fosse.

Suspirei.

— Porque você está ocupado demais construindo um império, e eu sou uma garota que ainda carrega o peso e as inseguranças do último namoro pra se jogar tão depressa em outro relacionamento.

— Ah, é. A realidade.

— Odeio ela — comentei, controlando a emoção estampada nos meus olhos.

Eu desejava ter outras noites como a que havíamos compartilhado? Sim. Entendia que nós dois não estávamos prontos para algo mais? Também. Eu nunca acreditei que fosse possível conhecer a pessoa certa no momento errado até aquela noite.

— Precisamos prometer algumas coisas — disse o Capitão América, depois de baixar a revista. Ele se virou para ficar de frente para mim e segurou minhas mãos. — Esta noite foi especial, e não quero estragá-la de jeito nenhum. Quero pensar que nossos caminhos podem se cruzar de novo, deixando o acaso decidir quando isso vai acontecer. Então temos que evitar os lugares aonde fomos hoje. Não podemos obrigar o universo a nos unir. Temos que acreditar que, de alguma forma, as estrelas farão com que a gente se esbarre de novo.

— E se isso não acontecer?

Ele virou a palma da minha mão para cima.

— Nesse caso, Chapeuzinho — disse, beijando minha palma, causando um frio na minha barriga que se espalhou por todo o meu corpo —, obrigado pela noite mais feliz da minha vida.

Meus olhos deviam estar cheios de lágrimas, porque ele tinha feito o mesmo por mim — me proporcionado a experiência mais feliz da vida, da qual eu precisava mais do que poderia ter imaginado.

Ele continuou segurando minhas mãos e olhou para os nossos dedos, que agora estavam entrelaçados.

— Preciso confessar uma coisa.

— É mesmo?

— É. Eu sabia que você não se apaixonaria por mim em cinco horas.

Levantei uma sobrancelha.

— Você acha que eu não me apaixonei por você? — perguntei.

Nós nem tínhamos falado sobre o desafio de nos apaixonarmos. Apenas passamos as últimas cinco horas rindo, nos conhecendo, nos conectando. Para falar a verdade, eu tinha até me esquecido disso, só lembrei quando ele tocou no assunto.

— Acho que não. — Ele deu de ombros. — E não tem problema, porque talvez eu tivesse outras intenções.

— E quais seriam elas?

— Eu só queria deixar você feliz, mostrar que, não importa o quanto seu coração esteja magoado, você pode encontrar a felicidade de novo. Você é capaz de se amar o suficiente pra encontrar alegria na vida. Você é capaz de se levantar depois de levar uma rasteira. Eu sabia que seria impossível fazer você se apaixonar por mim. Afinal, eu sou só um cara do Kentucky. Mas eu também sabia que era possível fazer você se apaixonar por si mesma outra vez. Porque esse tipo de amor nunca morre.

— Você não tem ideia do quanto eu precisava de você hoje.

— O sentimento é recíproco, Chapeuzinho. Mas, só pro caso de você esquecer amanhã, aqui vai uma lista que eu fiz das suas características que merecem ser amadas. — Ele pigarreou e fingiu tirar um pedaço de papel de um bolso invisível, e começou a ler. — O jeito que você torce o nariz quando não gosta de alguma coisa. O jeito que você dança quando ninguém está olhando. O jeito que você fica empolgada quando fala sobre revistas em quadrinhos é digno de todo amor do mundo. Você sente as coisas com intensidade e... isso é um dom. Tem muita gente no mundo que se fecha e não se conecta com os próprios sentimentos. Suas emoções, as boas e as ruins, gritam dentro de você, e isso te equilibra. Você deveria amar o jeito como sorri. Esse sorriso merece muito amor. E seus olhos, a forma como eles observam as pessoas... e são cheios de bondade. O jeito como você vive. O jeito que você respira. O jeito que, além de todas essas coisas, você merece ser amada porque existe. Sua mera existência é motivo suficiente para você ser amada.

E aí eu me apaixonei, simples assim.

Eu o amei — pelo menos naquele momento.

Naquela noite, aprendi que era possível amar uma pessoa em momentos especiais. Aprendi que poderia haver instantes em que o mundo se alinhava perfeitamente para criar situações que faziam seu corpo transbordar de amor por um completo desconhecido. Descobri as doses de amor.

Nós estávamos perto um do outro agora, tão perto que eu estava quase sentada no colo dele enquanto nossas testas se encostavam. Ele me envolveu em seus braços e me puxou, permitindo que eu me acomodasse em seu corpo. Gostei daquela sensação. Eu já até sentia saudade dela.

— Tenho pena da próxima pessoa que amar você — sussurrou ele, seus lábios quase roçando nos meus. — Ela nunca vai ser digna da magnitude do amor que você vai oferecer a ela.

Fechei os olhos. Quando ele inspirava, eu expirava. Nossa respiração se misturou, assim como nossos corpos. Eu não queria soltá-lo, porque isso significaria acordar do sonho que tinha vivido aquela noite e voltar à realidade.

Eu não sabia se queria viver em uma realidade em que ele não existisse.

— O sol nasceu — disse ele, baixinho.

— Pois é.

— Está na hora de irmos.

— Eu sei.

Mesmo assim, continuamos parados ali por mais um tempo. Deixamos o sol beijar nossa pele enquanto nós dois nos controlávamos para não nos beijarmos. Nossos lábios estavam bem próximos, mas eu sabia que, se me entregasse, não conseguiria ir embora.

Quando nos levantamos, eu estava com vontade de chorar, mas ao mesmo tempo senti uma paz avassaladora.

— Só pra deixar claro, Chapeuzinho, você não é a pessoa que serve café pros outros — disse ele, enquanto o sol continuava subindo atrás de nós. — Você não é a melhor amiga esquisita nem uma mulher aleatória na página quarenta e cinco. Você é a personagem principal. Você sempre será a mocinha da história. E, para mim, você é aquela de quem eu nunca vou me esquecer.

Eu o abracei, me joguei nele e o abracei apertado, porque, depois daquele momento, eu sabia que nunca mais abraçaria o estranho que tinha deixado de ser tão estranho para mim. Permaneci ali e senti meus olhos se encherem de lágrimas enquanto ele me abraçava mais forte. Ele me abraçou como se gostasse de mim mais do que qualquer outra pessoa já havia gostado, como se estivesse se entregando por inteiro para mim, e, nossa, isso era tudo que eu queria.

Nunca imaginei que fosse necessário um estranho para me lembrar de como era se apaixonar por mim mesma.

— Obrigada — sussurrei, enquanto apoiava minha cabeça em seu peito.

Ele se inclinou na minha direção e beijou o topo da minha cabeça.

— Obrigado — respondeu ele. — Você pode me prometer uma coisa?

— Posso.

— Da próxima vez que você se envolver com alguém, não se contente com menos do que merece.

Sorri.

— Prometo.

— Tenho uma sensação estranha de que a gente vai se encontrar de novo. Escreve o que estou dizendo — disse ele, esperançoso com a possibilidade de os nossos caminhos se cruzarem outra vez.

— Você acredita mesmo em destino?

— Não. — Ele balançou a cabeça. — Mas acredito em nós.

— Que tal a gente fazer uma aposta? Se a gente se reencontrar, te pago um dólar. Se não... bom, não vou te pagar um dólar — brinquei.

— Tá bom. Combinado. Mas, a cada ano que passar, você acrescenta um dólar na conta.

— Isso que é mentalidade de empresário.

— Eu sou previsível.

Seguimos nossos caminhos, e meu coração partido foi temporariamente curado pelas suas palavras bondosas. Ele tinha removido a tristeza da minha alma e a preenchido de novo com amor.

Peguei o metrô de volta para casa, mantendo minhas mãos sobre o peito para sentir as batidas do meu coração. O coração que parecia estraçalhado voltava a bater novamente, e, pela primeira vez em muito tempo, eu acreditava que ficaria bem. Quando saí do metrô, respirei fundo e soltei o ar frio, sem conseguir parar de pensar no desconhecido que havia me transformado na personagem principal da história por uma noite.

Eu sabia que aquilo era ridículo e que eu provavelmente acordaria para a vida na manhã seguinte, mas tinha quase certeza de que devia haver um pouco de verdade naquele pensamento que não saía da minha mente. Eu tinha me apaixonado por um homem naquela noite, sem nem saber seu nome. Mas eu conhecia seu toque. Sua risada. Seu coração.

Daquele dia em diante, eu me lembraria do sentimento que ele despertou em mim.

Eu nunca me esqueceria daquelas doses de amor.

❧

Na semana seguinte, ele ainda estava na minha cabeça. Eu cumpria minhas tarefas do estágio com um sorriso estampado no rosto, e, todos os dias em que trabalhava na cafeteria, sentia como se estivesse flutuando enquanto preparava o café dos clientes.

— Com licença, você pode me dar mais uns cubos de açúcar pro meu café? E um enroladinho de canela também — pediu uma mulher diante do balcão da Cafeteria C&C. Ela me despertou das minhas lembranças da noite de Halloween, me obrigando a voltar para a realidade.

Retribuí o sorriso caloroso que ela me oferecia. Fazia algumas semanas que ela vinha frequentando a cafeteria todos os dias, uma linda mulher negra com os olhos castanhos mais marcantes que já vi. Quando aqueles olhos me encaravam, pareciam muito receptivos, como se um dos melhores momentos do seu dia fosse me ver — quase do mesmo jeito que o Capitão América olhava para mim. Eu ficava impressionada ao notar que certas pessoas nasciam com tanto carinho e gentileza no olhar.

— Claro que posso! Vou só registrar o pedido na sua conta e já levo na sua mesa — respondo, apertando os números no teclado.

— Obrigada, ah... — Ela olhou para o meu crachá e voltou a me fitar. — Aaliyah. Que nome bonito.

Eu sorri.

— Obrigada.

Ela seguiu para uma mesa de canto e se acomodou, pegando um livro. Desde o começo da semana, ela lia o mesmo, *As regras do amor e da magia*, de Alice Hoffman. Ela trazia um livro novo toda semana e mergulhava em suas páginas.

Quando levei seu café e o enroladinho de canela, ela permaneceu com os olhos grudados no livro. Às vezes, ela parecia entretida com as histórias, mas, no caso deste livro, estava realmente imersa. Ela estava absorvendo cada palavra, passando as folhas com rapidez.

— Esse deve ser bom — comentei, colocando o pedido sobre a mesa.

Ela levantou o olhar e baixou o livro.

— Nossa, é ótimo. Participo de um clube do livro, e este é o da semana.

— Ah, que divertido! Eu também adoro ler.

— É mesmo? — Ela levantou uma sobrancelha. — O que você gosta de ler?

— Adoro ler revistas em quadrinhos, mas também curto um suspense de vez em quando.

— Revistas em quadrinhos? — perguntou ela, surpresa. — Que legal.

— Bom, sabe como é. Eu tenho bom gosto — brinquei. — Aproveite o livro, e se precisar de alguma coisa...

Senti um aperto no peito e parei a frase pela metade. O mundo pareceu dar uma freada brusca e meus joelhos fraquejaram. Minhas mãos voaram para o meu peito enquanto eu arfava em busca de ar. Meu coração batia a uma velocidade espantosa conforme eu desabava no chão, e fui cercada pelos meus colegas de trabalho rapidamente.

Os lábios deles se moviam rápido, e eu via o medo em seus olhos enquanto tentava controlar minha respiração ofegante. Fechei os olhos, aquilo não era nada bom. Meu coração parecia estar pegando fogo. Era como se ele estivesse se estilhaçando dentro do meu peito e tentando se libertar das amarras que pareciam sufocá-lo.

Desmaiei em algum momento, desejando apenas que a dor desaparecesse.

Acordei com o brilho de luzes fortes sobre mim. Meus braços estavam presos a máquinas, e havia uma enfermeira preenchendo algo de costas para mim.

— O que aconteceu? — perguntei, desnorteada e confusa, com a boca seca.

Eu tentava entender o que estava acontecendo, mas nada fazia sentido. Tudo parecia muito confuso na minha cabeça, enquanto eu procurava juntar os fatos.

Eu me lembrava de alguns momentos.

Eu me lembrava de alguns momentos que haviam acontecido antes da minha chegada ao hospital, mas não eram momentos agradáveis. Não...

Eram momentos de dor, momentos de medo, momentos de morte.

A enfermeira se virou para mim com um sorriso enorme e alegre.

— Você acordou. Que bom ouvir a sua voz. Você está no hospital St. Peter. Quer que eu ligue pra alguém da sua família?

Balancei a cabeça.

— Não. Não tenho ninguém. O que aconteceu?

Ela sorriu, se aproximou de mim e pegou a minha mão, apertando-a de leve.

— Você vai ficar bem. Seu coração sofreu algumas complicações, e...

— Complicações?! — perguntei, entrando em pânico ao ouvir essa palavra, e a preocupação que surgiu nos olhos da enfermeira deixou claro que ela não era a pessoa certa para dar aquele tipo de notícia.

— Vou chamar o seu médico pra que ele explique o que aconteceu, está bem? Já volto com respostas.

— Há quanto tempo estou aqui? — perguntei, me mexendo um pouco, mas sentindo uma dor intensa descer pelas costas.

— Umas doze horas.

— O quê?! — exclamei, me ajeitando, horrorizada.

Eu havia passado aquele tempo todo inconsciente? O que estava acontecendo?

— O médico já vem.

Ela me deixou sozinha, com medo de toda aquela situação. Olhei para os números na tela, meus sinais vitais. Minhas mãos estavam suadas, e minha cabeça girava enquanto eu tentava descobrir o que estava acontecendo. A última coisa de que me lembrava era de estar no trabalho, então tudo se apagou.

O médico demorou uns quarenta e cinco minutos para aparecer, e eu já estava morrendo de ansiedade.

— Oi, Aaliyah. Sou o Dr. Brown. É um prazer conhecer você. — O médico entrou exibindo um sorriso contido, seguido por outras pessoas, inclusive pela enfermeira que tinha falado comigo antes. — Fiquei sabendo que você está um pouco confusa em relação ao que está acontecendo.

Envolvi meus braços ao redor do corpo, tentando me proteger, porque me sentia emocionalmente exposta e precisava do abraço apertado que eu mesma me dei.

— Sim. Não sei por que estou aqui.

— Você se lembra do que aconteceu?

— Só me lembro de estar no trabalho e de repente tudo apagar. E acordar aqui. Só.

Ele puxou uma cadeira, colocou-a ao lado da cama e entrelaçou as mãos. Seu olhar sério me deixou preocupada.

— O que aconteceu? — perguntei, o pânico me consumindo.

— É o seu coração.

— Como assim? O que tem o meu coração?

Ele fez uma careta e assentiu com a cabeça uma vez, como se estivesse se preparando para dizer as próximas palavras.

— No momento, seu coração não está funcionando como deveria. Seu sangue ficou acumulado nas veias pulmonares, que levam o sangue oxigenado dos pulmões para o coração. Isso significa que o seu coração não consegue dar conta do volume, o que faz o fluido vazar para os pulmões. É um diagnóstico de insuficiência cardíaca congestiva.

— Ai, meu Deus. — Levei as mãos ao peito, apavorada com aquilo tudo. Minha cabeça começou a girar enquanto ele me explicava todo o quadro. Ele tinha dito que meu coração não estava funcionando direito? — O que isso significa? Qual é a solução? Eu só tenho vinte e dois anos. Isso não faz o menor sentido. Sou saudável. Sempre fui saudável. Ai, meu Deus, eu vou morrer? O que eu faço? Como vou...?

— Fique calma... está tudo bem — falou o médico, segurando meu antebraço com um toque reconfortante.

Puxei meu braço da mão dele enquanto lágrimas surgiam em meus olhos.

— Você não pode me pedir que fique calma depois de falar que o meu coração não está funcionando como deveria! Ai, meu Deus. Isso não pode estar acontecendo. O que a gente faz? O que eu faço?

— Eu sei que é um diagnóstico que dá medo, mas vamos montar um plano pra cuidar de você. Há vários medicamentos que podemos...

— Cuidar ou curar? — eu o interrompi.

Os olhos dele pareciam mais sérios que sua testa franzida, e eu sabia que a resposta não seria boa.

— No estágio atual, acompanhar sua condição e garantir que ela não piore são as melhores opções.

O que significava que não havia cura.

As coisas estavam começando a fazer sentido.

Os tornozelos inchados. O cansaço. A respiração cansada...

Há quanto tempo meu coração estava lutando para bater?

O médico continuou falando, usando palavras que eu não conseguia entender, e outras que eu deveria ter compreendido. Mas eu não conseguia assimilar informação nenhuma, porque estava presa na questão principal: meu coração, o coração que carrego no meu peito desde o dia em que nasci, que me leva pela vida e torna minha existência possível, estava falhando.

Meu coração estava falhando, e parecia ser impossível curá-lo.

Um momento.

Havia bastado apenas um momento para que meu mundo inteiro virasse de cabeça para baixo. Um diagnóstico que me acompanharia pelo resto da vida. Quanto tempo eu teria? Quanto tempo me restava? Eu conseguiria conquistar todas as coisas que desejava agora que tinha essa bomba-relógio batendo no meu peito?

Fui para casa, peguei meu laptop e comecei a pesquisar mais informações sobre insuficiência cardíaca. Fui minuciosa e, quando terminei a pesquisa, senti medo num nível que não sabia como encarar.

Cinco anos.

Apenas metade das pessoas diagnosticadas com insuficiência cardíaca congestiva vivia por mais de cinco anos. Dez por cento sobreviviam por dez.

Dez anos.

Eu teria só trinta e dois.

Tempo.

O jeito como o tempo funcionava poderia ser cômico se não fosse tão trágico.

Seis semanas atrás, eu estava destruída por causa de um cara que nunca tinha me amado de verdade. Uma semana antes, um desconhecido havia feito com que eu me lembrasse de como amar a mim mesma. E aí, naquela tarde, eu tinha descoberto que meu coração realmente estava destruído.

Era engraçado como um coração destruído de verdade dói mais do que qualquer sofrimento que um cara pode causar.

Naquela noite, sofri por tudo o que eu perderia. Sofri por toda a vida que eu não teria. Sofri pelos objetivos e sonhos para o futuro que nunca seriam realizados. Sofri pela possibilidade de não comemorar meu aniversário de trinta anos. Eu me dei todo o tempo do mundo para sentir minha tristeza e deixá-la tomar conta de mim.

Passei um bom tempo me sentindo triste e deprimida. Sofia não aguentava mais me ver daquele jeito, disse que estava absorvendo minha energia ruim e se mudou logo depois de eu ter descoberto meu problema de coração. Eu nunca havia me sentido tão sozinha. Naquele silêncio, minha ansiedade explodiu. Mesmo assim, eu continuava acordando todos os dias. Gostaria de ter me dado conta antes de que aquilo era uma bênção.

Depois de algumas noites terríveis e dias piores ainda, eu me recompus da melhor forma que pude. Respirei fundo e tentei encontrar uma maneira de me sentir grata pelo sol que batia em minha pele e me acordava todos os dias. Voltei a um dos lugares que havia prometido ao Capitão América que não voltaria, para que nossos caminhos não se cruzassem de propósito, mas eu precisava retornar ao Beco dos Desejos para escrever outro pedido em um Post-it. Desta vez, ele era simples.

Eu pedi por mais tempo.

6

Aaliyah
DOIS ANOS DEPOIS

Eu podia contar nos dedos de uma das mãos todos os fatos que sabia sobre minha mãe. Em dois dedos, pra ser mais exata: eu sabia que ela havia me dado à luz e sabia que tinha escolhido o meu nome. Esse era todo o meu conhecimento sobre a mulher que me trouxe ao mundo. Todo o resto era invenção minha, milhões de histórias fictícias que eu havia contado para mim mesma ao longo dos anos. Por exemplo, talvez eu tivesse puxado os olhos dela, ou quem sabe o nariz. Talvez ela tivesse escolhido meu nome em homenagem à falecida cantora Aaliyah, e foi por isso que eu passei a adolescência inteira ouvindo as músicas dela, me perguntando se minha mãe teria dedicado alguma canção específica para mim.

Minha mãe fictícia adorava brunch, motivo pelo qual eu procurava por um novo restaurante para desfrutar um brunch toda semana, e ela também adorava viajar. Eu não tinha muito tempo nem dinheiro para viajar como gostaria, mas havia montado um quadro dos sonhos com fotos da Grécia, da Espanha e de Bora Bora na minha escrivaninha de casa. Minha mãe de mentira provavelmente detestava comida apimentada, odiava couve-de-bruxelas, e a forma como amava? Ela devia amar tanto que chegava a doer. Ela me amava tanto que havia aberto mão de mim.

Pelo menos essas eram as mentiras que eu contava para mim mesma.

Nos meus pensamentos, seu cabelo era cheio de cachos bem definidos e pretíssimos. Sua risada era contagiante, do tipo que fazia os outros rirem só de ouvir aquele som. Ela também dançava — mal, igual a mim, mas, ah, como seu corpo se movia... Às vezes, eu fingia que ela era uma princesa africana que havia sido forçada a me abandonar depois de ter um caso com um ator meia-boca de Hollywood. Eles tinham se conhecido em um momento conturbado e vivido um romance tórrido por alguns dias. Depois ele a deixara para ir atrás dos seus sonhos de ganhar mais fama.

Pelo menos era esse o tipo de coisa que eu dizia a mim mesma durante a minha adolescência. Agora, com vinte e poucos anos, eu tinha parado de inventar tantas histórias. Na maioria das vezes, ela só surgia em meus pensamentos quando algo importante acontecia, e eu desejava ter uma mãe ao meu lado. Fiquei me perguntando o que ela pensaria sobre os rumos que minha vida estava tomando. Fiquei me perguntando se ela teria orgulho das escolhas que eu fazia naquela tarde.

Esqueça isso, Aaliyah, e se controle.

— Você só pode estar brincando — falou Maiv, me encarando como se eu fosse a mulher mais idiota da face da Terra. — Você está pedindo demissão daqui, da *Revista Passion*, de um cargo que qualquer ser humano em sã consciência mataria pra ter, pra... Desculpa, me explica o motivo de novo — disse ela, agitando uma das mãos ao redor da cabeça, como se tentasse se lembrar das minhas palavras.

— Pra casar com o meu noivo. Descobri há pouco tempo que vamos nos mudar pra Califórnia, e achei que seria melhor não morarmos em cidades diferentes no começo do casamento — expliquei, enquanto meu estômago se revirava.

A reprovação com a minha resposta e a forma como os lábios dela se curvaram para baixo me deram vontade de vomitar. Com um olhar, ela fazia com que eu me sentisse uma criança que havia feito uma besteira. Na verdade, a única besteira que eu fiz foi ter me apaixonado.

Maiv Khang era assustadora. Ela era uma das mulheres mais bem--sucedidas de Nova York, mas completamente fria e reservada — o que era irônico, porque comandava uma revista que falava sobre seguir nossas paixões na vida. Nós escrevíamos sobre atletas, cientistas, políticos, projetos sociais, restaurantes etc. Tudo que era motivado por uma paixão virava matéria de capa. Seria de se imaginar que a pessoa responsável por uma empresa como essa tivesse, sei lá, um pouco de paixão pelas coisas.

Mas Maiv não era dessas. Ela parecia alguém vazia. Entediada com tudo. Seu trabalho na revista era maravilhoso, mas suas habilidades interpessoais eram meio capengas.

O cabelo dela era grisalho e estava sempre preso em um coque perfeito. Ela usava suas joias mais caras todos os dias, e, apesar de estar na casa dos setenta anos, todo mundo que trabalhava na *Passion* achava que ela jamais abriria mão do cargo de diretora-geral para passar a empresa para sua filha, Jessica. Estava mais do que disposta a permanecer ali pelo máximo de tempo possível, como a rainha Elizabeth, enquanto Jessica cumpria o papel de príncipe Charles.

— Então você está pedindo demissão de uma das maiores revistas do mundo por um cara qualquer e pra bancar a dona de casa? — perguntou ela, mas a frase soou mais como uma declaração desdenhosa.

— Não é por um cara qualquer. É pelo Jason, meu noivo.

— Você é jovem. Ele é o quê, seu terceiro noivo? Quarto?

Eu comecei a rir, mas notei a seriedade em seu olhar. Então pigarreei e me ajeitei na cadeira.

— Hum... é o primeiro, na verdade.

Ela revirou os olhos e fez um gesto desdenhoso — de novo.

— Nunca peça demissão pelo primeiro homem que te pedir em casamento. Nem pelo segundo ou pelo terceiro. Talvez pelo sétimo, mas aí depende da situação dele.

Abri um sorriso hesitante e dei de ombros.

— Bom, acho que vou arriscar com o Jason.

Ela riu.

Sim. Maiv soltou uma gargalhada daquelas — um som que eu nem sabia que ela era capaz de emitir.

— Há quanto tempo vocês estão juntos? — questionou ela.

— Vai fazer um ano e meio.

A crise de riso dela me fez querer chorar. Empatia não era o seu forte. *Por favor, volte a ser a chefe carrancuda que eu conheço e temo.*

— Bom, a vida é sua. Você tem liberdade pra cometer todos os erros que quiser, mas lembre-se de que cada um deles se transforma em uma ruga na sua testa, e Botox custa caro.

Ela me dispensou com um aceno de mão e voltou a ler os papéis à sua frente.

— Hum... tudo bem... só tem mais uma coisa. — Ela olhou para mim, interrompendo sua leitura e arqueando uma sobrancelha com desinteresse. — Eu não vou virar dona de casa quando me mudar pra Califórnia daqui a algumas semanas. Vou procurar outro emprego como jornalista. Eu queria saber se você poderia, talvez, escrever uma carta de recomendação pra mim?

— Acho melhor você sair da minha sala agora.

— Tá, tudo bem. — Na mesma hora, me levantei da cadeira que eu obviamente tinha ocupado por tempo demais. Enquanto seguia até a porta, me virei para encará-la. — Espero que você saiba, Maiv, que me sinto muito honrada e agradecida por você ter me dado a oportunidade de trabalhar na sua empresa. Esse foi o melhor emprego que eu já tive, uma experiência fenomenal, e...

Ela levantou a mão para que eu parasse de falar, tirou os óculos e apertou a ponta do nariz.

— Você não entende, né?

— Não entendo o quê?

— Assim que começou aqui, você me disse que trabalhar na *Passion* era o seu maior sonho, e agora você vai jogar isso fora por um cara que conhece não faz nem dois anos e que deve ter um pinto de tamanho mediano. Ele perguntou como você se sentia sobre ter que abrir mão do seu sonho por causa dele?

— Não.

— Então não espere fazer muito progresso com os seus sonhos enquanto estiver casada com um homem que nem ao menos tenta encontrar uma forma de vocês dois se sentirem realizados.

Fiquei parada ali, sem dizer uma palavra, chocada com aquelas palavras.

Ela voltou a olhar para a papelada e pigarreou.

— Imagino que o meu convite tenha sido extraviado pelo correio.

— Seu convite... ah, é. Sim, é claro. Seu convite com certeza foi extraviado.

— Então é melhor você me encaixar nisso. Mande as informações pra minha secretária. Não vou levar acompanhante, mas estarei lá.

— Sério?

Ela levantou o olhar lentamente, de um jeito assustador, e arqueou uma sobrancelha para mim, me forçando a falar de novo.

— *Sério*, que notícia maravilhosa — falei, tentando melhorar a situação.

— Por que você ainda está na minha sala?

— Ok. É claro. Até logo.

Saí meio desnorteada, sem saber o que dizer ou como me sentir. A Maiv tinha mesmo acabado de se convidar para o meu casamento? Ela disse mesmo que iria? Ai, droga, todos os lugares já estavam marcados. Eu teria que ligar pro salão para resolver isso. Por sorte, eu ia para a casa da minha futura sogra logo depois do trabalho, e ela me ajudaria a encontrar espaço para Maiv.

～∽⌒∽～

Se eu tivesse uma mãe, iria querer que ela fosse igualzinha a Marie Rollsfield. Na época em que nos conhecemos, ela falava muito sobre o filho, contava que ela e o marido o adotaram quando ele tinha cinco anos. Eu lhe disse que ele teve muita sorte em ser adotado por uma mulher maravilhosa, e nunca vou me esquecer de como os olhos dela se encheram de lágrimas com o meu comentário.

— Não sou uma mulher maravilhosa, mas tento ser uma boa mãe — explicara ela, secando a emoção que transbordava de seus olhos.

Mas eu discordava. Qualquer pessoa bondosa, amorosa e disposta a dar um lar para uma criança que não era biologicamente sua era uma heroína para mim. Eu teria sido capaz de tudo para ser adotada por pais tão carinhosos quanto Walter e Marie.

A história do Sr. e da Sra. Rollsfield era o meu tipo favorito de romance. Eles haviam acabado de comemorar trinta anos de casamento no ano anterior, mas, olhando para os dois, parecia que ainda estavam em lua de mel. Eu nunca tinha visto duas pessoas cujo amor era sempre tão presente. Desde andar de mãos dadas até os beijos na testa, Marie e Walter tinham o relacionamento dos sonhos.

Eu havia conhecido Jason quando Marie me convidou para o jantar de Natal da família. Marie se recordava daquela noite melhor do que nós dois, mas eu me lembrava de entrar na casa dos Rollsfields e de sentir que aquele era o meu lugar.

Às vezes, eu me perguntava se amava os pais de Jason mais do que o amava. Especialmente sua mãe, Marie. Ela era a definição de amor materno e me recebeu na família de braços abertos. Quando passei mal na cafeteria, fora ela quem chamara a ambulância, e, desde então, havia ganhado um lugar especial no meu coração. Depois disso, para me distrair do meu problema de saúde, entrei para o clube do livro de Marie, e ficamos cada vez mais próximas.

A melhor parte da minha história de amor com Jason? Eu não tinha encontrado apenas um noivo, tinha ganhado também dois sogros dedicados que faziam com que eu me sentisse como se sempre tivesse feito parte da família. Ser acolhida de braços abertos era meu sonho — ter uma família, pertencer a um grupo unido, criar tradições que poderíamos compartilhar uns com os outros. Por exemplo, eu e Marie ainda saíamos para tomar café juntas toda semana. Eu sempre os aguardava com empolgação. Se eu tivesse sido criada por uma mãe, desejaria que ela fosse igual a Marie.

— Não acredito que isso está acontecendo de verdade! — exclamou Marie, enquanto eu fazia a última prova do meu vestido de noiva em sua sala de estar.

Todos os detalhes do casamento tinham sido definidos por ela e pela equipe de planejamento que havia contratado. Ela fazia questão de me mostrar todos os detalhes, que nem me interessavam tanto assim.

Tudo o que eu queria, tudo o que eu sempre quis, era caminhar até o altar e dizer a única palavra realmente importante: aceito.

Eu não me importava com as minúcias do casamento. Eu me importava com o final feliz que viria depois.

Sorri com o zelo de Marie. Nas últimas semanas, ela vivia aos pulos de tanta empolgação, na expectativa do sábado da cerimônia.

— Também não acredito.

Olhei para o espelho, sentindo um frio congelante na barriga enquanto admirava o vestido branco feito sob medida para mim.

Foram Marie e Walter que pagaram o vestido. Eles pagaram toda a cerimônia e a festa. Se dependesse de mim e da minha conta bancária, eu teria ido a um cartório com um vestido comprado em um brechó.

— Não tenho nem como agradecer por tudo o que você e o Walter fizeram por esse casamento, Marie. E por mim. Não mereço tudo isso.

Ela veio até mim enquanto a costureira terminava de ajeitar a bainha do vestido. Marie levou as palmas das mãos às minhas bochechas e abriu aquele sorriso radiante que sempre me dava.

— Você merece o mundo, Aaliyah. Você nunca vai entender como a sua chegada na família mexeu com o meu coração. Você é a luz que nós, os Rollsfields, precisávamos, e, em breve, todos vamos compartilhar o mesmo sobrenome.

Eu me joguei em seus braços e lhe dei um abraço apertado. Quando ela se afastou de mim, ri ao ver as lágrimas em seus olhos.

— Não começa a chorar agora. Ainda nem chegou o dia do casamento.

Ela dispensou meu comentário com um aceno de mão.

— Acho que a gente precisa aceitar o fato de que vou passar o fim de semana inteiro chorando. Ainda bem que existe maquiagem à prova d'água e que contratamos a maquiadora pra noite toda.

Eu me olhei no grande espelho da sala de estar e respirei fundo. Um milhão de emoções passavam pela minha cabeça, mas apenas uma se destacava: o fato de que, depois de tantos anos, eu finalmente faria parte de algo maior que eu.

Eu finalmente teria uma família.

Só isso já era o suficiente para me fazer desmoronar.

— Olá? — chamou uma voz, me fazendo desviar o olhar do espelho.
— Mãe! Cadê o meu pai? Estou ligando pra ele há...

Dei um berro quando me virei e dei de cara com Jason me encarando com um terno nas mãos.

— Ai, meu Deus! Sai daqui! Você não pode me ver de vestido de noiva antes do casamento! — ordenei, correndo para tentar me esconder atrás do sofá.

— Você não acredita mesmo nessas tradições bobas, né? — perguntou Jason, esfregando o nariz com o polegar. — Levanta daí, Aaliyah. Eu já te vi.

— Não! — exclamei, me sentindo boba por estar escondida, mas sem querer que ele visse o vestido de novo.

Não que eu fosse tão supersticiosa assim nem nada, mas eu achava mesmo que ver a noiva antes do casamento dava azar.

Por sorte, Marie concordava comigo.

— Ela tem razão! O que você está fazendo aqui, Jason? Eu avisei pra você ligar antes de aparecer.

— Eu liguei. O celular do meu pai e o seu estão no silencioso. E o da Aaliyah caiu direto na caixa postal. Olha, eu só vim trazer o terno do meu pai pro casamento.

— Deixa no hall de entrada e vai embora. A gente se vê amanhã no ensaio — respondeu Marie.

Eu quase conseguia sentir Jason revirando os olhos perante aquilo tudo. Quando se tratava de superstições, ele não acreditava em nada.

— Que seja. Estou indo. — Ele se virou para ir embora, então olhou para mim por cima do ombro. — Aaliyah?

— Sim?

Ele abriu um sorriso largo.

— Sua bunda ficou enorme nesse vestido.

— Não quero saber desse tipo de comentário na minha casa — disse Marie, jogando uma almofada no filho, que saiu correndo e bateu a porta. Marie ficou me olhando enquanto eu me levantava, e seu sorriso carinhoso me fez sorrir também. — Ele tem razão, sabia? Você está maravilhosa.

7

Connor

Fazia semanas que eu não dormia bem, e minha mãe, superprotetora, estava preocupada.

Eu nem tinha lhe contado que não estava dormindo direito, mas ela sempre percebia.

"Você precisa dormir mais, Connor Ethan, e arrumar uma namorada!". Era o que ela sempre dizia. Eu não sabia como, mas ela conseguia enfiar a palavra namorada em quase todas as nossas conversas. Era um talento.

Minha mãe estava convencida de que eu ia morrer sozinho. Ela me ligava toda semana para me lembrar desse fato. Nos dias em que exagerava no vinho, até chorava no FaceTime. Ela me lembrava constantemente de que eu era *workaholic* e não tirava folgas o suficiente. Ela estava certa. Todo santo dia, eu trabalhava até não aguentar mais.

Tinha vezes que meus dias pareciam durar anos. Eu tinha orgulho de muitas coisas da minha vida, mas ser *workaholic* não era uma delas. De vez em quando, eu me perguntava como teriam sido as coisas se eu não tivesse me matado tanto para construir minha imagem no mercado. No entanto, se eu não tivesse me esforçado, não poderia ajudar as pessoas da forma que ajudo. Todo sacrifício tem seu lado negativo.

Eu aguentaria dias e noites exaustivas se isso me proporcionasse facilitar a vida de alguém. Mesmo assim, algumas doses generosas de café se faziam necessárias para enfrentar os dias cansativos.

— Eu trouxe os relatórios da tarde e o seu café, Sr. Roe. Quer dizer, se o senhor não estiver ocupado. Porque, se o senhor estiver ocupado, posso voltar quando não estiver ocupado. Quer dizer, se o senhor não estiver ocupado, posso avisar agora sobre as ligações que recebeu e os e-mails que, hum... quer dizer...

— Calma, Rose — falei, olhando para a garota nervosa que estava parada na porta da minha sala, tremendo sobre os saltos. — Agora é a hora perfeita para as atualizações do dia.

Rose era praticamente uma menina. Parecia estranho dizer isso, porque ela tinha dezenove anos, e eu, vinte e oito, então era uma diferença de apenas nove anos, mas eu tinha certeza de que não era mais o mesmo homem de quando eu tinha dezenove anos.

Ela era a nova estagiária da Roe Imóveis, e a coitada ficava nervosa com tudo. Mas isso não me incomodava. Todos nós tínhamos de começar por algum lugar, e eu estava disposto a aceitar os deslizes e os lapsos dela. Todo mundo merecia uma oportunidade na vida.

Além do mais, ela só trabalhava duas vezes por semana, na parte da tarde, então não tinha como fazer muito estrago.

Rose respirou fundo e entrou na sala. Tropeçou nos próprios pés e recuperou o equilíbrio ao se segurar em uma das cadeiras. A jovem se empertigou e pigarreou antes de colocar o café na beirada da minha mesa. Ainda bem que ela não derramou nada, porque eu estava desesperado por uma dose de cafeína.

Ela olhou para a papelada que trazia e começou a falar. Mesmo ainda nervosa ao fazer seu trabalho na empresa, dava para notar que ela estava ficando mais à vontade a cada semana, pois sua voz não estava mais tão trêmula. Isso já era um progresso.

— Bom, quatro revistas entraram em contato com ofertas bem generosas pra entrevistar o senhor.

— Eu não dou entrevistas.

— Sim. Certo. Mas estão oferecendo uma quantia absurda por uma matéria de capa exclusiva, e...

— Eu não dou entrevistas — repeti. Mas também sorri para que ela não se sentisse intimidada.

Ela abriu um meio sorriso e continuou:

— Eu, hum... a sua mãe ligou e disse que o senhor precisa parar de se matar de trabalhar.

— Registrado. Qual é a próxima mensagem?

— Seus ternos estão disponíveis na lavanderia, e vou buscá-los agora à tarde e trazê-los pro escritório à noite. Sei que deveria ter passado lá antes de vir, mas eles atrasaram a entrega, e, bom, me desculpe. Vou ficar até mais tarde pra garantir que seus ternos estejam aqui ainda hoje.

— Não se preocupe. Eu posso pegá-los na volta pra casa.

Ela franziu a testa.

— Não, pode deixar. Não tem problema. Eu só... — Ela fez uma pausa, então soltou um longo suspiro. — Não quero decepcionar o senhor.

— Rose.

— Sim?

— Você está fazendo um ótimo trabalho, todos os dias. Não seja tão dura com você mesma.

— É só que... esta é uma grande oportunidade pra mim, Sr. Roe. Sei que sou nova e apreensiva, e que o senhor poderia ter contratado alguém melhor. Então quero dar o meu máximo.

— E você já está fazendo isso. É só continuar nesse ritmo, e vai dar tudo certo.

Ela relaxou os ombros ligeiramente quando ficou um pouco mais tranquila. Ótimo. Eu não gostava de deixar meus funcionários nervosos. Eu não era um lobo mau. Na verdade, eu queria que todos os meus funcionários se sentissem em casa, como se fôssemos uma família.

Se tudo der certo, ela vai melhorar. A confiança era uma via de mão dupla.

— Tudo bem. É... obrigada. — Ela fez uma pausa de um instante e mordiscou o lábio inferior.

Arqueei uma sobrancelha.

— Mais alguma coisa?

— Bom, é só que uma das revistas ofereceu muito dinheiro. Estou falando de muito mesmo. Tipo mais de cem mil dólares.

Deu para ver os cifrões nos olhos dela quando mencionou a quantia. Sem querer parecer babaca, mas eu ganharia aquela quantia em um piscar de olhos. E, mesmo que não ganhasse, ainda assim não aceitaria virar matéria de revista.

Eu sabia como o psicológico e o desempenho de uma pessoa no trabalho podiam ser afetados pela mídia. Abrir as portas da sua vida para o mundo não tinha nenhuma vantagem. As pessoas poderiam até te amar no começo, mas distorceriam suas palavras e diriam coisas horríveis sobre você na primeira oportunidade que tivessem de fazer isso.

Minha vida era mais fácil pelo fato de eu ser uma incógnita. As pessoas podiam imaginar o que quisessem, e quem tinha tempo para especular sobre a vida alheia com certeza não estava aproveitando a própria vida. Eu não gostava daquele ambiente — o mundo das fofocas. Quando me mudei para Nova York entendi que a mania de fofocar sobre os outros não acaba quando saíamos da escola. Meu caminho já havia cruzado com pessoas que tinham mais de sessenta anos e que ainda faziam intriga sobre os outros. Sempre que eu via isso acontecendo, caía fora.

Quanto menos drama, mais feliz minha vida seria.

A boca de Rose se retorceu, e eu sorri.

— O que mais me ofereceram, Rose?

— A capa da *People*, de homem mais sexy do mundo! E, ah, meu Deus, Sr. Roe, eles só oferecem essas coisas pra gente famosa! Tipo, gente famosa de verdade! Tipo o Ryan Reynolds e o Idris Elba! É tão legal! Tipo, isso é um sonho.

Eu ri.

— É mesmo?

— É claro.

— Então o que esses caras ganham com o título de homem mais sexy do mundo?

Ela me encarou como se eu fosse um idiota por não entender que aquilo era uma honra.

— Ahn, o título de homem mais sexy do mundo! É literalmente um título pra vida toda.

— Nossa. Bom, por mais maravilhoso que pareça, acho que vou ter que recusar. Mas obrigado, e, por favor, avisa pra todas as revistas que me sinto honrado pelas generosas ofertas, mas que não posso aceitá-las.

— Bom, tudo bem, Sr. Roe. — Ela fez uma pausa e levantou uma sobrancelha. — Tem certeza de que não quer que eu pegue os ternos mais tarde?

— Tenho. Obrigado, Rose.

Ela saiu da minha sala e Damian entrou logo em seguida, exibindo uma carranca.

— Boa tarde, Damian — cumprimentou Rose.

Ele passou por ela como se nem tivesse notado sua existência. Nada de oi, de olá, ou de qualquer outra coisa. Apenas total e absoluto silêncio como resposta.

Rose era uma garota muito bonita, e Damian regulava idade com ela; era apenas um ano mais novo. Seria de se esperar que ele se sentisse atraído por ela, como os outros caras do escritório, mas ele não parecia nem um pouco interessado.

Mas, no geral, Damian era assim mesmo: Expert em não se importar com praticamente nenhuma outra pessoa. Nós dois éramos completos opostos. Ele era frio como gelo, enquanto eu era conhecido pela personalidade calorosa.

Mesmo assim, eu o considerava parte da minha família. Eu havia conhecido Damian dois anos antes, quando estava participando de um programa de orientação para jovens e acabaram me colocando junto com ele — o garoto de dezesseis anos mais emburrado que já tinha visto na vida. Por muito tempo, levei seu mau humor para o lado pessoal, mas então entendi que aquilo não passava de um mecanismo de defesa. Ele tinha crescido em lares de adoção temporária, sendo transferido de uma família para outra, sem nunca encontrar estabilidade, então tinha se fechado para todos ao seu redor. Era muito difícil para ele confiar nas pessoas. Seus esforços para me afastar vinham do fato de que ele já tinha sido afastado por muita gente na vida.

Pena que eu era um babaca irritante que não desistia fácil de um desafio.

Eu estava na vida dele fazia dois anos e não pretendia ir embora tão cedo. Quando ele me contou que não se imaginava cursando faculdade, eu o contratei para trabalhar comigo. Na minha opinião, fazer faculdade não era o caminho ideal para todo mundo, mas eu sabia que Damian era inteligente demais e que poderia conquistar muitas coisas se tivesse uma oportunidade.

No fim das contas, ele havia se tornado um dos meus melhores funcionários; mesmo sendo rabugento.

— Você não deu boa-tarde pra Rose — comentei, ao vê-lo se aproximar para se sentar na cadeira em frente à minha mesa.

Ao contrário de Rose, não demonstrava nenhum sinal de nervosismo ao entrar na minha sala. Seus passos eram cheios de confiança.

— Por que eu diria oi pra ela?

— Porque ela te cumprimentou.

— Ela é uma péssima funcionária, além de falsa. Não gosto dela.

— Sejamos justos, você não gosta de ninguém.

Ele abriu a boca para responder, mas a fechou quando percebeu que o que eu havia falado era verdade.

— Por que você acha que ela é falsa? — perguntei.

— Aquela pose de garota atrapalhada, inocente, que fica gaguejando. Ela só faz isso na sua frente. Quando você não está por perto, ela fica dando mole pra todo mundo e enfia os peitos na cara de qualquer um que esteja disposto a admirá-los.

— Duvido. Ela é uma boa funcionária.

Ele suspirou.

— Deve ser difícil acreditar que todas as pessoas no mundo são legais.

— Eu não acho que o Jason Rollsfield seja legal.

— Meus parabéns, Connor. Você não gosta de uma pessoa dentre as sete bilhões que habitam o planeta — comentou ele, sendo sarcástico. — Sem contar que você odeia o cara e mesmo assim deu um emprego pra ele. Impressionante. Se você soubesse do passado da Rose...

— Não! — berrei, jogando as mãos para cima. — Não me conta. Sempre que você me conta algo sobre o passado de alguém, eu acabo mudando minha opinião sobre a pessoa.

— E deveria mesmo.

Eu chamava Damian de coveiro. Ele tinha um talento que eu nunca havia encontrado em ninguém: a capacidade de desenterrar os podres de todo mundo. Ele tinha descoberto segredos que as pessoas acreditavam estar muito bem escondidos. O único mistério que ele ainda não havia desvendado era o que mais queria: a história de seus pais biológicos. Não importava quanto ele tentasse, nunca conseguia encontrar os dois. Eu sabia que isso o corroía por dentro.

Quando nos conhecemos, eu o fiz prometer que não investigaria os segredos das pessoas que eu já conhecia antes de ele entrar na minha vida. Eu não precisava saber do passado vergonhoso dos meus sócios. Pessoas ricas faziam muitas coisas estranhas.

Damian usava preto da cabeça aos pés, como sempre. Terno preto, gravata preta, sapatos pretos. Desde que o conheci, ele vinha trabalhar de roupas pretas. Ele dizia que era sua cor favorita e que combinava com sua alma sombria.

Eu me divertia com suas tendências emo.

Ao mesmo tempo, exibia o físico de um jogador de futebol americano. Ele tinha mais de um metro e noventa e era puro músculo. Eu não tinha o menor problema em admitir que ele era um cara bonito. As mulheres fariam fila atrás dele se não fosse pela carranca onipresente. Se não fosse pela personalidade fria, sempre haveria mulheres se jogando aos seus pés.

— Bom, tenho más notícias — anunciou ele, esfregando o nariz com o polegar.

— Antes disso eu tenho que te contar a piada do dia.

Ele me lançou um olhar inexpressivo.

— Você está falando sério?

— Eu te conto uma piada todo dia há dois anos. É claro que estou falando sério.

— Você não vai querer contar piadas depois que souber o que tenho a dizer.

Eu me levantei da mesa e coloquei as mãos nos bolsos.

— É exatamente por isso que preciso contar agora.

Ele suspirou e deu de ombros.

— Tá, tanto faz. Conta.

— Você ficou sabendo daquele restaurante novo chamado Carma? Lá não tem cardápio. Você recebe o que merece. — Soltei uma risada e dei um tapinha na perna. — Entendeu? Carma? Você recebe o que...

— Eu entendi. Só que não teve graça nenhuma.

— Ainda vou fazer você rir um dia desses, você vai ver só.

— É melhor esperar sentado. Agora eu posso dar a notícia de merda?

Fiz que sim com a cabeça.

Ele franziu o cenho, e eu soube na mesma hora que suas próximas palavras seriam ruins. Durante as nossas reuniões, sempre que Damian fazia aquilo com as sobrancelhas, logo depois falava algo ruim.

— O pessoal do Brooklyn deu pra trás no negócio.

Fui até a beirada da mesa, com a sensação de ter levado um soco no estômago. Cada gota de bom humor desapareceu do meu corpo.

— Como assim eles deram pra trás? Já estava tudo certo. A gente tinha praticamente fechado o contrato. E ninguém sabia da negociação além de nós.

— Pois é. Não sei o que aconteceu, mas eles resolveram vender o prédio pra outra pessoa.

— Pra quem?

— Não me falaram.

Droga. Damian tinha razão. Depois dessa notícia, meu humor tinha azedado.

— Mas vou descobrir — continuou Damian, decidido e seguro.

— Tá, valeu.

Ele fez uma careta, é claro, e se levantou da cadeira. Seus olhos cinzentos encontraram os meus, e ele deu de ombros outra vez.

— Até que a sua piada foi engraçadinha — declarou, em um tom seco, tentando melhorar meu humor.

— Não precisa mentir, Damian.

— Tudo bem. Não teve graça nenhuma.

Esfreguei meu rosto com as duas mãos e suspirei.

— Me avisa quando descobrir quem comprou o prédio. — Voltei à mesa e me joguei na cadeira. — Você vai ao jantar na sexta?

— Você quer saber se eu vou ao jantar pra comemorar o fato de que um babaca que eu odeio com todas as minhas forças conseguiu um emprego que ele não merece? Acho que não. Ainda nem entendi por que você contratou uma pessoa tão incompetente quanto aquele escroto pra comandar a filial da Costa Oeste. Até eu faria um trabalho infinitamente melhor. Aquele cara é uma piada.

Ele estava errado sobre o meu novo sócio? Não. Jason era a única pessoa que eu realmente detestava. Tudo naquele cara mimado me incomodava. Mas eu estava dando uma oportunidade a Jason porque o pai dele havia oferecido uma parceria para ajudar a realizar meu sonho de construir edifícios de luxo para pessoas de baixa renda se eu o contratasse? Sim.

Jason ia assumir a Roe Imóveis Costa Oeste nas próximas semanas, e eu estava uma pilha de nervos com isso. Na sexta-feira, em um jantar em homenagem a Jason, eu lhe entregaria as chaves da empresa. O principal objetivo do evento era melhorar a imagem dele para a imprensa, algo que devia ter sido ideia dos pais dele, já que a maioria das aparições de Jason na mídia o pintavam como um riquinho idiota.

De uns dois anos para cá, o lado festeiro dele parecia estar controlado, mas isso não significava que eu confiava nele para gerir uma parte dos meus negócios. Mesmo assim, eu respeitava o pai dele o suficiente para ao menos lhe dar uma chance.

Walter Rollsfield era um dos homens mais ricos do mundo, e tinha sido a primeira pessoa a investir em mim quando eu era mais novo. Desde então, tem sido uma figura paterna na minha vida. O filho dele, por outro lado? Um merdinha inútil que fazia besteira por onde passava. Eu tinha meus receios em relação a contratar Jason, mas estava torcendo para que ele se cansasse do trabalho depois de um tempo — afinal de contas, ele se cansava de tudo — para que eu pudesse contratar um líder de verdade para o cargo. Aí eu teria a minha grana e a de Walter para construir os prédios dos meus sonhos.

Trazer Jason para a equipe era um risco alto, mas perder o apoio de Walter no meu próximo empreendimento seria um risco ainda maior — o que me lembrou que minha tarde tinha sido muito frustrada porque eu havia perdido uma oportunidade de negócio. Bem que eu queria saber quem tinha me impedido de conseguir o prédio dos meus sonhos no Brooklyn. No momento em que descobrisse, eu seria capaz de instaurar o caos na Terra.

Que belo dia de merda.

Meu humor estava péssimo desde que Damian me contou que havíamos perdido a propriedade. Eu estava tão chateado que achava que nem as minhas duas coisas favoritas conseguiriam me animar. Sempre que eu me sentia irritado, só duas coisas me animavam: minha mãe e Cheetos.

Depois de me entupir de Cheetos, peguei o celular e liguei para a única mulher disposta a ouvir minhas lamúrias quando eu estava estressado. A primeira pessoa para quem eu sempre queria ligar.

— Oi, querido. Como vão as coisas? — perguntou minha mãe ao atender a ligação.

Eu me sentei na minha cadeira e gemi.

Ela sabia exatamente o que aquele gemido significava.

— Ah, meu bem! Sinto muito. Quer que eu vá pra Nova York e prepare um frango com uns bolinhos pra você? Você não devia ficar sozinho num momento como esse.

Quase aceitei a oferta. Fazer o quê? Eu era mesmo o filhinho da mamãe, e conversar com ela sempre fazia meus fracassos parecerem menos piores.

— Eu estou bem, mãe. Só estou sentindo falta de casa hoje.

— Por que você não vem fazer uma visita rápida? — insistiu ela. — O Kentucky está com saudade.

Eu morava em Nova York desde os dezoito anos, e tinha completado vinte e oito no mês anterior. A cada dia que passava, eu sentia que aquela cidade se tornava meu lar. As únicas coisas que faltavam eram o amor e as comidas da minha mãe.

— Vou daqui a algumas semanas. Tenho muita coisa pra resolver antes disso.

Agora foi a vez dela de soltar um gemido, e eu também sabia exatamente o que aquele som significava.

— Trabalho, trabalho, trabalho — reclamou minha mãe. — Você tem algum tempo pra se divertir?

— Diversão não traz dinheiro — argumentei.

— Mas traz coisas importantes. Você não acha que já está na hora de arrumar uma namorada? De me dar uns netos, talvez. Nossa, a esta altura do campeonato, aceito até ser avó de pet. Você não pode passar o tempo todo enfurnado em casa ou no trabalho, Connor. Tenta sair um pouco e viver a vida de verdade.

Lembra o que eu falei sobre minha mãe ser sempre a primeira pessoa para quem eu queria ligar? O posto dela só ficava ameaçado quando brigava comigo por eu não ter uma vida além do trabalho.

Eu não pretendia construir uma família. Eu tinha tomado essa decisão fazia um tempo, quando resolvi mergulhar de cabeça no trabalho. Com apenas vinte e oito anos, eu possuía a renda de um cara de oitenta que havia se matado de trabalhar durante a vida inteira. Eu tinha passado a última década fazendo de tudo para construir meu império. Para conseguir isso, tive de abrir mão de algumas coisas, como relacionamentos e família. Nada disso se encaixava na minha rotina. Seria egoísmo da minha parte trazer uma mulher para a minha vida e não lhe oferecer tudo de mim. Pelo menos era essa a justificativa mentirosa que eu dava para as pessoas. A verdade era que a ideia de ter um relacionamento sério me deixava apavorado. Dar tudo de si para alguém e a pessoa ir embora um dia? Não, obrigado. Eu não estava interessado.

— Pode deixar, mãe — menti para fazê-la desistir desse assunto.

— Não diz isso só pra me fazer calar a boca, Connor Ethan. Estou falando sério. Você precisa arrumar um tempo para as coisas importantes. Depois de vencer o câncer duas vezes, sei como isso faz diferença. Dinheiro não é tudo.

— Mas é suficiente — brinquei. — É sério, mãe. Pode ficar tranquila. Vou me esforçar pra aproveitar mais a vida.

— Mentiroso.

O que eu posso dizer? Ela me conhecia muito bem.

— Escuta a sua mãe, Connor. De que adianta ter um império se você não tem ninguém pra quem deixá-lo quando o seu fim chegar?

— Já decidi pra quais instituições de caridade vou deixar tudo, então esse problema já está resolvido.

Ela suspirou, e fiquei me sentindo mal.

— Connor Ethan, não aborreça a sua mãe. Promete para mim que você vai começar a fazer pelo menos uma coisa que não tenha nada a ver com o trabalho? Quero que você encontre um hobby nas próximas semanas.

— Mãe...

— Promete! Por mim!

Eu odiava quando minha mãe me forçava a fazer essas promessas, porque eu sabia que jamais quebraria um juramento desses. Depois de ter assistido à sua mãe lutar contra o câncer duas vezes, de ter raspado a cabeça várias vezes junto com ela em um banheiro apertado usando um barbeador barato, você se dá conta de como a vida dela é importante.

Eu jamais faria uma promessa em nome dela se não tivesse a intenção de cumprir minha palavra. O desespero em sua voz chegava a ser doloroso. Ela se preocupava com a minha solidão.

Eu também me preocupava com isso de vez em quando. Para combater a solidão, às vezes eu ficava no trabalho até tarde, passava horas na academia ou jogava *Call of Duty* com gente do mundo inteiro. Se você ainda não foi chamado de babaquinha escroto boqueteiro por um canadense de quinze anos depois de meia-noite, você não viveu.

Eu só espero que ele não beije a mãe dele com aquela boca suja.

— Prometo — jurei. — Que merda, eu não devia ter ligado pra você.

— Olha a boca, Connor — repreendeu-me ela.

Virei meu uísque.

— Desculpa, mãe.

— Tenho que ir, meu amor. O Danny vem me buscar.

Eu me ajeitei na cadeira.

— Espera. Danny? Quem é Danny?!

— Ah, querido, não tenho tempo agora. Eu te amo. A gente se fala! Te ligo amanhã. Beijos!

E desligou.

Quem diabos era Danny?

Em questão de segundos, mandei uma mensagem para o Jax no Kentucky. Apesar de eu ter me mudado para Nova York, ele ainda era um dos meus melhores amigos no mundo todo. Eu sabia que ele me ajudaria a descobrir o que estava acontecendo.

Connor: Quem diabos é Danny?

Jax: Que legal ter notícias suas também.

Connor: Foi mal. Oi, Jax. Como vai a Kennedy? Como vão as crianças? Como está o clima? Quem é Danny, caralho?

Jax: Olha a boca, Connor.

Connor: Tá, tá. Minha mãe disse que ia sair com o Danny. Quem é esse cara?

Jax: Ao contrário de todo mundo nesta cidadezinha, eu não me meto na vida dos outros.

Connor: Não quero que a minha mãe saia com um cara babaca.

Jax: O Danny não é babaca.

Connor: Então você conhece ele! Me conta tudo. Vou te ligar.

Jax: Não me liga, Connor. Odeio falar no telefone.

Connor: Nem com o seu melhor amigo?

Jax: Você não é o meu melhor amigo.

Connor: Suas piadas não são tão boas por mensagem.

Jax: ... Certo.

Connor: Me conta uma coisa sobre esse tal de Danny, e eu paro de encher o seu saco.

Jax: Jura?

Connor: Pela minha mãe.

Jax: Tá. Ele é um bom funcionário.

Connor: O quê?! Esse cara trabalha pra você?! Mas que traição é essa?!

Jax: Olha, a culpa não é minha se ele conheceu a sua mãe quando ela veio me trazer um lanche durante um trabalho de paisagismo. Por acaso, o Danny estava comigo e gostou do lanche.

Connor: Espero por tudo que é mais sagrado que você esteja falando do bolo de limão dela, e não de um lanche mais íntimo.

Jax: Com certeza estou falando de um lanche mais íntimo. Parece que o Danny gosta muito de provar os bolinhos dela.

Connor: Você está achando engraçado, mas eu não estou vendo graça nenhuma. Agora você vai ficar pensando na minha querida e inocente mãe tendo relações sexuais com um cara aleatório chamado Danny!

Jax: Você quer que eu pense na sua mãe transando?

Connor: O quê? Não. Para. Não faz isso.

Jax: Tarde demais. Já estou imaginando a cena.

Connor: Espero que a Kennedy se separe de você.

Jax: Você acha que a Rebequinha é dominante ou submissa?

Connor: Já chega desta conversa.

Jax: Será que ela curte fantasias?

Connor: Cala a boca.

Jax: É tipo aquelas piadas de toc-toc que você adora contar. A Rebecca diz toc-toc, o Danny pergunta quem é, e pá! Ela senta na cara dele.

Connor: Espero que você queime no inferno.

Jax: Estou mesmo precisando de um bronzeado. Boa noite, garoto.

Depois da conversa com Jax, que serviu apenas para me deixar mais estressado, só me restou imaginar minha querida mãezinha envolvida com um sujeito qualquer chamado Danny.

8

Aaliyah

Nada melhor para piorar minha ansiedade que um salão cheio de completos desconhecidos. Se eu fosse umas das participantes de um daqueles filmes da saga *Jogos mortais* e tivesse de ser colocada em uma situação fatal que me deixasse apavorada, certamente me jogariam em uma sala cheia de gente desconhecida. O que aquelas pessoas estavam pensando quando olhavam para mim? Quais eram suas primeiras impressões? Elas gostavam de mim? Eu parecia esquisita?

Depois desses eventos, eu tinha o hábito curioso de voltar para casa e analisar cada conversa, me perguntando se alguém tinha interpretado minhas palavras do jeito errado ou se eu havia dito alguma idiotice. Fazia apenas uma hora que eu estava ali, mas minhas mãos já suavam de nervosismo.

Por que uma hora passava dez vezes mais devagar quando você estava em um lugar onde não queria estar?

— Olha o passarinho! — disse um fotógrafo antes de disparar o flash da câmera nos meus olhos e seguir para sua próxima vítima.

Pisquei algumas vezes, tentando recuperar minha visão, e pensei no que ele disse.

Passarinho.

Argh.

O que eu não daria por um frango à passarinho, bem gorduroso, na minha boca naquele instante, do tipo que faz um estrago no meu quadril, porém bem para a minha alma. Fiquei sonhando com uma crosta crocante enquanto levava uma fatia minúscula de batata-doce à minha boca. Ela estava coberta com um queijo fedorento, nozes-pecã e cranberries. A garçonete disse que o verde salpicado por cima era alecrim, mas eu tinha certeza de que era mato.

"Crostinis de batata-doce", informara ela, mas eu sabia que estava comendo só uma porcaria chique.

Eu não era uma garota muito sofisticada. Nunca tinha sido e nunca seria. Ficaria satisfeita com umas boas asinhas de frango e batata frita. Pelo menos era assim antes do meu diagnóstico. No meio do ano passado, quando entrei para a fila do transplante de coração, precisei cortar o álcool, e fazia dois anos que eu não comia fritura, graças à doença. Eu havia sido obrigada a mudar todos os meus hábitos.

— Quer mais um? — perguntou a garçonete, e fiz cara de nojo, o que a fez ir embora com um suspiro irritado.

Não fiz de propósito. Eu só nunca fui muito boa em esconder meus sentimentos. Todas as minhas emoções ficavam estampadas nos meus olhos e nas curvas dos meus lábios. Se eu estivesse irritada, incomodada ou enojada, todo mundo sabia.

Fiquei me perguntando se eu tinha herdado essa característica da minha mãe. Fiquei me perguntando se ela deixava sua insatisfação transparecer ao franzir o nariz. Será que seus olhos brilhavam de um jeito especial quando ela estava feliz?

Balancei a cabeça para afastar os pensamentos a respeito dela antes de deixá-los chegar ao meu coração. A última coisa que eu queria era ficar triste em um evento que deveria ser alegre. Por isso, pensamentos melancólicos estavam terminantemente proibidos.

Respirando fundo, analisei o salão.

Mais de cem pessoas haviam comparecido ao jantar de comemoração do novo cargo do meu noivo como responsável pela Roe Imóveis

Costa Oeste. Aquele era o primeiro evento de trabalho no qual eu comparecia com ele, e estava apavorada. Eu não conhecia ninguém ali além dos pais de Jason.

O jantar estava se mostrando um evento extremamente chique. Ou melhor, um evento de gala. Era tudo muito exagerado, sem nenhum motivo aparente, apenas pelo simples fato de que Jason podia bancar aquilo.

Nós podíamos bancar aquilo.

Jason detestava quando eu dizia que o dinheiro era só dele, mas, no fim das contas, era mesmo. Ele que era o empresário bem-sucedido, e eu era a editora-assistente que a mãe dele tinha conhecido dois anos antes e lhe apresentado.

Um romance arrebatador, orquestrado por Marie.

Sim, fazia só um ano e meio que estávamos juntos, mas parecia mais tempo.

— Canapé de pepino? — ofereceu uma mulher, enfiando uma bandeja na minha cara com literalmente pedaços de pepino salpicados com páprica.

Meu nariz obviamente torceu.

— Não, obrigada.

O problema dos eventos de gala era a falta de comida e o excesso de bebida. Todos ao meu redor estavam bebendo, menos eu. Só que eu era uma grande adepta do uso de carboidratos para absorver o álcool no estômago e tinha certeza de que algumas das pessoas ali estavam precisando de um ou dois pãezinhos.

Drinques e batatas fritas trufadas.

Uísque e pizza.

Cerveja e batatas fritas com queijo.

Ai, nossa...

Eu já falei batatas fritas? O que eu não daria por uma porção enorme de batatas fritas naquele momento, mas essa opção não estava no cardápio da noite. Quase não havia comida circulando, só aqueles aperitivos pequenos e caros.

Talvez por isso que pessoas ricas continuavam ricas — elas não comiam, então não precisavam gastar dinheiro com comida.

Duas mãos pousaram sobre o meu quadril, e meu corpo se derreteu ao toque. Eu sabia quem era antes mesmo de ele falar. Jason tinha sempre um cheiro sexy e amadeirado. Eu me virei para encará-lo, e meu coração perdeu o compasso quando vi seu cenho franzido, fazendo com que eu também abrisse uma careta.

— O que aconteceu? — perguntei.

— Você está muito antissocial hoje — sussurrou ele, inclinando-se na minha direção. — As pessoas estão comentando que você parece metida.

— Desculpa. Meu cérebro está parando de funcionar. Não consigo sobreviver à base de ar. — Levei as mãos até o peito dele e o fitei com meu olhar mais pidão. — A gente não pode ir embora e comer comida de verdade?

Antes que ele pudesse responder, uma mulher com uma bandeja contendo algum tipo de carne crua veio até nós.

— Aceitam? — perguntou ela.

— Claro, depois que isso aí estiver cozido — respondi.

Jason riu, mas não foi sua risada divertida. Foi sua risada irritada. Ele recusou o aperitivo e agradeceu à garçonete.

— Você exagera, Aaliyah.

Ele não estava errado. Eu fazia mesmo um drama de vez em quando.

— Tirando a falta de comida, está tudo ótimo, né? O evento é um sucesso. Estou muito orgulhosa de você.

Jason sorriu.

— É, só falta você conversar com alguém aqui além de mim.

— Eu passei a noite toda falando com os seus pais!

— Acho que nós dois sabemos que eles não contam. Aaliyah... você precisa conversar com as pessoas.

Jason suspirou, apertando o nariz. Ele estava cansado. Por que não estaria? Nos últimos tempos, ele vivia cansado. Tinha passado os últimos meses se matando de trabalhar na abertura da empresa em Los

Angeles. Ele estava uma pilha de nervos, e eu duvidava que entenderia completamente a resposta se lhe perguntasse quais eram as atribuições do seu cargo. Tudo o que eu sabia era que ele vivia ocupado. Portanto, isso significava manhãs e noites cheias. Voos no início do dia ou no meio da madrugada. Cafés fortes e uísques rascantes.

Às vezes, eu ficava preocupada com ele. Afinal de contas, todos os grandes empresários sofriam o tal *burnout*. Mesmo assim, ele sempre me dizia que estava bem, até nos dias em que era nítido que estava mentindo.

Ultimamente, o Jason divertido e animado quase nunca dava as caras, e eu me culpava um pouco por não ter sido mais insistente quando percebi que ele estava se afastando. No começo do namoro, ele era cheio de energia e de vida. No entanto, depois que fomos morar juntos, parecia que eu vivia com um desconhecido. Ele era ríspido comigo, mas depois pedia desculpas, dizendo que estava estressado com o trabalho.

— Você sabe como eu me sinto nessas situações — expliquei, olhando para as mãos e me distraindo com meus dedos.

Ele concordou com a cabeça.

— Sei, você só gosta de conversar com os seus amigos.

— Exatamente. Com o Ross, a Rachel, a Phoebe...

— Aaliyah. — Jason pronunciou meu nome como se eu fosse uma criança malcriada, então concordei com a cabeça, percebendo pelo seu tom que ele estava se sentindo pressionado. — Tem muitas pessoas importantes pra mim aqui, e eu gostaria que elas conhecessem a pessoa mais importante da minha vida.

— Tudo bem, tudo bem. Preciso de dez minutos de ar fresco. Aí volto e ser a noiva perfeita.

— Combinado.

— Antes de eu ir, você pode me prometer uma coisa?

— Claro.

— Depois que a gente sair daqui, podemos comer uma comidinha de verdade? Talvez ir a algum lugar que sirva pão?

Ele soltou aquela risada verdadeira, e isso me deixou feliz.

— Ah, Liyah. — Sua boca roçou sobre a minha antes de seguir para minha testa, onde ele me deu um beijo. Sua voz era baixa, cheia de uma doçura que não combinava muito bem com suas palavras. — Você sabe que não devia comer carboidratos.

— O que você quer dizer com isso? — perguntei, chocada com o comentário.

— Ah, não. Não começa — gemeu ele.

— Não começo o quê?

— A ficar toda sensível.

— Como assim? Foi você que fez esse comentário nada a ver sobre eu não poder comer, e...

— Agora, não, Aaliyah — sussurrou ele em um tom severo. — Não vou discutir com você agora. Hoje é pra ser um dia feliz. Não estraga tudo com as suas frescuras.

— Só estou dizendo que foi um comentário indelicado.

— Indelicado ou sincero? Eu falei aquele dia que a sua bunda estava enorme no vestido de noiva.

Franzi a testa, me sentindo extremamente constrangida. Achei que aquilo tivesse sido um elogio.

Dava para sentir o cheiro de bebida no hálito dele. Eu amava Jason, mas não gostava do homem em que ele se transformava quando bebia. Em algumas noites, eu ficava me perguntando se realmente o conhecia. Ficava me perguntando se o álcool fazia com que ele falasse suas verdades ou virasse alguém que mentia o tempo todo. Eu o encarei como se ele fosse um desconhecido. Nas últimas semanas, seu comportamento depreciador estava cada vez mais evidente.

Fazia mais de um ano que estávamos juntos, mas havia apenas seis semanas que dividíamos o mesmo teto, e, desde então, parecia que eu estava compartilhando a cama com um estranho. Nosso romance tinha começado às mil maravilhas. Eu era obcecada por Jason Rollsfield e ele era obcecado por mim. Quer dizer, até eu abrir mão do meu apartamento e me mudar para o dele. Depois da mudança, foi como se meu príncipe encantado tivesse se transformado na Fera.

Tudo o que eu fazia o irritava. Sempre que ele me insultava, revertia a situação e dizia que eu tinha tirado suas palavras de contexto. Ele não me abraçava mais com tanta frequência; ele não fazia tanto carinho em mim como antes. A cada dia que passava, eu sentia um afastamento cada vez maior, e isso me deixava muito preocupada.

Ele bebia com mais frequência do que havia me dito que fazia. Passava mais tempo na rua do que eu imaginava. A mãe dele me disse que Jason estava sobrecarregado com os novos compromissos de trabalho e a futura mudança para a Califórnia, algo que eu entendia. Só queria que ele tivesse me contado que estava se sentindo assim — e não a mãe dele.

Antes que eu pudesse rebater seus comentários maldosos, ele olhou para alguém atrás de mim.

— Você ainda não conheceu o meu sócio. Connor, vem cá — chamou Jason, acenando para alguém.

Levantei o olhar para ver quem ele estava chamando, então meu coração perdeu o compasso e parou completamente quando me deparei com os olhos mais azuis que eu já tinha visto na vida.

O Capitão América.

De terno.

Minha respiração falhou no instante em que nossos olhares se encontraram. Por um segundo, pensei ter visto seus olhos se arregalarem em reconhecimento, mas a expressão desapareceu assim que ele piscou. Seu olhar foi ficando mais suave, e ele estendeu a mão para me cumprimentar.

— Oi. Aaliyah, né? Meu nome é Connor. Muito prazer.

Meu peito doeu ao trocarmos um aperto de mão. Seus olhos ainda eram tão azuis quanto eu lembrava, mas seu sorriso parecia um pouco mais triste.

Abri a boca para falar, mas nenhum som saiu... até Jason pigarrear, sem graça, e me cutucar com o cotovelo.

Forcei um sorriso.

— Oi, pois é. O prazer é meu, Connor.

Connor.

Adorei aquele nome — mesmo não sendo Steve Rogers.

Ele tinha cara de Connor. Doce, gentil, bondoso.

Jason terminou sua bebida e gesticulou para Connor.

— É por causa desse cara que a gente vai se mudar pra Califórnia daqui a umas semanas. Dá pra acreditar? Eu vou ter minha própria empresa.

— Ela não será exatamente sua — disse Connor com um sorrisinho. — É mais um trabalho em equipe.

— É, por enquanto, companheiro. Tenho certeza de que você vai ficar impressionado comigo e passar o negócio pra mim logo, logo — brincou ele. — Além do mais, você já está ocupado com seus outros empreendimentos. Vou estar te fazendo um favor.

Connor riu, mas de um jeito frio. Eu não sabia que sua risada poderia soar tão gélida.

— A Roe Imóveis é a minha primogênita. Nunca vou abrir mão dela — disse ele, e dava para ver que ele estava falando sério.

Eu não fazia ideia do porquê Jason estava insistindo naquele assunto. Ele devia se sentir agradecido pela oportunidade que havia recebido, mas, como eu disse, ele estava bebendo. Sempre que bebia muito, sua personalidade mudava um pouco. Eu o amava um pouco mais quando ele estava sóbrio.

Eu não conseguia parar de encarar o Capitão América — *Connor*. Pelo visto, os dois últimos anos tinham lhe feito bem. Ele parecia ainda mais musculoso, com o cabelo perfeitamente cortado e penteado e uma barba bem bonita. Seu terno de grife o deixava dez vezes mais elegante que a maioria das pessoas naquele jantar, e seus olhos...

Seus olhos continuavam grudados em mim.

Pelo visto, nenhum de nós conseguia desviar o olhar, e eu não sabia o que pensar sobre tudo aquilo.

Meu coração disparou, martelando em minhas costelas, e me obriguei a afastar o olhar de Connor, para que Jason não percebesse que eu estava sem graça.

— Bom, hum... foi um prazer te conhecer, Connor. Mas eu estava indo pegar um pouco de ar fresco. Com licença.

Abri um sorriso tenso para Jason antes de sair em disparada, tropeçando nos meus próprios pés e quase caindo de cara no chão com meu salto alto. Em questão de segundos, dois braços me seguraram, e encontrei aqueles olhos azuis de novo ao olhar para cima. Meu corpo inteiro se arrepiou quando percebi que Connor me impediu de cair. Senti minhas bochechas esquentarem ao toque dele.

— Desculpa — murmurei, ainda totalmente corada.

Ele me ajudou a ficar de pé e sorriu. Aquele sorriso parecia mais verdadeiro, o mesmo do qual eu me lembrava.

— Sem problemas.

— Ela é meio atrapalhada às vezes — comentou Jason, se aproximando de nós. — Presta mais atenção onde pisa, hein, Aaliyah? Não quero parar no hospital hoje — brincou ele antes de se virar para Connor. — Que tal eu pegar uma bebida pra você e a gente discutir alguns detalhes?

Essa foi a minha deixa para continuar andando antes que Connor visse como eu me sentia humilhada.

Para piorar a situação, quando eu estava prestes a sair do salão, os colegas de Jason me cercaram, e me xinguei por não ter conseguido ser mais discreta.

Aquela era a primeira vez que eu socializava com pessoas que Jason conhecia em um contexto de trabalho, e todas elas me intimidavam. Eu me sentia deslocada, um peixe fora da água. Elas me olhavam de um jeito esquisito e falavam comigo como se eu fosse o ser humano mais inocente do mundo. E não era só isso: os sorrisos estampados em seus rostos também pareciam maliciosos.

— Então, Amanda — disse uma mulher, sorrindo de um jeito arrogante.

— Aaliyah — eu a corrigi, retribuindo o sorriso falso.

— Ah, é, desculpa. Amanda era a namorada antiga. Então, Aaliyah, é tão bom ver o Jason em um relacionamento com alguém que tem um corpo normal... Deve ser chato só namorar top models.

Ela fez um biquinho, e seu amigo maldoso entrou na conversa.

Ele assentiu uma vez com a cabeça.

— Vamos torcer pra que este casamento dure mais que os últimos dois.

Uma risada constrangida escapou de todos os envolvidos.

— Eu acho ótimo que ele finalmente esteja pensando em sossegar o facho. Por outro lado, tudo parece tão corrido, não acham? — perguntou outra mulher.

O homem voltou a falar.

— Bom, você sabe o que dizem por aí, a pressa que o Jason tem pra casar só não é maior do que a que ele tem pra se divorciar.

Todos riram de novo, se divertindo horrores às minhas custas.

— Desculpa, eu estava indo... — Tentei falar, mas eles não deixaram.

— Quantos anos você tem mesmo, Alice? — perguntou a primeira mulher.

— *Aaliyah* — sibilei, me sentindo dominada pela irritação. — E tenho vinte e quatro.

— Ah, tão novinha! Francamente, a idade das namoradas do Jason só diminui — comentou ela.

Abri a boca para me defender, mas o cara acabou falando primeiro.

— Bom, fico feliz por você, Aaliyah. Você está vivendo o novo sonho americano. Com o Jason ao seu lado, dinheiro não será problema, e eu sei que essa sua geração Z não quer trabalhar. Você já pensou em ter um blog? Talvez um canal no YouTube? — Insira uma risada debochada aqui.

— Na verdade, ela trabalha pra uma das maiores revistas do mundo, Wayne, ao contrário de você, que ainda mora com os seus pais — disse uma voz familiar, juntando-se à conversa.

O alívio que eu senti ao me virar e me deparar com Marie foi gigante.

Ela piscou para mim e se virou para o grupinho arrogante outra vez.

— E, Ruby, seu marido não acabou de declarar falência? Talvez você não devesse atirar pedras nos outros, já que tem telhado de vidro.

Ruby bufou e ficou toda indignada, mas não deu um pio. Todos sabiam quem ocupava o posto de rainha naquele salão: Marie Rollsfield se sentava no trono. Ela ficou parada ali com seu ar régio, e os valentões bateram em retirada como se não merecessem nem respirar o mesmo ar que ela.

— Vou te dar um conselho, meu amor — disse Marie, virando-se para mim com um sorriso enorme. — Não se deixe intimidar por essa laia. Eles não chegam aos seus pés.

— Estou vendo que não me encaixo muito bem no mundo profissional do Jason.

— Que ótimo. Essas pessoas são horríveis. Você não precisa fazer parte desse mundo, muito menos se encaixar nele. — Ela passou um braço pelos meus ombros e me apertou. — Mas você faz parte da nossa família, e é isso que importa. Eu sempre quis ter uma filha.

Se ela soubesse como eu também sempre quis ter uma mãe...

— E o sócio do Jason, o Connor? Ele é legal? — perguntei, tentando soar indiferente, mas curiosa para saber que tipo de empresário ele era.

— Um dos seres humanos mais honestos deste mundo. Ele é uma boa pessoa, e é muito difícil encontrar alguém assim nesse meio. Fico um pouco chocada pelo lado sombrio dos negócios ainda não ter acabado com ele, mas Connor sempre parece tirar leite de pedra. Pelo visto, o anjo da guarda dele faz um bom trabalho. Estou feliz por ele e o Jason estarem trabalhando juntos. Apesar do Jason ser mais velho, eu e o Walter esperamos que o Connor seja uma espécie de mentor para ele. O rapaz tem uma cabeça boa. Com a ajuda dele, Jason pode fazer coisas maravilhosas.

Sorri, satisfeita por saber que Connor continuava sendo uma pessoa tão boa quanto era quando nossos caminhos se cruzaram dois anos antes.

Marie me cutucou levemente e sussurrou:

— Agora vai pegar seu ar fresco antes que aquelas hienas ataquem de novo.

Eu sorri.

— Como você sabe que eu ia tomar um ar fresco?

— Ah, querida, não esqueça que eu já fui você um dia. A intrusa que foi parar num mundo desconhecido, onde as pessoas me julgavam pela minha aparência, pela cor da minha pele, pelo fato de eu não ter dinheiro. Eu me lembro de precisar dar umas escapadas de vez em quando. É só virar à esquerda e pegar o elevador até o terraço. A vista é linda. Mas, quando você estiver lá, não se esqueça de ajeitar sua coroa invisível, de se lembrar de quem você é e de que agora você tem uma família inteira do seu lado.

9

Connor

Se você procurasse a definição de extrovertido no dicionário, provavelmente encontraria uma foto da minha cara com um sorriso de orelha a orelha. Eu me orgulhava de ser amigável e de gostar de conhecer gente de todos os tipos. Um dos meus superpoderes era minha capacidade de encontrar algo em comum com qualquer pessoa — tirando o babaca do Jason Rollsfield. Quando se tratava de sentir desdém por uma pessoa, ele estava no topo da minha lista. Para falar a verdade, ele era o único da lista.

Recentemente, o nervosinho instável tinha sido encarregado de chefiar nossa expansão para a Costa Oeste por este que vos fala. Por sorte, agora ele iria embora de Nova York, e não teríamos de nos encontrar com tanta frequência quanto nos últimos meses. Mas saber que ele a levaria para a Califórnia fez com que meu corpo inteiro fosse tomado por uma raiva silenciosa.

Como era possível um babaca como ele ter uma mulher como ela?

Ela.

A Chapeuzinho.

A minha Chapeuzinho.

Minha, não... mas enfim.

Meus pensamentos foram tomados por uma angústia ao perceber que Aaliyah era dele. Pior ainda, ele nem se mexeu quando ela tropeçou. Ele simplesmente ficou parado, observando a cena com um ar de decepção e ainda deu uma bronca nela em um tom passivo-agressivo, em vez de perguntar se estava tudo bem.

Como ela aceitava ser tratada assim? Sem dúvida, ela sabia que merecia alguém melhor do que Jason. Fiquei parado no bar com ele enquanto esperávamos nossas bebidas e, feito um maníaco, meus olhos percorreram o salão à procura dela. Eu a vi parada com um grupo de riquinhos que não mereciam sua companhia. Eu conhecia todos eles. Eram todos umas cobras, mas Aaliyah parecia educada demais para fugir da emboscada.

Notei o desconforto que pesava em seus ombros enquanto ela interagia com eles, e minha necessidade súbita de protegê-la alcançou níveis inimagináveis. Dei um passo em sua direção, mas parei assim que vi Marie intervir. No momento em que isso aconteceu, os ombros de Aaliyah relaxaram, e um sorriso genuíno surgiu em seu rosto.

Que bom. Ela parecia mais tranquila. Ao contrário do babaca do seu filho, Marie era uma boa pessoa. Pela forma como aqueles ratos saíram correndo, eu sabia que ela havia defendido Aaliyah. Quando todos eles sumiram, a luz pareceu retornar aos olhos de Aaliyah, e ela voltou a brilhar.

Aaliyah.

Que nome perfeito para ela. Combinava com ela e era lindo. Ela era linda, e estava mais bela do que há dois anos. Seu cabelo comprido, agora com luzes, tinha tranças finas e entremeadas com fios dourados. Ela usava um tubinho de seda preto, com uma fenda alta que destacava suas longas pernas negras, e sapatos dourados de salto alto. Com aqueles saltos, nós ficávamos quase da mesma altura.

Os olhos dela...

Ainda eram tão poderosos quanto antes.

— Você me ouviu? — perguntou Jason, dando um tapinha nas minhas costas.

Desviei meu olhar de Aaliyah e me virei para pegar minha bebida com Jason. O sorriso que eu nem havia percebido que estava exibindo enquanto a observava desapareceu no instante em que olhei para ele.

— Desculpa, o que você disse? — perguntei, apesar de não me importar.

Eu queria olhar de novo para ela. Eu queria falar com ela. Eu queria perguntar como ela estava. Queria perguntar por que, dentre sete bilhões de seres humanos no planeta, ela havia escolhido justo ele.

— Eu perguntei se você viu aquela gata à sua esquerda, de vestido azul? — falou ele, apontando com a cabeça na direção da mulher.

Eu me virei procurando a pessoa a quem ele estava se referindo e, no instante em que a vi, quis arrancar meus olhos fora.

— Aquela é a Rose, minha nova estagiária, e ela só tem dezenove anos. Praticamente uma menina.

— Mas já é maior de idade. — Ele sorriu e me deu uma cutucada. — Vou te contar, o Jason de antigamente partiria pra cima daquela mulher na primeira oportunidade.

— Ela é uma garota, não uma mulher. E nova demais, não acha?

Ele deu de ombros.

— Já peguei mais novas. — Ele fez uma pausa e jogou as mãos para cima. — Todas tinham pelo menos dezoito anos. Não sou nenhum tarado.

Não é o que parece.

— Além do mais, eu não estava falando dela pra mim. Já tenho dona. Eu falei dela pra você, garotão. E já que ela é sua estagiária, aposto que faria qualquer coisa pra te agradar.

Ele me cutucou de novo, e quis dar um murro na cara dele.

Meu Deus, Chapeuzinho. Por que ele?

Revirei os olhos e desviei o olhar de Rose.

— Isso é desprezível, antiético e totalmente inaceitável, Jason. E espero que você não pretenda administrar a empresa com esse tipo de postura quando estiver do outro lado do país.

— Calma, calma, calma. Pega leve, cara. Eu só estava brincando. Pelo que dizem por aí, você não namora muito. Eu só queria ajudar.

Ele estava bêbado, já cambaleando um pouco, e eu sabia que faltavam poucos copos para ele assumir sua verdadeira personalidade.

— Não precisa, Jason.

Ele jogou as mãos para cima, se rendendo.

— Tudo bem. Você que sabe. — Ele voltou a olhar para Rose, e observei seus olhos avaliando o corpo dela de cima a baixo. Que lixo de pessoa. Ele percebeu que eu o encarava e sorriu. — Olhar não tira pedaço.

Ele foi embora, e, no instante em que virou as costas para mim, voltei a olhar para Aaliyah — pelo menos para o lugar onde ela estava antes, de onde havia desaparecido. Procurei ao redor do salão, determinado a encontrá-la, mas ela não estava em lugar nenhum.

— Procurando alguém? — perguntou uma voz, interrompendo minha busca.

Eu me virei e vi Walter se aproximando com um sorriso estampado no rosto. Como Walter e Marie tinham adotado Jason, não havia nenhuma semelhança física entre eles, e eu era grato por isso. Se Walter fosse parecido com o filho, eu teria vontade de socar a cara dele sempre que o visse.

— Não. Eu só estava admirando o evento. Está tudo dando certo.

— Ainda bem que tiraram as fotos antes do Jason encher a cara.

Eu ri.

— Você também percebeu, né?

— Eu sempre percebo. Não quero que você pense que isso vai afetar o trabalho dele na Califórnia. Ele apronta de vez em quando depois do expediente, mas é sensato no trabalho.

Eu não sabia quem Walter estava tentando convencer — a mim ou a si mesmo.

Em vez de comentar que ele estava errado sobre o próprio filho, sorri e menti:

— Não estou preocupado, não.

— Ótimo. Além do mais, depois do casamento, tenho certeza de que ele vai largar os velhos hábitos e ser o marido que a Aaliyah merece.

O casamento.

Eu ainda não me conformava com o fato de que Jason, aquele lixo de pessoa, tinha conseguido uma noiva como a Chapeuzinho. Ele não a merecia. Sinceramente, eu duvidava que algum cara a merecesse. Mesmo depois de todo esse tempo, eu não tinha me esquecido de como ela havia feito eu me sentir naquela noite. Caramba, depois daquela nossa escapada no Halloween, eu tinha passado semanas sonhando com aquela garota.

A garota de quem nunca me esqueci.

Mas, francamente... depois da conexão intensa de almas que tivemos e das nossas conversas profundas e cheias de significado, ela foi se envolver logo com Jason? *Jason*. Jason Rollsfield. O homem que acreditava que o aquecimento global era um mito. Que tinha mijado no Monumento de Washington. Que havia passado algumas noites preso por apertar a bunda de uma policial.

É, esse era o cara que ela havia escolhido.

Meu Deus, Chapeuzinho. Achei que tivesse ficado claro que você merece alguém melhor do que o Jason.

Eu não conseguia parar de pensar em como ela havia se metido naquela furada, mas, droga, eu não podia fazer nada.

— Falando no casamento... Preciso te pedir um favor — disse Walter. Ele esfregou sua barba grisalha com uma das mãos e empurrou os óculos redondos para cima do nariz. — A Aaliyah e o Jason decidiram não ter padrinhos na cerimônia, mas tem a questão da noite antes do casamento. Os noivos não podem se ver. Veja bem, normalmente, eu não me preocuparia com o fato do Jason passar a noite sozinho, mas sei que às vezes ele fica um pouco ansioso, e não quero que ele entre em pânico na véspera do grande dia. Então fiquei pensando se, talvez, ele pudesse ficar com você nessa noite? Vocês podem fazer algo divertido juntos.

Pisquei algumas vezes, tentando assimilar o que Walter estava me pedindo.

— Você quer que eu tome conta dele?

— Pra ser sincero? Quero, sim. Não quero que ele estrague as coisas desta vez. Os últimos dois casamentos-surpresa em Las Vegas acabaram com a reputação dele, mas a Aaliyah é diferente. Ela é uma boa menina, que pode fazer muito bem ao Jason. Então encare isso como uma dívida que vou ter com você, Connor. Se você me fizer esse favor, eu faço outro pra você.

Ele poderia fazer muito mal a ela.

— Pode contar comigo. Não tem problema nenhum — concordei, sabendo que um favor de alguém como Walter poderia ser útil.

— Ah, fiquei sabendo sobre o prédio no Brooklyn. Que pena. Mas vamos conseguir o próximo.

Ele assentiu e foi embora, me deixando sozinho com meu uísque. Então decidi me aventurar pela multidão. Fui parado algumas vezes, conversando com as pessoas e interagindo com elas, apesar de a minha mente ter apenas um foco: a Chapeuzinho.

～❦～

Eu a encontrei no terraço.

Seus olhos estavam fechados enquanto a brisa do fim da noite soprava sua pele. Havia outras pessoas ali, mas eu não estava preocupado com elas. Na minha cabeça, ela era a única parada ali, perto de mim.

Ela estava linda. Não que eu estivesse prestando atenção, porém, puta merda, eu estava prestando atenção. Ela poderia estar usando um saco de lixo e ainda seria a mulher mais linda do mundo.

Quanto mais eu pensava no assunto, mais irracionalmente irritado ficava com o fato de que ela subiria ao altar e se casaria com Jason na semana seguinte. Será que eu estava em uma realidade paralela?

Nada mais faz sentido.

Hesitei por alguns segundos e criei coragem suficiente para me aproximar.

— Se não me falha a memória, você me deve dois dólares — falei às suas costas.

Ela deu um pulo, parecendo assustada ao se virar para ver quem estava ali. Assim que percebeu que era eu, seu olhar se tornou mais suave, e ela sorriu.

— Oi — disse ela, soltando o ar.

Eu sorri.

— Oi.

Dei alguns passos na direção dela e comecei a tirar meu paletó ao reparar que ela estava tremendo, colocando-o sobre seus ombros. Ela deslizou os braços para dentro das mangas e foi engolida pela peça, que obviamente era grande demais, mas, de alguma forma, do tamanho certo.

— Obrigada — disse ela. Sua voz era mais doce do que eu me lembrava, e eu já me lembrava dela sendo muito doce. Ela abraçou o próprio corpo pequeno e continuou sorrindo. Um suspiro suave escapou de seus lábios carnudos. — Oi — repetiu ela.

Eu ri e concordei com a cabeça, me aproximando um pouco mais dela.

— Oi.

— Então... — Ela se balançou para a frente e para trás sobre os saltos. — Que esquisito, né?

— Muito. — Estreitei os olhos para ela. — Por acaso, você sabia que eu ia virar sócio do Jason e burlou as leis do universo pra gente se encontrar de novo?

Ela riu, e eu adorei.

— Surpreendentemente, não. Isso deve ser obra daquela tal história de destino de que você tanto falou anos antes.

O destino deve ter um senso de humor doentio se decidiu trazer Aaliyah de volta para a minha vida como noiva de Jason.

— Como você...

— Como vai a...

Nós falamos ao mesmo tempo, então soltamos uma risada nervosa juntos.

Minhas mãos deslizaram para dentro dos bolsos, e eu não conseguia ignorar meu nervosismo. Por que eu estava tão nervoso perto dela? Por que meu coração parecia prestes a explodir no meu peito a qualquer momento?

Ela assentiu, olhando para mim.

— Você primeiro.

— Ah, não. As damas sempre vêm primeiro.

— Pelo visto, você não perdeu seus bons modos sulistas.

— Certas coisas nunca mudam.

— Um fato que me reconforta. — Ela prendeu uma mecha de cabelo atrás da orelha, e eu observava seus movimentos como se eles fossem o motivo para eu respirar. — Como você está?

— Bem, bem. A mesma coisa de sempre.

— Continua trabalhando sem parar?

Eu ri.

— Quanto mais as coisas mudam, mais elas continuam iguais. — Fui até o parapeito do terraço, apoiei as mãos nele e encarei a noite. As luzes da cidade eram vibrantes, enquanto os sons da agitação de Nova York permaneciam altos. Eu nunca imaginei que me apaixonaria por aqueles sons. Aaliyah olhou para a noite junto comigo. — E você? — perguntei. — Como você está? Realizou todos os seus sonhos?

— Nem todos, mas estou chegando lá. Virei editora-assistente na empresa onde trabalho. Estou a um passo de ser promovida a editora, mas... — Seu rosto ganhou um ar triste enquanto suas palavras se esvaíam.

— Mas o quê?

Ela deu de ombros.

— Dei meu aviso prévio recentemente. Como o Jason vai trabalhar na Califórnia, vamos ter que nos mudar, então não vai dar pra eu continuar no meu emprego.

— É o emprego dos seus sonhos, né? Nessa empresa?

— É. Mas... como um super-herói me ensinou certa vez, não dá pra gente ter tudo na vida. Então preferi ter a família dos meus sonhos a ter o emprego dos meus sonhos.

Ela falou como se tentasse se convencer daquilo, mas seu tom de voz frágil me fez pensar que não acreditava no que dizia. Ou talvez eu só estivesse ouvindo o que queria. Eu não sabia por que, mas tive calafrios só de pensar em tudo o que ela estava jogando fora em nome de um futuro com um cara feito Jason — um cara que, sem dúvida nenhuma, a decepcionaria. Eu sabia que ele também me decepcionaria em algum momento, mas esse era um risco que eu estava disposto a correr para alcançar um objetivo futuro.

No caso de Aaliyah, ela não ganharia nada quando ele arruinasse sua vida. Eu não tinha a menor dúvida de que ele destruiria o mundo dela e iria embora sem nem olhar para trás.

— Você acha que eu sou doida — disse ela, inclinando a cabeça para mim.

— O quê? Não.

Ela fez que sim com a cabeça.

— Acha, sim. Está estampado na sua cara. Lembra? Eu sou boa em interpretar as pessoas. Eu sei. Sua carreira sempre foi prioridade, então faz sentido você achar que é loucura escolher ter uma família em vez de um emprego. Mas, no meu mundo, ter uma família sempre foi meu maior sonho.

— Entendo perfeitamente — falei para ela, e entendia mesmo.

Não era difícil entender por que Aaliyah queria uma família, ainda mais sabendo que ela não teve ninguém quando era mais nova. Eu só queria que ela formasse uma família com qualquer pessoa que não fosse Jason.

Ele causava mais tragédias do que finais felizes.

— Acho ótimo que você queira uma família, Chapeuzinho. — E isso era verdade. Eu queria que ela conquistasse tudo o que desejasse. — Como você conheceu o Jason?

— É uma história engraçada, na verdade. Tivemos um cupido. Também conhecido como a mãe dele. — Ela deu uma risadinha e se apoiou no parapeito. — A Marie era cliente da cafeteria onde eu trabalhava.

Dois anos atrás, pouco depois de eu conhecer você, passei por uma situação complicada, e a Marie ficou do meu lado. Depois disso, acabamos nos aproximando. Ela me convidou pra participar do clube do livro dela, e ficamos amigas. Ela me apresentou ao Jason, e foi isso.

— A Marie e o Walter são ótimas pessoas.

— São mesmo. Cá entre nós, acho que me apaixonei pelos pais do Jason antes de me apaixonar por ele. Tem dias que eu tenho certeza de que amo mais a mãe dele do que o próprio Jason — brincou ela. — Mas só quando ele bebe.

Não comentei nada porque eu só teria coisas ruins a dizer. Como minha opinião sobre o futuro marido dela não era nada positiva, fiquei de boca fechada para não a deixar desconfortável.

— Há quanto tempo vocês estão juntos?

— Um ano e meio.

Soltei um suspiro pesado.

— É uma mudança bem radical.

— Pois é. Entendo que as pessoas pensem assim, mas, pra ser sincera, a vida é curta. Não quero desperdiçar o tempo que me resta esperando as coisas acontecerem. Quero aproveitar cada segundo.

Levei as mãos ao peito e ri.

— Como alguém que faz investimentos robustos de longo prazo na bolsa de valores, fico apavorado só de pensar em mudanças radicais.

— Acho que nós somos diferentes nesse sentido, Capitão. Você vive pelo seu futuro enquanto eu vivo pelo meu presente.

— Espero que o presente esteja sendo bom pra você, Chapeuzinho.

Ela sorriu.

— Espero que o futuro seja ainda melhor pra você. — Ela olhou para seu relógio de ouro chamativo e gemeu. — Falando sobre o presente, acho que preciso entrar.

Ela estava franzindo a testa, e isso me deixou triste.

— Você não quer conversar com aquelas pessoas, né?

— Como você sabe disso?

— Esqueceu que você não é a única que sabe interpretar os outros? Pessoas ricas às vezes são complicadas, ainda mais algumas das que estão lá dentro. Mal-educadas, enxeridas...

— Muito babacas — acrescentou ela.

Eu ri.

— Pois é.

— Cá entre nós, não quero voltar pro jantar. Tive a sensação de que tinha sido jogada num tanque cheio de tubarões sem saber nadar. Eles são tão... tão... argh! Maldosos. Por motivo nenhum.

— Ah, mas é claro que tem um motivo.

— Que seria?

— Você intimida todo mundo.

Ela riu.

— O quê? Impossível. Por que eles se intimidariam comigo? Não tenho nada de especial. Aquelas pessoas têm tudo na mão.

— Aquelas pessoas são pura falsidade. Cá entre nós, a maioria delas provavelmente odeia a vida que tem, odeia seus companheiros ou odeia a si mesma. Elas devem ficar doidas quando veem alguém como você aparecer e mostrar algo que elas não veem há muito tempo.

— E o que exatamente eu mostro?

— Sua versão verdadeira. Elas sentem inveja do fato de você ser autêntica, então tenta não levar nada do que elas falam a sério.

Ela suspirou e esfregou a nuca.

— Eu só queria ter mais tempo pra respirar um pouco aqui em cima e reunir coragem pra não me importar tanto com elas.

— Então fica mais um tempo aqui. Posso inventar uma desculpa, caso alguém pergunte por você.

— Você faria isso por mim?

— Claro. Sem dúvida. Vou falar que você estava conversando com algum figurão.

Ela esticou o braço, segurou minha mão e a apertou.

— Obrigada, Connor. — Então hesitou. — Connor... gostei muito do seu nome.

Eu sorri.

— Acho que adorei o seu ainda mais.

Ela não puxou a mão de imediato, e me perguntei se também estava sentindo — o calor que começou a correr pelas minhas veias. Quando ela me soltou, o frio retornou.

Abri um meio sorriso e me despedi com um aceno de cabeça antes de me virar para ir embora.

— Connor! Espera! — gritou ela. Olhei para trás e a vi correndo na minha direção. Ela tirou meu paletó e o esticou para mim. — Obrigada por me aquecer.

10

Connor

— Você viu a Aaliyah? — perguntou Jason, se aproximando de mim e dando um tapinha nas minhas costas.

Dava para perceber que ele continuava bebendo. A única característica consistente de Jason era que ele sempre ultrapassava os limites.

— Você viu ela? — repetiu ele, arrastando as palavras.

Ele estava bêbado. Quando Jason ficava bêbado, começava a repetir as coisas e a esfregar o nariz com o dedo. Eu odiava saber aqueles detalhes, e sempre ficava irritado quando o via fazer aquelas coisas.

— Não vi — respondi, mentindo para honrar minha palavra a Aaliyah. Jason fez uma careta, que não passou despercebida. — Qual é o problema?

— Nada. Eu estava falando com o Trevor Jacobs, e ele comentou que achava muito louca essa história de eu me casar, e fiquei pensando se não... — Ele esfregou a nuca. — A Aaliyah é bem nova.

— Mas ela é madura.

Todas as garotas com quem Jason saía eram mais novas do que ele. Era assim que ele operava. Alguns itens da minha despensa eram mais velhos do que algumas de suas ex. Na verdade, Aaliyah parecia até velha demais para ele, pois tinha mais ou menos a nossa idade. Ele não estava dando uma de papa-anjo quando ficou com ela.

— Mas você acha que ela é nova demais?

— Não. E mesmo que fosse, agora é meio tarde pra ficar questionando isso, não acha?

Ele fez uma careta.

— Você está pensando demais, Jason. Você está bêbado. Tira isso da cabeça.

— É... vai dar tudo certo. — Ele assentiu, sério. — Você viu a Aaliyah por aí? Porra, ela é muito antissocial. — Ele me perguntou onde ela estava como se tivesse esquecido que já havia feito a mesma pergunta duas vezes.

Abri a boca para mentir de novo, mas fui interrompido.

— Estou bem aqui.

Eu e Jason nos viramos para olhar para Aaliyah. Ela parecia revigorada. Alguns minutos de ar fresco tinham sido exatamente o que ela precisava para desanuviar os pensamentos e enfrentar o restante da noite na companhia de alguns dos piores seres humanos do planeta.

— Onde você estava, gata? Você disse que ia voltar em cinco minutos, e já faz uma hora. Onde você esteve esse tempo todo? — repetiu Jason, franzindo as sobrancelhas, preocupado.

— Ah, eu, hum... — Ela se atrapalhou com as palavras. — Eu estava conversando com, hum...

— Ela estava conversando com o Daniel Price — respondi por Aaliyah, a fim de ajudá-la.

Os olhos dela encontraram os meus, e ela sorriu.

— Ah? É mesmo? — perguntou Jason, ficando animado. — Ele era uma das pessoas que eu queria que você conhecesse. Que ótimo!

— Ah, é, com certeza — disse Aaliyah, corando. Estava na cara que aquilo era mentira, mas Jason estava bêbado demais para notar os sinais. — O Daniel foi muito simpático.

— Simpático? — Jason riu, chocado. — Nunca na vida ouvi alguém dizer que ele é simpático.

Ele tinha razão. Daniel era um canalha.

— Talvez simpático não seja a palavra certa. Talvez, hum... interessante? — corrigiu ela.

Jason riu mais ainda.

— Interessante? A gente está falando do mesmo Daniel Price?

— Quer dizer, bem... — Ela começou a se embolar com as palavras enquanto esfregava o braço para cima e para baixo com a outra mão. O nervosismo estava ganhando a batalha.

— Inteligente — disparei. — Acho que a Aaliyah quis dizer que ele é inteligente.

Ela concordou com a cabeça.

— Isso, é isso mesmo. Ele sabe muito sobre... muitas coisas. Tipo, todas as coisas. O Daniel sabia muito sobre...

Pigarreei alto, encontrei o olhar de Aaliyah e balancei a cabeça de leve.

Não força a barra.

Ela parou de falar.

Jason não percebeu nada.

— Talvez agora seja uma boa hora pra gente encerrar a noite — sugeri, dando tapinhas nas costas de Jason. — Temos dias bem cheios pela frente.

Jason concordou com a cabeça.

— Acho que você tem razão. Vou me despedir de algumas pessoas, e aí a gente pode encerrar.

Ele saiu apressado, e Aaliyah se aproximou de mim.

— Obrigada por ter feito aquilo, por me ajudar — disse ela. — Não sei mentir. Me falta prática.

Ela riu, passando as mãos pelo cabelo.

— Se você ficar neste salão por tempo suficiente, pode aprender um pouco com todo mundo aqui.

— Não sei se isso é uma coisa boa. Então, hum... — Aaliyah se balançou para a frente e para trás sobre os saltos. Ela ficava nervosa perto de mim. Eu também me sentia assim perto dela. — Antes de vir pra cá, encontrei com o Walter, e ele me disse que o Jason vai dormir na sua casa na véspera do casamento.

Eu me retorci por dentro.

— A ideia é essa. — Não foi sugestão minha, mas fazer o quê?

— Ótimo, porque, bom, você conhece a regra. A noiva não pode ver o noivo antes do casamento e tal.

Concordei com a cabeça.

Uma parte de mim queria perguntar a ela por que Jason. Uma parte de mim queria saber como ela havia passado aqueles últimos anos e se tinha realizado seus sonhos. Outra parte de mim queria lhe dizer que não se casasse com o homem que dormiria no meu quarto de hóspedes dentro de poucos dias. Eu queria que ela fugisse, queria que ela encontrasse alguém à sua altura. Queria que ela um dia acordasse e não estivesse mais apaixonada por Jason.

Em vez disso, eu me virei para Aaliyah e falei:

— Acho melhor você ir se despedir com o Jason.

— Ah. — Ela se empertigou, e desejei ter o poder de ler seus pensamentos. — É, claro. Tá bom. Foi bom te ver de novo, Ca... Connor.

Eu sorri quando ela quase me chamou de Capitão. Que droga, eu também queria chamá-la de Chapeuzinho.

Eu não tinha o direito de perguntar aquilo e devia ter ficado quieto, mas as palavras escaparam da minha boca antes que eu pudesse contê-las.

— Você está feliz?

Ela inclinou a cabeça, e seus olhos foram tomados pela confusão enquanto ela tentava assimilar minhas palavras. Eu devia ter ficado quieto, mas como poderia? Ela estava prestes a amarrar sua vida à de um idiota que não a merecia. Tudo bem que eu não sabia como era o relacionamento deles e não tinha ideia se ela era capaz de, num passe de mágica, transformar um cara galinha em um marido dedicado, o que não parecia muito provável. Por mais maravilhosa que uma mulher fosse, um cara babaca sempre arrumaria um jeito de maltratá-la e tentar diminuir sua força para se sentir maior do que ela.

Jason não era maior em nada. Ele era um homem bem, bem pequeno, com uma mente instável. Era impossível que ele merecesse o amor de Aaliyah.

— Se eu estou feliz? — Ela repetiu a pergunta, como se ouvi-la em sua própria voz a tornasse mais compreensível, e alisou o vestido com as mãos. Eu fiquei observando a cena, porque sempre que aquelas mãos se moviam pelo seu corpo, eu queria ver exatamente para onde elas iriam. — Vou me casar daqui a algumas semanas — disse ela, sorrindo. Aquele sorriso... eu me lembrava daquele sorriso, o que fazia os outros quererem sorrir também. — Por que eu estaria triste?

Concordei com a cabeça. Se ela estava feliz, então eu estava empolgado por ela. Tudo bem, talvez não empolgado. Nem um pouco.

Fuja, Chapeuzinho, fuja!

Eu me forcei a abrir um sorriso falso enquanto escondia as mãos nos bolsos da calça.

— Que bom. Fico feliz. Boa sorte com tudo.

— Obrigada.

Eu me virei para ir embora e fiquei surpreso quando ela me chamou. Olhei de novo para ela, e vi que seus olhos exibiam certa preocupação. Será que ela sabia? Será que ela sabia que estava prestes a cometer um grande erro?

— Sim? — perguntei.

— Você pode, hum... sei que é bobagem, mas você pode tomar conta do Jason? Pra que ele não beba muito na véspera do casamento? Às vezes, quando se trata de bebida, ele perde um pouco a noção. Fico preocupada por ser o grande dia e tal...

Merda. Ela ia mesmo se casar com aquele cara.

Abri um sorriso falso mais uma vez.

— Claro.

Ela pareceu aliviada. Pelo menos eu tinha conseguido tranquilizá-la.

— Obrigada, Connor. Isso é muito importante pra mim.

Você está feliz, Chapeuzinho?

Eu queria repetir a pergunta, mas, desta vez, ia olhar bem nos fundos dos olhos dela, porque aqueles olhos deixavam transparecer as histórias que os lábios pareciam se recusar a contar.

Quando ela se virou para ir embora, estiquei a mão e segurei seu antebraço sem pensar.

— Chapeuzinho, espera.

Ela pareceu confusa com meu gesto repentino. Eu mesmo fiquei confuso, mas não a soltei. Meus dedos continuaram grudados em seu braço enquanto minha boca se abria.

— O que aconteceu? — perguntou ela.

— Por favor, não faz isso.

— Não fazer o quê?

— Não casa com ele.

Os olhos dela perderam o brilho assim que as palavras a atingiram. Ela cambaleou para trás e puxou o braço, se afastando de mim, como se eu tivesse lhe dado um tapa na cara. Eu não queria fazer com que ela se sentisse mal. Eu não queria que ela olhasse para mim como se eu fosse um estranho, mas foi isso que ela fez. Porque eu era um estranho.

Isso doeu mais do que eu poderia ter imaginado.

— Aaliyah, anda, vamos embora — chamou Jason em um tom do qual eu não gostei.

Merda. Eu odiava todos os tons de voz dele, mas odiava ainda mais a maneira como ele os usava para mandar nela.

Ela continuou me encarando, parecendo magoada com o meu pedido louco, porém justificado. Seus olhos permaneceram fixos em mim enquanto ela respondia a ele:

— Estou indo.

E, sem dizer mais nada, ela foi embora.

11

Connor

Fazia duas semanas que eu tinha pedido a Aaliyah que não se casasse com o meu sócio, e eu não me arrependia disso. Na véspera do casamento de Jason, descobri que ele era ainda mais escroto do que eu imaginava. Não consegui impedi-lo de beber, porque ele já chegou bêbado e chapado na minha casa. Ele apareceu cinco horas depois do horário combinado e apagou no meu quarto de hóspedes.

Então o dia amanheceu, e descobri o quanto eu o odiava.

Jason Rollsfield era, sem dúvida, um babaca. Isso não era novidade para mim. Mesmo assim, quando acordei no dia do seu casamento, fiquei um pouco chocado com seu nível de babaquice.

Acordei cedo com o barulho de alguma coisa quebrando. Eu me sentei na cama, meio desnorteado com o barulho repentino, e escutei duas vozes diferentes. Isso foi mais perturbador do que o som de algo se estilhaçando.

— Shh! Não acorda ele — disse Jason. Com quem será que ele estava falando? E ali na minha casa.

Que tipo de pessoa convidava alguém para a casa dos outros? O tipo de pessoa como Jason, é claro. Eu mal podia esperar para despachar aquele cara para cuidar da empresa na Califórnia. Sim, eu tinha meus receios em relação às besteiras que ele poderia cometer, mas preferia que ele estivesse o mais longe possível de mim.

Minha curiosidade fez com que eu me levantasse da cama e fosse para a sala de estar. Lá, encontrei três coisas que me tiraram do sério. Primeiro, a garrafa do uísque refinado que tinha me custado centenas de dólares, e que eu estava guardando para quando fechasse o acordo do projeto dos meus sonhos, estava sobre a bancada da cozinha, aberta e quase vazia. Segundo, um abajur caro que eu tinha ganhado de presente de um cliente depois de termos fechado a negociação do seu imóvel estava espatifado no chão, quebrado em mil pedacinhos. Por último, Rose.

Pois é, isso mesmo. Minha nova estagiária, que tinha acabado de completar dezenove anos, estava parada ao lado do abajur quebrado na minha sala. Quando ela ergueu o olhar e percebeu que eu a tinha visto, ficou paralisada e sem saber o que fazer. Arregalou os olhos e ficou pálida. Eu não sabia dizer quem estava pior — ela ou a luminária. Seu cabelo castanho estava embolado e bagunçado. Ela estava com o blazer que Jason havia usado na noite anterior, e, se estava com qualquer tipo de short, ele era curto demais para ser notado. Tudo que eu via eram pernas — pernas que eu não queria nem precisava ver, porque ela era a porra da minha estagiária.

Por que diabos a minha estagiária estava sem calça na minha cobertura?

Rose foi em frente e fez o que fazia de melhor: começou a tagarelar.

— Ah, minha nossa! Sr. Roe, me perdoa, de verdade! O senhor pode ficar à vontade pra descontar o preço do abajur do meu próximo salário. E, hum, ai meu Deus, se quiser, posso juntar os cacos, só preciso saber onde o senhor guarda os sacos de lixo. E, ai, nossa, que ca-casa linda o senhor tem, e, e...

— Rose.

Ela engoliu em seco e ficou imóvel.

— Sim, Sr. Roe?

— Sai da minha casa.

Ela piscou algumas vezes.

— É claro, Sr. Roe.

Ela seguiu em direção à porta, e eu a chamei.

— Antes de você ir, vai vestir o que você estava usando quando chegou, por favor. Não quero que ninguém te veja saindo daqui seminua.

— Certo. É claro. Desculpa, Sr. Roe. Já estou indo embora.

Eu não acreditava que ela havia entrado na minha casa. No que ela estava pensando? Não — no que Jason estava pensando?

Depois que Rose saiu de fininho, encarei Jason como se ele fosse o maior vilão que já tivesse cruzado meu caminho.

Ele levantou as mãos, se rendendo.

— Ei, não me olha assim. Foi ela que deu em cima de mim.

— Ela tem dezenove anos, Jason. Além do mais, hoje é o dia da porra do seu casamento!

— Nem me fala — resmungou ele, apertando o nariz enquanto seguia para a minha cozinha, depois abriu a porta da minha geladeira e pegou uma das minhas garrafas de água. — Merda, minha cabeça está latejando.

Isso já era de se esperar, levando em conta que ele tinha bebido por dez pessoas.

— Que diabos você vai fazer? Em relação ao casamento? — perguntei, sentindo um ódio enorme por ele, mas também muito preocupado com Aaliyah. Ela ficaria arrasada.

— Quer dizer... caralho. Eu sei lá, Connor. Fiz merda ontem à noite. Bom, e hoje de manhã, mas talvez esse tenha sido o ponto-final. Talvez esse tenha sido meu último momento de solteiro, sabe? Eu precisava extravasar antes de me contentar só com a Aaliyah.

Antes de se contentar? O cara tirou a sorte grande de estar com uma mulher maravilhosa. Se muito, quem estava se contentando com alguma coisa era ela.

Esfreguei meu queixo com o polegar e suspirei.

— Você tem que contar pra Aaliyah.

— Contar o quê?

— Sobre a Rose.

Ele soltou uma gargalhada e bufou.

— Aham, valeu, Connor. É assim que eu quero começar o dia do meu casamento.

— Você não quer começar um casamento com uma mentira dessas.

— Se eu contar pra ela, não vai ter casamento nenhum. Ela vai me odiar.

— Pode ser, mas o mínimo que ela merece é saber a verdade. Só pensa no que você vai fazer, tá bom?

— Tá, vou pensar.

— Ótimo. Agora, vai tomar um banho. Você está fedendo a uísque e bunda. Já volto pra te chamar. A gente precisa se apressar.

Quando ele foi tomar banho, avistei uma calcinha fio dental jogada no chão. Pelo visto, Jason tinha dado um jeito de seguir a tradição de levar algo azul para a cerimônia.

❧

Depois de cinquenta minutos, eu já tinha tomado banho e vestido meu terno, então voltei para o quarto de hóspedes para buscar Jason. Eu me arrumei pensando em Aaliyah e na situação de merda em que ela ia se meter ao se casar com um cara escroto como Jason. Ela merecia alguém melhor do que Jason, e eu duvidava muito que ele fosse contar a ela o que tinha feito, o que me deixava péssimo. Porque, se ele não contasse, eu com certeza contaria.

Eu estaria quebrando algum tipo de código moral entre homens? Talvez, mas eu não sabia explicar. Por algum motivo, no fundo do meu coração, sentia que minha lealdade pertencia a Aaliyah, não a Jason.

— Jason, anda logo. A gente precisa ir — avisei quando entrei no quarto de hóspedes, achando que ele ainda estava no banho.

Quando não ouvi uma resposta, chamei seu nome de novo.

E de novo. E de novo.

Quando fui até o banheiro e o encontrei vazio, juro que senti meu estômago se revirar. Peguei meu celular e liguei para ele — nada. Liguei de novo.

E de novo. E de novo.

Enquanto vasculhava o quarto, achei um bilhete na mesa de cabeceira.

Não consigo fazer isso.
Eu mal conheço essa garota.
Não sei que porra de ideia foi essa que eu tive de casar com ela?
Avisa a todo mundo.
Pede desculpa pra Aaliyah.

— Jason

A carta se amassou no meu punho fechado, e suspirei, sabendo que hoje seria o pior dia da vida de Aaliyah.

12

Aaliyah

— Não acredito — sussurrei, em choque. — Não dá pra acreditar...

Ai, meu Deus, aquilo era a pior coisa que poderia acontecer. Eu não acreditava que tudo ao meu redor estava dando errado justo hoje. Olhei para o celular e senti meus olhos se enchendo de lágrimas. Eu estava tão triste. Não conseguia nem explicar por quê.

Estar se sentindo sozinha no dia do casamento nunca era um bom sinal.

Não consigo respirar...

Não consigo respirar...

— Por que isso está acontecendo? — perguntei a Hannah, parada no quarto onde eu estava me arrumando, esperando Marie chegar.

Eu queria poder dizer que Hannah era uma amiga próxima, mas a gente mal se conhecia. Ela era a cerimonialista que Marie tinha contratado, e o trabalho dela era impedir que eu tivesse o ataque de nervos que estava tendo naquele momento.

Fiquei parada diante do espelho de corpo inteiro, usando meu vestido de noiva e sentindo as lágrimas brotarem nos meus olhos.

Não faz isso, Aaliyah.

Não chora. Não chora. Não chora...

— Ai, meu Deus! — solucei, escondendo o rosto nas mãos.

— Ah, querida, não faz isso! Está tudo bem — disse Hannah.

— É impossível não chorar! Olha só pra mim! Eu estou gorda! — solucei, encarando minha barriga.

Que tipo de pessoa achava que seria uma boa ideia comer uma cesta de pães na noite anterior ao seu casamento? Pior ainda, que tipo de pessoa achava que seria uma ótima ideia usar um vestido de noiva sereia quando tinha um quadril igual ao meu? Por que eu tinha feito isso comigo mesma? Por que eu adorava me autossabotar?

Jason tinha razão. Minha bunda estava enorme.

— Você não está gorda. Você está maravilhosa — garantiu-me Hannah, em um tom inexpressivo. Estava na cara que ela já tinha feito aquele discurso de "Você não está gorda" para muitas noivas antes. Ela pegou um lencinho e começou a dar batidinhas com ele sob meus olhos, para secar as lágrimas que escorriam. — Agora chega de choro, senão vamos ter que retocar sua maquiagem.

Funguei e me olhei no espelho enquanto algumas lágrimas teimosas insistiam em cair.

— Você acha que este é o vestido certo, Hannah?

Ela riu, levando as mãos aos meus ombros.

— Acho que agora não adianta mais ficar pensando nisso.

Concordei com a cabeça.

— Eu sei, é só que...

— Nervosismo — interrompeu-me ela. — É o nervosismo por causa do casamento. Trabalho com isso há mais de trinta anos, meu bem.

— Trinta anos?

Ela devia pintar o cabelo, para que ele ficasse naquele tom de ruivo. Seria impossível não ter um fio de cabelo branco trabalhando nesse ramo. Nada fazia uma pessoa ficar grisalha mais depressa do que uma noiva neurótica.

— Sim, trinta longos anos, e, apesar de ser divertido planejar todos os detalhes, eles não são tão importantes assim, no fim das contas.

— Não são importantes?

— Não. Não é o vestido nem a festa nem a primeira dança que fazem a diferença. Nem o fotógrafo perfeito, muito menos o lindo buquê.

Nada disso importa. A única coisa importante é você subir naquele altar com o amor da sua vida e dizer "aceito". A única coisa importante é que vocês dois estejam juntos, naquele momento, e comecem a escrever o primeiro capítulo da história de vocês.

Soltei o ar que eu nem tinha me dado conta de que estava prendendo. Ela segurou minha mão e a apertou de leve.

— Está tudo bem? — perguntou ela.

Fiz que sim com a cabeça.

— Está.

Alguém bateu à porta, e nós duas nos viramos e demos de cara com Connor parado ali. Ele estava tão bonito de terno. Fiquei feliz por ele ter ido todo de preto. Estava muito charmoso e elegante.

— Oi, Connor, oi. Você ficou ótimo. — Suspirei, aliviada. — Que bom te ver aqui, porque isso significa que o Jason está aqui e que esse casamento está acontecendo de verdade e que eu estava chorando por nada, e... — Fiquei sem palavras quando olhei para Connor. Notei um movimento estranho na boca dele, que eu nunca tinha visto antes.

Ele estava... franzindo os lábios?

— O que houve? — perguntei, nervosa. — Está tudo bem? O Jason está bem?

Ele pigarreou e colocou as mãos nos bolsos. Com a boca ainda franzida, meio hesitante, ele olhou para Hannah e depois para mim.

— Será que a gente pode conversar a sós?

— Ah, não... — murmurou Hannah baixinho, balançando a cabeça.

Fixei meu olhar nela, ainda mais assustada do que antes.

— Como assim "ah, não"? O que está acontecendo?

Hannah abriu um sorriso desanimado e apertou minhas mãos.

— Vou deixar vocês dois conversarem.

Ela saiu da sala, como se já soubesse de tudo o que ia acontecer, como se já soubesse que meu mundo estava prestes a virar de cabeça para baixo.

Assim que ela saiu, Connor se aproximou de mim. Quanto mais perto ele chegava, mais enjoada eu me sentia.

Não consigo respirar...

Não consigo respirar...

— Não — sussurrei, meu corpo começou a tremer. — Quer dizer, isso é ridículo. Ele não iria... Quer dizer, ele não pode... — Eu ri, em negação, e, quanto mais eu ria, mais Connor franzia o rosto. — Por que você está aqui?

Ele baixou a cabeça, em seguida a levantou devagar e me fitou com aqueles olhos azuis.

— Eu sinto muito, Aaliyah.

— Não. — Balancei a cabeça. — Você não precisa sentir muito, porque não há motivos para isso. Quer dizer, ele me ama. A gente se ama. Hoje é o grande dia... é só nervosismo. Eu fiquei nervosa, então tenho certeza de que ele ficou nervoso também, e está tudo bem. Nós estamos bem. — Engoli em seco. — Né, Connor...?

— Ele, hum... — Cada palavra que saía da boca de Connor vinha cheia de dor. Cada palavra transmitia um sentimento de culpa enquanto ele dizia tudo o que precisava ser dito para que eu entendesse a real situação. — Ele deixou um bilhete na mesa de cabeceira...

13

Connor

Todos os convidados já tinham ido embora, fazendo fofocas e levando seus comentários maldosos para longe. Só restávamos eu e Aaliyah na igreja. Eu tinha ficado só para me certificar de que todo mundo desse o fora dali e deixasse a coitadinha em paz.

Ela estava no altar, de costas para mim, observando o arco de flores bonitas. A cauda do seu vestido estava espalhada atrás dela, e seus ombros tinham se curvado para a frente.

— Aaliyah — chamei em um tom gentil, colocando as mãos nos bolsos do terno. — Cadê a cerimonialista?

— Falei pra ela ir embora. Eu não aguentava mais ficar perto das pessoas. A Marie tentou me consolar, mas pedi pra ela ir cuidar do filho.

— Ah. — Ela se empertigou, mas não se virou para mim. — Posso pedir pro meu motorista levar você pra casa. Ou se você quiser ir pra algum outro lugar... qualquer lugar... se você quiser ir pra qualquer lugar, eu te levo. — Respirei fundo, sem saber o que mais poderia dizer. Não havia nada que eu pudesse falar para melhorar aquela situação.

Ela balançou levemente a cabeça, depois olhou para as próprias mãos.

— Você acha que ele está bem? — Ela se virou para mim. — Fugir não parece muito a cara dele.

Dei um passo em sua direção, mas não disse nada. Ela deve ter conhecido um Jason diferente. O Jason que eu conhecia fugia de tudo, em todas as oportunidades. Quando as coisas ficavam difíceis, ele saía correndo. Quando ele precisava colocar a mão na massa de verdade, fazia pirraça e acabava indo parar em Bora Bora, para cuidar da saúde mental. Ele era a definição de instabilidade, mas, por algum motivo, Aaliyah não o enxergava dessa maneira. Ela parecia realmente chocada com tudo que havia acontecido. Para mim, por outro lado, era impossível ficar chocado por ele ter dado para trás.

Como Jason tinha conseguido fazê-la acreditar que ele merecia o tempo dela?

— Nós éramos perfeitos um pro outro. Eu sei que éramos. Eu sentia isso... — Ela fechou os olhos por um instante e respirou fundo. — Pelo menos, eu achava que sentia. Quer dizer, eu sei que ele andava estressado com o trabalho ultimamente, e...

Ela estava a ponto de desmoronar, e era algo compreensível. Tinha todos os motivos do mundo para se sentir devastada. Eu precisava tirá-la dali. Daquele vestido. Daquela tragédia.

— Aaliyah, é melhor a gente ir.

— Ele não me atende. — Os olhos dela se encheram de lágrimas, mas nenhuma caiu. — Talvez ele tenha sofrido um acidente, e por isso não pôde atender. Pode ter acontecido alguma emergência no escritório, ou talvez alguém tenha contado alguma mentira sobre mim. Eu ouvi as pessoas falando de mim ontem, mas era tudo invenção delas, Connor. Eu juro. Mas ele pode ter acreditado. Talvez alguém tenha convencido ele. Ou talvez... — Ela respirou fundo. — Ou talvez todo mundo tivesse razão. Talvez eu tenha sido apenas mais uma mulher entre as muitas da coleção dele. Talvez eu nunca tenha sido especial. — Ela engasgou com as próximas palavras. — Ou talvez... talvez... talvez...

Ela cobriu a boca com uma das mãos, e seu corpo se curvou para a frente, então as lágrimas começaram a escorrer pelo seu rosto. Aaliyah soluçava, tremendo sem parar enquanto a ficha caía, compreendendo que, naquele dia — no dia do seu final feliz —, ela havia sido abandonada no altar, sem nenhuma história de amor para lhe dar forças.

Mas que merda.

Que situação constrangedora.

Corri até o altar para ficar perto dela.

Segui apressadamente até ela, o mais rápido possível, e, quando os joelhos dela começaram a ceder, eu já estava lá para segurá-la. Ela passou os braços ao meu redor, me apertando com firmeza contra seu lindo vestido branco, que parecia ter sido feito sob medida para ela. Aaliyah parecia uma deusa que havia sido acertada por um raio. Mas que injustiça do caralho. Pelo que eu conhecia dela, Aaliyah era uma boa pessoa. Esse tipo de situação não devia acontecer com pessoas boas. Jason era um babaca por ter feito o que fez.

— Por que eu não fui suficiente? — Ela chorava, repetindo a pergunta sem parar enquanto a dor em seu coração emanava de todas as partes do seu ser.

Eu não sabia o que dizer nem como fazê-la se sentir melhor, então a puxei para mais perto, segurando seu corpo cansado junto ao meu. Fiquei em silêncio, imóvel, enquanto ela se perdia em meus braços. Eu não tinha como curá-la, porque as feridas já estavam abertas. Às vezes, tudo o que se pode fazer é tentar estancá-las e aprender a viver com as cicatrizes.

∼⌘∽

— Você não precisa ficar comigo — disse ela quando nos sentamos no chão, em frente ao altar.

Fazia um tempo que estávamos ali, pelo menos uma hora, mas eu não sairia do seu lado até que ela estivesse pronta para ir embora. A mulher havia acabado de ser abandonada, e no dia do seu casamento; o mínimo que eu podia fazer era ficar ali com ela.

— Está tudo bem.

— Não está, não. Tenho certeza de que você tem coisas melhores e mais importantes pra fazer.

Eu não falei nada. Dava para ver que ela estava perdida, que se sentia abandonada e sozinha, e eu sabia que, se estivesse em seu lugar, odiaria não ter companhia. Então resolvi que não ia deixá-la ali, sem ninguém. Toda vez que ela me mandava ir embora, eu via em seus olhos uma pequena esperança de que eu escolhesse ficar. Ela precisava de uma pessoa que não a abandonasse naquela tarde. Então, eu fiquei.

Ela estava com as pernas dobradas e apertadas contra o peito. Eu a abraçava, encarando o nada à sua frente.

— Era pra festa estar começando agora — sussurrou ela. — Teria música, dança, alegria...

Seus olhos estavam vermelhos e inchados, com manchas de rímel escorrendo pelas bochechas.

Eu não disse nada.

Ela se levantou com um pulo.

— Acho que eu vou.

— O quê? Vai aonde?

— Pra festa.

— Como assim?

Ela fez que sim com a cabeça, obviamente ainda em choque, porque nada do que falava fazia sentido.

— É, você sabe... só pra dar uma olhada.

— O quê? Não. Isso é loucura.

— É. É loucura mesmo. Você pode me levar?

— Hein? Não — declarei, com firmeza. — É claro que eu não vou levar você lá.

— Mas você falou que me levaria aonde eu quisesse ir. Você prometeu. *Mulheres e suas memórias infalíveis.*

— Não acho que essa seja uma decisão sensata...

— Mas é uma decisão, e tenho certeza de que você está de saco cheio de ficar sentado aqui, então a gente deve ir.

— Não.

— Sim.

— De jeito nenhum.

— Connor.

— O quê?

Olhei nos olhos dela e vi que seus ombros estavam curvados, então Aaliyah me lançou o olhar de cachorro pidão mais tristonho do mundo.

— Por favor!

Pelo amor de Deus.

— Tá bom. Mas troca o vestido antes.

Ela prendeu a cauda ridiculamente comprida nos braços e começou a andar em um ritmo acelerado.

— Não, não dá tempo. Vamos.

14

Aaliyah

Estava tudo perfeito, desde os arranjos nas mesas com vasos dourados cheios de rosas até os holofotes usados para fazer a pista de dança brilhar. As louças eram lindíssimas, e a mesa de sobremesas reunia todos os meus doces favoritos.

Brownies.

Cookies.

Barrinhas de limão.

E um bolo de tirar o fôlego. Fitas douradas dançavam pelas camadas de fondant, com as letras J e A escritas com um glacê belíssimo. Uma camada era de red velvet, e a outra, de chocolate amargo. O sabor favorito dele e o meu...

Estava tudo perfeito, uma festa pensada para eternizar um romance, e os funcionários estavam desmontando tudo. Como eu ficaria bem depois daquilo?

Fiquei parada na soleira da porta, com Connor ao meu lado, observando enquanto levavam as coisas embora. Meu peito apertou quando vi dois homens tentando transferir, sem nenhum cuidado, aquela obra-prima de vinte quilos para um carrinho bambo. Eles provavelmente levariam o bolo para os fundos, pegariam um garfo e o atacariam sem o menor pudor.

— Espera! Não! — gritei, correndo para dentro do salão com minha cauda comprida me seguindo. — Não mexam nisso!

Os dois se viraram para mim, estreitando os olhos. Eles pareciam adolescentes, obviamente jovens demais para manusear uma maravilha como aquela.

— Ahn... O quê? — murmurou um deles.

— Falei pra vocês não mexerem no bolo! — Eu provavelmente estava com um olhar desnorteado, porque meu coração parecia totalmente desnorteado. — Não mexam nele.

Eu me virei para os outros funcionários do bufê, fazendo sinal para que eles parassem de desmontar as mesas. Gritei para o DJ parar de desmontar seu equipamento. Berrei para o bartender parar de limpar o bar.

Eu só precisava que o salão continuasse perfeito por mais um tempo.

— Aaliyah... — A voz de Connor soava baixa e triste.

Eu me encolhi ao ouvir aquele som. O fato de o homem mais feliz do mundo estar triste era preocupante.

— Connor, pede pra eles pararem. Por favor. Eu só... pede pra eles pararem. Pede pra eles pararem — implorei, fitando-o como se ele fosse meu único aliado.

— Eles precisam fazer o trabalho deles...

Respirei fundo e engoli em seco quando as lágrimas começaram a escorrer pelo meu rosto mais uma vez.

— Eu só preciso de mais tempo.

Connor estreitou os olhos. Ele não me entendia. Ele não compreendia o motivo por trás das minhas emoções irracionais. Se havia uma coisa que Connor não entendia, eram as emoções dos outros. Ele nunca tinha uma relação duradoura com as pessoas, então não podia testemunhá-las.

— Você está sendo irracional — disse ele, mas não de um jeito grosseiro, apenas prático. Connor parecia incapaz de ser grosseiro.

— Eu sei, mas, por favor.

Ele esfregou a nuca, e seus ombros murcharam em um gesto de derrota quando ele se virou para os funcionários do bufê.

— Deixem tudo como está — pediu.

— Mas, senhor, nós recebemos ordens pra...

— Está tudo pago — insistiu Connor, na mesma hora. — O salão, as horas, os serviços. Então o mínimo que vocês podem fazer é deixar a noiva aproveitar a festa.

— Mas... ela não é mais noiva — disse outro. — O casamento foi cancelado.

Ela não é mais noiva...

Eu não sabia que palavras eram capazes de machucar até ouvir aquelas.

Connor lançou um olhar fulminante para o sujeito e estreitou os olhos. Ele enfiou uma das mãos no bolso de trás da calça e puxou sua carteira.

— Pago trezentos dólares pra cada um pra continuarem com a festa.

Pela primeira vez naquela tarde, eu me senti culpada.

— Não. Desculpa, Connor, a gente pode ir...

Ele levantou a mão para me silenciar e pegou o dinheiro.

Os funcionários se entreolharam antes de darem de ombros e se aproximarem de Connor para receber o pagamento por estarem salvando uma aspirante a noiva de um ataque de nervos.

Ou melhor, para ajudar uma aspirante a noiva a ter um ataque de nervos.

Porque nada no meu comportamento estava fazendo sentido.

O DJ começou a tocar, e fui para o meio da pista de dança. As luzes piscaram, e me balancei de um lado para o outro, contemplando a vida que eu estive tão perto de ter. Então uma onda de emoções me acertou em cheio quando uma música lenta começou. Meus joelhos começaram a fraquejar, e meus olhos foram tomados pela tristeza. Quando vi que ia desabar, que ia cair naquele chão duro, Connor me segurou, me pegando de surpresa.

Ele me puxou para cima e me segurou em seus braços. Juntos, começamos a balançar de um lado para o outro.

— Estou aqui, Chapeuzinho. Estou aqui.

Quando eu estava prestes a cair, ele estava lá para me segurar.

— Quebrei a promessa que fiz pra você — falei.

Apoiei minha cabeça cansada em seu ombro enquanto ele se mexia para a frente e para trás.

— Que promessa?

— Você pediu pra eu nunca me apaixonar por um homem que não dançaria comigo. Ele não teria feito isto — sussurrei, chorando em seu ombro. — Ele nunca teria dançado comigo.

— Então por que você escolheu ele?

Funguei e não respondi, porque minha resposta parecia patética demais para ser revelada.

Porque eu estava sozinha, e com medo de estar sozinha, e com medo de passar o pouco que restava da minha vida sozinha.

— Por que você disse aquilo da última vez que nos vimos? Por que você falou pra não casar com ele? Você acha que eu não sou boa o bastante pra ele?

Ele arqueou uma sobrancelha, surpreso, e balançou a cabeça.

— Não. É claro que não. É só que eu sabia que ele não chegava nem perto de ser bom o suficiente pra você.

Eu queria acreditar naquelas palavras, mas ainda achava difícil.

Continuamos dançando até a equipe finalmente se cansar de nós e nos expulsar do salão.

— Aonde você quer ir? — perguntou Connor.

— Não sei. Não tenho pra onde ir. Não posso ir pra cobertura do Jason. Ela não é minha, é dele. E eu não tenho ninguém, ninguém pra... Não tenho pra onde ir, e...

— Você vai ficar comigo hoje — disse ele, freando o pânico que crescia em meu peito. — Você vai ficar comigo.

15

Connor

Acomodei Aaliyah em um dos meus quartos de hóspedes e lhe entreguei uma muda de roupa. Ela me agradeceu baixinho, entrou no quarto e fechou a porta.

Se havia uma coisa de que ela precisava hoje, era descanso.

Fui para o meu escritório. Eu estava exausto, mas sabia que provavelmente não conseguiria cair no sono tão cedo. Então, fiz o que eu fazia de melhor: me joguei no trabalho.

Por volta de uma da manhã, meu celular tocou.

Jason: Oi. Deu tudo certo?

Deu tudo certo?

Que audácia desse babaca. Eu tinha mandado um milhão de mensagens para ele ao longo do dia, tinha ligado um bilhão de vezes e deixado um trilhão de recados, implorando a ele que respondesse, que pelo menos ligasse para Aaliyah. Queria que ele tomasse coragem e lidasse com o caos que tinha causado, que encarasse o coração que tinha partido. Mas passei quase vinte horas sem notícia nenhuma dele, e, quando resolveu responder, era isso que tinha a dizer?

Deu tudo certo?

Jason: A Aaliyah está bem?

Ele não podia estar falando sério.

Ele não podia ser tão idiota a ponto de achar que haveria alguma possibilidade de Aaliyah estar minimamente bem.

Eu queria xingá-lo, queria dar uma surra naquele escroto do Jason por ele pensar que não tinha feito nada de errado com aquela pobre garota. Claro, Aaliyah estava péssima, mas porque gostava de verdade daquele babaca. Ela foi a primeira garota que vi olhar para Jason como se ele merecesse estar ao lado de alguém. Além do mais, ela era gentil, graciosa e linda por dentro e por fora. Seu coração era puro, e Jason quis destruí-lo.

Ele havia sumido sem dar qualquer satisfação a não ser algumas palavras rabiscadas em um pedaço de papel, deixando para mim a tarefa de limpar sua bagunça, seus erros. Ele tinha ido embora como se aquilo fosse a coisa mais fácil do mundo.

Então, eu o ignorei. Ignorei suas mensagens, ignorei sua falsa preocupação e fiquei torcendo para que o carma batesse à sua porta, nem que fosse só aquela noite.

Quando resolvi ir para a cama, fiquei surpreso ao ouvir Aaliyah fungando no quarto de hóspedes. Ela ainda estava acordada e, obviamente, chorando. Sem pensar duas vezes, fui até lá e bati à porta. Quando ela abriu, foi como se eu tivesse levado um soco no estômago. Ela parecia esgotada. Arrasada.

— Desculpa, eu estou fazendo muito barulho? — perguntou ela.

— Não, não. Não é isso. — Franzi a testa e cruzei os braços. — Eu só queria dizer que você é importante.

— O quê?

— Você é importante. Quero que você saiba disso e esqueça qualquer pessoa que já tenha feito você acreditar que a sua existência não importa. O mundo é um lugar melhor porque você está nele.

Ela deu uma risada baixa.

— Como você sabia que eu me sinto insignificante?

— Porque, apesar da gente ter passado pouco tempo juntos, sei que você se importa com as coisas e que é muito sensível.

Ela se apoiou no batente da porta.

— Posso te contar um segredo?

— Pode.

— Eu tenho medo de nunca encontrar a minha alma gêmea ou a minha família, antes de morrer. Tenho medo de ficar sozinha até o último dia da minha vida.

— Não precisa ter medo. Você é a mocinha da história.

— E se eu não encontrar o meu mocinho?

— Também não tem problema. Ao contrário do que dizem por aí, você pode ter um final feliz sem precisar de outra pessoa. Dorme um pouco.

— Vou tentar.

— Dorme um pouco — repeti, secando as lágrimas que escorriam por suas bochechas.

— Vou tentar.

— Você está mentindo pra mim.

— Estou.

— Quer que eu te faça companhia? Pra você não se sentir sozinha?

Os lábios dela se abriram por um segundo, e ela balançou a cabeça.

— Não. Não posso te pedir isso. Eu estou bem. Sério, está tudo bem.

Aquilo foi o suficiente para me convencer de que ela precisava que eu ficasse. Ela morria de medo da solidão. Dava para ver que isso a estava atormentando naquela noite. Eu me recusava a deixá-la sozinha naquele estado.

Entrei no quarto e me sentei na cadeira da escrivaninha. Ela foi para a cama e me agradeceu baixinho por aquele gesto simples. Era o mínimo que eu podia fazer. Eu não era capaz de sanar a dor dela naquela noite; não era capaz de desligar os pensamentos que passavam pela sua cabeça; não era capaz nem de entender exatamente o que ela estava sentindo.

Fiz a única coisa que poderia fazer por uma mulher que havia sido abandonada e que estava desamparada. Fiz a única coisa que parecia certa. Eu fiquei.

16

Aaliyah

A luz do dia entrou no quarto, atravessando as cortinas, e gemi quando ela atingiu minhas bochechas. Eu ainda não tinha aberto os olhos, e minha cabeça latejante estava me deixando enjoada. Eu queria arrancar minha cabeça do corpo para que ela parasse de girar. Eu tinha certeza de que encarar a luz do sol só pioraria aquela sensação horrível.

Estiquei o braço para a direita a fim de pegar meu celular, que eu sempre colocava para carregar em cima da mesa de cabeceira antes de dormir, mas arfei quando minha mão bateu no chão, sem alcançar a mesa.

Meus olhos se abriram, e fui imediatamente tomada pelo pânico quando me sentei, percebendo que aquela não era a minha cama. Meu corpo inteiro se arrepiou conforme um pavor imenso foi me dominando. Onde eu estava? E de quem era a cama em que eu estava deitada?

Então as lembranças vieram. O casamento. A noite anterior. Connor.

Eu estava usando uma camisa e uma calça de moletom cinza dele, grandes demais para mim, e isso fez meu pânico disparar. Comecei a me recordar da noite anterior, do término do meu relacionamento, do surto que tive logo depois, e de Connor.

Olhei para o outro lado da cama, onde havia uma mesa de cabeceira. Sobre ela, vi um copo de água e um pedaço de papel.

Eu me arrastei até lá e peguei o papel.

Chapeuzinho,
Você está bem.

— *Capitão*

Cometi o erro de olhar para o espelho, que refletiu meu coração partido na forma de maquiagem borrada e manchas de lágrimas. Eu parecia um guaxinim com o delineador e o rímel borrados no meu rosto.

O apartamento cheirava a bacon, o que significava que Connor estava acordado e com a mão na massa. Lentamente, saí do quarto e dei de cara com um espaço enorme, amplo. A cobertura dele tinha um conceito aberto, era moderna e bem-iluminada. As janelas que iam do chão ao teto estavam tomadas pela luz do sol que havia me acordado.

— Oi — murmurei para Connor, que estava de costas para mim na cozinha, mexendo algo em uma panela no fogão.

Ele olhou para trás, com um pano de prato no ombro, e abriu um meio sorriso.

— Bom dia, flor do dia.

Que cumprimento irônico. Não havia nada de florido no meu dia.

Ele voltou a se concentrar no fogão, desligou o fogo e então veio até mim. Eu já tinha me acomodado em um banquinho diante da ilha da cozinha, e baixei a cabeça na bancada, totalmente derrotada.

— Desculpa por eu não estar lá quando você acordou. Você começou a se remexer na cama, então imaginei que acordaria logo e resolvi preparar o café.

— Você passou a noite inteira lá?

— Claro que passei.

Até as partes mais tristes da minha alma ficaram reconfortadas com isso.

— Obrigada, Connor. Desculpa por tudo. Vou deixar você em paz. Sei que te dei trabalho, mas já vou embora.

— Você come papa de milho com o quê? — perguntou ele, como se não tivesse escutado eu dizer que ia embora.

— O quê?

— Papa de milho. Você come papa de milho com o quê? Também preparei bacon e ovos mexidos.

— Eu nem sei o que é papa de milho.

O olhar de espanto e mágoa que surgiu no rosto dele quase me fez rir. Se eu não estivesse física e emocionalmente arrasada, teria dado uma gargalhada.

— É só o melhor café da manhã do mundo. Pode até ser um costume sulista, mas é um ótimo costume sulista. Normalmente, eu como papa de milho com queijo, mas estou sem. Mas você pode salpicar um pouquinho de açúcar por cima, e smack! — Ele deu um beijo nos dedos.

— Não estou com muita fome — expliquei, ainda sentindo meu estômago se revirar.

— Eu sei, e é por isso que você precisa comer — insistiu ele, pegando um prato no armário.

Balancei a cabeça.

— Não, é sério, Connor. Eu só preciso ir pra casa. Estou me sentindo...

Péssima.

Triste.

Arrasada.

Livre?

Espera, não. Isso, não.

Ele olhou para mim, e seus lábios se curvaram para baixo na expressão mais triste do mundo. Ele se sentia mal por mim, o que fazia sentido. Eu também me sentia mal por mim.

— Tem certeza de que não quer comer nada? Deixei mais uns moletons no quarto, pra você poder tomar uma chuveirada e se trocar, se quiser. Além do mais, talvez você queira comer alguma coisa depois do banho.

Abri um meio sorriso para ele.

— Tudo bem, obrigada. Depois disso vou te deixar em paz.

— Sem pressa, Chapeuzinho. De verdade. — Connor parecia completamente indiferente à minha aparência detonada. Ele estava sereno e calmo, como sempre. — Seu celular está em cima da cômoda, no quarto, já carregado. Pode levar o tempo que precisar, e, quando estiver pronta, posso pedir pro meu motorista te levar pra onde você quiser.

— Obrigada.

— De nada.

Eu me levantei do banco e segui para o quarto. Então parei e olhei para Connor.

— Connor, espera. — Ele olhou para mim por cima do ombro, e engoli em seco. — Sei que não tenho o direito de perguntar isto pra você, mas esta ideia não sai da minha cabeça, e acho que não vou conseguir pensar em outra coisa se eu não perguntar...

Ele ficou em silêncio, esperando.

Mordi o lábio inferior.

— Você soube de alguma outra mulher? O Jason estava saindo com mais alguém?

Os cantos da boca dele se retorceram, e ele enfiou as mãos nos bolsos da calça de moletom.

Seu silêncio foi a resposta.

— Você conhecia ela? — perguntei.

— Não faz isso, Aaliyah — sussurrou ele.

— O quê?

— Piorar ainda mais a dor.

As palavras dele me magoaram, mas a culpa era minha, na verdade. Eu sabia quem Jason era desde o início, e mesmo assim me permiti me apaixonar por ele. Eu tinha caído em sua teia sabendo que era uma presa.

— Todo mundo me avisou, de certa forma. Em todos aqueles eventos, as pessoas sempre insinuavam o tipo de homem que ele costumava ser.

E todas elas tinham razão. Fui apenas mais uma marca na linha do tempo de mulheres que cruzaram o caminho de Jason. Desejei tanto que elas estivessem erradas... Queria provar que elas estavam erradas, e queria provar a mim mesma que eu era suficiente. Agora, todo mundo estava rindo de mim em suas mansões, pensando *Eu bem que avisei.*

Ergui a cabeça para encarar Connor.

Menos ele.

Os olhos dele estavam fixos em mim, e Connor não parecia tão tranquilo. Não por seu tom de voz, mas por sua postura: seus ombros estavam curvados, seus lábios se mexiam levemente, seus braços permaneciam cruzados, e sua cabeça, inclinada ligeiramente para a esquerda. E, para completar, seus olhos azuis pareciam tão calmos quanto o oceano ao pôr do sol.

Nada em sua linguagem corporal dizia "Eu bem que avisei". Nada em Connor parecia rir da minha cara por eu ter sido tão estúpida a ponto de amar Jason. Nada nele me chamava de boba.

Tudo o que havia em seus olhos era pesar.

Ele se sentia mal por mim.

Precisei desviar o olhar do dele, porque sua melancolia só fazia meu coração doer mais. Fui tomar um banho quente e demorado, deixando minhas lágrimas se misturarem às gotas de água que acertavam meu corpo, e abracei a tristeza. Não tentei lutar contra ela. Não tentei fugir dela. Não tentei me convencer a não sofrer. Não, eu deixei a dor entrar no meu coração. Deixei que ela ardesse.

17

Aaliyah

Eu sempre me perguntei quem tinha sido a primeira pessoa na história a se apaixonar.

Será que ela se deu conta disso imediatamente, ou achou que era uma queimação esquisita no estômago? Será que ficou feliz? Triste? Será que foi um amor correspondido ou platônico? Quanto tempo havia sido necessário para chegar àquele ponto? Quantos dias, meses e anos ela teve de percorrer antes de o amor chegar?

Ela ficou com medo?

Ela expressou seu sentimento primeiro ou esperou a outra pessoa se abrir?

Em todos os meus livros favoritos, havia um momento de amor instantâneo. Adorava quando um personagem dizia que tinha se apaixonado cegamente no instante em que seus olhos se encontraram com os da pessoa amada. Apesar de eu sempre ter sido uma romântica de carteirinha, era difícil acreditar que esse tipo de coisa poderia acontecer na vida real, mas, mesmo assim, eu adorava o conceito. Adorava saber que aquilo poderia acontecer, ainda que fosse apenas em mundos inventados. Eu adorava pensar que o amor seguia as próprias regras. Adorava acreditar que o amor seguia o próprio ritmo, sem acreditar em tempo, espaço ou restrições.

Às vezes, ele aparecia nos momentos certos; outras, nos errados, e preenchia as pessoas.

Depois, em muitos casos, o amor mudava. Ele rachava, sangrava, deixava cicatrizes que nunca seriam completamente curadas. Ele abria uma porta para a desconfiança, a insegurança e o sofrimento. De vez em quando, eu pensava que a vida seria melhor se o amor não existisse, porque, se o amor não fosse real, corações não seriam partidos.

Ultimamente, eu me perguntava quem tinha sido a primeira pessoa na história a se desapaixonar. Será que ela percebeu o que estava acontecendo? Será que foi aos poucos? Será que tudo havia começado com brigas bobas, ou ela tinha acordado um dia e percebido que não havia mais amor? Será que ela ficou triste? Será que foi embora sem nem olhar para trás? Quantos dias, meses e anos teve de percorrer antes de o amor evaporar?

Eu me perguntava se deixar de amar causava tanta dor quanto eu estava sentindo agora.

Connor tinha se oferecido para me acompanhar até a minha casa, mas recusei a oferta. Eu precisava de um tempo sozinha. Assim que o carro parou em frente ao prédio no SoHo, comecei a ficar enjoada. Parte de mim queria subir correndo, fazer as malas e fugir sem ser vista. Uma parte maior estava torcendo para que eu encontrasse Jason sentado lá em cima, pronto para me dizer que tudo o que havia acontecido nas últimas vinte e quatro horas tinha sido um grande erro.

Pronto para me dizer que ele só tinha ficado nervoso e que estava pronto para ir ao cartório comigo naquele momento e dizer "aceito".

Não era patético?

Se Jason me pedisse em casamento, eu provavelmente diria que sim.

Eu não sabia se isso fazia de mim uma pessoa fraca ou não.

— Obrigada, Luis — agradeci ao motorista de Connor, que tinha feito a bondade de me levar para casa.

Para a casa de Jason.

Aquele lugar com certeza não era meu.

— É claro. Se precisar de mais alguma coisa, tenho certeza de que o Sr. Roe não vai se incomodar... Posso levar a senhorita para outro lugar hoje.

Ele foi muito gentil comigo, e eu estava agradecida por isso. Eu precisava de toda a gentileza que pudessem me oferecer.

— Acho que não vou precisar, obrigada.

Nós nos despedimos, e respirei fundo antes de entrar no prédio. Assim que passei pelas portas do saguão, meu estômago embrulhou. Katherine estava na portaria, e seus olhos se arregalaram ao me ver. Katherine era uma mulher mais velha, que trabalhava no prédio havia mais de vinte anos. Ela era o rosto que me cumprimentava todos os dias nas últimas seis semanas, desde que eu tinha vindo morar com Jason, e havia se tornado uma pessoa querida.

— Oi, Aaliyah, querida. — Ela se levantou rapidamente, e seus olhos estavam cheios de culpa. — Como você está?

Abri um sorriso tenso.

— Já estive melhor.

— Imagino. Sinto muito por tudo o que aconteceu, mas o Sr. Rollsfield pediu pra avisar que você pode ficar aqui pelo tempo que precisar.

Eu me empertiguei um pouco.

— Você falou com o Jason?

— Sim, senhora.

— Ele está aqui?

— Não, senhora. Ele veio aqui ontem pra pegar umas coisas e depois foi embora. Disse que ia viajar.

— Ele falou pra onde? — perguntei.

Katherine fez uma careta.

— Acho que ele disse França?

— Nossa lua de mel. — Ou o que deveria ser a nossa lua de mel.

— Escuta, querida — Katherine esfregou a nuca e baixou as sobrancelhas —, eu achava mesmo que você poderia ser a mulher certa. Já vi o Jason com muitas moças diferentes. Muitas, muitas, *muitas*...

— Já entendi. O Jason era mulherengo — eu a interrompi. — Aonde você quer chegar com isso?

— Só estou dizendo que as coisas foram diferentes com você. Ele era diferente com você.

Bufei ao ouvir aquelas palavras. Elas me irritavam por muitos motivos, mas principalmente porque, mesmo tendo mudado quando estava comigo, ainda assim ele me abandonou. Eu não fui suficiente para convencê-lo a ficar.

Eu nunca era o suficiente para convencer os homens a ficar.

— Bem que eu queria ter sido a garota que mudaria a vida dele — confessei.

Minha mente estava tendo dificuldade em aceitar o fato de que Jason havia mesmo me abandonado no altar. Nos meus relacionamentos anteriores, cheguei a ver os sinais de alerta — mas Jason parecia gostar de mim de verdade. Aquilo havia me pegado de surpresa.

— Você mudou a vida dele.

Esfreguei meus olhos cansados.

— Não mudei, não. Se eu tivesse mudado, não estaria aqui, toda ranheta e chorosa. Se eu tivesse mudado a vida dele, ele seria capaz de dizer "sim". Mas, em vez disso, ele foi embora.

— Mesmo que tudo isso seja verdade, ainda assim você mudou a vida dele.

— Como você sabe disso?

— Porque é impossível conhecer você e não mudar de alguma forma, Aaliyah.

Sorri e agradeci a Katherine por suas palavras. Então comecei a revirar a bolsa em busca da chave.

— Aaliyah — chamou alguém atrás de mim, fazendo com que eu me virasse rapidamente. Reconheci aquela voz no instante em que a ouvi, e o som fez meu coração se apertar.

— Oi, Marie. — Arfei ao fitar aqueles olhos que haviam se tornado tão importantes para mim. — O que você está fazendo aqui?

— Bom, eu estava procurando o meu filho, mas acabei de descobrir que ele tirou umas miniférias e foi pra França. — Ela franziu a testa, olhando para as próprias mãos e brincando com os dedos. Quando voltou a me encarar, havia lágrimas em seus olhos. — Ah, Aaliyah. Não era pra ter sido assim.

Ela cobriu a boca e começou a chorar, incapaz de controlar os soluços.

Foi instintivo da minha parte envolvê-la em meus braços. Lá estava eu, parada na portaria, consolando a mãe do homem que havia me abandonado no dia do meu casamento. Eu não conseguia evitar; sempre acabava consolando as pessoas quando elas começavam a chorar.

— Ele te ama, Aaliyah. Eu sei que te ama — disse ela, se afastando um pouco. — Será que a gente pode conversar um pouquinho lá em cima?

Hesitei por um momento. Eu ainda não sabia se estava pronta para encarar uma conversa com a mãe de Jason. Eu não estava pronta nem para encarar a mim mesma e lidar com meu coração partido.

Antes que eu conseguisse pensar em uma resposta, Marie entendeu as palavras que eu não conseguia dizer.

— Não tem problema, de verdade. Desculpa. Vou respeitar seu espaço. Só quero que você saiba que não merece o que o meu filho te fez. No instante em que nos conhecemos, eu soube que você era especial — disse ela.

— Obrigada, Marie.

— Sei que isto parece loucura, mas você acha... — Fungando, ela tirou um lenço da bolsa e secou os olhos. — Você acha que nós duas podemos manter contato? Talvez continuar tomando café juntas? Sei que parece egoísmo da minha parte, mas, de certa forma, sinto que você faz parte do meu mundo.

Eu também sentia a mesma conexão, porém a ideia de encontrar com ela em um futuro próximo parecia muito intimidadora.

— Acho que só preciso de um tempo, Marie. Sinceramente, é muita coisa pra assimilar. Minha cabeça ainda está uma bagunça.

— Entendo, querida. Não vou tomar mais o seu tempo, mas você pode ficar à vontade pra continuar morando no apartamento pelo tempo de que precisar. Vou dar um jeito de manter o Jason longe até você arrumar um lugar pra morar. Mas espero que você saiba que meu filho fez uma crueldade com você, e peço desculpas por toda a mágoa que ele causou.

Soltei uma risada nervosa.

— Não precisa me pedir desculpas, Marie. Você não tem nada a ver com os erros do seu filho.

Agora, foi a vez dela de soltar uma risadinha ansiosa.

— Mesmo que você diga isso um milhão de vezes pra uma mãe, ela nunca vai acreditar nisso. — Ela me puxou para um abraço bem apertado. Eu me derreti em seus braços. Não tinha ideia do quanto precisava daquilo... do quanto precisava ser amparada por alguém. — Você é a filha que eu sempre quis — sussurrou ela, me deixando comovida.

Ela se virou para ir embora e parou por um instante, segurando a porta aberta antes de olhar de novo para mim.

— Só pra deixar claro, Aaliyah, você sempre foi a estrela daquele relacionamento, não o contrário. Meu filho nunca foi bom o bastante pra você. Você era o prêmio.

Ela sorriu e foi embora, me deixando nervosa. E eu não soube lidar com aquele nervosismo.

Peguei o elevador até a cobertura e senti um vazio quando entrei no apartamento. Eu não estava morando ali fazia muito tempo, mas, em algum momento, tinha me convencido de que teria meu final feliz naquele lugar. Talvez, finais de contos de fadas só aconteciam mesmo nos livros.

Tudo na cobertura estava exatamente igual ao que sempre fora, mas um pouco diferente. Todos os objetos da casa pareciam pertencer um pouco menos a mim. Entrei no quarto e notei que algumas peças de roupas de Jason não estavam no armário. Ele tinha me abandonado mesmo, e não ia voltar.

Eu não sabia direito o que fazer. Não sabia como seguir com a minha vida. Eu não tinha nada — não tinha marido, não tinha emprego, não tinha casa. Abri mão de tudo para ficar com um homem que me largou no dia do nosso casamento.

Eu me deitei na cama, sentindo tudo menos amor. Odiei o desconforto que aquele apartamento me causava. Odiei a forma como as paredes ecoavam que aquele não era o meu lugar. Eu odiei o fato de minha pele se arrepiar diante da possibilidade de Jason aparecer a qualquer momento para me lembrar de que aquele não era o meu lugar.

Então me levantei da cama e fui ao único lugar onde me sentia menos sozinha.

Todo domingo de manhã, eu falava com pessoas mortas. Bem, não com pessoas mortas — só com uma. Visitar o túmulo de Grant para conversar com ele sobre a vida, sobre os altos e baixos do meu mundo, havia se tornado uma tradição. Eu lia revistas em quadrinhos para ele e assistia ao nascer do sol. Naquela manhã, perdi o nosso amanhecer, mas senti que ele me reconfortava mesmo assim.

Eu me sentei diante do túmulo de Grant com as pernas dobradas e os braços cruzados, abraçando os joelhos. Apoiei a cabeça nos braços enquanto olhava para a única pessoa que ainda fazia com que eu me sentisse amada. Não falei nada naquela manhã, porque sabia que ele não me responderia, mas, na minha cabeça, imaginei que ele diria que estava tudo bem.

O túmulo estava cercado de moedas de vinte e cinco centavos. Eu deixava uma todas as vezes que o visitava, porque elas me lembravam dele. Quando conheci Grant, ele vivia girando uma moeda de vinte e cinco centavos entre os dedos. Ele tinha umas crenças e repetia uns ditados estranhos que ficaram na minha memória, mesmo depois de todos esses anos. *"Se uma moeda no chão você encontrar, a sorte virá te visitar"*, dizia ele. Eu nunca o via sem sua moeda da sorte. Então, eu deixava uma moeda para ele em todas as minhas visitas, para lhe dar um pouco de sorte do outro lado.

Fiquei sentada ali, me sentindo perdida, e mais uma das frases dele veio à minha mente.

"Não existe arco-íris sem chuva, Aaliyah. Deixe a água rolar". Provavelmente era o que ele diria. *"As coisas precisam quebrar antes de serem consertadas."*

Eu tinha me quebrado.

Eu tinha me espatifado.

Permiti que a água rolasse dos meus olhos enquanto o consolo das quase palavras de Grant preenchiam minha mente. Então me senti agradecida ao saber que o silêncio de Grant ainda era capaz de me envolver em uma espécie de amor seguro e místico.

18

Aaliyah

E agora vem a parte em que eu imploro.

Meu estômago ficou meio embrulhado quando subi de elevador até o escritório da *Revista Passion*, onde eu respeitosamente — ou talvez nem tanto — imploraria para voltar ao meu cargo de editora-assistente. Agora que não precisava mais me mudar para Los Angeles, eu estava tentando me restabelecer. Eu era nova-iorquina até o último fio de cabelo, e o que nova-iorquinos fazem quando levam uma rasteira da vida? Nós nos levantamos e partimos para a luta — mesmo com o estômago embrulhado.

Fiquei surpresa quando minha chefe Maiv aceitou conversar comigo depois de eu ter mandado um e-mail para ela às quatro da manhã, bêbada de sono, depois de uma noite sem dormir.

Jason ainda não havia me ligado.

Eu sabia que não fazia muita diferença, mas isso me deixava chateada mesmo assim. Seria de se esperar que o homem que havia abandonado você no dia do seu casamento mandasse pelo menos uma mensagem dizendo *rsrs foi mal, dormi mais que a cama e perdi a hora da festa*, ou algo do tipo.

Mesmo assim, o silêncio de Jason preencheu meus pensamentos na noite anterior. Fiquei pensando onde ele estaria, o que estaria fazendo... e com quem.

É claro que ele estava te traindo, Aaliyah. O passado não ensinou nada a você? Os homens são assim. Agora, olhe só pra você — desperdiçou um ano da sua vida com um homem que te largou. O tempo está passando. Tic, tac, tic, tac...

— Cala a boca — resmunguei para meu cérebro insensível.

Meus pensamentos estavam a mil, tentando me convencer de que tudo aquilo tinha acontecido por minha culpa — porque eu não era boa o suficiente, porque eu não merecia um final feliz, porque eu não era capaz de encontrar um amor duradouro... porque não me restava tempo para encontrar um amor verdadeiro.

No momento, meus pensamentos estavam me controlando, e eu queria conseguir reverter a situação e dominá-los, mesmo que eu precisasse me mandar calar a boca de vez em quando.

Entrei na recepção da *Passion* e dei de cara com o rosto sorridente de Greta, a recepcionista e primeira pessoa que eu via quando chegava ao trabalho nos últimos anos.

— Olá, minha flor — disse ela, com a testa ligeiramente franzida. Ela tinha sido convidada para o casamento, então certamente já sabia o que havia acontecido. — Como você está?

Sorri, mesmo sem vontade.

— Estou dando um passo de cada vez.

— Eu odeio ele — soltou ela. — E espero que ele tenha uma vida horrível.

Eu queria conseguir desejar a mesma coisa... mas meu coração ainda não tinha chegado a esse estado. A única coisa que eu queria era que ele me ligasse.

— Como está o humor da Maiv hoje? — perguntei, mudando de assunto.

— O mesmo de sempre: estilo Miranda Priestly, de *O diabo veste Prada*. — Greta franziu a testa. — É verdade que você usou cinquenta e quatro pontos de exclamação no e-mail que mandou implorando pra ser recontratada?

— O quê? Não. Foram cinquenta e dois, no máximo.

Ela riu.

— É preciso muita coragem pra pedir seu emprego de volta pra Maiv.

— Acho que é mais desespero do que qualquer outra coisa.

— Vai com Deus — disse Greta, levantando dois dedos, exatamente como Katniss fazia em *Jogos vorazes*, para demonstrar seu apoio e amor.

— Que a sorte esteja sempre a seu favor.

Engoli em seco ao seguir pelo longo corredor até a sala de Maiv. Todo mundo no escritório me encarava com um misto de expressões solidárias e olhares assustados que diziam *Menina, você está doida? Fuja!*. Eu não sabia qual dos dois deveria escolher, então segui em frente.

A porta da sala de Maiv estava aberta, o que não era comum. Mesmo assim, dei uma batidinha no batente para chamar sua atenção.

— Oi, Maiv. Será que agora é um bom momento pra...

Minhas palavras evaporaram quando ela levantou a cabeça devagar e me encarou. Seus olhos verdes estavam escondidos atrás de um par de óculos de armação verde. Ela pressionou os lábios quando encontrou meu olhar.

Então a coisa mais esquisita da vida de Maiv Khang aconteceu — ela sorriu.

— Aaliyah... oi, sim. Entra e fecha a porta.

Engoli em seco e obedeci, sem saber como interpretar sua expressão. Durante todos aqueles anos de trabalho com aquela mulher, eu nunca tinha recebido um sorriso dela.

Eu me acomodei na cadeira em frente à mesa dela, e meu coração pareceu ter se alojado na garganta de um jeito bem incômodo.

Maiv passou as mãos pelo cabelo grisalho preso em um coque alto perfeito e se recostou na cadeira, ainda me encarando. Ela pegou uma caneta em cima da mesa e começou a girá-la entre os dedos.

— Então — começou ela —, foi um casamento e tanto. Só que não.

— Você foi — murmurei.

— É claro que eu fui. Eu disse que ia. O espaço da cerimônia era bem moderno. Você fez um trabalho razoável, tirando a parte de não ter casamento.

— Ah. Bom... obrigada?

Ela assentiu.

— Imagino que você esteja aqui porque quer seu emprego de volta.

Tentei empurrar meu coração novamente para o lugar. *Hora de implorar.*

— Sim, senhora. Mesmo que eu não possa voltar a ser editora-assistente, aceito qualquer cargo e vou me dedicar pra crescer...

— Você conhece o Connor Roe.

Eu me empertiguei um pouco, sendo pega de surpresa com aquela afirmação.

— O quê?

— Vi que o Connor Roe estava no seu quase casamento. Foi ele que mandou todo mundo ir embora.

— Hum... foi. Desculpa, mas o que isso tem a ver com...

— Por que você nunca me contou que conhece o Connor Roe?

O que exatamente estava acontecendo?

— Hum... eu não sabia que isso era algo importante. De toda forma, eu não conheço, *conheço* ele, e...

— Mas ele foi convidado pro seu casamento, não foi? Como você não conheceria alguém que foi convidado pro seu casamento?

— Desculpa, Maiv. Não estou entendendo o que isso tem a ver com o meu emprego e com você me recontratar...

— Ah, sim. Bom, você pode voltar pro seu cargo...

— Ai, meu Deus! — exclamei.

Ela levantou um dedo para me silenciar.

— Se me fizer um favor.

— Qualquer coisa, Maiv. Eu faço qualquer coisa.

— Que bom. Eu estava torcendo pra você dizer isso. — Ela se inclinou sobre a mesa, soltou a caneta e entrelaçou as mãos. — Preciso que você consiga uma entrevista exclusiva com Connor Roe.

Eu me engasguei.

— Desculpa... o quê?

— Connor Roe é o solteiro mais cobiçado de Nova York. Ele está prestes a se tornar um dos homens mais ricos da cidade, talvez até do mundo, e nunca deu uma única entrevista. Qualquer pessoa no mercado mataria pela oportunidade de colocá-lo numa capa, mas ele recusa todos os convites.

Nossa! Connor era mesmo tão bem-sucedido assim? Jason quase nunca falava de seus colegas de trabalho quando estávamos juntos. De qualquer forma, eu não sabia como poderia ajudar Maiv.

— Bom, se ele não quer ser entrevistado...

— Editora — interrompeu-me ela.

— O quê?

— Se você convencer o Connor Roe a nos dar uma entrevista e posar pra capa da edição de setembro, vou promover você a editora.

Ela só podia estar de brincadeira. Os editores sempre recebiam os melhores projetos. Tinham liberdade de viajar pelo mundo. Alguns meses atrás, Abby passou dois meses na Islândia para escrever uma matéria sobre um explorador. Eu sempre sonhei com aquilo, em escrever matérias relevantes que me permitissem ao mesmo tempo viajar o mundo e conhecer outras culturas e hábitos diferentes, ver vidas mais grandiosas do que a minha.

— É sério? — consegui perguntar. Parecia que aquilo era um sonho. — Eu vou poder viajar e escrever matérias interessantes?

— Se você convencer o Connor a nos dar uma entrevista exclusiva, vai poder escrever sobre o que quiser. — Ela levantou a mão depressa. — Dentro dos limites do bom senso, obviamente.

— Sim, é claro.

— Então — completou, estreitando os olhos —, você consegue fazer isso?

O que Connor tinha de tão especial para deixar as pessoas desesperadas para saber o que se passava em sua cabeça? Parecia até que Maiv estava implorando para que eu o convencesse a aceitar dar a entrevista. Bem, implorando tanto quanto ela seria capaz, pelo menos.

Concordei com a cabeça.

— Sim, é claro. Sem problemas. Vou confirmar com ele assim que possível.

— Até sexta-feira.

— Sexta-feira? Tipo... — Engoli em seco. — Nesta sexta? Tipo, daqui a uns dias?

— É.

— Tipo daqui a um, dois, três...

— Se você acha que não vai conseguir, só precisa...

— Não! Não! Eu consigo. Já está praticamente certo. Não tenho dúvida nenhuma de que o Connor Roe vai ser sua capa de setembro. Aham, pois é, porque nós somos colegas. Amigos do peito. Camaradas. Somos basicamente a Phoebe e o Joey. Isso aí, somos mesmo. Ketchup e mostarda. Tom e...

— Aaliyah.

— Sim?

— Você pode sair da minha sala agora.

— Certo. Tá bom. Obrigada, Maiv, pela oportunidade. Esse é o emprego dos meus sonhos. Sei que provavelmente nem mereço isso depois de ter pedido demissão, então muito obrigada.

— Você disse que esse é o emprego dos seus sonhos?

— É, sim, de verdade.

— Então vou te dizer uma coisa. Algo que aprendi depois de cinco casamentos fracassados: nunca mais abra mão dos seus sonhos por um homem. Homens morrem. Sonhos, não.

— Hum... obrigada? — falei, sem saber como interpretar o discurso motivador de Maiv. — Espera, desculpa, todos os seus maridos morreram...?

Ela deu de ombros.

— Uns morreram só pra mim. No caso de alguns, tenho certeza de que suas mortes foram acidentais.

— Alguns?

Ela sorriu de novo, e, bem, aquele parecia um momento inapropriado para abrir um sorriso de vilã malvada.

— Por que você ainda está na minha sala? — perguntou ela.

— Certo, tá bom. Tchau.

Fui embora me sentindo nas nuvens. Depois de uma semana infernal, parecia que o sol estava lutando para aparecer por trás da minha mente anuviada. Fui praticamente saltitando até o metrô, cantarolando por todo o caminho, até sentir a ficha cair.

Eu tinha prometido a Maiv que convenceria Connor a dar uma entrevista exclusiva para a *Passion*. Eu tinha prometido uma entrevista com um homem que aparentemente se recusava a dar qualquer tipo de entrevista, um homem que já tinha me oferecido mais tempo e bondade do que eu merecia.

Eu estava torcendo para nunca mais precisar ter contato com qualquer pessoa conectada a Jason, mas, sem a ajuda de Connor, eu estaria desempregada e provavelmente seria uma sem-teto em breve. Se ele me ajudasse, eu conseguiria o emprego dos meus sonhos.

Estava na hora de eu fazer algo no qual eu parecia ser muito boa, de acordo com a última experiência: implorar mais um pouco.

19

Connor

— Por favor, não chora — implorei para Rose, sentada à minha frente no meu escritório.

Eu não queria ter aquela conversa, mas sabia que era inevitável e que ela estaria na minha sala na segunda-feira, vivendo aquela situação constrangedora.

— Tudo bem — disse ela, mas continuou chorando.

Nossa, aquelas lágrimas...

Era uma imagem desconfortável, e eu queria que ela parasse de chorar. Eu sabia que não devia me sentir mal por ela, mas, sempre que uma mulher chorar, eu só quero reconfortá-la. Apesar de Rose estar errada, ela ainda era um ser humano, e seus soluços — mesmo que fossem apenas pelo arrependimento de ter sido pega na minha casa — continuavam sendo emoções.

Eu lhe entreguei um lenço.

Ela assoou o nariz com um barulho alto, então fungou um pouco mais.

— Eu só... Eu sei que o senhor vai me demitir, e, e, bem...

Mais lágrimas. Ela não parava de chorar, ali, na minha frente, e acabei ficando com pena. Ela se encontrava em uma situação bem patética, no fim das contas, sentada ali com os olhos inchados, os lábios trêmulos, pronunciando palavras incompreensíveis.

Eu me empertiguei na cadeira quando ela curvou os ombros para a frente, segurando o lenço na mão direita.

Eu me sentia mal, mas então pensei em Aaliyah e no que Rose tinha feito a ela, e foi assim que a culpa desapareceu na mesma hora.

— Sim. Você está sendo desligada.

— Isso só pode ser brincadeira. — Ela parecia chocada. — Eu sou uma das suas melhores funcionárias! Que palhaçada!

Mas como ela foi da água para o vinho em questão de segundos? Foi só eu piscar que ela se tornou uma pessoa completamente diferente. Sua postura mudou. Ela deixou de ser a garota tímida e nervosa para assumir uma personalidade tempestuosa e arrogante.

Droga.

Damian tinha razão.

— A qualidade do seu trabalho não tem nada a ver com...

— Você não pode fazer isso! — reclamou ela. — Eu sou boa demais pra este lugar, então eu me demito. Não quero esse seu emprego idiota. Eu sou gostosa, consigo emprego em qualquer lugar. Foi o que o Jason me disse.

Porque ele queria te levar pra cama.

— A questão não é essa. O que aconteceu no fim de semana foi imperdoável, principalmente por você ter entrado na minha casa.

— Pra falar a verdade, eu não sabia que a casa era sua! — revelou ela, como se isso pudesse melhorar a situação.

— Você sabia que o Jason ia se casar? Ou preferiu ignorar esse detalhe quando estava na festinha dele na noite anterior?

Ela olhou para baixo, constrangida.

— Ele disse que não amava a noiva dele de verdade.

— O que ele disse não me interessa, Rose. Você já tem idade suficiente pra saber que isso não é certo.

— Que seja. Já deu pra mim. — Ela se levantou e seguiu para a porta.

— Rose?

— Sim? — perguntou ela, virando-se para me encarar.

— O que o Jason disse pra te convencer de que era uma boa ideia ficar com ele?

— Ele disse que me achava talentosa, que acreditava que eu seria bem-sucedida um dia. Ele falou que acreditava no meu potencial, e eu nunca tinha ouvido essas coisas de um cara como ele.

— Ele pode até estar certo, mas é bem capaz que tenha dito essas coisas exatamente pra conseguir o que conseguiu de você. Homens são sorrateiros, Rose. Não estrague seu futuro caindo nas mentiras deles.

— Mulheres também podem ser sorrateiras, Sr. Roe. Tenho idade suficiente pra saber o que eu estou fazendo.

Quando ela estava saindo, Damian chegou. Exatamente como no outro dia. Pela primeira vez desde que Rose começou a trabalhar na empresa, ele se dirigiu a ela.

— Tchau, Rose — disse, em um tom inexpressivo.

— Vai se foder, Damian — bradou ela em resposta.

Ele fechou a porta depois que ela saiu.

— Adoro quando o lixo vai embora usando as próprias pernas — comentou ele, em um tom seco, se sentando à minha frente. — Então! — Ele entrelaçou as mãos e se inclinou para a frente. — Já posso falar "eu bem que avisei"?

— Pois é.

— Um dia você vai começar a me escutar. — Ele abriu a pasta que estava segurando e deslizou alguns papéis na minha direção. — Eu sabia que você tinha ficado chateado depois de perder o último prédio, então passei o fim de semana analisando alguns lugares, e encontrei esse edifício abandonado. Fica no Queens. Achei que você poderia se interessar em reformá-lo. Ele não está no radar por enquanto. Fiz uma pesquisa e liguei pra algumas pessoas pra saber um pouco mais sobre o imóvel. Pode ser um bom lugar pro seu sonho, ou sei lá o quê.

Ele falava em um tom tão calmo... como se ter o trabalho de achar um prédio para mim não fosse nada de mais, mas eu sabia que era. Damian não dizia diretamente que gostava das pessoas, mas dedicar seu fim de semana a me ajudar mostrava quanto ele se importava comigo.

Eu sorri.

— Você me ama, né?

Ele revirou os olhos.

— Não força a barra.

— Tá bom, pode deixar, mas... — Continuei sorrindo de orelha a orelha. — Ama, né?

Ele se levantou.

— Já falei tudo que tinha pra falar.

— Eu também te amo, Damian — gritei.

Mesmo de costas para mim, eu sabia que ele estava revirando os olhos.

— Ah, outra coisa. Aquela mulher que foi abandonada no altar ligou. Ela disse que queria encontrar você amanhã. Falei que a sua agenda devia estar muito cheia pra...

— A Chapeuzinho? — perguntei.

— O quê?

Balancei a cabeça.

— Quer dizer, a Aaliyah? Ela ligou?

— Ligou. Ela disse que precisava conversar com você, se fosse possível, mas a sua agenda está lotada, e...

— Cancela a reunião das nove. Avisa pra ela passar aqui e diz que ela será muito bem-vinda.

Ele arqueou uma sobrancelha.

— Você nunca cancela suas reuniões.

— Bom, vou cancelar a de amanhã.

Eu não sabia por que, mas a ideia de ver Aaliyah de novo parecia muito mais importante do que uma reunião pela manhã. Desde o dia em que ela voltou para a minha vida, eu não conseguia parar de pensar nela. Eu não parava de me perguntar se ela estava bem.

20

Aaliyah

Passei a noite pesquisando sobre Connor e fiquei chocada com o que descobri. Eu não tinha a menor ideia de que ele era tão poderoso. Ele não só tinha construído um império do zero, como também fazia questão de doar uma parte de suas conquistas para comunidades diferentes sempre que prosperava. Como não dava entrevistas, era difícil encontrar muita informação sobre a vida pessoal dele.

Pelo que eu li, ele era um cara decente, que prezava seus valores — e isso batia com a impressão que ele havia me passado alguns anos antes. Fiquei intrigada ao ver que investimento social parecia ser uma de suas principais prioridades. Jason não fazia tanta questão de ajudar pessoas vulneráveis como seu sócio, mas talvez fosse porque tivera uma vida privilegiada. Quando se tratava de dinheiro, ele não sabia o que era aperto. De acordo com o que eu tinha lido, Connor havia lutado com unhas e dentes por cada centavo em sua conta bancária.

Na manhã seguinte, me vi parada na frente do edifício Roe com o estômago fervilhando de nervosismo e um buquê de flores nas mãos — porque o que mais você levaria para alguém a quem está prestes a implorar por uma entrevista exclusiva? Rosas vermelhas e brancas, é claro. A caixa de chocolate sob meu braço fazia parte do plano B, para o caso de ele não gostar das flores.

Depois que liguei para o escritório de Connor, perguntando se eu poderia marcar uma reunião, fiquei surpresa com a rapidez com que ele conseguiu abrir um espaço na agenda para mim. Pelo que tinha lido, ele era um homem bem ocupado, e eu não tinha a menor dúvida de que já havia tomado muito do seu tempo nos últimos dias.

No elevador a caminho da sala de Connor, minha mente entrou no modo hiperativo. No instante em que passei pelas portas, segurando o buquê e a caixa de chocolate, a recepcionista me olhou como seu eu fosse doida.

— Olá. Posso ajudar? — perguntou ela.

— Tenho uma reunião com o Connor.

— Você é a Aaliyah?

— Sim. Devo esperar aqui pra...

Antes que eu conseguisse terminar meu raciocínio, a porta que dava para as salas, onde Connor e seus funcionários trabalhavam, se abriu. Um homem alto, com ar soturno, me encarou. Seu terno todo preto combinava com seus olhos cor de carvão. Ele era forte, seus braços pressionavam o tecido da camisa social, e os brincos escuros nas orelhas combinavam com seu visual. Para ser sincera, ele era assustador e parecia o tipo de pessoa que você não devia irritar, porque seria capaz de destruir sua vida com um olhar fulminante — o completo oposto da personalidade alegre e receptiva de Connor.

Quando ele se virou para mim, senti um arrepio tão forte percorrer minha espinha que quase deixei a caixa de chocolate cair no chão.

— Aaliyah? — perguntou ele, seus olhos escuros fitando os meus.

— Hum... sim? — falei, em um tom de voz hesitante.

— Você veio falar com o Connor?

— Vim? — Mais uma vez respondi como se fosse uma pergunta.

Ele concordou com a cabeça.

— Vem comigo.

Olhei para a recepcionista só para confirmar que o homem não me assassinaria, mas ela já estava fazendo outra coisa. Nós passamos por um corredor, e meu estômago continuava embrulhado. Eu me sentia uma idiota, andando pelos corredores com um buquê. Que mulher em sã consciência compra um buquê de flores para um homem adulto?

Uma mulher desesperada, pelo visto.

Paramos em frente a uma porta, e o homem bateu duas vezes e foi convidado a entrar.

— A Aaliyah chegou pra reunião — declarou o homem assustador, me indicando com a cabeça depois de abrir a porta.

Do outro lado estava Connor, que se levantou da cadeira rapidamente. Ele usava uma camisa de botão azul-clara com uma calça azul-marinho e um cinto que devia custar mais do que o meu guarda-roupa inteiro, se ele comprasse os mesmos tipos de roupa que Jason.

— Obrigado, Damian. Pode fechar a porta quando sair — disse Connor, acenando com a cabeça para o homem que havia me acompanhado até ali. — Aaliyah, entra, pode sentar. — Quando entrei na sala, Connor bateu com uma das mãos na coxa. — Espera, Damian... Quase esqueci.

— Por favor, não faz isso agora — disse Damian em um tom seco.

— Ah, vamos lá, é a nossa brincadeirinha diária — insistiu Connor.

— Não é uma brincadeirinha diária. É uma idiotice sua.

Eles deviam ter uma relação diferente de patrão e funcionário. Se eu falasse assim com Maiv, estaria no meu enterro na semana seguinte. A causa da morte seria um salto alto enfiado na minha bunda.

Connor deu a volta em sua mesa e se sentou na beirada do tampo de madeira. Então cruzou os braços, e um sorriso travesso surgiu em seus lábios.

— O que o ketchup disse pra mostarda?

Damian soltou um suspiro dramático.

— Não sei. O quê, Connor?

Uma risadinha infantil escapou dos lábios de Connor antes de ele anunciar em um tom orgulhoso:

— É nós nas fritas, mano.

Não consegui segurar a risada. Era uma piada inteligente e brega, duas das minhas coisas favoritas.

— Ah, não incentiva, não, por favor. Vai acabar fazendo ele encontrar piadas piores — disse Damian em um tom inexpressivo.

Connor gesticulou para mim.

— Não, ela apenas sabe reconhecer uma piada engraçada. Admite, Damian, essa foi boa.

— Essa foi boa, mas eu fico meio decepcionada por você continuar usando as mesmas — falei. — Não imaginei que você fosse o tipo de cara que recicla piadas.

Connor arqueou uma sobrancelha.

— Eu já te contei essa antes?

— Aham, há uns dois anos.

— Droga... — Ele bufou. — Preciso me esforçar mais. Apesar de eu estar impressionado por você se lembrar da piada que te contei dois anos atrás.

— Fazer o quê? Você me marcou — falei, dando de ombros.

— Vocês se conhecem? — perguntou Damian, confuso.

— A gente se conheceu por acaso em uma noite de Halloween há dois anos — expliquei.

Damian pareceu meio interessado, o que me surpreendeu. Ele parecia ser indiferente a tudo.

— Essa é a Chapeuzinho?

Connor corou um pouco e eu abri um sorriso.

— Quer dizer que você falou de mim pras pessoas?

— Só uma coisinha ou outra — respondeu ele, calmo.

— Você está brincando? A gente se conheceu poucos meses depois disso. Você não parava de tagarelar sobre a mulher que tinha mudado a sua vida. Eu não aguentava mais ouvir você dizendo que ela era perfeita, e maravilhosa, e inesquecível...

— Ceeerto, Damian, agora não é a melhor hora pra você começar a falar pelos cotovelos. Pode voltar pro trabalho — disse Connor, se apressando para empurrar Damian para fora da sala. Ele fechou a porta depressa e, quando voltou para a mesa, parecia um menino que tinha sido pego no flagra fazendo besteira. — Francamente, aquele garoto nunca foi de conversar, e justo agora ele resolve falar tudo que lhe dá na telha — disse ele, balançando a cabeça.

— Parece que eu te marquei também.

Ele sorriu.

— Sem dúvida. — Estava escrito na testa de Connor que ele estava feliz, mas então ele foi tomado por um ar sério. — Fiquei meio surpreso por você querer me encontrar. — Ele estreitou os olhos, e o bom humor que ele havia exibido segundos antes se transformou em preocupação. — Como você está?

Por que essa pergunta praticamente me lançava em um redemoinho de emoções?

Balancei a cabeça e dei de ombros.

— Bem, na medida do possível. Mas não é por isso que eu estou aqui. — Olhei para os presentes nas minhas mãos e os estiquei para ele. — São pra você.

Ele levantou uma sobrancelha, curioso.

— Hum... obrigado?

— De nada. Quer dizer, não sei se homens gostam de ganhar flores, mas, se fosse comigo, eu gostaria de ganhar flores. Escolhi rosas porque eram uma opção segura, apesar de eu preferir girassóis. Enfim, toma.

Empurrei tudo na direção dele de um jeito meio agressivo até ele pegar os presentes.

Ele se inclinou para a frente e cheirou as rosas.

— Tenho que admitir que nunca ganhei flores. Acho que nem tenho um vaso pra elas.

— Não pensei nisso. Eu devia ter comprado um vaso. Se você quiser, posso ir rapidinho na... — Fiz menção de me levantar, mas ele estendeu a mão.

— Não, não tem problema. Peço pra um dos meus assistentes fazer isso. Obrigado pelo gesto, mas acho que ainda não entendi muito bem por que você me trouxe isso tudo.

— Bom, você me aturou no sábado. O mínimo que eu poderia fazer era trazer um presente depois de desperdiçar seu tempo. Sei que seu tempo é importante, e tento nunca desperdiçar o tempo de ninguém, e, bom, a gente nunca consegue recuperar o tempo perdido, então eu estava pensando, bem...

— Aaliyah.

— Sim?

— Nada disso faz o menor sentido.

— Eu sei, desculpa. — Comecei a secar as mãos nas coxas, porque palmas suadas eram um sinal clássico da minha ansiedade. Eu apostava que as minhas axilas também estavam criando manchas impressionantes. — Estou meio nervosa.

— Não precisa ficar nervosa. A gente nunca ficou nervoso perto um do outro desde que nos conhecemos. Não devíamos começar agora.

No seu caso, é fácil falar — não é você que tem um pedido louco a fazer. Ele continuou:

— De verdade, você não precisava me dar nada. Você nunca desperdiçou meu tempo.

Ele estava sendo gentil devido à situação na qual eu me encontrava. Mas não seria do feitio de Connor jogar esse tipo de coisa na minha cara, e eu era grata por isso. Ficamos parados ali, sorrindo um para o outro por mais um minuto. E eu devia estar com cara de boba enquanto tentava me forçar para dizer as palavras necessárias.

— Tudo bem, não foi só por isso que eu trouxe presentes — confessei. — Ai, nossa, está quente aqui, né?

Comecei a puxar a gola da blusa, tentando aliviar meu nervosismo.

Connor levantou uma sobrancelha.

— O ar está ligado. — Ele esticou a mão até o telefone e parou. — Mas posso pedir pra minha assistente trazer um copo de água pra você.

— Não, não. Está tudo bem. Só estou surtando um pouco, nada de mais. Mas isso me leva ao assunto que eu queria tratar com você. Ou melhor, ao pedido que tenho pra te fazer.

— Ah?

Entrelacei as mãos e as coloquei sobre o meu colo.

— Eu estava pensando em entrevistar você.

O olhar dele se encheu de curiosidade.

— Me entrevistar?

— É. Sei que parece loucura, mas eu trabalho pra *Revista Passion*. Bom, eu trabalhava pra *Revista Passion*. Pedi demissão antes do casamento, já que estava planejando me mudar pra Califórnia com o Jason, e, bom, agora... — Minhas palavras foram sumindo enquanto meu cérebro começava a relembrar o motivo pelo qual eu estava naquela situação e também por que eu estava prestes a implorar a Connor que me ajudasse. Pigarreei e pisquei algumas vezes, forçando um sorriso quando voltei a falar. — Fui pedir meu emprego de volta ontem, e acho que a minha chefe viu você no casamento. Não sei se você sabe, mas você é uma figura cobiçada pela imprensa, e tem muita gente interessada em conseguir uma entrevista exclusiva. — Quanto mais eu falava, mais a luz ia se apagando dos olhos de Connor. — Indo direto ao ponto, minha antiga chefe disse que vai me recontratar se eu conseguir convencer você a dar uma entrevista exclusiva pra *Passion* até sexta.

A essa altura, ele estava fazendo uma careta, sentado na beirada da mesa. Suas pernas estavam esticadas para a frente, com os tornozelos cruzados. Ele enfiou as mãos nos bolsos, franzindo ainda mais o cenho ao entender o que eu queria dele.

— Desculpa, Aaliyah, mas eu nunca dou entrevistas.

— Eu entendo, de verdade, mas as entrevistas da *Passion* são diferentes. A gente se orgulha em mostrar nossos entrevistados da melhor forma possível e usar nossas palavras pra inspirar outras pessoas que tenham coragem suficiente pra sonhar grande. Passei a noite toda pesquisando sobre você e sobre a sua vida, ou pelo menos as partes que são de conhecimento público, e acho as suas conquistas impressionantes. Acho que muita gente poderia se sentir inspirada com a sua história, ou pelo menos com as coisas que você estiver disposto a compartilhar.

Ele coçou a barba aparada e bem-feita.

— Eu entendo, mas sinto muito. Acho que é importante manter um pouco de privacidade, e, depois que você deixa a imprensa entrar na sua vida, as coisas podem começar a ser mal interpretadas. Não quero mais estresse. Só quero fazer o bem, mesmo que isso não seja divulgado.

E isso bastou para que meu coração, já despedaçado, se estraçalhasse ainda mais. Eu não sabia que os cacos poderiam se partir em pedacinhos ainda menores, mas lá estava eu, sofrendo, com o coração partido.

Não tinha nem como argumentar com Connor, porque o raciocínio dele fazia sentido. Depois que você abre a porta para a imprensa, as pessoas começam a se achar no direito de invadir sua privacidade quando bem entendem.

Não dava para pedir privacidade depois de mostrar sua vida para todo mundo.

Abri a boca para tentar dizer alguma coisa que o convencesse, mas não consegui pensar em nada, então fechei de novo.

Ele franziu a testa e deu de ombros com um ar pesaroso.

— Eu sinto muito, de verdade.

— Não, está tudo bem. Entendo perfeitamente. Obrigada por tirar um tempo do seu dia pra falar comigo. E obrigada por tudo o que fez por mim no sábado. Você não precisava ter feito tanto.

Respirei fundo e me levantei. Minha cabeça já estava começando a girar, em pânico, enquanto eu me virava de costas para Connor e seguia em direção à porta.

— Aaliyah — chamou ele.

Quando olhei para trás, vi que ele tinha se levantado da mesa, mas continuava com as mãos nos bolsos.

— Sim?

— Sinto muito pelo que o Jason fez. Você é uma pessoa boa e não merecia ser tratada daquele jeito. Mas — ele deu alguns passos na minha direção e baixou a voz —, cá entre nós, acho que você escapou de uma furada.

Soltei uma risada seca e pisquei algumas vezes.

— Bem que eu queria que meu coração acreditasse nisso.

— Apenas sinta o que você tiver que sentir até o dia em que tudo voltar a ficar bem.

— É assim que acontece?

— É.

— Promete?

— Prometo, Chapeuzinho.

Sempre que ele me chamava de Chapeuzinho, eu me sentia um pouco menos sozinha.

Eu queria acreditar que ficaria tudo bem, mas as lágrimas começaram a escorrer dos meus olhos, e eu as sequei depressa. Balancei a cabeça e tentei pedir desculpas por ter começado a chorar na frente de Connor outra vez, mas ele não me deixou falar e pegou um lenço para que eu limpasse o rosto.

— Nossa, que vergonha. Eu não costumo ser tão sensível assim. Quase nunca choro. A não ser quando vejo aqueles vídeos de soldados que voltam pra casa pra fazer surpresa pra família. Sempre acabam comigo. Ou de bichinhos fofos que passam por algum trauma e acabam em um lar feliz. Fico emocionada com esses, mas a quantidade de lágrimas que derramei com você nos últimos dias foi absurda. Pouca gente me viu chorar tanto assim. — Eu ri, com vergonha.

— Tenho acesso VIP às suas emoções — brincou ele. — Não precisa se preocupar. Estamos em um espaço seguro.

— Mas a gente devia parar de se encontrar assim, quando eu estou na fossa.

— Tomara que você já tenha encontrado o seu final feliz da próxima vez que nossos caminhos se cruzarem.

Forcei um sorriso, mas ele sabia que era falso. Connor franziu a testa e me analisou como se quisesse dizer alguma coisa, mas não soubesse exatamente quais palavras usar. Acabei interpretando isso como uma deixa para ir embora de seu escritório e deixar que ele seguisse com sua vida. Eu já tinha tomado muito do tempo dele.

Ele baixou o olhar por um segundo, então voltou a me encarar.

— Aaliyah?

— Sim.

— Posso te dar um abraço?

Concordei lentamente com a cabeça.

— Pode.

Ele se aproximou e me envolveu em seus braços como se fosse um cobertor aconchegante, me apertando. Eu me derreti contra o corpo dele. Não sabia que precisava tanto daquele apoio.

Senti o cheiro dele, inalando o aroma de seu perfume, que impregnava o tecido das minhas roupas. Apoiei minha bochecha em seu peito, e ele colocou o queixo no topo da minha cabeça. Fiquei ali até sentir que já estava abusando do seu gesto.

Então o soltei.

— Tudo bem, vou parar de incomodar você, mas obrigada por ter me recebido hoje. E obrigada, Connor, por ser... você.

— De nada. Desejo tudo de melhor pra você, Aaliyah, de verdade. E você vai ficar bem.

Eu não sabia por que, mas o jeito como ele falou quase me fez acreditar naquilo. Parecia que o resultado de toda aquela loucura que estava acontecendo seria eu ficar bem.

— Eu perdi meu noivo, minha casa e o emprego dos meus sonhos num espaço de poucos dias. É meio difícil acreditar que vai ficar tudo bem, mas obrigada pelas palavras gentis. Ah, antes de ir, eu preciso te dar uma coisa.

Enfiei a mão na bolsa e puxei duas notas de um dólar. Coloquei-as sobre a mesa.

Ele riu.

— Você está cumprindo sua palavra na aposta?

— Sou uma mulher de palavra.

Ele abriu um sorriso triste para mim e eu sorri para ele também, depois me virei para ir embora, mas não consegui me controlar e parei de novo, porque sabia que precisava dizer mais uma coisa para ele.

— Ontem à noite, pesquisei sobre você na internet — confessei, encontrando seu olhar azul como um oceano. — E duvido que isto faça alguma diferença vindo de mim, mas estou muito orgulhosa de você por tudo o que fez na sua vida. Parece que todos os seus sonhos estão se tornando realidade. E não é só isso... parece que você gosta de retribuir ao mundo tudo o que ele te dá.

— Faz diferença, sim — disse ele, cruzando os braços. — Faz diferença vindo de você.

❧ ❧ ❧

Mais tarde naquela noite, eu estava sentada na cama procurando vagas de emprego na internet quando meu celular tocou, sinalizando a chegada de um e-mail. Fiquei surpresa ao ver que era um e-mail de Connor.

Para: aaliyahwinters@passion.com
De: ConnorXRoe@roeempreendimentos.com
Assunto: Sábado

Chapeuzinho,

Você me convenceu. No sábado, vou organizar um evento para mostrar um dos meus maiores imóveis para potenciais clientes. Se você quiser vir, está convidada. É uma excelente oportunidade para começarmos o processo de entrevista, e você pode me ver em ação no trabalho. Me encontre na esquina da Smith com a Hadley, na Torre Trevon, por volta das dez da manhã. Se você tiver alguma pergunta ou se por acaso se perder, aqui está o meu número. Pode me ligar ou mandar mensagem quando quiser.

— Capitão

PS: Você vai ficar bem.

21

Connor

Minha mãe acreditava em magia. Não em magia tipo feitiços ou cânticos, mas na magia da mente. Ela acreditava que tudo acontece em prol de um bem maior, e que a vida deixa pistas sobre o caminho que cada pessoa deve percorrer. Minha mãe diria que os acontecimentos da semana anterior tinham sido um sinal do universo.

Se eu dissesse que não estava pensando algo parecido, estaria mentindo.

O retorno de Aaliyah para a minha vida tinha de significar alguma coisa, certo? Ou talvez eu só estivesse torcendo para que significasse alguma coisa. De toda forma, eu não estava preparado para deixá-la ir embora de novo. Por um lado, eu detestava a ideia de dar uma entrevista exclusiva e expor partes do meu mundo para o público. Mas, por outro, adorava a ideia de passar mais tempo com ela. É claro que eu não tinha tempo para ter uma vida fora do trabalho, mas, agora, de certa forma, nossos encontros também estariam relacionados ao trabalho. Então estaríamos tratando de negócios. Era isso que eu estava fazendo. Estava cumprindo meus afazeres profissionais.

Se é isso que você precisa dizer para si mesmo para se convencer de que não quer só passar um tempo com a Aaliyah, tudo bem, cara.

— Por que eu tenho a sensação de que vou ficar encantada com a propriedade que você vai me mostrar? — perguntou Aaliyah, vindo na minha direção pela calçada.

Ela estava deslumbrante, como sempre. Fiquei me perguntando se ela sabia que era simplesmente maravilhosa... isso sem fazer esforço nenhum.

Ela usava um vestido branco justo na cintura. A forma como ele desenhava seu corpo violão chamava atenção. As curvas de Aaliyah eram um perigo. Seu cabelo estava preso em um coque grande, e seus lábios estavam pintados de vermelho.

Atenção: capaz de fazer homens adultos chorarem.

— Acho que a maioria das pessoas ficaria impressionada. É enorme.

— Estou empolgada!

— Eu também. Como você está?

Ela forçou um sorriso.

— Bem.

— Certo. — Concordei com a cabeça. — Mas como você está de verdade?

O sorriso desapareceu, e ela deu de ombros. *Ótimo. Me fala a verdade, Chapeuzinho.*

— Um dia de cada vez. Neste exato momento, estou bem — respondeu ela.

— Que bom. Fico feliz em saber disso.

— Obrigada por fazer isso, por concordar em dar a entrevista. Eu sei que você não se sente muito confortável com a ideia. Eu te dou a minha palavra de que vou me jogar de cabeça nesse projeto, Connor. Prometo fazer com que a experiência valha a pena pra você. — Ela alternava o peso entre os saltos, nervosa, enquanto seus lábios se curvavam para baixo. Provavelmente era a única pessoa do planeta que continuava bonita mesmo franzindo o cenho. — Só não quero que você pense que estou te usando. Eu quero mesmo conhecer a sua história.

— Você pode me usar — disse, dando de ombros. — Se é pra ser usado por alguém, prefiro que seja por você.

Ela corou um pouco.

— Como você continua sendo tão legal quanto era há dois anos? Como esta cidade não deixou você mais calejado?

— Eu visito minha cidade natal o suficiente pra manter minhas raízes sulistas.

Os ombros dela relaxaram um pouco, e seu olhar encontrou o meu. Seus olhos eram graciosos e estavam cheios de dúvidas.

— Por que você topou participar da matéria? Quando a gente conversou, você parecia decidido a não dar entrevistas.

Eu não tinha uma resposta consistente para essa pergunta, porque não conseguia parar de olhar para ela. Porque não conseguia parar de pensar nela. Porque, por muito tempo, fiquei imaginando como seria estar perto dela outra vez. Porque, quando ela estava triste, eu queria fazê-la feliz.

Porque ela merecia algum tipo de vitória depois de tantas perdas.

— Dois anos atrás, no Beco dos Desejos, desejei ter um pouco mais de você. E eu seria um idiota se ignorasse um desejo que se tornou realidade.

— Você é bom nisso, sabia?

— No quê?

— Em oferecer doses de amor que ajudam as pessoas a esquecer um pouquinho que estão tristes.

～◈～

— Isto não pode ser de verdade — resmungou Aaliyah, andando de um lado para o outro da cobertura.

O queixo dela foi ao chão no instante em que entrou no lugar, e sua boca permanecia aberta desde então. Nós tínhamos nos encontrado mais cedo para que ela visse alguns detalhes que precisavam ser ajustados antes que os clientes chegassem para visitar o imóvel.

Naquela manhã, estávamos em uma propriedade de trinta milhões de dólares, que nem era a mais cara que eu colocaria no mercado nas próximas semanas. Esta cobertura duplex de pé-direito duplo era, em termos modestos, fodarástica. O apartamento ficava a quase duzentos e setenta e cinco metros de altura, oferecendo aos proprietários uma vista fantástica de Nova York. A vista panorâmica de duzentos e setenta graus da cidade incluía o rio Hudson, a Estátua da Liberdade e o *skyline* de Manhattan. Quatrocentos e oitenta metros quadrados de riqueza. Quatro quartos, seis banheiros, uma sala de cinema e uma cozinha Bulthaup feita sob medida. Todos os eletrodomésticos eram da linha *smart*, e a despensa escondida dava num cantinho aconchegante com uma cafeteira e uma chaleira que eram a cereja do bolo.

Isso sem contar com o elevador privativo, a academia, a sala de ioga e o spa particular, além da piscina.

Não era nem preciso dizer que aquele espaço moderno era incomparável, e eu estava pronto para a chuva de propostas que viria.

— Surreal, né? — comentei. — Nosso pessoal que cuida da decoração de interiores ainda vem acertar os móveis e alguns detalhes. Nós também contratamos um bufê e bartenders pra servir os convidados.

— Connor. — Ela arfou. — O que é isso?

Eu sorri. Ela estava em choque, e dava para entender por quê. Eu me lembrava da primeira vez em que tinha pisado em um imóvel como aquele, pois havia passado semanas sonhando com aquele maldito lugar.

— As pessoas vivem mesmo assim? — perguntou ela.

— Uma porcentagem muito, muito pequena de pessoas.

— Com muito, muito dinheiro — resmungou ela baixinho, enquanto passava os dedos pelas almofadas do sofá. Ela afastou a mão rapidamente e se virou para mim, sussurrando, como se tivesse sido pega no flagra. — Posso tocar nas coisas?

— Pode tocar no que você quiser. — Eu ri. — Se você quiser ser rebelde, pode até se sentar.

— Ah, não. Não sou nem um pouco rebelde.

— Por que eu não acredito nisso? Afinal de contas, você já passou uma noite zanzando por Nova York com um super-herói.

Ela olhou para mim e sorriu. Por que meu peito sempre apertava quando ela sorria para mim?

— Connor, está tudo certo. Teremos cerca de cinquenta clientes em potencial circulando pela propriedade. Ouvi dizer que receberemos propostas ainda hoje. Vamos ver o que acontece — disse Damian, vindo até mim e me obrigando a desviar o olhar de Aaliyah.

— Ótimo, ótimo. Ainda temos um tempinho até o movimento começar. Damian, quero apresentar você de novo à Aaliyah. Ela vai passar as próximas semanas com a gente, pra escrever uma matéria sobre mim.

Ele arqueou uma sobrancelha.

— Como assim, uma matéria?

— Você sabe... uma matéria. Tipo uma reportagem. Pra *Revista Passion*.

Ele piscou várias vezes.

— Você vai dar uma entrevista?

— Vou.

— Você? O cara que acha que entrevistas são obra do demônio?

— Sim. Eu.

— O cara que recusou centenas de milhares de dólares só pra não ter que dar entrevistas?

— Aham.

— Você sabe que sua última oferta foi de meio milhão, né? Essa entrevista vai pagar meio milhão?

Balancei a cabeça.

— Não. Não vai.

— Quanto vocês vão pagar a ele? — perguntou Damian para Aaliyah, que ainda estava acariciando o sofá.

Ela olhou para Damian e sorriu.

— Ah, só dez mil, mas ele pediu pra doarmos a quantia pra uma instituição beneficente.

Damian me lançou um olhar que perguntava "Que diabos está acontecendo?", e eu respondi com outro que dizia "Cale a boca e deixe isso para lá". Ele retribuiu o olhar com um "Você é um idiota". Respondi a *esse* com um que dizia "Eu sei que sou um idiota". Aaliyah nem percebeu que tivemos uma conversa inteira por troca de olhares intensos.

Às vezes, eu achava que minha comunicação com Damian era melhor quando não usávamos palavras.

— Minha chefe está convencida de que o Connor é um dos assuntos mais interessantes dos últimos tempos — explicou Aaliyah.

— Deve estar faltando assunto este ano — rebateu Damian.

Aaliyah riu, jogando a cabeça para trás.

— Pois é. A gente deve estar muito desesperado pra usar este cara.

Caramba, a risada dela também era linda. Era do tipo que ecoava pelas paredes e entrava na alma das pessoas. Era um som contagiante, o tipo de risada que fazia as outras pessoas rirem junto.

— Faz sentido. Tenho certeza de que você convidou outras pessoas antes, e elas disseram não — arriscou Damian. — Sinceramente, essa é a única possibilidade que faz sentido.

— Na verdade, ele foi a terceira bilionésima pessoa pra quem pedimos — acrescentou Aaliyah, brincando com Damian.

A maioria das pessoas não costuma lidar bem com o senso de humor seco de Damian, porque ele parece grosseiro e arrogante na maior parte do tempo, mas Aaliyah entrou no ritmo na mesma hora.

— Vocês deviam ter procurado um pouco mais — disse Damian.

Aaliyah balançou a cabeça e cruzou os braços.

— Pois é. Eu cansei de falar isso pra minha chefe, mas fazer o quê... tivemos que nos contentar com ele.

Damian quase sorriu, e — *puta merda, como ela fez esse cara quase sorrir?* Que tipo de bruxaria Aaliyah praticava?

— É melhor eu voltar pro trabalho. Se você quiser contar a piada ruim do dia pra ela e me poupar desse sofrimento, fica à vontade — disse Damian.

— Boa ideia. E, Damian? — Apontei para ele com a cabeça. — Pode assumir o comando hoje.

Ele arqueou uma sobrancelha, surpreso.

— Sério?

— Sim. Acho que você está pronto.

— Eu nunca mostrei um imóvel tão grande quanto esse — alertou ele.

— E é exatamente por isso que você deve tomar a dianteira hoje. Você consegue. Vou estar por aqui, caso precise de mim.

Ele franziu o cenho e deu de ombros.

— Valeu... eu acho.

— Também te amo — brinquei, dando um tapinha nas costas dele.

Ele foi embora para se certificar de que tudo estava perfeito, mas notei que havia ficado empolgado. Apesar de ele nunca ter cuidado de um imóvel tão grande, eu sabia que, se havia alguém capaz de vender a cobertura naquela tarde, seria Damian. Claro, ele tinha um comportamento frio quando não estava lidando com clientes, mas ligava o modo falso charmoso quando encarnava o papel de homem de negócios.

Era fantástico ver isso acontecer. Ele abria um sorriso falso para os clientes, falava com elegância e deixava todo mundo encantado sem precisar fazer o mínimo de esforço. Mas, assim que as pessoas iam embora, a carranca de Damian reaparecia e ele voltava a ser o velho Damian mal-humorado. Era aquela boa e velha história de comprar gato por lebre.

Aposto que ele precisava se desconectar completamente do mundo depois de interagir com outros seres humanos. Ele parecia ficar exausto.

Aaliyah continuou sorrindo.

— Que cara legal.

— Legal? — Eu ri. — Grande parte das pessoas diria que ele é antipático.

— Achei ele engraçado. Tem um senso de humor bem seco. Ele não sorri muito, né?

— Eu nunca o vi sorrir. Tenho um pouco de medo do dia em que ele abrir um sorriso de verdade. Não sei como vou reagir.

Aaliyah soltou uma risadinha, automaticamente me levando de volta para a noite de Halloween. O som da sua risada havia me marcado.

— Vamos — falei, oferecendo a mão para ela. — Deixa eu te mostrar o restante do lugar antes que as pessoas cheguem.

22

Aaliyah

Eu sabia que gente rica existia. Eu não era ingênua quanto a isso. Já tinha visto episódios suficientes de *Keeping Up with the Kardashians* para saber que algumas pessoas tinham estilos de vida muito diferentes do meu. Além do mais, fazia algumas semanas que eu estava morando na cobertura de Jason. Mesmo assim, eu nunca tinha visto nada igual àquele imóvel.

Eu nunca tinha visto tanto luxo em um único lugar, tanto... dinheiro. Quando as pessoas começaram a chegar para ver a cobertura, deu para perceber que elas eram do tipo que tinha condições para bancar um imóvel daqueles. Elas esbanjavam um ar de riqueza, como se pertencessem a uma casa como aquela. O nível de confiança que elas transmitiam era inspirador.

Marie sempre dizia que eu precisava demonstrar mais confiança, mas isso era algo difícil para mim.

"Finja até virar verdade, querida", dizia ela.

Eu ia sentir saudade da sabedoria dela. Eu ia sentir saudade dela.

Connor tinha passado o comando para Damian, que acabou se mostrando a pessoa mais simpática do mundo ao interagir com potenciais compradores. Foi a primeira vez que eu o via sorrir, e a expressão o deixava bonito. Ele deveria fazer isso com mais frequência.

No entanto, no segundo em que os clientes davam as costas para Damian, o sorriso desaparecia de seu rosto e sua personalidade soturna voltava. Era curioso o fato de que ele e Connor tinham gênios diferentes. Damian era a escuridão, enquanto Connor era a luz. Os dois se equilibravam bem, pelo visto.

— Ele está nervoso, mas nem parece, né? — sussurrou Connor quando estávamos parados em um canto, observando tudo.

— Não. Ele é muito articulado.

— Ele assume um papel e deixa todo mundo encantado. Este é o maior imóvel que ele já tentou vender. Não tenho a menor dúvida de que alguém vai fazer uma proposta até o fim do dia.

— Acho fofo o fato de você acreditar nele.

— Ele é um bom garoto, que não teve muita sorte na vida. Ele merece uma chance, e aparece pra trabalhar todo dia mostrando exatamente por que vai acabar dominando o mundo em algum momento. — Connor esfregou o nariz com o polegar. — Então, mudando de assunto... como vai ser o processo da entrevista?

— Certo. Eu estava pensando na entrevista e nos próximos passos. Tem três assuntos que quero explorar na matéria. Acho que seria legal se você me levasse pra três lugares que simbolizam o seu passado, o seu presente e o futuro. Por exemplo, hoje está sendo ótimo pra eu ver o seu presente. Assim, posso ter uma noção da sua história e de onde ela está te levando.

— Meu início, meio e fim.

— O livro perfeito.

— E se o final for uma droga?

Sorri.

— O final do Capitão América jamais seria uma droga.

— Eu gosto disso — confessou ele, acenando com a cabeça na minha direção. — De você ainda me chamar de Capitão América.

— Eu gosto quando você me chama de Chapeuzinho.

Ele sorriu e desviou o olhar por um instante, como se tivesse algo a dizer, mas balançou a cabeça e perguntou:

— Preciso saber de mais alguma coisa?

— Sim. Separei algumas possíveis datas pra sessão de fotos. A gente sempre pode remarcar, se for necessário, porque sei que você é muito ocupado, mas separei pelo menos cinco dias. Quando você me disser qual é o melhor, podemos agendar com o fotógrafo e decidir a locação.

— Não sou um bom modelo — avisou ele.

— Acredite, você não precisa se esforçar muito pra sair bem numa foto.

Ele arqueou uma sobrancelha.

— Você acabou de dizer que eu sou bonito?

Minhas bochechas coraram um pouco, e desviei meu olhar daqueles olhos azuis, focando em um casal que passeava pela cozinha abrindo os armários.

— Não se faça de bobo. Você sabe que é bonito. É por isso que as pessoas estão dizendo que você é o solteiro mais cobiçado de Nova York.

— É isso que as pessoas estão dizendo?

— Com certeza. Eu não me surpreenderia se te convidassem pra participar de um reality show.

— Nem pensar. Na minha cidade, meu melhor amigo, Jax, costumava assistir a *The Bachelor* com uma vizinha mais velha. Passei lá uma vez e não aguentei. Participar de um programa daqueles seria insuportável.

— Por quê?

— Não quero ficar passando de mulher em mulher, como se estivesse fazendo um *test drive* em um carro que não tenho a menor intenção de comprar, enquanto o mundo inteiro assiste.

— Bom, às vezes você precisa provar frutas diferentes para descobrir qual é a sua favorita.

— É, mas você não enfia uma banana na boca enquanto ainda está mastigando um pêssego.

Eu ri.

— Você escolheu mesmo as duas frutas com maior conotação sexual possível sem querer?

— O quê? Entendi a parte da banana, mas o que tem de sexual num pêssego?

Agora foi a minha vez de arquear uma sobrancelha.

— Você está falando sério?

— Tão sério quanto uma briga de cangurus.

— As suas comparações são muito esquisitas.

— E o seu sorriso é muito lindo.

Senti minhas bochechas esquentarem, mas revirei os olhos para que ele não notasse.

— Nossa, solteiro mais cobiçado. Essa cantada funciona com as outras mulheres?

— Verdade ou verdade?

— Verdade.

— Ela funciona com as outras mulheres.

Eu dei uma cotovelada em seu braço.

— Deixa eu adivinhar. Esta é a parte que você diz que eu não sou como as outras mulheres, né?

— Não, eu nunca entendi isso. — Ele enfiou as mãos nos bolsos e deu de ombros. — Quer dizer, por que é tão ruim ser como outras mulheres? Todas as mulheres são maravilhosas. Tenho a impressão de que os homens falam isso pra elogiar uma mulher e ao mesmo tempo desmerecer todas as outras. E quem ficaria com um babaca arrogante que precisa desmerecer outras pessoas pra enaltecer alguém? Isso soa como uma ofensa disfarçada de elogio.

Apertei os lábios.

— Estou tentando decifrar se isso é psicologia reversa ou não.

— Que bom. Quero que você esteja sempre alerta. Então, voltando pro pêssego.

— O que tem o pêssego?

— Por que ele é obsceno?

Fiquei sem graça de novo, e ele percebeu, mas tentei parecer indiferente.

— Os jovens de hoje em dia usam o emoji de pêssego pra falar da bunda de alguém. Sabe, porque bundas são... carnudas e redondas. — Fiz o contorno de uma bunda redonda com as mãos e me arrependi no momento em que Connor caiu na gargalhada.

Ele imitou meu gesto.

— Um pêssego.

— Aham.

— Pêssegos não são peludos? Não faria mais sentido usar uma ameixa?

Joguei as mãos para cima, me rendendo.

— Ei, não fui eu quem inventou isso.

Ele parecia perplexo com toda aquela história, balançando a cabeça em reprovação.

— Acho que a gente devia fazer um abaixo-assinado pra trocar o pêssego pela ameixa.

— Tenho certeza de que daria certo se você conseguisse convencer a geração Z. Eles poderiam fazer vídeos pro TikTok com ameixas. Isso ia viralizar em uma semana.

— Você usa TikTok? — perguntou ele.

— Sou uma observadora profissional, mas me recuso a postar qualquer coisa. Morro de medo de ser julgada pelas pessoas.

— Sabe qual é o melhor jeito de superar esse medo? Dar a cara a tapa e perceber que a opinião dos outros não importa.

Eu ri.

— Ah, mas o medo é grande.

Ele deu de ombros.

— A gente devia fazer as coisas que nos deixam felizes. A vida é curta.

Ah, se ele soubesse como a vida pode mesmo ser curta...

— Então você está me dizendo que se expõe por aí? — perguntei.

— Ah, o tempo todo. — Ele fez uma careta e se retraiu um pouco. — Preciso confessar uma coisa. Sou famoso no TikTok.

Soltei uma gargalhada.

— O quê? Não é, não.

Ele levou as mãos ao peito e estreitou os olhos.

— Calma aí, por que isso seria tão estranho? Eu com certeza posso ser considerado famoso no TikTok. Tenho mais de três milhões de seguidores.

— Impossível. Que loucura. O que você faz no TikTok pra ser famoso?

— Dou dicas sobre o mercado imobiliário.

Soltei uma gargalhada alta e joguei a cabeça para trás.

— É assim que você está fazendo a nossa geração se engajar no TikTok? Com dicas sobre o mercado imobiliário?

— Ei! Mercado imobiliário é algo que desperta o interesse de todas as faixas etárias. Além do mais, as pessoas costumam se enrolar quando vão comprar sua primeira casa. Elas precisam de mais informações. Pelo menos, assim eu posso ajudar mais pessoas ao redor do mundo a encontrar o lar dos seus sonhos, sem que acabem endividadas.

— Não me leva a mal. Acho isso brilhante, e é só mais uma prova de que você é mesmo uma boa pessoa. Mas... é meio bizarro você ter tantos seguidores só dando dicas úteis.

Ele mordeu o lábio inferior, e fiquei observando enquanto ele mordiscava a própria boca.

Cutuquei seu braço.

— O que você está escondendo de mim?

— Hum? Por que você acha que estou escondendo alguma coisa?

— Ahn, porque você não sabe mentir e está com cara de que não quer me contar tudo sobre seu perfil no TikTok. Quer saber? — Enfiei a mão no bolso e peguei meu celular. — Deixa eu dar uma olhadinha no meu telefone e procurar o seu...

— Tá, espera! — disse ele, cobrindo meu celular com uma das mãos. — Tudo bem. Tem mais um detalhe.

— Desembucha.

— Eu dou as dicas enquanto danço...

— Você faz dancinhas do TikTok?

— Como se minha vida dependesse delas. — Ele estreitou os olhos azuis e balançou a cabeça. — Você está me julgando.

— Não estou. É que... só de imaginar você fazendo aquelas dancinhas, sinto uma alegria que nem sabia que era possível. Aposto que você dança sem camisa — brinquei.

A culpa que transpareceu no rosto dele me fez dar pulos de felicidade.

— Ai, meu Deus! Você dança, não dança? Connor... — Olhei ao redor da cobertura para me certificar de que ninguém estava escutando e cheguei mais perto dele. — Você sensualiza na internet pra ganhar seguidores?

— Eu não sensualizo! — sussurrou ele, indignado. Ele mordeu o lábio inferior mais uma vez e suspirou. — Tudo bem, eu sensualizo, mas você precisa entender... o mundo funciona à base de oferta e procura.

— Então você oferece o seu conhecimento, mas as pessoas procuram o seu tanquinho?

Ele abriu um sorriso malicioso.

— Você acha que eu tenho tanquinho, Chapeuzinho?

Revirei os olhos.

— Olha só pros seus braços, Capitão. Seus bíceps têm os próprios bíceps. Tenho certeza de que sua barriga também é sarada.

— Como assim, estes bíceps feios? — Ele sorriu e levantou os braços para mostrar os muques, de um jeito nada discreto, posando como se fosse o próprio The Rock.

— Ai, meu Deus, para — sussurrei, sentindo minhas bochechas esquentarem quando as pessoas começaram a olhar em nossa direção. — Estão olhando pra gente.

— Será que eu devia tirar a camisa e dar um show de verdade?

— Só se você fizer uma dancinha do TikTok.

Eu ri. Apesar de ele estar me fazendo passar vergonha, suas palhaçadas me faziam rir de um jeito que não acontecia havia muito tempo.

— Também gosto disso, sabe — disse ele, parando de brincar. — Quando você ri.

Esse simples comentário fez com que eu parasse de rir e, na mesma hora, ficasse sem ar.

Tentei dispersar o frio na barriga que não tinha razão de ser, mas não consegui.

— Fico meio encucado com isso — confessou ele, colocando as mãos nos bolsos da calça jeans. — É muito fácil brincar com você. Quer dizer, eu me dou bem com a maioria das pessoas, faz parte da minha essência ser sociável. Mas conversar com você é algo tão natural. Você deixa tudo mais fácil. — Ele levantou o olhar na direção de Damian, que estava nos encarando e acenou com a cabeça para Connor. Connor retribuiu o gesto. — Aquelas pessoas com quem o Damian acabou de falar provavelmente vão fazer uma proposta hoje.

— Como você sabe disso?

— Porque o Damian quase sorriu. O negócio está praticamente fechado. Vem, vamos dar mais uma volta.

Começamos a andar quando, de repente, me senti muito tonta. Pisquei algumas vezes, minha visão se embaçando. A sala começou a girar mais rápido do que eu era capaz de acompanhar, e meu coração começou a acelerar. Na mesma hora, apoiei a mão na parede mais próxima para me segurar.

Connor ficou preocupado e se aproximou de mim.

— Aaliyah, você está b...?

Escuridão.

Síncope.

Substantivo.

Definição: perda temporária de consciência causada pela queda da pressão sanguínea.

Também conhecido como o termo médico para desmaio.

Dois anos antes, eu não sabia o que era uma síncope. Dois anos antes, eu desconhecia muitos termos médicos. Eu não sabia como era ficar internada em um hospital. Não sabia que você podia passar horas esperando para ser atendido na emergência. Que saudade da época em que eu não sabia dessas coisas.

Fiquei sentada na cama desconfortável do hospital, com uma lista de medicamentos, depois de sofrer uma queda. Eu não lembrava exatamente o que tinha acontecido, mas, quando acordei, Connor estava em pé ao meu lado, com um olhar preocupado.

Eu me lembrava de ter sentido algo quente escorrendo pelo meu rosto quando toquei minha pele, então vi que meu polegar estava tingido de vermelho.

— Estou sangrando?

— Você bateu a cabeça na mesa de centro quando caiu. É melhor a gente ir pro hospital — dissera Connor.

Eu discordei dele.

Eu não queria ir para o hospital.

Ele havia discordado da minha discordância.

Ele estava com medo de eu ter sofrido uma concussão.

Eu estava preocupada com o meu coração e com o que o médico poderia dizer.

Eu sabia que isso não era um bom motivo para não ir, mas parecia que todas as minhas visitas ao hospital vinham acompanhadas de uma notícia ruim. Eu só queria ser normal por um tempo. Eu só queria entrevistar Connor, conhecer seu mundo e me tornar editora.

Mesmo assim, ele tinha vencido a discussão sobre o hospital. Eu estava muito cansada, e minha cabeça latejava demais para que eu conseguisse discutir.

Então, agora eu estava sentada em um quarto gelado de hospital, com uma enfermeira me entregando a documentação da alta e a prescrição dos remédios. Eu tinha levado cinco pontos na testa e tomado alguns analgésicos para ajudar a me recuperar.

Eu sabia que Connor ainda estava na sala de espera, e fiquei morrendo de vergonha só de pensar em encará-lo. Eu não só tinha desmaiado na sua frente, como também no meio de um evento de trabalho dele. Eu havia desmaiado e me machucado dentro de uma cobertura milionária, na frente de dezenas de pessoas.

Em muitos dias da minha vida eu desejava não ser eu.

Aquele estava quase no topo da lista.

— Você precisa tomar mais cuidado, tá, querida? Se começar a se sentir tonta, procure um lugar para se sentar. Ou se apoie numa parede e deslize até o chão. Comer bem pode ajudar com a tontura também.

Tente não tomar os remédios do coração de barriga vazia, tá? E não se esqueça de fazer o acompanhamento com o seu médico. — A enfermeira falava como se eu fosse sua filha, toda carinhosa e preocupada.

— Pode deixar, obrigada.

Ela sorriu e apertou minha mão.

— De nada, meu bem. Se cuide.

Nos últimos dois anos, eu havia aprendido que enfermeiros não recebiam reconhecimento suficiente por todo o trabalho que faziam. Eu não passava de uma desconhecida para eles, mas todos sempre me tratavam como se eu fizesse parte da família. Eles acalmavam meus medos quando eu perdia o controle.

— Venha — disse ela, sorrindo. — Vou acompanhar você até a recepção.

23

Connor

Eu odiava hospitais. Principalmente salas de emergência. Elas sempre me lembravam do tempo que eu havia passado nesse ambiente quando era mais novo, quando ficava esperando minha mãe voltar. Não importava o que estivesse acontecendo, minha mãe nunca me deixava entrar com ela. Na primeira rodada do câncer, ela teve medo de que eu ficasse assustado, porque ainda era criança.

Na segunda vez, eu já era adolescente e tinha idade suficiente para entender o que estava acontecendo — mas, mesmo assim, minha mãe nunca deixou que eu a acompanhasse nos atendimentos. Em vez disso, ela se certificava de que eu tivesse dinheiro para me distrair nas máquinas de venda automática do hospital. Foi nessa época que eu jurei que sempre carregaria dinheiro comigo. Naquela tarde, fiquei agradecido por isso enquanto esperava Aaliyah sair pelas duas portas automáticas que davam para as salas de exame.

Eu tinha atacado a máquina do hospital e pegado todos os sacos de Cheetos. Eles deviam estar ali dentro desde a década de 1980, mas, para a minha sorte, os biscoitos continuavam deliciosos.

Quando Aaliyah foi liberada, agradeceu à enfermeira copiosamente, depois agradeceu à recepcionista várias vezes, e agradeceu à outra recepcionista sem parar, porque ela era assim — era grata, mesmo nos dias em que tinha um milhão de motivos para não ser.

Eu me levantei da cadeira no instante em que Aaliyah se virou para mim, e um sorrisinho surgiu em seus lábios quando ela assentiu com a cabeça na minha direção. Era tão bom ver que ela estava bem. Quando Aaliyah desmaiou, fiquei apavorado com a possibilidade de ela não se recuperar. Ela havia batido a cabeça bem na quina de uma mesa de centro.

— Então, você pode ficar um pouco grogue por causa do remédio — explicou a enfermeira para Aaliyah e olhou para mim. — É você quem vai levá-la pra casa?

— Sou eu.

— Ótimo. — A enfermeira levou uma das mãos ao antebraço de Aaliyah e o apertou de leve. — E obrigada mais uma vez, Aaliyah, por rezar pelo meu filho. Fiquei muito comovida por você ter se dado ao trabalho de fazer isso.

— Não foi nada, Janet. Espero que ele arrase no teste. — Aaliyah abriu um sorriso radiante. — Foi um prazer te conhecer também, Randy! — Então acenou para outro enfermeiro. — Cheetos? — perguntou, enquanto eu jogava os últimos biscoitos do terceiro saco na boca.

Amassei o pacote e peguei o quarto — e último —, que estava embaixo do meu braço. Ofereci para ela.

Ela franziu o nariz redondinho e balançou a cabeça.

— Não, obrigada. Eu odeio Cheetos.

E foi nesse momento que a mulher perfeita revelou seu primeiro defeito.

— Acho muito ofensivo você fazer um comentário tão radical — falei, balançando a cabeça, sem acreditar. — Cheetos é o melhor biscoito do mundo.

— Que mentira. Ele não está nem entre os três melhores.

— Tá bom, então quais são os três melhores?

Aaliyah franziu as sobrancelhas e mordeu o lábio inferior enquanto pensava.

— Tá, o primeiro lugar vai pro Doritos, é claro, então Ruffles sabor *sour cream* e cheddar, quase empatado com Fritos.

— Você está brincando, né? Péssimas escolhas!

Ela deu de ombros.

— Não vou ser julgada por um homem que pede asinhas de frango desossadas.

— E são deliciosas.

— São nuggets de frango. Além do mais, qualquer um que ache que esses três biscoitos não são os melhores do mercado está errado.

— A cada segundo que passa, você fica mais assustadora.

Ela riu.

— Tá bom, *sommelier* de biscoitos, quais são os seus favoritos?

— Essa é fácil: Cheetos, Cheetos Lua e Cheetos Bola, apesar de fazer séculos que eu infelizmente não encontro essa iguaria, e era o meu favorito.

— Você não pode dizer que seus três favoritos são Cheetos! É tudo a mesma coisa.

Arqueei uma sobrancelha.

— Pelo visto, você nunca experimentou todo o leque de ofertas do Cheetos. Eles são completamente diferentes um do outro. Um dia, vou te dar uma aula sobre a marca de biscoitos mais perfeita do planeta. Por enquanto, vamos levar você pra casa.

No mesmo instante, o celular de Aaliyah tocou, e ela o pegou na bolsa. A animação em seu olhar foi lentamente sumindo junto com seu sorriso.

— Está tudo bem? — perguntei.

— Não... é o Jason. Ele disse que vai passar lá em casa hoje. — Ela fez uma pausa e balançou a cabeça. — Na casa dele, quer dizer. — Os olhos dela permaneceram grudados no celular, e percebi que suas mãos estavam tremendo de nervosismo. — Essa é a primeira mensagem que ele me manda desde que foi embora. Sabe quantas mensagens eu mandei pra ele desde o dia do casamento?

Ela virou o celular para mim e começou a arrastar a tela para cima, passando por dezenas e dezenas de mensagens enviadas por ela, implorando para que ele desse sinal de vida, implorando para que ele entrasse em contato.

Não havia nenhuma resposta até aquela noite, e tudo que ele dizia era: "Oi. Estou de volta. Vou dar um pulo lá em casa."

Só isso.

Que babaca.

Ela me fitou com os olhos perdidos, e, droga, tudo o que eu queria era envolvê-la em meus braços e dizer que ela ficaria bem.

— Não estou pronta pra encontrar com ele. Não posso voltar pra lá. Ai, meu Deus, não vou conseguir encarar o Jason, não depois do que aconteceu. Eu não estava preparada psicologicamente pra isso, e agora vou ter que...

— Você vai dormir na minha casa hoje. — Segurei os ombros dela, tranquilizando-a.

Seus olhos castanho-escuros me encararam, cheios de preocupação.

— O quê? Não. Eu já ocupei tempo demais do seu dia, Connor. Não posso pedir pra você me acolher como se eu não tivesse pra onde ir.

— Não estou te acolhendo como se você não tivesse pra onde ir. Estou te acolhendo como uma amiga que teve um dia difícil. Além do mais, você não pode ficar sozinha depois de ter se machucado.

Ela riu, embora o som não tenha sido alegre. Estava mais para decepcionado.

— Cinco pontos na cabeça.

— Você precisa de alguém por perto, no caso de a dor aumentar.

— Acho que não é bem assim que as coisas funcionam. Eu só preciso tomar meus remédios e dormir.

— Escuta, fã de Doritos, você vai deixar eu cuidar de você hoje.

— Isso é uma ordem?

Eu ri enquanto terminava o Cheetos, depois joguei o saco em uma lata de lixo ali perto.

— É uma ordem. Agora, vem. — Estiquei os braços para ela. — Pula?

— Pular?

— Pula nos meus braços. Você não pode sair andando por aí machucada.

O brilho nos olhos dela foi voltando devagar.

— Deixa de bobagem, Connor. Não vou ser carregada nos braços só porque bati com a cabeça.

— Vai, sim. Vou te carregar no colo por bem ou por mal.

— Ah, mas não vai mesmo.

Ela não devia fazer promessas que não poderia cumprir. Eu provei isso segundos depois, quando peguei Aaliyah em meus braços e a carreguei para fora do hospital com ela rindo sem parar e implorando que eu a colocasse no chão.

O fato de ela estar rindo me dava a sensação de que eu estava fazendo um bom trabalho.

Além do mais, eu gostava da pressão do corpo dela contra o meu. Era quase como se aquele fosse o lugar dela.

∼✺∽

Quando chegamos ao meu apartamento, levei Aaliyah para o quarto de hóspedes.

— Descansa um pouco enquanto eu vou buscar os seus remédios.

— Você não precisa fazer isso, Connor, de verdade. Eu posso ir.

— Eu sei que você pode, mas não precisa. Não discute e deixa isso comigo.

Ela concordou com a cabeça e me entregou a receita médica.

Fui à farmácia, e, quando entrei na fila para pegar os analgésicos de Aaliyah, minha mente foi tomada por um turbilhão de lembranças que eu preferia não revisitar... lembranças de ficar em filas, esperando pelos remédios da minha mãe. Cada passo que eu dava na direção da vendedora fazia com que meu peito ficasse mais apertado. Minha respiração foi ficando ofegante enquanto eu me esforçava para respirar em um ritmo normal.

Quando chegou a minha vez, a mulher atrás do balcão sorriu e perguntou:

— Olá. O senhor precisa de algum medicamento?

— Sim. A receita está no nome de Aaliyah Winters.

Ela foi até as prateleiras de remédios e começou a procurar os rótulos.

Minhas mãos estavam suadas, e me esforcei para ignorar os pensamentos que começaram a surgir em minha mente. As memórias que eu havia lutado tanto para manter trancafiadas insistiam em voltar à tona. Eu estava lutando contra elas, dando tudo de mim para não mergulhar no sofrimento que minha mente tentava desencadear. Mas, quando a mulher retornou e perguntou se eu tinha plano de saúde, a onda de lembranças me atingiu com tudo.

24

Connor

DEZESSEIS ANOS

— *Aqui está a receita. Não se esqueça de tomar o remédio pra enjoo antes de dormir hoje. Vai ajudar* — *disse a enfermeira para minha mãe, quando ela passou pelas portas do hospital, onde havia entrado mais de duas horas antes.*

Eu tinha ficado na sala de espera, esperando-a voltar. Esperando por respostas. Esperando para saber se ela estava bem.

Eu me levantei assim que a vi e fui correndo até ela.

— *Você está bem?* — *perguntei, minha voz falhando.*

Eu tinha comido praticamente tudo o que havia na máquina do hospital e sentia que qualquer notícia ruim me faria vomitar por todos os lados.

Minha mãe abriu um sorrisinho. Ela estava com o rosto um pouco pálido, e até o seu sorriso parecia exigir muito esforço.

— *Estou bem.* — *Ela sorriu.*

Aquela frase parecia mentira.

Aquilo só podia ser uma mentira.

Minha mãe sempre mentia dizendo que estava se sentindo bem só para que eu ficasse melhor.

— *Você precisa de alguma coisa?*

— *Só quero ir pra casa e descansar, querido. Estou cansada.*

Cocei a nuca, ainda com os nervos à flor da pele.

— Você precisa de algum remédio? A gente pode parar na farmácia.

— Está tudo bem. Posso ir até lá mais tarde, e...

— Mãe — interrompi, repreendendo-a pela ideia absurda.

Ela soltou uma risada fraca.

— Quando foi que você virou o adulto responsável da casa?

— Nunca — falei, dando de ombros e entrelaçando meu braço ao dela. — Sou só seu ajudante favorito.

Ela se apoiou em mim, mas não senti peso nenhum.

— Meu ajudante favorito — murmurou ela enquanto eu a levava até o carro. Eu a ajudei a sentar no banco do carona, e ela se recostou, se permitindo desmoronar ali. Seus olhos se fecharam e seus braços ficaram apoiados no colo enquanto eu afivelava o cinto de segurança. — Desculpa por tudo isso, Connor — sussurrou ela. — Você é jovem demais pra ter que lidar com essas coisas.

— Eu sou o homem da casa. Estou cumprindo meu dever.

Ela inclinou a cabeça na minha direção. Seus olhos estavam cheios de culpa e tristeza.

— Esse não é o seu dever.

Eu a ignorei, porque sabia que aquela conversa tomaria rumos dos quais nenhum de nós iria gostar. Eu nunca desistiria de cuidar dela, e ela nunca desistiria de me convencer a agir como alguém da minha idade.

— O hospital ligou pra farmácia? — perguntei, mudando de assunto para falar de coisas práticas para nós naquele momento.

— Ligou. Os remédios devem ficar prontos em breve.

Concordei com a cabeça enquanto colocava o meu cinto de segurança e enfiei a chave na ignição. Fomos até a farmácia e tentei convencer minha mãe a esperar no carro, mas ela sabia que teríamos de lidar com questões do plano de saúde. Então ela entrou comigo.

Fiquei mais afastado durante a conversa dela com o atendente no balcão. Meu estômago se revirava enquanto eu ouvia tudo.

— Sinto muito, senhora. Seu plano não cobre esse valor. Parece que a senhora já atingiu o limite, então o total dá cento e cinquenta dólares — disse o funcionário em um tom de voz baixo.

Mas não baixo o suficiente para que eu não ouvisse, apesar de talvez isso ter acontecido porque eu estava prestando muita atenção.

Minha mãe suspirou e apertou o nariz.

— Só vou ter esse dinheiro na semana que vem, quando eu receber, mas preciso dos remédios agora. — Ela analisou os medicamentos à sua frente. — Quais deles não são tão necessários por ora? — perguntou ela.

Antes que o funcionário pudesse responder, fui até eles e puxei a carteira esfarrapada que tinha comprado em um brechó. Peguei o dinheiro que havia ganhado no meu emprego de meio período e coloquei as notas em cima do balcão.

Minha mãe se virou para mim com os olhos arregalados.

— Connor, não.

— Está tudo bem, mãe. Eu pago.

— Não, não. Posso ver com o banco se...

— Mãe. — Eu abri um sorriso reconfortante, e a ansiedade nos ombros dela pareceu murchar.

— Vou te pagar de volta na semana que vem — prometeu ela, passando o dinheiro para o funcionário do caixa.

E ela estava falando sério.

Eu aceitaria o dinheiro para que minha mãe não se sentisse culpada, mas ela acabava recebendo de volta tudo que me dava, mesmo que fosse através de compras no mercado ou de uma ida ao cinema ou coisa assim.

O dinheiro que ela me devolvia sempre voltava para ela.

Naquela noite, fomos para casa e assistimos a um filme juntos no sofá. Minha mente girou o tempo todo, tentando encontrar um jeito de encaixar outro emprego na minha rotina para que eu conseguisse ajudar um pouco mais.

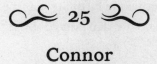

Connor
HOJE

Depois que voltei para casa, me certifiquei de que Aaliyah estava bem e me joguei no trabalho. Nem enquanto respondia e-mails e trocava mais informações com Damian sobre o imóvel que ele havia encontrado no Queens, eu conseguia parar de remoer o que havia acontecido com Aaliyah. A julgar pela forma que ela entrou em pânico ao ler a mensagem de Jason, eu sabia que emoções fortes tinham vindo à tona. Ela não falou muito depois que chegamos ao meu apartamento e preferiu ficar sozinha no quarto.

Depois de algumas horas que estava ali trabalhando, ouvi uma batida à porta do escritório, que já estava escancarada. Levantei o olhar e vi Aaliyah segurando um copo de água. Seus lábios sorriam, mas seus olhos se recusavam a fazer o mesmo.

— Você ainda está acordado — observou ela, se encostando na porta, provavelmente para não desmaiar de exaustão.

— Você também está acordada — falei, desviando o olhar do computador.

Ela sorriu, e senti as rachaduras que tentavam escapar por aquele sorriso.

— Você é viciado em trabalho, Sr. Roe?

— Depende de quanta coisa minha cabeça está remoendo no dia.

Naquela noite, depois de passar um tempo no hospital, minha mente remoía mais lembranças do que o normal.

Ela entrou no escritório e se sentou no chão. Então deu um tapinha no espaço ao seu lado.

Um convite que parecia impossível recusar.

Peguei meu copo de uísque e fui até ela, me sentando no chão. Ela tomou um gole da água e me deu aquele sorriso que combinava perfeitamente com seu rosto.

— Você não devia continuar trabalhando depois de certa hora — disse ela. — Sua mente precisa de um descanso.

— Às vezes, minha mente só consegue descansar quando eu trabalho.

— Faz sentido. — Ela observou o escritório com um olhar maravilhado. — Acho que minha chefe me demitiria se descobrisse que estou passando outra noite na casa de um dos nossos entrevistados.

— Sejamos justos, você ainda não estava escrevendo a matéria sobre mim na primeira vez que dormiu aqui. Além do mais, sou ótimo em guardar segredos.

— É mesmo?

— Sou a melhor pessoa pra isso, na verdade. Tenho um lugar especial no meu cérebro onde escondo os segredos mais profundos e sombrios das pessoas.

— Bom, ainda bem que você sabe guardar segredo.

— Eu levo segredos muito a sério. Então não precisa se preocupar. Sua chefe nunca vai saber que você passou a noite comigo.

— Obrigada. Então, por que sua mente faz isso?

— Faz o quê?

— Você disse que trabalha de acordo com a quantidade de coisas que a sua mente está remoendo. O que faz a sua mente remoer tanta coisa?

Sorri.

— Isso não vai entrar na matéria, certo?

— Palavra de escoteira. — Ela bateu continência.

— Você foi escoteira quando era pequena?

Ela arqueou uma sobrancelha.

— O quê? Não, eu sou jornalista.

— Então você não pode fazer um juramento de escoteira. Se você não é escoteira, dizer isso não significa nada.

— Tanto faz. — Ela gesticulou para mim, dispensando meu comentário. — Mesmo assim, não vou contar pra ninguém o que a gente conversar aqui hoje. Os seus segredos também estão trancafiados na sala secreta do meu cérebro.

Passei o polegar pela borda do copo.

— Eu penso demais em tudo. Tem dias que acho que vivo mais no futuro do que no presente. Pra desacelerar os pensamentos, me concentro no que está na minha frente. Em geral, isso significa trabalho.

— Por que você tem tanto medo do futuro?

Eu ri.

— Quem disse que eu tenho medo?

— Seus olhos quando você fala.

— Estou tendo um *déjà-vu* do dia em que nos conhecemos, quando você me interpretou — brinquei.

— Eu pensei muito em você depois daquela noite — confessou ela. — Mesmo depois que seguimos rumos diferentes, você ficou na minha cabeça por semanas... meses.

— E você na minha.

— Verdade ou verdade? — perguntou ela.

— Verdade.

— Você chegou a voltar a algum dos lugares que prometemos não ir mais?

Eu sorri.

— Algumas vezes. Quer dizer, não dá pra deixar tudo a cargo do destino. Eu só queria te ver de novo. Desculpa por não cumprir o combinado.

— Tudo bem. Eu também não cumpri. Principalmente porque aquela loja de revistas em quadrinhos era maravilhosa demais. Meu lado nerd precisava voltar lá.

— Justo.

— Cheguei até a dar umas espiadinhas pelos cantos, na esperança de te encontrar.

— Parece que o destino cuidou de tudo sozinho, fazendo a gente se reencontrar de outra forma.

— Por que você está triste hoje? — perguntou ela, me pegando de surpresa.

Seu olhar intenso permaneceu focado em mim, como se Aaliyah tentasse tirar minhas camadas. Até porque seu trabalho como jornalista era chegar à raiz de toda história. Não apenas explorar o que estava na superfície, mas mergulhar de verdade na essência de uma pessoa.

Ela foi a primeira pessoa a olhar para mim e enxergar o que havia por trás do meu sorriso.

A maioria das pessoas olhava para mim e acreditava nele. Aaliyah era diferente. Eu não sabia o que sentir depois de chegar a essa conclusão. A última coisa que eu queria era que ela visse que minhas cicatrizes do passado ainda me assombravam.

— Não precisa responder — sugeriu ela.

Ela provavelmente notou meu desconforto.

Aceitei a oferta, porque não estava pronto para desabafar o fato de que a ida ao hospital havia me levado de volta a uma época que eu tentava esquecer.

Por sorte, ela entendeu e sorriu, então desviou o olhar e tomou outro gole de água.

— Eu passei um tempão da minha vida focada só no futuro e no passado. Quando você cresce sem família, acaba pensando muito no passado. Por que meus pais me abandonaram? De onde eu vim? Quais são as minhas raízes? Já o futuro trazia outros tipos de medo. Será que vou ter minha própria família um dia? — Ela baixou a cabeça, exibindo um olhar triste. — Acho que a resposta está ficando mais clara agora depois do Jason.

— Ele é um babaca que não te merecia. Isso não acaba com a sua chance de ter um futuro.

— Às vezes, acho que o tempo está acabando.

Cutuquei sua perna.

— Você é nova. Tem uma vida inteira pela frente.

Ela fez uma pausa e fixou aqueles olhos castanhos nos meus. Por um milésimo de segundo, ela abriu a boca para falar alguma coisa, mas então a fechou rapidamente, depois sorriu.

— Nem preciso dizer que viver no presente é importante. No fim das contas, ele é tudo o que a gente tem. — Ela levantou seu copo e fez um brinde. — A este momento.

— Um brinde a este momento — falei, batendo meu copo no dela.

— Saúde! — Ela bebeu um gole de água. — Mas, pra falar a verdade, estou meio preocupada com o meu futuro a curto prazo. Preciso encontrar outro lugar pra morar, e está difícil encontrar alguma coisa. Não posso continuar morando na casa dele. Mas também sei que minha condição financeira não me permite alugar um apartamento decente, pelo menos não antes de eu receber um aumento na *Passion*.

— Vem morar comigo.

As palavras escaparam da minha boca sem eu pensar no que estava dizendo. A parte engraçada era que, depois que elas saíram, não senti um pingo de arrependimento. Eu estava falando sério. Ela não precisava ficar naquele lugar. Além do mais, eu não me incomodava com a ideia de vê-la todo santo dia. Quanto mais tempo passava com Aaliyah, mais eu queria ficar perto dela.

Ela riu.

— Aham, tá bom, Connor.

— Não, é sério. Vem morar comigo. Eu tenho três quartos e três banheiros. Este apartamento é enorme! São quase trezentos e setenta metros quadrados, então espaço é o que não falta. Você fica comigo até ter economizado o suficiente, aí não vai ter que se mudar pra uma espelunca qualquer.

Ela parou de rir quando viu a expressão em meu rosto.

— Você está brincando, né?

— Você mesma disse que adora a minha casa.

— Que ideia ridícula! Você não pode estar falando sério sobre eu vir morar com você.

— Por que eu não estaria? Na verdade, acho que seria ótimo. Minha casa é grande o bastante e tem espaço pra você e pras suas coisas. Acho que é uma ideia genial. Além do mais, você vai ter mais tempo pra encontrar um apartamento ideal pra você. Assim você não vai precisar procurar nada com pressa e acabar num muquifo. Meu apartamento seria um lugar temporário, um espaço onde você ficaria até achar seu cantinho, isso depois de ganhar o aumento pela promoção a editora...

— Isso se a matéria que eu fizer com você ficar boa.

— Você vai fazer um ótimo trabalho.

Ela soltou um suspiro baixo.

— Isso está além do que eu posso aceitar, Connor. Além disso, não posso invadir sua privacidade assim. Então, obrigada por ser legal e se oferecer pra me ajudar, mas...

— Ainda não te mostrei a melhor parte — insisti, interrompendo-a. Eu me levantei e estiquei a mão para puxá-la para cima. Então a guiei até o meu quarto. — Sou meio nerd quando se trata de passagens secretas, então, quando vi este lugar, sabia que precisava morar aqui.

Fui até meu closet, e vi que ela parecia confusa enquanto me seguia. Era um espaço gigante, com tudo milimetricamente organizado. Mesmo assim, ela não fazia ideia do que eu queria mostrar.

Sorri e apertei um botão, que fez um cabideiro automaticamente deslizar para a direita, revelando uma porta secreta.

— Pra onde ela leva? — perguntou Aaliyah, curiosa.

— Vai lá ver.

Dei um passo para o lado e a deixei passar na frente. Quando ela abriu a porta, uma escada surgiu, ligando o cômodo ao terraço da cobertura. Ela subiu a escada e, ao chegar ao topo, arfou.

O espaço estava cheio de plantas e flores lindas, junto com móveis de jardim deslumbrantes. Um balanço de madeira com dois lugares encarava a vista mais perfeita da cidade, deixando Aaliyah maravilhada. Dava para ver cada luzinha que piscava ao longe.

— As luzes da cidade — sussurrou ela, colocando as mãos sobre o peito ao se aproximar do parapeito.

— Sei que você gosta de vistas bonitas — falei, me aproximando dela com as mãos nos bolsos. — Não existem luzes no mundo tão bonitas quanto as luzes do Leste.

— É verdade. — Ela sorriu, admirando a noite. O céu estava adormecido, mas a cidade continuava vibrante e cheia de vida. — Quando eu era pequena, sempre fugia do abrigo quando me sentia angustiada e sozinha. Eu costumava subir a escada de incêndio de um prédio no Queens, que tinha vista pras luzes da cidade. Eu ficava lá, respirando fundo e contemplando a noite. Não sei bem explicar o motivo, mas ver as luzes da cidade me trazia uma sensação estranha de conforto.

— Por quê?

— É uma bobagem e talvez nem faça muito sentido, mas eu sempre me sentia sozinha quando era pequena. Eu não tinha amigos nem família. Parecia que essa sensação de solidão ia me acompanhar pra sempre. Mas, quando eu via as luzes da cidade, tudo mudava. Elas me lembravam que eu podia até me sentir solitária, mas nunca estaria sozinha de verdade. Cada luz representava uma pessoa, alguém no mundo que sentia amor, que sentia dor, que sentia vida. Era um lembrete de que, sempre que a minha vida parecesse sombria, bastaria eu virar uma esquina pra encontrar luz.

Encarando a noite, permaneci em silêncio, vendo o que ela via e amando a forma como sua mente funcionava.

— Eu disse que era bobagem — sussurrou ela, parecendo nervosa com a confissão.

— Não, não é isso. — Balancei a cabeça. — Eu só estava tentando entender como o Jason foi tão burro pra abrir mão de você.

Suas bochechas coraram, e ela ficou brincando com os dedos, envergonhada.

— Não foi só o Jason... mas todos os caras que vieram antes dele. Talvez algumas garotas estejam fadadas a serem sempre passageiras.

— Talvez — concordei. — Mas não acho que seja esse o seu caso.

Ela sorriu.

— Tudo é passageiro. A gente só não quer que seja. — Ela se remexeu ligeiramente e soltou um suspiro baixo. — Esta é uma vista e tanto.

— Se você ficou impressionada agora, precisa ver no outono — falei. — E no inverno, e na primavera, e em qualquer época que você queira ver.

— Você está falando sério mesmo, né? Você realmente quer que eu venha morar aqui?

— Quero. É claro que você não precisa aceitar, mas eu quero ajudar. Posso fazer isso por você, então é o que estou fazendo.

— Esse coração de garoto sulista... — Ela soltou uma risada leve.

— Você pode tirar o garoto da roça — falei, dando de ombros —, mas não pode tirar a roça do garoto. Pensa nisso com calma. Sem pressa e sem pressão. Eu só queria que você tivesse essa opção.

Ela mordicou o lábio inferior.

— Se formos mesmo fazer isso, vamos precisar estabelecer algumas regras.

Eu fiquei animado.

— Gosto de regras. Eu ando de mãos dadas com regras. Manda bala.

— Tudo bem. Pra começar, se você se sentir incomodado comigo em algum momento, tem que me dizer.

— Fácil.

— E se você trouxer uma garota pra cá, não tem problema nenhum eu ir pra casa da minha melhor amiga, pra não ser empata-foda.

Meu sorriso aumentou.

— Você realmente falou "empata-foda"?

— Falei, e é sério. Tenho certeza de que você tem a sua lista de contatinhos.

Arfei e levei as mãos ao peito em um gesto teatral.

— Caramba, você acabou de me chamar de galinha? Chapeuzinho, assim você me magoa.

— Ei, não coloca palavras na minha boca. Só estou dizendo que não quero atrapalhar nem mudar muito a sua vida. Não quero ser um incômodo.

— Nada em você me incomoda.

— Por favor, para com isso, Connor.

— Para com o quê?

— Com essa mania de ser tão legal comigo.

— Bom, tá bom então. Agora é hora de eu bancar o durão e não ser tão legal assim, porque também tenho regras.

— Tudo bem, manda.

— Pra início de conversa, a ESPN é o som de fundo durante o jantar.

Ela riu, e eu queria mergulhar naquele som e deixá-lo me engolir por inteiro. Meu Deus, como a risada dela era viciante.

— Acho que dou conta disso.

— E você não pode implicar comigo quando eu deixar minhas meias jogadas pelo apartamento.

— Acho que essa regra deveria valer pros dois lados — concordou ela. — E você não pode rir quando eu estiver usando duas meias diferentes. Algo que acontece com frequência.

— Tudo bem, e a última regra: você precisa me avisar quando eu estiver falando com a Aaliyah jornalista ou com a Aaliyah colega de apartamento. Não quero que você acabe mencionando na matéria alguma coisa que eu queria contar só pra minha colega de apartamento, mas que a Aaliyah jornalista acabou ouvindo.

— Acho que concordamos em todas as regras.

— Ótimo. Então está combinado? — Estendi a mão para ela.

— Combinado — concordou ela, apertando minha mão. — Mas eu vou pagar aluguel, você vai aceitar meu dinheiro, e estou declarando oficialmente que te devo um favor, então pode me pedir qualquer coisa de que precisar nos próximos dias, semanas ou meses.

— Tudo bem. Vou me lembrar disso quando precisar. Seja bem-vinda, colega de apartamento — declarei antes que ela soltasse minha mão.

Olhei para as luzes da cidade, puxei o ar e o soltei devagar pela boca. Eu não sabia por que, mas a ideia de Aaliyah morar comigo me trazia certa paz, como se o lugar dela sempre tivesse sido ali. Eu tinha certeza de que ela achava que estava recebendo ajuda, mas eu sentia que quem estava ganhando alguma coisa era eu. Conviver com ela era o mesmo que conviver com a melhor parte de mim.

26

Aaliyah

Eu ia morar com Connor Roe, meu super-herói favorito. Eu ainda não tinha me acostumado com a ideia, mas ela me trazia uma sensação estranha de conforto. Sempre que estava perto dele, eu me sentia segura, o que não fazia muito sentido. A verdade era que não fazia muito tempo que nos conhecíamos, mas, por outro lado, parecia que éramos amigos havia anos.

Mesmo assim, eu não seria capaz de me concentrar de verdade na mudança antes de lidar com uma questão insistente na minha vida. Desde o casamento que nunca havia acontecido, eu vinha recebendo uma enxurrada de mensagens da mãe de Jason. Mensagens de voz, de texto, e-mails — ela havia tentado entrar em contato comigo de todas as formas possíveis, várias vezes.

Marie: Oi, Aaliyah. Você vai à reunião do clube do livro esta semana? As meninas estão perguntando por você.

Marie: A gente devia tomar um café. Estou com saudade, querida.

Marie: Você teve alguma notícia do meu filho?

Marie: Sei que você precisa de espaço, então não se sinta na obrigação de me responder. Só quero que saiba que estou aqui e que fico mandando mensagens pra você saber que é amada, e que eu e o Walter sentimos sua falta. Talvez a gente possa sair pra beber alguma coisa, nós duas... Estou preocupada com você.

Marie: Sua consulta médica é nesta semana, né? Eu tinha anotado na minha agenda. Espero que esteja tudo bem. Manda notícias, Aaliyah, por favor. Estou preocupada.

Eu estava me esforçando para impor limites a Marie, deixando bem claro que eu precisava de tempo e de espaço para me recompor, mas me sentia péssima por saber que ela estava preocupada comigo e com a minha saúde. Então, de vez em quando, eu mandava uma mensagem avisando que estava bem.

Greta, do trabalho, dizia que eu não devia nada a Marie, nem mesmo um segundo do meu tempo e da minha energia. Ela disse que Marie estava sendo passivo-agressiva mandando todas aquelas mensagens, e talvez isso fosse verdade. Mas a culpa por ignorá-la estava começando a me afetar, ainda mais depois de tudo o que ela e Walter haviam feito por mim. Apesar de Jason ter me tratado mal, os pais dele sempre me trataram da melhor forma possível. Terminar meu relacionamento com Jason foi uma coisa, mas cortar relações com os pais dele — principalmente com Marie — estava sendo mais difícil. A conexão que eu tinha com ela era mais forte do que a que eu tinha com o próprio Jason. Eu a considerava uma amiga.

Porém eu sabia que perder Marie acabaria sendo uma consequência do fim do meu noivado. Com o passar do tempo, ela inventaria motivos para me culpar pelo meu relacionamento com Jason não ter dado certo. E ela nem ia perceber que estava fazendo isso. Ela simplesmente ouviria a versão do filho, o ser humano que ela havia criado, e ele faria com que ela acreditasse que eu tinha sido a errada da história.

No fim das contas, ela sempre ficaria do lado da família dela. Era assim que a vida funcionava.

Eu tinha oficialmente chegado ao ponto em que precisava cortar relações com Marie. Mesmo sabendo que sentiria falta da sua amizade, sabia que precisava colocar um ponto-final naquilo antes que a situação se tornasse tóxica.

— Obrigada por se encontrar comigo, Aaliyah — disse Marie quando nos sentamos na cafeteria que costumávamos frequentar.

Mas o conforto e o sossego que sempre senti na presença dela haviam desaparecido naquela manhã. Na verdade, eu estava me sentindo completamente deslocada sentada ali, à sua frente, como se aquele não fosse mais o meu lugar.

— Claro. Cheguei à conclusão de que, depois de todas as mensagens que você mandou, seria melhor a gente resolver logo isso.

— Resolver logo isso? Como assim? — perguntou ela, em um tom magoado.

— Você não queria colocar um ponto-final nas coisas? Não vejo outro caminho pra gente depois de tudo o que aconteceu com o seu filho.

— Não, de jeito nenhum. Eu me recuso a aceitar que nós duas não podemos continuar na vida uma da outra. Você não sabe como é importante pra mim ter você no meu mundo, como foi importante nossos caminhos terem se cruzado há tantos anos, nesta cafeteria. Eu te amo, Aaliyah, e não quero que as atitudes do meu filho mudem a nossa relação. Além do mais... — Ela hesitou como se não soubesse se deveria falar suas próximas palavras. — Ele ainda te ama, querida.

Bufei, pega completamente de surpresa e indignada com as palavras dela.

— Como é que é?

Ela esticou o braço em cima da mesa, segurou minhas mãos e as apertou.

— Ele te ama, Aaliyah. Eu sei que ama. Ele só ficou com medo.

— Então ele deve estar apavorado a esta altura, já que não tentou entrar em contato comigo nem uma vez.

— Acho que ele ficou assustado com a intensidade do que sente por você. Ele nunca se sentiu tão vulnerável antes.

Puxei minhas mãos para longe das dela.

— Ele me traiu, Marie.

Ela arregalou os olhos, surpresa com as minhas palavras.

— O quê? Não. De onde você tirou isso?

— Eu tenho minhas fontes. Escuta, sei que você está chateada e confusa com isso tudo, e eu entendo. Eu também me sinto assim, mas pra mim já deu. Você sabe que gosto de você, mas a minha relação com o Jason acabou.

— Não diz isso. Você nem cogitou dar uma segunda chance pra ele.

— Desculpa... você não escutou o que eu falei? Ele me traiu.

— Os homens traem às vezes. Eles são assim mesmo.

Aquelas palavras me chocaram tanto que eu não soube nem o que dizer.

Eles são assim mesmo? Era isso que ela tinha a dizer depois de descobrir que Jason me traía?

— Tenho certeza de que foi sem querer — continuou ela.

— O pau dele escorregou pra dentro da vagina de outra mulher sem querer? — zombei.

Vi o rubor tomar conta das bochechas dela, o que era compreensível. Eu nunca tinha sido tão explícita com ela antes, mas não havia outro jeito de dizer aquilo. Ele havia transado com outra mulher. Não foi nada sem querer. Foi uma escolha dele.

— Sei que o meu filho não é fácil, e que já cometeu muitos erros, mas eu enxergo o potencial dele. Com a mulher certa, ele pode ser tão sério e responsável quanto o pai. O Walter também era festeiro. Eu domei ele.

— Potencial não é motivo pra gente querer ficar com alguém. Ter potencial não é garantia de que as coisas vão se concretizar. Além disso, não é responsabilidade minha domar homem nenhum.

Ela soltou um suspiro pesado.

— Talvez vocês possam se encontrar. Talvez vocês possam conversar pessoalmente, e...

Ela não parava de dar murro em ponta de faca, e aquilo estava me deixando desconfortável. Quando ela ia ligar os pontos e se dar conta de que a minha relação com Jason não foi nada além de uma história inventada? Houve um momento em que eu acreditei que o que tínhamos era real, mas, na verdade, foi apenas uma ilusão.

Ele não era o único culpado pelo que havia acontecido. Eu tinha passado tempo demais brincando de faz de conta. Eu estava com pressa, queria encontrar alguém antes que meu tempo acabasse. Eu queria tanto ter uma família que me joguei nos braços de um homem que jamais seria forte o suficiente para me segurar.

Assumo a culpa pelos meus erros, por tentar gerar amor em um lugar onde ele jamais cresceria. Reconheço meus defeitos e teria de lidar com eles no momento certo. Mas voltar para Jason nunca, jamais, seria uma possibilidade.

— Se ele quisesse me ver, Marie, já teria feito isso, mas não fez. E agora eu também não quero. Estou seguindo em frente com a minha vida. Estou saindo do apartamento dele no domingo e vou deixar a chave na portaria pra quando ele quiser voltar. Acabou.

— Você não pode acreditar mesmo nisso, Aaliyah. Depois de tudo o que a gente passou... — Lágrimas começaram a escorrer de seus olhos, e ela as secou, mas outras vieram em seguida. — Você faz parte da nossa família.

Eu odiava vê-la chorar. Odiava ser o motivo do sofrimento dela. Marie havia entrado na minha vida quando eu estava em uma das minhas piores fases, quando eu me sentia assustada e sozinha, e ela tinha me dado apoio. Isso sem contar todas as contas de hospital que ela e Walter pagaram sem nem pestanejar. Eles realmente haviam sido minha família por um tempo. Mas, se eu continuasse na vida dela, sabia que a relação se tornaria tóxica. Eu não queria isso para nenhuma de nós duas.

— E também tem a questão da sua saúde — disse ela, tentando se recompor. — Você precisa de mim.

— Como assim?

— Quando a gente conversou com a equipe do transplante, você me escolheu pra ser sua acompanhante no processo. Se você conseguir um coração, vai precisar de mim. Lembra que eles disseram que você precisaria de uma pessoa pra cuidar de você antes e depois da cirurgia? Eu preciso continuar na sua vida. Você não tem mais ninguém, Aaliyah.

Eu sabia que ela não tinha dito aquilo para me magoar, mas magoou. Foi como se a minha alma tivesse levado um soco.

Eu não tenho mais ninguém.

239

Pigarreei e pisquei para conter as emoções que se acumulavam dentro de mim.

— Se isso for um problema no futuro, a gente resolve. Eu dou o nome de outra pessoa assim que eu encontrar alguém.

— Mas...

— Sinto muito, Marie. Não posso continuar me prendendo a isso. Você foi mais do que generosa comigo nos últimos anos, de verdade. Mas, agora que não estou mais com o Jason, acho que chegou a hora de seguirmos nossos caminhos. — Dei de ombros e peguei meu copo de café para viagem. — Talvez algumas coisas não tenham sido feitas pra durar pra sempre. Sinto muito, Marie. Preciso empacotar minhas coisas.

— Pra onde você vai? — perguntou ela.

— Não me sinto muito confortável em compartilhar essa informação.

Ela prendeu o longo cabelo preto e alisado atrás das orelhas e balançou a cabeça.

— Você está cometendo um grande erro, Aaliyah, abandonando a minha família.

Já estava acontecendo. Ela já estava transferindo a culpa para mim, como se eu fosse a responsável pelos problemas. Ela estava falando como se eu tivesse cancelado o casamento e cortado relações com todos eles. A culpa só aumentaria com o tempo e me transformaria na vilã da história. Ir embora agora era a melhor opção para todos os envolvidos.

Eu pigarreei e me levantei.

— Desejo o melhor pra você, Marie, mas, por favor... vamos tentar deixar a situação mais fácil pra todo mundo. Para de me ligar.

⁓◦⊷

Eu não recebi mais nenhuma mensagem dela desde que pedi que cortássemos relações. Portanto, meu foco agora era apenas encaixotar minhas coisas e sair da casa de Jason.

Connor fez de tudo e mais um pouco para me ajudar com a mudança. Quando tentei convencê-lo a desistir de contratar uma empresa para executar a tarefa, ele se recusou a me escutar.

— É uma ótima oportunidade pra passarmos um tempo juntos. Assim poderíamos continuar a entrevista — disse ele, me dando uma desculpa para que eu o deixasse ajudar a empacotar as coisas.

Aceitei a oferta. Quanto mais rápido eu encaixotasse as coisas, mais rápido eu poderia sair da casa de Jason.

— Você gosta de colecionar coisas — comentou Connor, juntando minha coleção de globos de neve que estava nas prateleiras da sala.

Desviei o olhar da caixa de louças em cima da bancada da cozinha.

— Gosto de coisas que me trazem lembranças. Cada um desses globos tem uma história.

Ele arqueou uma sobrancelha, intrigado, e levantou um deles.

— De onde veio esse?

Guardei um prato dentro da caixa, fui até Connor e peguei o globo de neve das mãos dele. No interior, havia uma mulher sentada à uma mesa, escrevendo. Meus lábios se curvaram quando a lembrança veio de imediato.

— Comprei este no dia em que me formei em jornalismo. — Coloquei o globo na caixa.

— E este? — perguntou Connor, erguendo mais um.

No instante em que o vi o globo que ele segurava, meu sorriso desapareceu. Eu o peguei da mão de Connor e o encarei. Eram duas pessoas patinando na pista do Rockefeller Center, com uma árvore de Natal atrás. Balancei o globo e observei os flocos de neve caindo sobre o casal.

— O Jason comprou pra mim quando a família dele me levou pra patinar no gelo pela primeira vez — expliquei. Fui até a lixeira da cozinha e o joguei fora. — Prefiro não guardar este. Além do mais, se me lembro bem, ele só comprou esse globo pra mim porque a mãe dele insistiu. Não chegou nem a pagar com o próprio dinheiro.

Connor cruzou os braços.

— Por algum motivo, isso não me surpreende. Os pais dele são fantásticos.

— Pois é. Eu achava que, com o tempo, ele ficaria mais parecido com os dois. Vocês são próximos? Você e o Jason? — perguntei. Eu estava curiosa para saber mais sobre a relação deles e sobre o que Connor achava de tudo o que tinha acontecido.

Ele riu.

— Próximos? Não, de jeito nenhum. Eu e o Jason temos opiniões bem diferentes sobre as coisas. Não só quando se trata de negócios, mas da vida pessoal também.

— Todo mundo já dizia que ele vivia na farra, isso antes de eu falar qualquer coisa.

— Isso é verdade.

— Não sei por que achei que ele mudaria por minha causa... não sei por que achei que eu daria um jeito nele, mas, no início do nosso relacionamento, isso parecia possível. Ele parecia gostar de mim de verdade. No começo, ele me dava muita atenção e passava o tempo todo comigo.

— Bomba de amor. É uma das especialidades dele no início do namoro. Ele gruda nas namoradas novas, dá toda atenção, faz com que elas se sintam a pessoa mais importante do mundo. Então, aos poucos, ele começa a cagar na cabeça delas, fazendo com que elas pensem que não o merecem.

Bufei.

— Então eu fui só mais uma vítima. Ele mudou da água pro vinho quando fomos morar juntos.

— Uma pessoa mentirosa não consegue esconder a verdade pra sempre. A máscara sempre acaba caindo.

Antes que eu conseguisse responder, meu celular tocou, e o nome de Katherine surgiu na tela.

— Alô?

— Oi, Aaliyah. Sou eu, a Katherine. Da portaria — sussurrou ela, me fazendo dar uma risadinha.

— Sim, eu sei. Seu nome apareceu na tela. O que aconteceu? Por que você está sussurrando?

— Ah, porque não quero que ninguém me escute, mas achei melhor avisar que o Jason está subindo. Tipo, ele está no elevador... neste exato minuto.

Eu me empertiguei, ficando alerta.

— O quê?

— Eu só queria te avisar, porque sei que você está fazendo a mudança e tudo mais, e... Ah! Preciso ir. — Ela desligou o telefone e eu fiquei ali, desnorteada.

— O que foi? — perguntou Connor.

— O Jason... está aqui. Ele está subindo neste exato minuto. — Nossos olhares se encontraram, e o nervosismo tomou conta de mim. — Você precisa sair daqui.

— O quê? E eu vou pra onde?

— Sei lá, mas, se você ficar aqui, vai ser pior. Estou surtando e suando, e... Ah, sei lá. Você pode, tipo, ir pro quarto de hóspedes por alguns minutos? Porque não vou conseguir encarar o Jason e ainda ter que explicar por que você está aqui. É muita coisa pra minha cabeça.

Sem falar nada, ele seguiu para o quarto de hóspedes e fechou a porta.

Segundos depois, a porta do apartamento abriu, e fiquei cara a cara com o homem que havia me abandonado no dia mais importante da minha vida. Parado ali, me encarando, ele parecia fraco. Patético. Alguém que nunca conheci de verdade.

— Oi — disse ele, cruzando os braços. — E aí?

E aí?

Era isso mesmo? Depois desse tempo todo, essas foram as palavras que ele escolheu para me cumprimentar? Meu sangue começou a ferver, de tanta raiva que eu sentia. Pensei que fosse desmoronar quando o visse. Achava que ficaria em frangalhos e começaria a chorar. Em vez disso, comecei a sentir uma irritação fora do comum.

— Você não me avisou que vinha — falei.

— Eu sei. Achei que talvez fosse melhor fazer uma surpresa. Minha mãe me contou que você vai se mudar hoje, e, bom... — Ele passou a mão pelo cabelo. — Você acha mesmo que isso é uma boa ideia?

— Você está brincando? Por que é que eu ficaria aqui?

— Sei lá, Aaliyah. É só que tudo parece meio repentino.

Ele falava como se eu tivesse acordado um dia e resolvido terminar nosso relacionamento, como se eu tivesse decidido seguir em frente com a minha vida de uma hora para outra.

— Jason, do que é que você está falando? Você cancelou o nosso casamento. Não tem nada de repentino na minha mudança. Pra falar a verdade, eu já devia ter ido embora há muito tempo.

— Não precisa gritar.

— Eu não estou gritando! — bradei, obviamente aumentando o tom de voz naquele momento.

— Viu por que não tentei falar com você depois do que aconteceu? Eu sabia que você reagiria assim — resmungou ele.

— Assim como? Quer saber, nem sei por que estamos tendo esta conversa. Não faz diferença. Estou seguindo em frente com a minha vida, e imagino que você esteja fazendo o mesmo. Então, se você me der licença, vou terminar de arrumar as minhas coisas e dar o fora da sua casa.

— Mas e se a gente não fizesse isso?

— Não fizesse o quê?

— Seguisse em frente?

Meu peito apertou. De que porcaria ele estava falando?

Ele deu um passo na minha direção.

— Aaliyah...

— Para — mandei, esticando a mão na direção dele. — Não chega mais perto.

— Por que você sempre precisa fazer drama?

— Como é que é?

— Você está cheia de palhaçada, sem motivo. Tá, eu fiz besteira, já entendi, mas isso não é motivo pra você não me dar outra chance.

Ele estava bêbado? Doidão? Ele acreditava mesmo que havia alguma parte de mim que iria lhe dar outra chance de me magoar? Eu queria xingá-lo. Queria gritar, berrar, mas não fiz nada disso. Resolvi que não ia mais gastar minha energia com ele. Eu só queria dar um fim naquilo.

— Jason, vou terminar de juntar as minhas coisas, você vai seguir com a sua vida, e eu vou seguir com a minha.

— A gente cuidou de você — disse ele. — Quando você não tinha condições de fazer nada, a minha família te apoiou, isso sem contar as despesas com...

— Eu sei, tá? A sua família fez tudo por mim, e sou muito grata por isso. Mas você não tem o direito de jogar essas coisas na minha cara. Eu nunca pedi pra você fazer nada por mim. Se for esse o caso, eu devolvo o dinheiro.

— Como se você fosse ter tempo pra pagar tudo. Você levaria anos pra isso.

Ele falou aquilo para me magoar, e conseguiu. Estava ali mais um lembrete de que meu tempo era limitado, mais um golpe contra a minha alma por eu ter desperdiçado meu precioso tempo no planeta dividindo a cama com alguém como ele.

— Não tem a menor chance da gente voltar — falei, sem demonstrar a emoção que ele tinha chegado tão perto de arrancar de mim.

Jason me encarou por um momento, analisando cada centímetro do meu corpo. Ele estava esperando aquilo acontecer, estava esperando o momento em que eu ia fraquejar, mas eu não ia ceder. Eu não lhe daria esse gostinho. Era como se ele sentisse prazer em me ver sofrer, então permaneci firme.

— Azar o seu — disse ele com frieza. Como eu pude achar que aquele cara era o homem com quem eu gostaria de passar o resto da vida? Ele era um monstro. Eu havia dividido a cama com um monstro simplesmente porque estava com medo de ficar sozinha. — Eu não devia ter escutado minha mãe... não devia ter vindo. Eu sabia que era uma causa perdida.

— A sua mãe falou pra você vir aqui?

Por que Marie faria isso? Principalmente depois de eu argumentar que seria melhor cortarmos relações? Será que foi uma última tentativa de me convencer a mudar de ideia?

— Falou. Ela ficou me enchendo o saco pra eu voltar com você, e...

— Você me ama, Jason?

Ele fez uma pausa e arqueou uma sobrancelha.

— Por que a pergunta?

— Porque parece que você só estava comigo pra agradar a sua mãe. Ele deu de ombros.

— Ela queria que nós ficássemos juntos mais do que eu. Achava que você me faria bem. Foi por isso que ela insistiu tanto e me ofereceu... — Ele parou de falar, me deixando curiosa para saber como aquela frase iria terminar.

— Ofereceu o quê?

— Não importa. Nem valia a pena. Está bem claro que a gente não tem volta. Boa sorte com a vida que ainda te resta. Deixa a minha chave na entrada.

Ele se virou e foi embora, batendo a porta com força. Mesmo depois que ele saiu, aquelas palavras ainda me machucavam.

A vida que ainda te resta.

Naquele momento, eu só conseguia sentir arrependimento por ter desperdiçado mais de um ano da minha vida com aquele homem. Eu não acreditava que tinha me apaixonado por ele. A verdade era que eu só tinha ficado com Jason porque amava os pais dele. Eu amava a ideia de ter uma família. Eu amava o sentimento de fazer parte de algo concreto.

Eu tinha me apaixonado por uma mentira para continuar acreditando que sonhos falsos poderiam se realizar.

— Você está bem? — perguntou Connor, voltando para a sala.

Eu me virei para encará-lo e assenti.

— Eu odeio ele.

— Que bom. Eu também.

27

Connor

— Mas o quê... — As palavras escapuliram da boca de Aaliyah assim que chegamos ao meu apartamento. Aquela era a primeira vez que ela aparecia lá desde que decidira morar comigo, e o pessoal da empresa de mudança estava começando a levar as caixas dela para dentro. Ela se virou para me encarar, chocada. — Connor. O que você fez?

— Achei melhor a gente trocar de quarto. Este é maior.

Eu tinha tirado todas as minhas coisas do quarto maior porque achava que Aaliyah ficaria mais confortável nele. Ela poderia se esticar na cama king e relaxar completamente, o que ela merecia muito. Além do mais, a banheira de hidromassagem da suíte principal era melhor, e achei que seria bom para ela aproveitar as noites para tomar banhos relaxantes e dar um tempo da loucura que estava sua vida atual.

— Eu não vou ficar com a suíte principal. Ela é sua.

— Bom, eu já passei todas as minhas roupas pros outros dois quartos de hóspedes, então, a menos que você queira que eu volte com tudo pro lugar... por favor, não me pede pra voltar com tudo pro lugar.

— Por quê? — sussurrou ela, balançando a cabeça, ainda sem acreditar. — Por que você fez isso?

— Eu queria que você assistisse ao nascer e ao pôr do sol.

Ela sorriu, e adorei vê-la sorrindo. Ela foi até a cama, onde eu tinha deixado uma cesta grande. Dentro dela havia um monte de bombas de sais de banho, velas e sacos de Doritos, junto com uma variedade de petiscos. Eu havia acrescentado alguns dos meus favoritos também, para aprimorar a hora do lanche. Além disso, havia deixado ali perto alguns cadernos novos e canetas elegantes, porque uma escritora de verdade precisava de cadernos e canetas. E o controle remoto da televisão, porque, na minha opinião, esse era o item mais importante de um quarto.

No topo da cesta, havia um bilhete que dizia: "Bem-vinda à casa nova, colega de apartamento."

Os dedos de Aaliyah percorreram todos os itens, e ela balançou a cabeça, sem conseguir acreditar. Então olhou para as duas mesas de cabeceira, uma de cada lado da cama, onde havia vasos com girassóis.

— São minhas flores favoritas — disse ela, surpresa.

— Pois é. Você mencionou isso por alto quando foi no meu escritório e me deu rosas.

— E você lembrou.

Não tive coragem de dizer que eu me lembrava de tudo o que ela dizia. Desde as suas flores favoritas até os desejos que havia escrito no Beco dos Desejos dois anos antes. Aaliyah Winters era alguém de quem eu queria me lembrar por toda eternidade. Até hoje, a noite de Halloween ainda era uma das minhas lembranças favoritas.

— Acho que surtei em algum momento, e você é apenas um produto da minha imaginação — disse ela.

Eu ri e cruzei os braços.

— Bom, então não tenta recuperar a sanidade tão rápido. Eu até que gosto de existir na sua imaginação.

— Eu também.

Ela deu uma volta pelo quarto e entrou no banheiro.

— Puta merda! — Ela voltou correndo. — Connor! Você viu aquela banheira?!

— É, eu vi.

— Aquilo é uma piscina!

— Não seja exagerada. Está mais pra uma jacuzzi.

— Tem uma televisão na parede! Quem tem uma televisão no banheiro?!

— Pessoas que existem na imaginação de uma mulher que está surtando.

— Não me acorda deste sonho — brincou ela, balançando a cabeça. — Que exagero! Você é muito exagerado.

— Minha mãe me diz isso desde o dia em que eu nasci. Agora vamos organizar essas caixas, e depois podemos pedir algo pra jantar. A gente pode até comer no terraço, se você quiser assistir ao pôr do sol.

Eu me virei para sair do quarto, e Aaliyah me chamou. Quando olhei para ela, a vi parada ali, com os olhos castanhos brilhando de emoção enquanto seus lábios perfeitos e carnudos se abriam.

— Obrigada, meu amigo.

— Por quê?

— Por existir.

⤙∽ඔ∽⤚

Depois que o pessoal da mudança foi embora, eu e Aaliyah pedimos comida e fomos curtir o jantar e a companhia um do outro no terraço. Não demorei muito para perceber que ela era uma das pessoas mais saudáveis que eu conhecia, o que me surpreendeu um pouco. Dois anos antes, ela era capaz de devorar asinhas de frango ensopadas de molho ranch como se participasse de uma daquelas competições para saber quem comia mais. Agora ela não bebia nem chegava perto de fritura. Eu comia meu hambúrguer com batatas fritas enquanto ela saboreava uma salada de couve-de-folhas com molho de limão.

— Por muito tempo, eu achei que você era a garota perfeita, mas, depois de ver você comendo couve-de-folhas, essa ideia meio que foi por água abaixo — falei, balançando a cabeça, decepcionado.

Ela riu.

— Não é tão ruim assim. Fica até gostoso se você misturar bem o molho e deixar marinando por um tempo. Sem contar que o frango está bem saboroso. E meu suco verde...

— É só você admitir que não gosta de coisas gostosas, Chapeuzinho, e podemos deixar por isso mesmo. Você está comendo mato e bebendo mato.

— Escuta, você sabe quanta gordura e substâncias químicas horríveis um hambúrguer e uma porção de batatas têm? — perguntou ela.

Levantei a mão, sério.

— Não. Nem quero saber. Senão vamos viver em pé de guerra neste apartamento.

— É só um comentário. As coisas que você coloca dentro do seu corpo afetam muito o seu bem-estar. Um pouquinho de couve-de-folhas não te mataria, Capitão. Comidas verdes são amigas.

— E algumas batatas fritas também não te matariam — falei, balançando uma na frente do rosto dela. — Tudo na vida é uma questão de equilíbrio. E, só pra você saber, meu hambúrguer tem uma fatia de tomate e umas folhas de alface. E o que é isso aqui? — Tirei o pão de cima do sanduíche e balancei uma fatia no ar. — Cebola e picles? Sou praticamente o homem mais saudável do planeta.

Ela jogou as mãos para cima, se rendendo.

— Tudo bem, muso fitness, estou errada. Preciso me inspirar mais em você.

Segurei uma batata na frente do rosto dela, e Aaliyah deu uma mordidinha. Ela revirou tanto os olhos que eles praticamente deram uma volta dentro de sua cabeça, porque as batatas temperadas da Lanchonete do Charley eram as melhores de todo o mundo.

Eu sorri.

— Viu? Não dá pra viver sem um pouco de gostosura.

Ela pegou um pedaço de couve com o garfo e me ofereceu.

— Abre.

Pressionei os lábios e balancei a cabeça.

— Hmm-hmm— respondi com a boca fechada.

— Connor! Nada mais justo do que você experimentar também.

Continuei com a boca cerrada.

— A vida não é justa — resmunguei.

— Você é muito dramático.

— Eu sei, mas fazer o quê...

Dei de ombros, e ela riu, e... meu Deus, como eu estava feliz por ela não ter se casado com aquele babaca.

Ela desistiu e levou o garfo à própria boca, permitindo que eu abrisse a boca em vitória.

— Um dia, vou te convencer a comer uma salada de couve-de-folhas — decretou ela.

— Acho melhor você esperar sentada. Se a minha mãe ainda não conseguiu fazer isso, uma moça bonita também não vai.

— Para de puxar meu saco.

— Para de ser tão bonita então. — As maçãs do rosto de Aaliyah se iluminavam quando ela ficava com vergonha. Joguei uma batata nela. — Não fica vermelha como se não soubesse que é bonita.

— Não sei receber elogios — confessou ela, jogando a mesma batata em mim agora, e, como devorador profissional de batatas fritas que era, eu a peguei com a boca.

— É porque você é modesta demais. Não seja tão modesta assim. Você é foda, Aaliyah. Você é editora numa das maiores revistas do mundo, é inteligente, é uma ótima pessoa, é gostosa pra caralho...

— Não diz gostosa pra caralho — pediu ela, corando ainda mais.

Coloquei as mãos nos ombros dela e a sacudi enquanto gritava:

— Aaliyah Winters, você é gostosa pra caralho, e o mundo inteiro merece saber disso!

— Ai, nossa, Connor, cala a boca! — sussurrou ela, cobrindo a minha boca com a palma da mão. — Você é muito escandaloso.

Ela não estava errada.

— É o que eu acho. Você é foda e precisa começar a agir como se fosse foda.

— Mas eu não me sinto foda. Pra ser sincera, me sinto... fraca.

— E quem se importa? Finja até virar verdade.

Ela levantou uma sobrancelha.

— O quê?

— A vida é feita de hábitos. Nós ensinamos ao mundo como queremos ser tratados, e tudo se resume a como tratamos a nós mesmos. Aprendi isso quando era novo. Quando vim pra Nova York, eu tinha mil dólares no bolso e nenhuma ideia do que fazer. Eu só sabia que precisava me comportar como se fosse rico pra ter acesso às pessoas ricas. Fui fingindo até que aquilo virasse verdade. Eu entrava em todos os lugares como se tivesse nascido pra estar ali. Eu bebia uísque com bilionários, ia a eventos de gala e a festas de elite quando ainda tinha apenas alguns centavos na conta bancária. Sabe por que me convidavam?

— Por quê?

— Porque eu agia de uma forma que parecia que eles sairiam perdendo se não me chamassem. A confiança é um hábito que precisa de repetição. Você precisa se mostrar confiante até se tornar confiante.

Ela estreitou os olhos, pensando.

— Fingir até virar verdade?

— É. E para de levar a vida tão a sério. A vida é curta, então é melhor aprender a rir de si mesmo às vezes.

— Pelo visto, você precisa ser meu coach — disse ela, rindo. — Quer dizer, na verdade, você meio que foi meu coach naquela noite de Halloween, há alguns anos.

— É. E inclusive fiquei bem confuso com isso. Porque você estava reconquistando seu amor-próprio. Achei que a gente tivesse feito um bom progresso naquela noite. E aí, pensa na minha surpresa quando eu descubro que, dois anos depois, você estava noiva do cara que era uma pedra no meu sapato. Tipo, como assim, Chapeuzinho?! Como você acabou se envolvendo com o Jason Rollsfield depois de tudo o que vivemos naquela noite? Como seu coach temporário, fiquei magoado com essa descoberta.

Ela riu e balançou a cabeça.

— Fazer o quê? Não tive tempo suficiente pra absorver todo o seu conhecimento. Você foi uma dose de amor pra mim, mas depois a realidade bateu à porta, e voltei aos velhos hábitos. Talvez, se eu tivesse passado um tempo maior com você, aprendendo, teria absorvido melhor as coisas. Mas era difícil me manter apegada a algo que surgiu do nada e passou num piscar de olhos.

— Tudo bem — falei, esfregando as mãos. — Podemos começar de novo.

— Como assim?

— Vamos voltar aos nossos ensinamentos. Vai ser mais fácil, já que você agora é minha colega de apartamento e vou poder te ajudar a descobrir as partes que eu já sei que existem aí dentro. Então, desta vez, a gente não quer que você se apaixone por mim; a gente quer que você finalmente se apaixone por si mesma.

— Você está falando sério?

— Tão sério quanto um infarto.

Os olhos dela brilharam com uma emoção inesperada, e, por um segundo, achei que Aaliyah ia começar a chorar. Eu tinha falado alguma coisa errada? Não demorou muito para aquele olhar sumir, e ela abrir um sorriso torto para mim.

— Por que tenho a impressão de que essa é a melhor e a pior ideia do mundo?

— Hum... porque é a melhor e a pior ideia do mundo. — Eu me inclinei na direção dela. — Topa?

Ela mordeu o lábio inferior, hesitante enquanto refletia. Então soltou um suspiro pesado e deu de ombros.

— Tudo bem... sim. Eu topo.

— Isso aí! Isso vai ser muito divertido. Mas tenho que te fazer algumas perguntas antes. Pra me ajudar a decidir a melhor abordagem pra esse desafio.

— Tipo?

— Você se importa com o que os outros pensam de você?

— Com certeza.

— Você faz questão de agradar as pessoas?

— Eu só quero agradar.

— Você diz não quando alguém te pede alguma coisa?

— Ah, nossa... não. Quero que as pessoas gostem de mim.

Balancei a cabeça.

— E se eu dissesse que as pessoas não gostam de você de verdade, mas das coisas que você faz por elas?

Os olhos dela brilharam com uma vulnerabilidade intensa.

— Bom, isso me deixaria muito triste.

— Por quê?

— Porque eu acho que as pessoas só gostam de mim por causa do que faço pra elas. E, se eu não fizer essas coisas, elas provavelmente não vão gostar muito de mim. O que significa... que eu ficaria sozinha.

— Chapeuzinho... isso é ridículo. Você é a pessoa mais adorável do planeta inteiro. Mas as pessoas se aproveitam disso, porque você é boazinha demais. Então vou te ensinar a impor limites.

Ela se remexeu.

— Esse tipo de coisa me deixa desconfortável.

— Que bom. Pois devia deixar mesmo. Nós não estamos aqui pra ficar confortáveis; estamos aqui pra crescer. E pode acreditar quando eu digo que, quando você se apaixonar por si mesma, as pessoas certas aparecerão sem pedir nada em troca.

— Promete?

— Prometo. — Joguei algumas batatas na boca. — Acho que, por motivos de pesquisa, talvez a gente precise analisar por que você acabou se envolvendo com um cara como o Jason.

— Essa é fácil... Eu amava tanto os pais dele e a ideia de pertencer a uma família que menti pra mim mesma sobre quem ele era.

— Mas por que você mentiu pra si mesma? Não entendo.

Ela inclinou a cabeça, parecendo desconcertada com a minha confusão.

— Porque a mentira era mais confortável do que a verdade, e, se eu não tivesse essa ilusão, estaria sozinha.

— O que tem de tão assustador em estar sozinha?

— Tudo — confessou ela. —Ficar sozinha é assustador.

Isso me deixou triste por ela, porque eu sabia como era se sentir sozinho. Talvez não com a mesma intensidade que ela, porque eu me sentia bem na minha solidão. Às vezes, eu me envolvia com mulheres aleatórias, mas havia aprendido a curtir minha própria companhia.

— Prefiro ficar sozinho a me sentir sozinho ao lado de outra pessoa — falei. Ela sorriu, mas sua expressão era bem triste. Estiquei o braço e segurei suas mãos. — Chapeuzinho, no fim disso tudo, você vai estar mais forte do que poderia imaginar. Você vai acordar e se sentir completa sem precisar de outra pessoa, mas isso vai levar um tempo. E eu vou estar bem do seu lado. Você vai ganhar confiança e força, e parar de aceitar as lenga-lengas dos outros, mesmo quando as mentiras parecerem reconfortantes. Você vai aprender rápido que é muito melhor lidar com verdades feias do que nadar em mentiras bonitas.

28

Aaliyah

— Eu não vou vestir isso nem que me paguem — falei, parada na sala de estar com as mãos na cintura.

Fazia apenas vinte e quatro horas que Connor era meu coach, e ele já estava completamente doido.

— Ah, vai, sim.

Lá estava Connor, dentro de casa, vestido de banana. Ele sorria de orelha a orelha feito um bobo enquanto segurava a minha fantasia — uma ameixa.

— Você é maluco.

— Sou — concordou dele, então esticou a fantasia na minha direção. — Agora, vai se vestir.

— De jeito nenhum. Eu me recuso a virar uma ameixa.

— Se você preferir, tenho uma fantasia de pêssego no quarto — ofereceu ele com um sorrisinho diabólico.

— Onde você comprou essas coisas?

— Na Amazon. A versão Prime entrega no mesmo dia.

Muito obrigada, Jeff Bezos.

Ele começou a balançar sua fantasia de banana enquanto se aproximava.

— Anda, Chapeuzinho. Você não viu problema nenhum em explorar Nova York comigo há dois anos, quando eu estava de fantasia.

— Porque era Halloween! Todo mundo estava fantasiado.

— Desde quando a gente se importa com o que todo mundo faz?

— Ah... desde sempre?

Ele chegou mais perto de mim, me cutucando com a ponta da sua fantasia de banana.

— E é exatamente por isso que vamos fazer esse exercício. Vamos sair da caixinha e fazer algo que ninguém mais faz. Vamos passar vergonha, porque, quanto mais confortáveis nos sentirmos com o desconforto, mais confortáveis vamos ficar.

Olhei para ele e pisquei algumas vezes.

— Nada do que você acabou de falar faz sentido.

— Só estou dizendo que nós vamos nos divertir sendo esquisitos e passear pela cidade vestidos de frutas pornográficas, porque não estamos nem aí pro que as pessoas vão pensar de nós. A vida é curta demais pra gente não se divertir e sair fantasiado de fruta em uma noite de sábado qualquer.

— Você é muito esquisito.

— Sou. — Ele esticou a fantasia na minha direção. — Agora, vai se vestir. — Abri a boca para protestar, mas ele levou um dedo até os meus lábios para me calar. — Você prometeu que deixaria eu ser seu coach. Agora, anda. Vamos logo.

Meio relutante, vesti a fantasia de ameixa e saí do quarto me sentindo uma completa idiota. Eu estava redonda, roliça e em um belo tom de roxo.

Connor explodiu em uma gargalhada ao me ver.

— Ah, nossa, isso é muito melhor do que eu tinha imaginado.

— Eu não saio de casa assim de jeito nenhum — avisei.

— Você com certeza vai sair de casa assim. Anda, a gente precisa ir. — Ele foi até a mesa de jantar e pegou uma caixa de som enorme. Por que ele tinha uma caixa de som portátil? Aquele garoto era esquisito, mas de um jeito bom.

— Aonde nós vamos exatamente? — perguntei. — E por que precisamos de uma caixa de som?

— Nós vamos fazer um show na Times Square — explicou ele, pegando as chaves na mesa de centro. — Anda.

257

Um show? O quê? Não. Nada disso. Eu não tinha concordado em me humilhar em público.

— Desculpa, Connor. Apresentações de qualquer tipo estão muito além do meu limite. Não tenho esse nível de confiança.

— Eu sei. E é por isso que nós vamos.

— A gente não vai a lugar nenhum.

— Vamos, sim, Chapeuzinho — disse ele, exibindo o maior sorriso do mundo. — Nós vamos.

— Não. — Bati o pé. — Não vamos, não.

Quando dei por mim, estava parada em plena Times Square, vestida de ameixa ao lado de um homem-banana, enquanto ele colocava uma fita cassete na caixa de som. Onde ele tinha arrumado uma fita cassete?!

As pessoas nos encaravam, só que a maioria parecia ser turista, o que me deixou aliviada, pois eu provavelmente nunca mais as veria. O que me deixava menos aliviada? Os celulares em suas mãos quando começaram a nos gravar.

— Connor, isso já é demais pra mim — falei, me sentindo uma idiota.

— Não, espera um pouco. *Isso* já é demais pra você — explicou ele, apertando o play na caixa de som.

Segundos depois, "What a Feeling", de Irene Cara, explodia pelos alto-falantes. Ele tinha mesmo colocado a música de *Flashdance*?

Então ele começou a dançar feito um louco, balançando a fantasia de banana, jogando os quadris de um lado para o outro e girando sem parar.

— Dança, Chapeuzinho — disse, acenando para mim.

Eu estava morrendo de vergonha. As pessoas ficavam rindo dele, pulando feito um maluco.

— Não consigo dançar como se ninguém estivesse olhando, Connor — expliquei.

— Ótimo. É pra dançar como se elas estivessem olhando mesmo. E sem se preocupar com o que elas estão achando. — Ele veio até mim e segurou minhas mãos, apertado. — Aaliyah.

— O quê?

— Você confia em mim?

Ele me fez essa pergunta com uma sinceridade impressionante no olhar. Estava cheio de esperança e empolgação, e confiança...

Droga.

Eu confiava nele.

Então deixei que ele me puxasse para seus braços, e a ameixa dançou com a banana. Começamos a girar mais e mais rápido, enfrentando o mundo, e, quanto mais a gente dançava, mais eu ria. Quanto mais eu ria, mais me esquecia da plateia. Quanto mais ele me girava, mais liberdade eu conquistava.

Nós dançamos várias músicas, todas com uma mensagem de positividade, e, quando a última terminou, quando chegamos à nota final, pedi a Connor que tocasse a fita de novo.

Ter Connor de volta à minha vida parecia uma bênção que eu não merecia. Às vezes, eu me perguntava se ele era mesmo de verdade ou se eu tinha, de alguma forma, ido parar em um mundo imaginário fantástico, onde super-heróis eram reais e apareciam para salvar o dia.

Conversar com Connor era como conversar com um velho amigo que você não via fazia anos, mas que amava de coração — e sem fazer o menor esforço para isso. Ele ainda tinha todo aquele charme que havia exibido dois anos antes, só que multiplicado por dez. Ele não sabia, mas eu precisava desesperadamente da sua amizade.

Por outro lado, as tarefas que ele me passava como coach às vezes eram um pouco difíceis. Ele tinha até me dado uma lista de deveres de casa para fazer toda manhã.

1. Dançar no quarto ouvindo uma música alegre.

2. Dizer não para alguém que você ama.

3. Fugir da dieta em uma refeição.

Eu ainda estava reunindo forças para enfrentar os números dois e três da lista, mas o número um foi bem fácil de botar em prática, já que Connor havia me passado uma lista de músicas alegres para eu escolher.

"Firework", de Katy Perry

"Best Life", de Cardi B (com Chance the Rapper)

"All I Do is Win", de DJ Khaled

"Can't Stop the Feeling", de Justin Timberlake

"You Got It", de VEDO

A lista era um ótimo ponto de partida. No início, eu me sentia meio boba cumprindo a tarefa. Não entendia como aquilo me ajudaria a me amar, mas se eu tinha conseguido dançar no meio da Times Square vestida de ameixa, então dançar no meu quarto não seria um problema. Eu fazia isso depois do banho, pela manhã. Eu me enrolava em uma toalha e começava a dançar como se nada mais no mundo importasse.

Também acrescentei algumas músicas à lista.

"This is Me", de Keala Settle e o elenco de *O rei do show*

"I Am", de Yung Baby Tate (com Flo Milli)

"Brown Skin Girl", de Beyoncé

Mesmo nas manhãs em que minhas inseguranças falavam mais alto que a música, eu dançava. Nesses dias, eu dançava ainda mais, inclusive. Eu tinha começado a dançar completamente nua em frente ao espelho, olhando para o meu corpo e para todos os defeitos que meus ex-na-morados apontavam nele: minhas estrias, meus seios pequenos, minha bunda grande. Todos eles me encaravam de volta enquanto eu rebolava.

Comecei a cantar junto com as músicas, deixando que elas fizessem a minha pele vibrar.

— Ah, isso aí! Parece que está rolando uma festa aqui! — exclamou Connor em uma manhã de segunda-feira, entrando no meu quarto, balançando as mãos no ar.

— Ai, meu Deus! — gritei, me virando para encará-lo, completa-mente nua. O único tecido que cobria meu corpo era a toalha enrolada em meu cabelo.

— Peitos! — berrou ele, virando na mesma hora e cobrindo os olhos com as mãos. — Ah, merda! Desculpa, Aaliyah! É que ouvi a trilha sonora de *O rei do show*. Eu sempre me animo com *O rei do show*, e, pra ser sincero, não imaginava que acabaria dando de cara com um show aqui — tagarelou Connor, sem fazer o menor sentido, me deixando ainda mais corada, mas também me fazendo rir com o fato de ele não ter ficado envergonhado por me ver pelada. Acho que o rosto dele estava mais vermelho que o meu. — E desculpa por gritar peitos. Eu sou o quê? Um adolescente que acabou de ver o primeiro par de tetas da vida? Quer dizer, não é isso. Eu já tinha visto peitos antes. Muitos. Bom, não muitos. Mas também não foram poucos. Com certeza não foram poucos. Eu já tinha visto um número razoável de seios na minha vida adulta. Uma quantidade que não é estranhamente baixa nem absurdamente alta. Mas você entendeu, seus peitos não foram os primeiros que eu vi, o que significa que eu não devia ter gritado peitos pra você feito um maldito psicopata, apesar do que, vale dizer que os seus peitos merecem gritos de empolgação. Quer dizer, caralho, é melhor eu ir embora agora — disse ele, claramente nervoso.

Ele foi saindo do quarto com os olhos tampados.

— Connor, cuidado com a...

Pá! Ele deu de cara com o batente da porta.

Ele levantou a mão e acenou.

— Estou bem. Estou bem. Certo. Vou embora. Tchau.

Com isso, ele saiu do quarto, acabando com qualquer desconforto da minha parte. Só me restaram as risadas.

29

Connor

Peitos, peitos, peitos.

Caralho. Não eram só peitos. Eram mais do que apenas peitos. Eram seios. Seios adultos, naturais, deliciosamente redondos e arrebitados. Aaliyah Winters era uma obra de arte. Eu não precisava vê-la pelada para saber disso, mas, puta merda... vê-la pelada? Não era algo do qual eu me arrependia.

Claro, eu devia ter batido à porta. Essa era a regra de ouro dos colegas de apartamento, mas eu não estava pensando na hora. Quando ouvi Hugh Jackman e o elenco do filme cantando, meu corpo simplesmente reagiu ao som.

Seios, seios, seios.

Droga, Chapeuzinho, por que você precisava ser assim? Tão perfeita? Tão cheia de curvas, tão macia, tão desejável.

Eu só queria ir até ela e permitir que minhas mãos se perdessem — um pensamento provavelmente impróprio sobre sua nova colega de apartamento. Ainda mais se levamos em consideração o fato de eu ser seu coach não oficial. Não era moralmente correto pensar esse tipo de coisa sobre minha nova cliente, mas, no fim das contas, eu era apenas um homem. Um homem com um pau muito duro, sentado no meu escritório numa bela manhã, um dia depois de ver Aaliyah nua.

Ouvi a música tocando no quarto dela e fiquei me perguntando se Aaliyah estaria dançando de novo. Pelada. Com aqueles seios à mostra.

Eu me recostei um pouco na cadeira do escritório e fechei os olhos, pigarreando. Minha mente começou a imaginá-la se movendo junto com a música, seu quadril indo de um lado para o outro, seu corpo se mexendo de um jeito mágico.

Seus lábios. Sua clavícula. Seus mamilos. Seus lábios — os outros lábios, desta vez.

Tudo o que eu queria era me mover com ela, dançar com meu corpo pressionado em sua pele. Infelizmente, tudo o que eu tinha para provocar algum tipo de prazer era meu pau e minha mão. Empurrei a calça de moletom para baixo e segurei meu pau. Comecei a acariciá-lo, subindo e descendo a mão nele, pensando na Chapeuzinho, no seu corpo, nas suas curvas, nela.

Porra, eu queria sentir o gosto dela. Podia apostar que ela era deliciosa.

Eu me ajeitei na cadeira, me inclinando mais para trás conforme meus movimentos se tornavam mais intensos. Enquanto me apertava com mais força, imaginei a boca de Aaliyah se movendo para cima e para baixo no meu pau, me engolindo por inteiro ao mesmo tempo em que eu apertava seus mamilos. Em seguida, eu a puxaria para cima de mim, faria com que ela sentasse na minha cara, para que eu pudesse prová-la, chupá-la, devorá-la com vontade até que ela gozasse no meu rosto. Eu lamberia todos os seus sucos deliciosos enquanto ela...

— Connor, vou pedir... ai, meu Deus! — gritou Aaliyah, me forçando a abrir os olhos exatamente quando eu estava prestes a explodir em um orgasmo, e... Ah, merda, essa não. Não dava para impedir aquele trem de partir, porque ele já tinha saído da porcaria da estação.

— Ai, merda! — Eu me levantei correndo da cadeira e me virei de costas para Aaliyah. Disparei para um dos cantos do escritório e descarreguei todos os meus pensamentos pornográficos na lixeira. — Merda, merda, merda — gemi.

Aham. Isso mesmo, meus amigos. Eu estava gemendo enquanto gozava dentro de uma lixeira, porque, mesmo morrendo de vergonha, um orgasmo ainda era um orgasmo, e, cacete, aquilo era bom. No entanto, depois, tudo o que me restou foi o constrangimento.

Eu me sentia como um garoto pego no flagrante com uma revista *Playboy*. De alguma maneira, Aaliyah conseguia ser a *Playboy* e a pessoa que me descobriu com a revista.

Eu me virei para expressar toda minha humilhação e me desculpar pela cena que Aaliyah havia presenciado, mas, quando olhei para trás, a porta estava fechada, e ela esperava do outro lado. Parando para pensar agora, eu devia ter fechado a porta antes de começar a bater punheta. Mas é o que dizem por aí: idiotas fazem idiotices.

— Desculpa! Eu vi a porta aberta, e, bom, ia perguntar se você queria que eu pedisse seu café da manhã — exclamou ela atrás da porta.

— Certo, aham, pode ser. Desculpa por isso.

Um silêncio caiu entre nós por um momento.

Eu estava me sentindo um completo idiota.

Um idiota tarado e pervertido.

Então Aaliyah quebrou o gelo.

— Então... — Ela fez uma pausa rápida. — Você quer ovos mexidos? Eu ofereceria uma linguiça, mas acho que você não precisa.

Eu ri sozinho, sentindo a humilhação diminuir. Ela poderia ter deixado o clima continuar desconfortável e constrangedor, mas preferiu fazer piada.

Droga.

Eu gostava muito daquela garota.

30

Aaliyah

As primeiras semanas morando com Connor foram bem fáceis — mesmo com os momentos constrangedores. Na verdade, aquelas experiências tinham nos deixado mais confortáveis e à vontade um com o outro. Depois de ele me ver dançando pelada e eu o ver, bem... completamente acordado, superamos as partes mais desconfortáveis de dividir um apartamento com alguém.

Pronto.

Se eu fosse sincera comigo mesma, algo que vinha tentando fazer com cada vez mais frequência, precisava admitir que fiquei me perguntando o que ele estava imaginando enquanto estava lá, recostado na cadeira do escritório, movendo as mãos para cima e para baixo.

Aham, as duas mãos.

Ele precisava das duas para seu Capitão América imenso. Seu Incrível Hulk. Seu Homem de Ferro. O martelo do Thor. Aposto que ele conseguiria lançar uma mulher para fora de Asgard com aquele negócio.

Levante esse martelo, Connor, levante.

Depois dessas interações constrangedoras — bem, talvez constrangedoras para ele, pois eu não me incomodei nem um pouquinho com o que vi —, criamos uma regra na qual as portas devem estar sempre fechadas durante momentos, hum... íntimos. E, se uma porta estivesse fechada, a entrada era proibida.

Outras regras também foram criadas.

Combinamos que todos os assuntos da entrevista seriam discutidos fora de casa, para que ele tivesse um lugar seguro para voltar depois dos longos dias de trabalho, que costumavam ser bem longos. Apesar de eu não trazer nada relacionado à revista para dentro de casa, ele trazia seu trabalho para o lugar que deveria ser seu santuário.

Às vezes, ele voltava para casa às dez da noite e ia direto para o escritório, mergulhando no trabalho até de madrugada.

Na manhã de domingo, eu havia acordado cedo para visitar o túmulo de Grant — esse era meu passeio semanal —, e fiquei surpresa quando vi que Connor ainda estava sentado na frente do computador. Bati no batente, e ele levantou o olhar, parecendo exausto.

— Começou o dia cedo ou o dia de ontem ainda não terminou? — perguntei.

Ele olhou para o relógio e gemeu enquanto esfregava o rosto com as mãos.

— Ainda não terminei o dia de ontem. Por que você acordou tão cedo?

— Eu visito o túmulo do Grant aos domingos. Acordo cedo pra assistir ao nascer do sol com ele e ler umas revistas em quadrinhos.

Ele esfregou os olhos para afastar o sono e abriu um sorriso preguiçoso.

— Parece divertido.

— É uma tradição que eu criei.

Ele se levantou da cadeira e veio na minha direção.

— Posso ir junto?

Fiquei um pouco surpresa com o pedido. Eu havia passado meses tentando convencer Jason a ir comigo, mas ele sempre dizia que era cedo demais e que achava isso um hábito esquisito.

Connor já queria ir, sem nem ter sido convidado. Sem contar que ele ainda não tinha nem ido dormir.

— Você não está cansado? — perguntei.

— A gente pode fazer um café pra levar — sugeriu ele. — Eu me lembro de você falando do Grant quando nos conhecemos, dizendo que ele tinha sido importante na sua vida. Seria uma honra conhecer alguém tão especial pra você.

A forma como ele disse "conhecer" me deu um friozinho na barriga. Como se Grant ainda estivesse vivo.

— Se você quiser mesmo vir comigo, será um prazer.

— Eu quero — garantiu ele. — Só deixa eu preparar um café, e depois a gente vai.

Assim que o café ficou pronto, fomos visitar Grant com cobertores e revistas em quadrinhos. Quando chegamos ao túmulo, Connor estendeu os cobertores para que pudéssemos nos sentar neles e sorriu ao olhar para a lápide de Grant. Eu me sentei, e ele fez o mesmo, se acomodando ao meu lado.

— Quantas moedas? — observou Connor.

— É, eu sempre trago uma. O Grant acreditava que moedas de um centavo davam sorte, e que as de vinte e cinco davam mais sorte ainda. Sempre que acho uma moeda, sinto como se fosse um beijo dele. Eu sei que é bobagem.

— Não é bobagem nenhuma.

— O Jason achava que era — falei.

— O Jason também achava que a Itália era um continente. A opinião dele é inútil.

Eu ri. Isso era verdade.

— Me conta alguma história dele? — pediu Connor, dobrando as pernas e apoiando os braços cruzados sobre os joelhos.

— Você quer mesmo ouvir histórias sobre o Grant?

— Quero. Histórias de vocês dois juntos. Quero saber tudo que você quiser compartilhar comigo.

Aquilo era muito estranho para mim. Jason nunca perguntava, nunca teve nenhuma curiosidade. Connor, por outro lado, parecia bastante interessado em saber mais sobre o meu passado, sobre as coisas que me transformaram na pessoa que sou hoje. Falar sobre Grant era como falar sobre um pai. Ele tinha sido importantíssimo para mim, e eu adorava ver que Connor ouvia com atenção cada palavra que saía da minha boca enquanto eu contava as histórias.

Então ele leu as revistas em quadrinhos para mim e Grant, fazendo meu coração bater mais forte. Connor não fazia a menor ideia de como sua presença ali era importante para mim. Estava sendo muito especial ter alguém ao meu lado para assistir ao nascer do sol no túmulo de Grant.

Quando chegou a hora de irmos embora, Connor tirou a carteira do bolso, pegou uma moeda de vinte e cinco centavos e a deixou sobre a lápide de Grant. Fiquei me perguntando se aquele homem tinha noção do quanto era bom.

～∘⚬∘～

Eu adorava acordar todos os dias e não estar sozinha em casa. Era reconfortante ter mais alguém na cobertura comigo, mesmo que eu e Connor não interagíssemos o tempo todo. Era bom saber que, se surgisse algum problema, haveria alguém por perto.

Mesmo assim, eu ficava preocupada com Connor, porque ele trabalhava muito.

Certa noite, acordei por volta das três da manhã com sede e, quando fui pegar um copo de água, o encontrei no escritório, sentado na frente do computador. Seus ombros estavam curvados para a frente, e a exaustão, estampada em seu rosto. Não o interrompi, mas fiquei com aquela imagem na cabeça por alguns dias, até achar que precisava interferir. Talvez eu estivesse passando dos limites, mas, certa noite, quando ele chegou, depois do trabalho, afrouxou a gravata e se sentou fazendo uma careta, percebi que Connor precisava de uma folga. E tinha certeza de que ele não a tiraria por conta própria.

Por volta das dez daquela noite, a porta do escritório dele estava fechada, mas eu conseguia ouvir seus suspiros do outro lado. Bati duas vezes e o ouvi dizendo que eu podia entrar. Eu estava com as mãos para trás, escondendo uma caixa para tentar convencê-lo a fazer uma pausa.

— Oi, Chapeuzinho. E aí? — Ele abriu um sorriso genuíno, mas seus olhos pareciam exaustos.

Eu me encostei no batente.

— Você precisa de uma PCA.

Ele levantou uma sobrancelha.

— Do quê?

— De uma PCA: pausa com sua colega de apartamento. Vamos. Você está se matando aqui neste escritório, trabalhando como nunca, e precisa fazer um intervalo.

— Por mais que eu queira, não tenho tempo pra um intervalo.

— Bom, você precisa arrumar tempo. Senão, seu corpo vai começar a pifar, e você precisa dele pra viver. Ficar se matando de trabalhar não traz nada de bom.

— Você está falando igualzinho a minha mãe — murmurou ele, arregalando os olhos. — Ah, merda, esqueci de retornar a ligação da minha mãe. Ela vai mandar um milhão de mensagens reclamando.

— Não tem problema. Você pode ligar pra ela amanhã, depois de uma noite de descanso e de uma PCA. Vem.

Ele levantou uma sobrancelha.

— Você não vai desistir, né?

— Não, não vou. Além do mais, tenho uma surpresa para você, caso concorde.

Então revelei a caixa que trazia escondida.

Os olhos dele se estreitaram.

— O que tem nessa caixa, Chapeuzinho?

— Se você quiser descobrir, vai ter que largar essa papelada aí, Capitão.

Hesitante, ele empurrou a cadeira para trás e veio na minha direção. Connor puxou a fita adesiva da caixa e arfou, surpreso, ao ver o que havia ali dentro.

— São...? — sussurrou ele.

— Sim.

— E são pra mim...?

— Aham.

Ele enfiou a mão na caixa dos tesouros, também conhecidos como Cheetos Bola, e eu a afastei com um tapa antes que ele conseguisse pegar um saco.

— Nada disso! Só depois de você concordar com a PCA.

— Onde você achou isso?

— Tenho meus contatos. E aí, o que me diz? Temos um acordo?

Ele surrupiou um dos sacos da caixa, o abriu e começou a enfiar os Cheetos Bola na boca.

— Temos — concordou com a boca cheia, sorrindo como uma criança na manhã de Natal.

Levamos os biscoitos, outros petiscos e algumas bebidas para o terraço. Meu único objetivo naquela noite era ajudar Connor a relaxar um pouco. Dava para ver que ele se cobrava demais para dominar o mundo e fazer o bem com o poder que havia conquistado. Eu só precisava que ele dominasse a si mesmo por um tempinho e aprendesse a diminuir o ritmo.

Fizemos todo tipo de pergunta um para o outro. Como sempre, a conversa fluía facilmente entre nós, e deu para perceber o momento em que sua postura se tornou mais relaxada quando ele se permitiu aproveitar o momento.

— Se você pudesse ter qualquer animal de estimação, qual seria? — perguntou ele, terminando o terceiro saco de biscoitos.

— Ah, essa é fácil. Um cachorro.

— Eu sabia que você gostava de cachorro.

Concordei com a cabeça.

— Já fui voluntária em um abrigo pra cachorros vítimas de maus-tratos. Eu ficava chocada com as torturas que os filhotes sofriam. A gente chegou a receber alguns que haviam sido feridos de maneiras inconcebíveis. Eles chegavam traumatizados, ansiosos e deprimidos, mas aos poucos iam interagindo com a gente. Demorava pra gente ganhar a confiança deles? Demorava, mas, depois que a gente conseguia, eles nos davam muito amor. De graça. Nenhum ser no planeta é capaz de amar de uma forma tão incondicional quanto um cachorro. E, infelizmente, quando algum dos donos violentos por acaso voltava, eles continuavam os tratando com amor. Este mundo não merece os cachorros.

— Concordo plenamente. Se eu tivesse tempo pra cuidar de um cachorro, com certeza teria um.

— Às vezes, a gente precisa encontrar tempo na vida.

Ele sorriu.

— Acho que vou começar arrumando tempo pra uma PCA e ir com calma na ideia do cachorro.

— E você tem que adotar, não comprar! Tem vários filhotinhos lindos por aí que mudariam a sua vida pra melhor.

— Sei — disse ele, seus olhos azuis encontrando os meus. Suas covinhas ficando mais fundas. — Imagino que sim.

Precisei desviar o olhar, porque, sempre que ele ficava me encarando por muito tempo, eu sentia um frio na barriga. Comecei a mexer nas minhas unhas para me distrair.

— Sabe uma coisa que sempre detestei?

— O quê?

— Quando as pessoas chamam homens de cachorros. Por que ofender tanto os bichinhos? Cachorros são leais, até nos dias em que você é mais babaca. Você pode gritar, brigar com eles, e mesmo assim eles vão pular no seu colo e te dar amor. Claro, talvez eles façam xixi no lugar errado ou comam seus sapatos, mas dá pra ver a culpa nos olhos deles quando cometem um erro. E eles aprendem. Cachorros são leais e aprendem! Homens são apenas... homens. E essa é a pior ofensa para eles. Não porcos, nem ratos, nem cobras. Homens são homens. — Olhei para Connor e abri um sorriso determinado. — Sem querer ofender.

— Não me ofendeu. Você pode me incluir nesse grupo.

— Mas você não é cafajeste com as mulheres. Na verdade, você evita se envolver porque não quer desperdiçar o tempo delas. Isso é diferente. O Jason me manipulou. No começo do nosso namoro, ele dizia algumas coisas só pra me conquistar. Depois que fomos morar juntos, descobri quem ele era de verdade. Nossa relação não passava de uma brincadeira pra ele. Você não faz joguinhos. Você nem se dá ao trabalho de começar nenhum relacionamento, porque não quer decepcionar ninguém. Isso é um comportamento nobre.

Ele fez um aceno com a mão.

— Ahn, não sei se é nobreza ou só medo.

— Mas do que você teria medo?

Ele sorriu.

— De muita coisa, Chapeuzinho.

Meu Deus, aquelas covinhas eram um perigo. Connor Roe era o pacote quase completo. Ele tinha beleza, personalidade, tinha charme... A única coisa que faltava era o compromisso de engatar um relacionamento sério.

— Eu minto pra mim mesmo com certa frequência — continuou ele.

— Sobre relacionamentos?

— Aham. Quer dizer, eu de fato vivo no escritório e sou viciado em trabalho, mas, se eu quisesse, se eu quisesse mesmo, poderia ter uma namorada.

— Então por que você está solteiro? Você poderia ter qualquer mulher que quisesse. Você não é babaca. É charmoso e generoso... e famoso no TikTok, como descobri recentemente. Seria a sua cara gravar os vídeos da sua namorada pro TikTok. Aposto que ela ficaria famosa também. Eu não entendi qual é o problema.

— Você quer a desculpa mentirosa ou a verdade?

— Acho que nós dois lidamos melhor com a verdade.

— Eu ainda não encontrei o amor porque não parei pra procurar — explicou ele. — Acho o amor algo lindo. Caramba, é por isso que eu vivo atrás de doses de amor. Mas morro de medo do tipo de amor que dura pra sempre, porque sei como ele pode machucar quando dá errado. Eu vi minha mãe quase morrer duas vezes. E não foi algo inesperado. Ela lutou duas batalhas contra o câncer, e eu a vi sofrer nas duas vezes. Desde muito novo, precisei aceitar a ideia de que eu poderia não ter mais uma mãe. Isso quase me matou. Então resolvi que nunca mais ia passar pelo processo de perder alguém que eu amava tanto, e é por isso que não crio intimidade com as pessoas. Tenho medo do amor que dura pra sempre, porque o amor traz perdas, e nada dura pra sempre de verdade.

Nós tínhamos compartilhado muitas coisas sobre nós mesmos em nossas conversas, mas eu sentia que Connor nunca tinha sido tão sincero comigo antes. Ele parecia estar revelando coisas que mal admitia para si mesmo.

— É engraçado — respondi, passando os dedos pelo cabelo. — Acho que sou o oposto de você. Eu corro atrás do amor porque nunca tive isso. Se eu tivesse a chance de ter uma mãe, agarraria com unhas e dentes, mesmo sabendo que poderia perdê-la. Pra mim, amar uma vez é melhor do que não amar nunca. Só que o problema de correr atrás do amor é que isso faz com que eu acabe me envolvendo com pessoas como Jason e o meu ex antes dele, o Mario. Eu me doo pra pessoas que provavelmente não me merecem.

— Uau! — Ele soltou o ar, concordando com a cabeça, batendo palmas devagar.

— O quê?

— É legal ouvir você finalmente perceber o que eu percebi no momento em que te conheci. Que você é um prêmio.

Franzi o nariz e dei de ombros.

— Só precisei ser traída por dois homens, ser largada no altar e arrumar um coach de mentira pra chegar até aqui.

— O que importa é que você conseguiu chegar. Agora é a minha vez de fazer uma pergunta reveladora.

— Manda bala.

— Você tentou encontrar eles? Os seus pais?

Soltei uma breve risada.

— Tentei, mas nunca consegui. Desisti faz alguns anos, porque... de que adiantava? Por quanto tempo eu poderia continuar procurando alguém que não estava tentando me achar?

— O azar é deles por nunca terem conhecido você.

Meus lábios se abriram quando nossos olhares se encontraram, e juro que senti meu coração debilitado começar a bater por ele. Abri um sorriso tímido e comecei a balançar a cabeça.

— Não faz isso, Connor.

— O quê?

— Não faz eu me sentir importante.

As covinhas dele se aprofundaram.

Nossa, eu não devia gostar tanto disso, mas gostava.

— Ei, Chapeuzinho?

— Sim, Capitão?

— Quer gravar um vídeo pro TikTok comigo?

31

Aaliyah

A parte mais difícil de morar com Connor era o fato de ele ser absurdamente bonito e generoso. Sério, aquilo devia ser ilegal. Ninguém devia ser tão lindo e legal — isso fazia todos os outros homens perderem a graça. Uma das manias favoritas dele era andar sem camisa pela casa. Tinha dias em que ele entrava na sala pingando de suor, e minhas partes baixas formigavam como se não vissem um homem sem camisa fazia dez anos.

Mas não era só o seu corpo musculoso e sarado que me excitava. Era o jeito como ele, do nada, virava um homem de negócios ao telefone e falava como se fosse o LSC — líder dos solteiros cobiçados. Ele prestava atenção em todas as conversas e falava com um tom de autoridade. A determinação dele era sexy.

Por outro lado, suas piadas ruins também me excitavam. Só o jeito como sua boca se mexia ao falar, a forma como às vezes ele mordia o canto do lábio ao tentar se lembrar do final da piada. Sexy.

E quando ele cozinhava? Meu Deus! Ele me fazia subir pelas paredes quando fritava um ovo. Eu ficava enlouquecida quando ele queimava uma torrada.

Suas risadas, suas caretas, seus sorrisos bobos. Tudo nele me atraía, e eu não sabia se conseguiria seguir em frente quando chegasse a hora. Quanto mais ele se tornava parte do meu mundo, mais eu desejava que ele permanecesse nele. Mais eu torcia para que ele me notasse como algo mais do que uma colega de apartamento, algo mais que uma amiga.

— Tem certeza de que está bom? — perguntou Connor. Nós estávamos em um velho armazém para fazer a sessão de fotos para a *Passion*.

Ele usava um terno de veludo verde-escuro que moldava seu corpo nos lugares certos. Seu cabelo com gel estava penteado para trás, e os maquiadores retocavam seu rosto enquanto eu observava.

Toda a equipe ao nosso redor estava ocupada com os preparativos para a sessão de fotos com uma das fotógrafas mais renomadas do mercado, Jean Paxon. Ela já tinha fotografado a família real britânica, então poder contar com ela para fazer essa sessão era extraordinário.

— Você está ótimo — respondi, segurando o café dele e o meu chá.
— Além do mais, você ainda vai trocar de figurino e tudo mais. Não existe equipe melhor do que esta. E lembra que você já é profissional nesse tipo de coisa? Com tudo o que você faz na sua conta no TikTok...

— Hum... isso é um pouco mais sério do que uma rede social boba. Tem umas cinquenta luzes aqui! Além do mais, a revista vai ser vendida nas bancas. A última coisa de que eu preciso é ficar horrível nas fotos por causa da minha cara feia.

Revirei os olhos.

— A sua cara não é feia, Connor.

— Você me acha bonito, Chapeuzinho? — provocou ele com uma voz melosa e irritante.

— Não, você é horroroso. Seu nariz é torto, sua boca é fina, seus olhos são muito separados. Mas dá pra consertar tudo isso na edição. Só preciso que você saia mais ou menos decente numa foto pra eu não ser demitida. Agora, toma aqui o seu café, e para de fazer drama.

Ele sorriu e me deu uma cotovelada.

— Ah, eu também acho você bonitinha.

Que idiota.

— E gostei do seu batom. A Chapeuzinho Vermelho de vermelho. Essa cor combina com você.

Minhas bochechas coraram.

Eu odiava o fato de adorar quando ele me elogiava. Isso só me fazia desejá-lo em segredo ainda mais.

Se ele estava nervoso com a sessão de fotos, não pareceu. Assim que recebeu instruções de Jean, Connor fez exatamente o que ela pediu. Sua habilidade em parecer profissional e absurdamente sexy ao mesmo tempo era impressionante. Ele também parecia tranquilo e acessível em alguns cliques mais casuais. Minhas preferidas eram as fotos nas quais ele estava rindo, porque capturavam seu coração.

Quando chegou a hora das fotos sem camisa, que Jean insistiu em tirar, minhas bochechas esquentaram na mesma hora.

— Puta merda — murmurou uma mulher da equipe que estava ao meu lado, enquanto admirava o corpo musculoso de Connor. — Só consigo imaginar o que está escondido dentro daquela calça.

O martelo do Thor, amiga.

O martelo do Thor estava escondido dentro daquela calça, e ele era poderoso.

Você sabia que, num site de gírias em inglês chamado Urban Dictionary, a segunda definição de Connor era "pênis enorme"? Eu não seria capaz de inventar isso nem se quisesse, e, pelas minhas observações pessoais, o nome Connor parecia ser muito adequado para os... atributos dele.

Às vezes, minhas pesquisas na internet me levavam a lugares estranhos.

— Ele está com alguém? — perguntou ela. — Talvez eu invista nele.

Meu corpo inteiro se arrepiou ao ouvir aquilo.

— Hum... sim, ele está, sim — menti.

Pois é, isso mesmo. Eu menti.

Eu menti porque senti uma raiva crescer dentro de mim só de pensar em uma mulher dando em cima do meu homem — bom, do meu *colega de apartamento*. Quem aquela mulher pensava que era, dizendo que ia investir nele? Comentando sobre as partes íntimas dele? Ela não tinha vergonha na cara, não? Não era legal ficar babando por um cara que só estava tentando fazer o seu trabalho?

Ele não é um objeto sexual, moça! Ele é um ser humano. Tenha mais respeito.

E ela também não percebeu os meus sinais? Eles eram bem óbvios. Eu tinha usado batom vermelho porque queria chamar atenção de Connor — e havia funcionado. Minha blusa não estava completamente abotoada. Na verdade, havia dois botões abertos, *obrigadapornotar*. E minhas panturrilhas estavam completamente à mostra e belíssimas, ressaltadas pelos saltos de dez centímetros — que no fim do dia eu estaria arrependida por ter usado, devido à dor nos pés.

Francamente! Ela não percebeu que eu estava precisando me segurar para não o agarrar no set? Estava quase jogando meu sutiã na cara dele. Meu sutiã *vermelho*. Vermelho!

Como ela não percebeu? Ela não captou a energia que eu estava emanando?

Era nojento ver que certas pessoas não tinham respeito nenhum pelas outras. Ela não tinha a menor chance com Connor Roe.

Inclinei a cabeça, sem tirar os olhos do abdome dele.

— Nossa, que sortuda. Eu daria tudo só pra passar um dia com ele.

— Pois é, né?

— E aquela boca... porra. Aposto que ele faz loucuras com aquela boca. Acho que vou acabar sonhando com esse homem hoje.

Nem pense nisso!

Eu quase me senti mal por mentir para ela. Mas o que eu falei foi mesmo uma mentira? Ela perguntou se Connor estava com alguém, e ele meio que estava. Comigo. Ele estava comigo. Ele estava comigo na sala de estar, na cozinha e no terraço. Ele estava comigo quando eu fazia ioga de manhã e à mesa de jantar à noite. Dava praticamente para dizer que nossa relação era bem séria.

Ai, meu Deus! Eu estava pirando. Connor precisava vestir aquela maldita camisa de novo o mais rápido possível.

A última parada do dia foi no Central Park. Lá ele colocou uma calça cinza e uma camisa branca de botão com as mangas dobradas.

Estava perfeito e não tinha feito o menor esforço para aquilo. Observei que as pessoas — homens e mulheres — passavam por nós admirando sua beleza.

Era impossível não notar. Se ele não estivesse no mercado imobiliário, poderia facilmente trabalhar como modelo.

— Chapeuzinho, vem cá — chamou ele, me despertando dos meus pensamentos, que eram todos sobre ele. — Preciso de umas fotos com você.

Eu ri.

— Ah, não, eu estou bem aqui. Eu me sinto melhor atrás das câmeras.

— Nada disso. Preciso de fotos com a única pessoa que já me entrevistou na vida. É um grande feito, então vem.

— É uma boa ideia — concordou Jean. — Pra deixar registrado. Mesmo que não saia na revista, vai ser uma lembrança legal. Vem logo!

Olhei para os meus seios expostos demais, então ouvi Connor gemer.

— Para com isso. Você está maravilhosa como sempre — elogiou ele, gesticulando para que eu me aproximasse.

Minha hesitação era forte, mas eu não queria fazer com que a equipe não terminasse a sessão no horário certo. Maiv me mataria se a gente estourasse o tempo e tivesse de pagar hora extra.

Fui correndo até Connor, e, na mesma hora, ele indicou as poses que nós deveríamos fazer.

— É só fingir que a gente é um casal poderoso, tipo o Harry e a Meghan, ou a Beyoncé e o Jay-Z — sussurrou ele. — Vira de costas pra mim — disse ele.

Eu obedeci.

Ficamos de costas um para o outro, depois lado a lado, então, sem nenhum aviso, ele me pegou nos braços e me girou, me fazendo cair na gargalhada.

— Ai, meu Deus! Para, Connor! — berrei, mas ele continuou me girando, girando, girando, mais e mais rápido, até me colocar de volta no chão firme.

Eu estava tonta e desnorteada. Quando comecei a cambalear, ele me segurou, me envolvendo em seus braços.

Ele apoiou a testa na minha, impedindo meus movimentos, e parecia que ele tinha parado o tempo.

— Desculpa, foi rápido demais? — sussurrou ele.

— Foi rápido demais — respondi.

— Faço mais devagar da próxima vez.

Eu ri.

— Não vai ter uma próxima vez.

— Acho que haverá muitas próximas vezes, Chapeuzinho — disse ele, sua respiração tocando os meus lábios.

Sua boca estava perto da minha. Aquela boca sempre esteve tão perto assim? Nós estávamos a uma distância normal para amigos que moravam juntos, ou ele ia...?

Ai, caramba.

Esse cara.

Por um instante, esqueci que estávamos no meio do Central Park. Por um instante, esqueci que estava rolando uma sessão de fotos. Naquele momento, eu só sentia o calor dele e o meu, e eu só queria agarrá-lo e provar seus lábios, deixar que ele provasse os meus, e depois levá-lo de volta para casa e fazermos tudo de novo.

— Tudo bem, acho que terminamos — anunciou Jean, interrompendo o conto de fadas que eu estava inventando na minha cabeça.

Dei um passo para me afastar de Connor e olhei para a equipe, que nos encarava como se tivessem acabado de nos pegar transando.

A vergonha bateu na mesma hora, mas tentei fazer cara de paisagem. Bati palmas e pigarreei.

— Muito bem, pessoal, encerramos por hoje.

Depois da sessão de fotos, fomos para casa, e resolvi me permitir sair da dieta pela primeira vez em meses. Minha escolha: comida chinesa.

— Queria saber se você acha uma boa ideia ir ao Kentucky comigo — perguntou Connor, enquanto colocava em cima da mesa comida suficiente para alimentar um batalhão.

Quando contei para ele que pretendia comer algo diferente, ele decidiu pedir o cardápio inteiro para comemorar.

— Kentucky? Na sua casa?

— É. Eu tinha planejado passar um fim de semana lá, fazer uma visita. Achei que mostrar minhas origens sulistas poderia ser legal pra matéria. Mostrar onde eu comecei. Minhas raízes.

Eu sorri.

— Acho uma ótima ideia. A Maiv nos incentiva a mostrar todos os lados dos nossos entrevistados, e, pelo que você me contou, sua mãe é uma parte importante da sua vida.

— A mais importante — concordou ele.

— Há quanto tempo ela está curada do câncer?

— Vai completar dez anos agora, e... — O sorriso dele se abriu ainda mais. — É muito bom poder chegar à marca dos dez anos.

— Fico muito feliz por ela.

— É. Ela passou por maus bocados. Ainda fico muito preocupado e com medo que a doença volte um dia, mas, por enquanto, estamos bem.

— Seja positivo. Dez anos é bastante tempo.

— Eu sei. Às vezes, entro em desespero, mas fico muito feliz em saber que ela está bem. Sei que o convite é meio em cima da hora, mas quero ir daqui a duas semanas.

Eu sorri.

— A sua sorte é que eu não tenho vida. Mal posso esperar pra ver como é a vida numa cidade pequena. Nunca estive numa cidade pequena.

Ele riu.

— Com certeza é bem diferente da vida em Nova York. As pessoas são tudo o que você pode imaginar. Fofoqueiras, carinhosas e conservadoras, mas divertidas. Todo mundo se mete na vida de todo mundo, basicamente.

Esfreguei as mãos.

— Mal posso esperar.

— Só pra avisar... sem querer parecer metido, mas eu sou meio que uma estrela por lá. Sou tipo uma celebridade de cidade pequena, o que é ridículo, mas também é legal. No ano passado, batizaram uma rua com o meu nome. E fizeram uma festa enorme pra inaugurar a placa. É uma loucura, e um desperdício de dinheiro, mas eles me amam.

— Como não amar?

Ele olhou para mim e sorriu, depois pegou um prato e o encheu de comida chinesa.

— Vou comprar as passagens amanhã. Pode ser?

— Perfeito. Vou mandar um e-mail pra Maiv hoje, pra deixá-la a par da situação.

— Tudo bem, então temos frango agridoce, omelete chinês, arroz colorido com camarão e... — Ele abriu uma das caixas e arqueou uma sobrancelha para mim. — Guioza de caranguejo. O que você quer?

— Tudo.

— Boa, garota! — disse ele, começando a arrumar meu prato.

Eu poderia fazer meu próprio prato, mas era tão fofo ver que ele queria me servir antes de si mesmo.

Ele me passou a comida e, quando já estava com seu prato feito, sentou-se ao meu lado no sofá, e nós dois começamos a comer.

— Só quero te avisar que, quando chegarmos lá, as pessoas vão achar que estamos namorando, porque nunca levei nenhuma garota pra lá antes.

Eu ri.

— Então a gente vai ter que se esforçar pra convencer todo mundo de que nós não estamos juntos.

Pensar em nós dois namorando já era o suficiente para me dar um frio na barriga. Connor era apenas meu colega de apartamento e amigo — nada mais, nada menos. No entanto, de vez em quando, como na sessão de fotos hoje, ele tocava em minha pele, e eu sentia um milhão de emoções ao mesmo tempo. Era como se seu toque, seu sorriso, seu calor e toda a sua personalidade fossem doses de amor para o meu corpo todos os dias.

Minhas doses de amor favoritas vinham apenas do homem que estava sentado ao meu lado.

Connor continuou tagarelando sobre tudo e mais um pouco, mas depois ficou quieto e me encarou. Seus olhos azuis sorriam mais do que seus lábios, e me remexi sobre a almofada do sofá.

— O que foi? — perguntei.

— Nada. Nada, não. Eu só estava pensando... — Ele deu uma risadinha e balançou a cabeça. — Minha mãe vai adorar você.

E isso foi o suficiente para que as doses de amor atingissem meu coração com tudo.

32

Connor

Aaliyah Winters havia ganhado um lugar cativo na minha mente.

Inúmeras coisas naquela garota eram admiráveis. Não havia um dia em que ela não me fizesse sorrir. Eu estava aprendendo todas as suas leves manias, e, quanto mais convivia com elas, mas eu as amava. Como quando ela estava digitando um texto no laptop e não conseguia se lembrar de alguma palavra e ficava estalando os dedos repetidamente até se recordar. Eu também adorava a dancinha animada que ela fazia antes de comer.

Sempre que ela via um cachorro na rua, reagia como se tivesse acabado de dar de cara com um anjo e implorava ao dono que a deixasse abraçar aquela bola de pelo.

Eu adorava quando ela tentava me contar piadas sem graça e sempre esquecia o final. Adorava quando ela mordia alguma coisa, soltava um gemidinho e depois me oferecia um pedaço, para que eu pudesse gemer também.

Eu adorava a bunda dela — sendo bem superficial, pois é —, mas, caramba, aquela bunda. A maneira como ela se mexia nos vestidos, nas saias e nas calças jeans que Aaliyah usava. Porra, nas calças jeans... Eu ficava duro só de observar Aaliyah Winters andar por aí de calça jeans. A culpa devia ser do garoto sulista dentro de mim.

Às vezes, quando saíamos de um restaurante depois de discutir algumas perguntas da entrevista, eu a deixava ir na frente só para vê-la andando. A forma como suas nádegas se balançavam de um lado para o outro... como eu queria mexer aquelas nádegas de um lado para o outro.

— O que você está fazendo? — perguntara ela da última vez que fiquei para trás. — Está tudo bem?

— Sim, está tudo bem. — Eu estava com as mãos nos bolsos e abri um sorriso. — É só que me deu uma vontade louca de comer ameixa.

Eu sabia que ela havia corado com a minha resposta, e também adorava isso.

Eu adorava o fato de ela ficar vermelha quando estava perto de mim. Eu ficava com a impressão de que aquela sensação de estar me apaixonando talvez fosse mútua.

Estar me apaixonando.

Eu não sabia que meu coração era capaz de se apaixonar.

❧⁓ℰ⁓

— Você parece descansado — disse minha mãe quando liguei para ela no meu horário de almoço.

Eu não me lembrava da última vez em que ela havia me dito isso, e sabia que estava parecendo menos cansado só porque Aaliyah estava me obrigando a diminuir um pouco o ritmo. As Pausas com a Colega de Apartamento estavam se tornando a atividade que eu mais gostava de fazer.

— Pois é. Estou dormindo bastante à noite.

— Ah, meu filho! Isso me deixa tão feliz. Fico contente em saber que você está tirando um tempo pra se cuidar. Falando nisso, como anda a promessa que você me fez? Sobre encontrar um hobby?

— Você vai gostar de saber que está indo muito bem.

— É sério? — exclamou ela. Dava para sentir a alegria dela do outro lado da linha. — O que você tem feito? Qual é o hobby?

Eu me empertiguei na cadeira enquanto meu rosto se enchia de orgulho.

— Virei uma espécie de coach de estilo de vida. — A ligação ficou muda. Era uma quietude profunda, dolorosa, que me fez levantar uma sobrancelha. — Hum... mãe? Você está aí?

— Desculpa, só estou tentando entender, querido. Ouvi você dizendo que se tornou coach.

— É. Isso mesmo.

— Tá, tudo bem. Meu amor, meu filho querido do meu coração... estou dizendo isto do jeito mais amoroso e carinhoso possível, mas, bom... como você pode ser coach de estilo de vida de alguém se você mesmo não tem uma vida?

— O quê?! Eu tenho uma vida.

— Não, querido. E estou falando isso porque te amo. Você só trabalha, trabalha, trabalha. Nunca se diverte.

— Pra sua informação, eu tenho me divertido bastante ultimamente, graças à minha colega de apartamento que me obriga a fazer umas pausas.

— Colega de apartamento? Como assim colega de apartamento? Não estou sabendo de nada disso.

Fazia um tempo que eu não conversava com a minha mãe, porque o trabalho estava puxado. Fiquei me sentindo culpado na mesma hora.

— Ah, uma amiga minha estava numa situação meio difícil. Eu quis ajudar, então sugeri que ela viesse morar com...

— *Amiga?!* — exclamou minha mãe. — Minha nossa senhora, você está morando com uma mulher?! Me conta tudo sobre ela. Ela é bonita? Ela é legal? Ela é sua namorada? Desde quando vocês estão juntos? Vocês dois estão namorando há muito tempo? Ai, meu Deus, meu bebê tem uma namorada. Que notícia maravilhosa — gritou ela, nitidamente tendo um surto de insanidade.

— Mãe. Calma. A Aaliyah é minha amiga. Só isso.

— Bom, você precisa trazer ela aqui pra me conhecer. E já faz muito tempo que a gente não se vê. Ah! Vou fazer uma torta pra ela. Você sabe que todo mundo adora as minhas tortas de maçã.

— É, na verdade, foi por isso que eu liguei. A Aaliyah é jornalista e está me entrevistando pra uma matéria exclusiva sobre mim que vai sair na revista em que ela trabalha. Eu queria mostrar minha cidade natal pra ela, onde cresci. Achei que seria...

— Ai, meu Deus, você vai trazer uma garota pra casa! Tenho que contar pro Danny.

Esse tal de Danny de novo, não. Ele ainda existe?

— Mãe. Lembra. Nós dois somos só amigos. Só isso.

— Aham, tá bom, entendi. Só quero que esteja tudo perfeito pra quando ela chegar. Ai, meu Deus, uma garota!

Minha mãe estava oficialmente ficando doida. Eu tinha certeza de que ela já tinha começado a planejar meu casamento com Aaliyah. Pedi aos céus que não chegasse ao Kentucky e encontrasse as portas da igreja abertas para que nós oficializássemos o matrimônio.

— Podemos mudar de assunto? — perguntei.

— Tem certeza? Estou adorando isso tudo, mas, pela sua voz, já entendi que você está ficando irritado, então vamos falar de outra coisa. Me conta mais sobre essa história de coach. De quem você é coach?

De alguma forma, a conversa tinha voltado diretamente para a garota sobre quem eu não queria falar.

— Da Aaliyah, na verdade. Ela já sofreu poucas e boas nas mãos de alguns caras babacas. Eu queria ajudá-la a se amar de novo. Ela é fantástica e merece saber disso. — Minha mãe começou a fungar no telefone, tentando abafar o som, mas eu escutei. — Para de chorar, mãe.

— Desculpa, mas isso é tão fofo. Você é um bom homem, Connor Ethan, e estou muito orgulhosa de você.

Revirei os olhos, mas senti um quentinho no coração. Ouvir sua mãe dizer que sente orgulho de você causa certas emoções.

— Obrigado, mãe.

— Mas me parece que ela anda sendo sua coach também. Você não disse que ela te convenceu a fazer umas pausas no trabalho?

— É, convenceu.

— Talvez, no fim das contas, você precise dela tanto quanto ela precisa de você.

Sorri ao pensar nisso.

Talvez.

— Ai, nossa, Connor. Gostei muito dessa garota, por tudo o que você disse. Ela parece maravilhosa.

Eu sabia que ela iria adorar a Aaliyah. Era meio difícil não perceber que ela era maravilhosa.

Antes que eu conseguisse falar mais alguma coisa, alguém bateu à porta. Levantei o olhar e encontrei Marie parada, segurando uma cesta. Ela abriu um sorriso radiante e articulou com a boca:

— Posso entrar?

Confuso, arqueei uma sobrancelha.

— Então, mãe. Preciso desligar agora. Eu te ligo mais tarde.

— Tudo bem, filho. Te amo.

— Também te amo.

— Manda um beijo pra Aaliyah! — acrescentou ela antes de desligar.

Desliguei o telefone e sorri para Marie. Eu não a via desde o dia do casamento. Tudo o que eu sabia era que Aaliyah precisou pedir a ela que se afastasse um pouco e lhe dar espaço para respirar. Dava para entender o lado de cada uma delas naquela situação. Quando um relacionamento termina, não são apenas duas pessoas que precisavam lidar com a dor; mas todo mundo que ama o casal. Estava na cara que Marie amava Aaliyah. Ela a tratava como uma filha, então perder alguém que você tinha passado a amar, alguém que você acreditava que faria parte da sua vida para sempre, deve ser difícil.

— Boa tarde, Connor — disse Marie, entrando na minha sala, quando acenei para ela se aproximar. — Eu estava por perto, fui visitar o Walter no trabalho, e resolvi dar um pulinho aqui. Ontem à noite resolvi cozinhar pra me distrair e agora preciso me livrar da comida toda que sobrou.

Ela colocou um pote na minha frente e deu alguns passos para trás.

— Eu diria que não precisava, mas fico feliz por você ter se dado ao trabalho — falei, abrindo o pote e vendo meus cookies favoritos: gotas de chocolate com aveia.

Seria fácil enfiar todos eles na minha boca naquele segundo, mas eu não queria parecer guloso na frente de Marie.

— Sim, bom... sei que esse é o seu sabor favorito. Agora... não pretendo te atrapalhar, mas queria saber se você teve notícias do Jason recentemente.

— Nós trocamos uns e-mails pra finalizar uns contratos e nos falamos por telefone na semana passada, mas só isso.

— Ah, sim. Faz sentido. Vocês dois só pensam em trabalho, trabalho, trabalho. Iguaizinhos ao Walter. Estou cercada por *workaholics* — disse ela, brincando. Ela alternou o peso entre os saltos altos e então continuou: — Não quero tomar seu tempo, mas será que a gente pode conversar rapidinho?

Inclinei a cabeça, confuso, mas indiquei a cadeira vazia na frente dela.

Ela se sentou e cruzou as pernas. Seus lábios estavam tingidos de fúcsia, e seus cílios postiços piscavam para mim. Marie sempre se arrumava como se estivesse a caminho de um desfile de moda.

Ela pressionou os lábios e começou a tamborilar os dedos sobre a coxa.

— Foi uma pena, né? O que aconteceu no casamento.

— É. Acho que sim.

Ou foi o melhor acontecimento do mundo.

— Eu me sinto péssima pelos dois. Sei que o coitadinho do meu Jason só ficou com medo e entrou em pânico. Veja bem, não estou querendo justificar o que ele fez, mas é que ele não está acostumado a ter uma pessoa tão boa quanto a Aaliyah. Todas as garotas que ele namorou eram exatamente isso: garotas. Elas faziam joguinhos e sempre levavam o Jason a se meter em encrenca. Mas a Aaliyah... — Seus olhos brilharam de emoção, e ela levantou o ombro esquerdo. — A Aaliyah é uma santa. Ela é uma mulher adulta, com a cabeça no lugar.

Eu concordava com ela, mas não estava entendendo por que Marie resolvera me falar aquelas coisas.

— Sinto muito, Marie. O que aconteceu foi horrível, mas não sei o que isso tem a ver com...

— Fiquei sabendo que você vai dar uma entrevista pra *Passion*. É verdade?

Eu me empertiguei um pouco.

— Hum... sim. É verdade.

— E a Aaliyah vai entrevistar você?

Por que eu tinha a impressão de que aquela conversa não estava tomando um rumo bom?

— Sim... depois do casamento, ela ficou numa situação complicada, porque já tinha pedido demissão do trabalho. A chefe dela disse que a recontrataria e lhe daria um aumento se ela conseguisse me entrevistar. Eu me sentiria mal se não a ajudasse.

— Ah, nossa, é claro. Estou muito feliz por você ter se solidarizado. A situação na qual o Jason a deixou não foi das melhores, sem dúvida. Você é um homem bom, Connor. Você sempre foi um homem bom.

Pisquei algumas vezes, sem saber o que dizer.

Ela piscou algumas vezes também, abrindo um sorriso bem desconfortável na minha direção.

Comecei a arrumar os papéis em cima da minha mesa.

— Bom, na verdade, eu tenho muito trabalho pra...

— Você pode ajudá-lo? — perguntou ela.

— Desculpa, o quê?

— Ajudar o Jason. Você pode dizer pra Aaliyah que ele cometeu um erro e que quer voltar pra ela? Porque ele realmente quer voltar com ela.

Não tinha sido bem isso que ele havia demonstrado no dia em que Aaliyah fez a mudança.

— Hum... não acho que seja uma boa ideia eu me meter na vida dos outros.

— Certo, é claro. Entendo. Mas, se você pudesse só jogar no ar a ideia dos dois reatarem, tudo ficaria bem mais fácil. Você é uma pessoa confiável, Connor. Todo mundo escuta o que você tem a dizer.

— Não me sinto muito confortável fazendo isso. Desculpa, Marie.

Um brilho de irritação surgiu nos olhos de Marie antes de ela abrir um sorriso forçado. Um belo de um sorriso falso que só servia para esconder a raiva em seu olhar. Eu sabia que ela estava chateada com o término dos dois, mas parecia estar levando seu papel de mãe dedicada para além dos limites.

Ela se levantou da cadeira, se aproximou de mim e deu uns tapinhas na minha mão.

— Só pensa no assunto, tá? Tenho certeza de que, se você pensar com carinho, vai ver que interceder pelo Jason é a escolha certa.

Mas nem fodendo.

Forcei um sorriso. Ela provavelmente sabia que não era sincero, porém eu não estava mais nem aí àquela altura.

— Bom, tenha um bom dia, Marie. Obrigado de novo pelos cookies.

— De nada, querido. Se cuida. — Ela colocou a bolsa no ombro e se virou para ir embora, mas parou e olhou para mim. — Ah, fiquei sabendo que você encontrou um lugar novo pro seu projeto dos sonhos com o Walter. Acho muito legal você não desistir do seu planinho. — Ela abriu um sorriso enorme. — Espero que tudo dê certo desta vez. Seria uma pena se este projeto desse errado que nem todos os outros.

Ela saiu da sala, deixando um clima desconfortável no ar. Ela tinha...? Ela tinha mesmo acabado de me ameaçar com um sorriso enorme na cara? Não. Marie não faria uma coisa dessas. Ela era um doce. Tão doce quanto aqueles malditos cookies que havia trazido para mim. Mas o jeito como ela falou do meu projeto dos apartamentos para pessoas de baixa renda fez com que eu me sentisse... sujo.

Tentei não dar muita importância para isso, preferia pensar que ela era apenas uma mãe triste que havia perdido a chance de ter uma nora maravilhosa. Eu também ficaria maluco se perdesse Aaliyah.

Antes que eu conseguisse chegar a uma conclusão da situação com Marie, Damian entrou na minha sala.

— Oi. — Ele acenou com a cabeça e se sentou à minha frente. — A Aaliyah vai pro Kentucky com você?

— Como você sabe disso?

— A sua mãe acabou de me mandar uma mensagem toda feliz.

Damian e minha mãe eram melhores amigos. Ele odiava quase todo mundo no planeta, menos eu e minha mãe. Era bem provável que ele falasse mais com ela do que comigo.

— É. Achei que seria interessante pra matéria. Pra ela ver de onde eu vim.

Ele piscou algumas vezes e falou:

— Tudo bem.

Arqueei uma sobrancelha.

— O que foi?

— Eu só disse que tudo bem.

— É, mas você falou como se não estivesse tudo bem.

— Só acho estranho você fingir que vai levar ela pra lá por causa do trabalho quando, na verdade, você só quer levar ela pra conhecer sua cidade natal.

Eu ri.

— O quê?

— Deixa pra lá. Acho ótimo que ela vá.

Arqueei uma sobrancelha.

— É mesmo?

— Acho.

— Só isso? Não vai dizer mais nada?

— O que você quer que eu diga?

— Você é o coveiro. Sempre encontra os podres de todo mundo, e já conversou algumas vezes com a Aaliyah, então eu quero saber a sua opinião sobre ela.

— Por que a minha opinião faz diferença? Não sou eu quem ela está entrevistando.

— É, mas você é a minha pessoa.

— Para de ser esquisito, Connor.

— Estou falando sério. A sua opinião é importante pra mim, Damian. Pra falar a verdade, eu devia ter escutado quando você me alertou sobre a Rose e alguns outros funcionários. Então, se tiver alguma coisa sobre a Aaliyah que eu precise...

— Você gosta dela.

— O quê?

— Você está interessado nela. Isso ficou bem óbvio desde o começo, mas você tem muito medo de admitir o que sente porque tem pavor de compromisso. Mesmo assim, você deu um jeito de manter essa mulher na sua vida porque não gosta da ideia não ter a Aaliyah por perto. Prova número um: você topou dar uma entrevista. Prova número dois: você convidou ela pra morar com você. Prova número três: ela vai com você pra sua cidade natal conhecer a sua mãe.

— Ela vai conhecer outras pessoas também — argumentei.

Damian revirou os olhos.

— Você está basicamente trepando com ela sem trepar com ela.

— O quê? Não. Nós somos só amigos. Colegas. Que moram juntos. Só isso.

Ah, as mentiras que contamos para nós mesmos todos os dias...

— Se for mais fácil pra você pensar assim, tudo bem, meu amigo. Mas você poderia admitir o que sente de verdade por ela e ver no que vai dar. Pena que você está se borrando de medo. E olha que eu achava que era eu quem precisava de terapia, mas, pelo visto, até milionários como você têm seus traumas.

Eu o encarei por alguns segundos, piscando rápido.

— Hum... desculpa. Eu não queria saber a sua opinião sobre mim. Eu perguntei sobre a Aaliyah.

— Ah. Eu investiguei a vida dela há algumas semanas. — Ele deu de ombros. — Gosto dela. É uma boa pessoa.

A única pessoa que havia recebido elogios de Damian havia sido a minha mãe, e ela mandava caixas com guloseimas para ele todo mês.

— Enfim, preciso voltar ao trabalho. E você viu o e-mail do Walter? — perguntou Damian, se levantando da cadeira. — Ele respondeu sobre o imóvel do Queens tem uns cinco minutos. O negócio está praticamente fechado. Agora é só analisar os contratos e assinar. Parabéns, Connor. Ele é seu.

Puta merda.

Eu consegui o imóvel.

Assim que Damian me deu a boa notícia, minha cabeça começou a girar. Boa notícia não, notícia boa para caralho. Fazia anos que eu me esforçava para tornar aquele sonho realidade, e o fato de que o negócio não tinha ido por água abaixo como os outros me fez querer chorar feito uma criança.

Aquilo estava mesmo acontecendo, e eu sabia para quem queria contar primeiro.

❦

— Preciso mesmo usar uma venda? — perguntou Aaliyah, rindo. — Isso parece meio dramático, e já assisti a muitas séries sobre crimes, então, se você for me matar, prefiro que me conte logo, pra eu começar a rezar agora e garantir meu lugar no céu.

Eu ri.

— Para de drama. Se eu quisesse realmente te matar, teria feito isso no Halloween.

— Nossa, que alívio.

— Estamos quase chegando já. O Luis está estacionando neste exato momento.

Luis parou o carro, e saltei rápido, guiando Aaliyah para fora do veículo com apenas alguns tropeços. Ela ficou rindo o tempo todo, me fazendo rir também.

— Tudo bem? — perguntei.

— Sim, tá — respondeu ela, se empertigando quando chegamos à calçada. — Agora posso tirar a venda, ou...

— Espera. Deixa eu armar a cena. Achei que isso seria ótimo pra matéria. Lembra que você disse que queria mostrar meu passado, meu presente e meu futuro?

— Lembro.

— Bom, até agora você só cobriu o presente. Você me viu no meu ambiente de trabalho, mas eu queria compartilhar meu próximo capítulo. O futuro da Roe Imóveis está aqui.

Parei atrás dela e comecei a desamarrar a venda. No instante em que o pano caiu, Aaliyah viu o prédio dilapidado à sua frente.

Seus olhos se arregalaram enquanto ela observava a construção, então Aaliyah se virou para mim.

— Vai ser aqui? Este é o prédio onde você vai construir apartamentos de luxo pra população de baixa renda?

Concordei com a cabeça.

O rosto dela se encheu de alegria, e ela começou a saltitar, segurando meus braços e me obrigando a pular também.

— Ai, meu Deus, Connor! Ai, meu Deus! Você conseguiu! Virou realidade! *Aimeudeus!* — berrou ela, sua animação disparando feito um cometa pela calçada, se espalhando até Marte.

Ela estava animada com a realização do meu sonho, e isso quase fez com que eu me debulhasse em lágrimas. A única pessoa que já havia demonstrado tamanha alegria por mim foi minha mãe.

— Porra, Chapeuzinho, você vai me fazer chorar — falei, meio que brincando.

Quando olhei para ela, meu coração, que sempre batia mais rápido ao seu lado, quase explodiu. As lágrimas que eu sentia escorriam pelos olhos dela.

Ela corou e as secou.

— Desculpa, Connor, mas... você conseguiu. — Ela parou de pular e colocou as mãos na cintura, olhando para as janelas quebradas e para as paredes pichadas do prédio. O lugar estava um desastre, mas, de alguma forma, ela conseguia enxergar além da deterioração atual e imaginar o potencial do imóvel. Ela se virou para mim, e seu sorriso parecia muito afetuoso: — Você conseguiu, Connor. Você realizou o seu sonho. Estou muito orgulhosa de você.

Então a porra do choro veio.

Apertei o nariz e pigarreei. As lágrimas estavam prestes a cair. Por algum motivo, ouvi-la dizer que estava orgulhosa de mim havia me emocionado de um jeito que eu nem sabia que era possível.

— Obrigado, Chapeuzinho. Ouvir isso é muito importante pra mim. Agora, deixando de lado a matéria, convenci o proprietário a me emprestar as chaves por três horas.

Ela esticou a mão para mim e sorriu.

— Então vamos — incentivou-me ela. — Me mostra tudo.

O céu sobre a cidade estava escuro, um sinal óbvio de que uma tempestade estava se aproximando. Mesmo assim, eu jurava que conseguia sentir o sol quando olhava para Aaliyah.

Eu a guiei pelo prédio de sete andares, parando em cada um deles. Eram dez apartamentos por andar, então poderíamos abrigar setenta famílias. Também paramos em cada um dos apartamentos, porque Aaliyah não nos permitiria fazer algo diferente disso. Mesmo quando ela parecia ofegante, o sorriso permanecia em seu rosto.

A felicidade dela me deixava feliz.

— Está vendo, Capitão? — perguntou, enquanto estávamos no último apartamento do sétimo andar. — A família pode botar a televisão bem aqui. Ali vai ser o quarto do pequeno Timmy, e aquele será o da Sara. A suíte dos pais vai ter uma banheira com tudo o que eles têm direito, e vai ter um trinco na porta pra mamãe ter um tempo só pra ela. Eles vão criar muitas lembranças neste lugar — disse ela, dançando na ponta dos pés pela sala de jantar. Ela fingiu se sentar à mesa. — Eles vão dar muitas risadas quando estiverem jantando aqui. Vão falar sobre a vida, fazer deveres de casa e se amar. — Ela se levantou e veio até mim. — Tudo graças a você.

— Você é boa demais pra este mundo, Chapeuzinho — confessei.

Ela era boa demais para mim, no entanto eu a desejava um pouco mais a cada dia que passava. Eu ainda não conseguia lidar com o fato de que meus sentimentos por ela e a nossa conexão estavam ficando cada vez mais fortes.

— Vamos — disse ela. — Me mostra mais.

Eu a levei para o terraço. As nuvens estavam mais escuras do que na hora em que chegamos. Um trovão rugiu pelo céu, indicando que a tempestade cairia em breve.

Ela andou pelo espaço com os braços abertos.

— É aqui que vai ficar a horta comunitária?

— É. Vai ficar bem aqui, e ali vamos instalar churrasqueiras a gás e uns bancos. As famílias vão poder colher verduras e legumes frescos quando quiserem, e vamos contratar um jardineiro pra cuidar das plantas em tempo integral.

Senti a primeira gota de chuva cair no meu rosto, e Aaliyah deve ter sentido também, porque olhou para o céu. Seus olhos castanhos se voltaram para mim, e ela balançou a cabeça.

— Seus sonhos estão se realizando.

Mordi o lábio inferior e assenti com a cabeça.

— Estão... — Eu me aproximei dela e segurei suas mãos. — Dança comigo?

Aaliyah não pensou duas vezes. Ela chegou mais perto de mim, e eu a tomei em meus braços. Nós nos balançamos de um lado para o outro, fingindo que uma música tocava, enquanto as gotas de chuva começavam a cair com mais força. Sugeri que a gente corresse lá para dentro, mas ela não quis.

— Só mais um pouquinho. — Ela apoiou a cabeça no meu peito enquanto nos movíamos devagar sob a chuva. — Consigo ouvir seu coração batendo — sussurrou ela.

— Ele bate por você — confessei.

No começo, nem percebi que eu havia falado aquilo em voz alta, mas quando a vi levantar a cabeça, soube que ela tinha me escutado.

Eu morria de medo de falar para ela como eu realmente me sentia, porque, depois, não teria como voltar atrás. Mas Damian fora certeiro sobre tudo o que havia dito em relação aos meus sentimentos por Aaliyah. Só de pensar em não ter aquela mulher na minha vida, eu ficava louco. Só de pensar em não ter sua presença do outro lado do corredor, meu peito doía. Só de pensar em nunca provar aqueles lábios...

Aqueles lábios.

Aqueles lábios carnudos, lindos, suculentos.

Meu Deus, tudo o que eu queria era me inclinar e prová-los. Chupá-los. Fodê-los...

Abri a boca para falar alguma coisa, para superar meus medos e revelar meus segredos a ela, mas, antes que eu tivesse a chance de fazer isso, um dilúvio desabou sobre nós, e um raio atravessou o céu. A chuva torrencial interrompeu o momento, mas eu continuei parado no mesmo lugar, pensando em uma única coisa — eu queria beijá-la.

Fiquei ali enquanto a chuva nos açoitava. Eu não me importava em ficar ensopado; não me importava em estar todo molhado. A única coisa que importava, a única coisa que eu queria saber, era se ela queria me beijar também.

33

Aaliyah

Ele ia me beijar.

Talvez. Ou, quem sabe, eu imaginei que ele estava se inclinando para me beijar ali, na chuva. Talvez eu só estivesse desejando aquilo, fantasiando a situação, sonhando com a possibilidade de os lábios dele encontrarem os meus e de sua língua separar minha boca e deslizar para dentro dela.

Minha pele começou a tremer quando estávamos parados na chuva, nos encarando, sem dizer nada. A gente devia ter entrado assim que o dilúvio começou. Devíamos ter corrido em busca de abrigo, mas ficamos ali, pingando da cabeça aos pés. Sem desviar o olhar um do outro, expondo nossas almas.

Nossa, eu queria que ele me beijasse. Eu queria que ele me contasse suas verdades, que me contasse se estava sentindo a mesma coisa que eu. Eu queria me atirar em sua boca e deixar que ele engolisse cada pedacinho de mim enquanto eu me entregava por inteiro.

Eu queria beijá-lo.

E queria que ele me beijasse também.

Ele olhou para o chão por um momento e, quando voltou a me encarar, achei que fosse desmoronar.

— Você me deixa assustado, Aaliyah.

— O quê?

— Você me deixa apavorado, porque eu acordo todo santo dia pensando em você. E todas as noites, você está lá também... Eu estou me... — Ele pigarreou, e eu sabia que era difícil para ele se abrir comigo. Eu sabia que ele tinha medo de relacionamentos, e sabia sobre seus receios. Mesmo assim, ele continuou me contando suas verdades. — Estou me apaixonando perdidamente por você, Chapeuzinho.

Meu coração bateu descompassado. Talvez mais do que isso. Talvez ele tivesse parado por completo. Talvez as palavras dele o tivessem curado. Eu só sabia que todos os caquinhos do meu coração maltratado e cansado pertenciam a ele.

Olhei para ele, totalmente em choque com as palavras que haviam acabado de sair de sua boca. Será que eu estava imaginando aquilo? Porque tudo que ele dizia era tudo que eu queria ouvir. Eu não sabia como responder, porque parte de mim tinha medo de descobrir que aquilo não passava de um sonho. Eu tinha medo de que ele voltasse a ter medo de amar quando eu acordasse.

Então, como se soubesse dos meus temores, ele continuou falando.

— Estou com medo porque nunca me senti assim. Estou com medo porque você me faz querer tirar folgas do trabalho. Você me faz querer ter experiências para além da minha carreira. Você me faz querer viver, porque tudo em você é mágico.

— Connor...

— Não precisa dizer nada, Chapeuzinho, sério. Eu sei que você acabou de terminar um relacionamento. Sei que ainda está se recuperando, mas eu só... eu te quero. Eu te quero mais do que já quis qualquer outra coisa neste mundo. Não me importa quanto tempo vai demorar pra você se sentir pronta, porque vou ficar te esperando... porque isto... eu quero isto... eu quero...

— Você — murmurei, segurando suas mãos. Olhei para os nossos dedos entrelaçados, então o encarei. — Eu também te quero. Você nem imagina o quanto eu queria que você dissesse essas palavras — confessei. — Achei que eu fosse a única que desejasse isso.

— Não. Já faz um tempo que me sinto assim, mas não queria tocar no assunto. Estava com medo de te contar. Porra, eu ainda estou com medo, Aaliyah... só que tenho mais medo de não dar uma chance de verdade pra nós.

— Connor?

— O quê?

— Me beija.

Ele me obedeceu sem pensar duas vezes.

A chuva continuava caindo quando a boca dele encontrou a minha. Ele tinha o gosto dos meus contos de fadas favoritos, cheios de encanto e de amor. Ele me beijava como se tentasse me mostrar a verdade por trás dos seus sentimentos, mostrar que eles eram genuínos. Que nós éramos reais, que éramos poderosos. Algo que nenhum dos dois esperava que fosse acontecer.

Ou talvez a gente esperasse. Talvez a gente soubesse desde sempre, desde aquela noite de Halloween, quando eu decidi tentar me apaixonar por um desconhecido.

E lá estava eu, dois anos depois, me apaixonando, me apaixonando, me apaixonando.

Eu retribuí seu beijo com a mesma intensidade que ele demonstrava. Suas mãos me envolveram, e gemi contra sua boca quando senti uma de suas mãos descendo lentamente pelo meu vestido e parando sobre as minhas coxas. Nossas roupas estavam ensopadas e coladas sobre a pele, delineando cada curva e cada músculo dos nossos corpos.

Eu gostava do jeito que as mãos dele passeavam pelo meu corpo. Eu gostava do jeito que a língua dele dançava com a minha. Eu gostava do jeito que ele me tocava. Do jeito que me beijava. Do jeito que sugava meus lábios entre os seus.

Eu adorava o jeito que ele me tocava na chuva.

— Se você quiser que eu pare, Chapeuzinho, eu paro... mas eu quero isso... eu quero você... você todinha. Se você quiser que eu pare, eu paro. Mas, se você quiser que eu continue... Porra, Chapeuzinho. —

Ele pressionou a testa na minha e gemeu nos meus lábios, com os olhos fechados. — Por favor. Pede pra eu continuar.

Minhas mãos pousaram sobre o peito dele. Eu sentia todos os seus músculos, já que sua camisa cinza estava grudada na pele. Meus lábios se abriram contra os dele, e sussurrei:

— Continua.

Segundos depois, ele estava tirando a minha roupa enquanto eu arrancava a dele. Nós nos atracamos como se estivéssemos prestes a descobrir nosso verdadeiro destino. Ele me deitou no chão com delicadeza e abriu as minhas pernas. Sem hesitar nem por um segundo, ele as colocou sobre os seus ombros e se inclinou entre elas. Seus dedos se moviam pela parte inferior das minhas coxas, e sua boca acompanhava os dedos, me beijando e me chupando de leve por todo o caminho. Ele lambeu as gotas de chuva que nos atingiam, sugando-as da minha pele exposta, fazendo os arrepios se intensificarem a cada vez que ele se aproximava do meu âmago.

Ele chegou mais perto, tão perto que seu hálito quente roçava a parte superior das minhas coxas. Sua boca permaneceu em um ponto específico enquanto ele chupava minha pele sensível com seus lábios carnudos, lançando uma onda de desejo e ansiedade pelo meu corpo inteiro.

— Por favor — implorei, sabendo exatamente onde eu queria que aquela boca chegasse, sabendo exatamente o ponto que eu queria que ele beijasse, lambesse, chupasse, fodesse...

Fodesse...

Minha respiração ficou ofegante quando ele encontrou o caminho até meu clitóris, se dedicando aos trabalhos como se eu fosse sua rainha e seu único dever na vida fosse me levar ao êxtase. Ele elevou minha alma a outro patamar enquanto sua boca fazia amor com meu âmago. Sua língua deslizou pelo meu clitóris enquanto seus dedos me penetravam. O movimento e a velocidade de seus gestos iam se intensificando conforme ele lambia os pingos de chuva misturados com minha própria umidade. Ele me chupou com avidez, bebendo cada gota que eu lhe oferecia. Ele me engoliu como se dependesse daquilo para sobreviver. Gemi e joguei o quadril para cima, implorando para que ele fosse mais fundo... para que me possuísse por inteiro... para que me desse tudo de si.

Eu o queria dentro de mim. Eu queria que ele levasse sua rigidez até meu âmago. Eu o queria em cima de mim, me olhando enquanto me comia com vontade.

— Bolsa — arfei, apontando para o lado, onde minha bolsa estava caída, na chuva. — Camisinha — murmurei, incapaz de articular outras palavras.

Por sorte, isso foi suficiente para que ele captasse a mensagem. Ele foi até a bolsa rapidamente, revirou o interior dela e pegou a camisinha.

Depois que terminou de me provar, ele montou em cima de mim, expondo seu pau grande e latejante. Minha boca começou a aguar com a visão de sua ereção. Ele inclinou a cabeça enquanto se encaixava em mim, quase como se me pedisse permissão para entrar.

Concordei com a cabeça, pois tinha consciência de que palavras exigiriam um esforço muito grande de mim naquele momento.

Ele cobriu meus lábios com os seus, me dando um beijo intenso e demorado. Arfei ao senti-lo deslizar para dentro de mim, se entregando por completo. Enquanto ele impulsionava sua rigidez para dentro de mim, meus dedos fincaram em suas costas, minhas unhas cravaram em sua pele. Eu não sabia que era capaz de me sentir assim. Não sabia que fazer amor poderia parecer uma questão de vida e morte, de orações e pecado, de céu e inferno. O tom brincalhão habitual dele havia desaparecido, e, quando olhei em seus olhos, vi suas pupilas dilatadas de desejo, de paixão, de amor.

— Ah, nossa, isso, Connor... não para... — arfei, exausta, mas completamente extasiada, desejando mais e mais dele. Desejando tudo dele.

— Meu Deus, tudo em você é uma delícia — sussurrou ele contra a minha boca e me beijou com mais força, se impulsionando mais fundo.

Suas palavras se misturavam com seus movimentos, e a chuva tornava impossível que eu conseguisse me segurar por mais tempo.

— Eu vou... Connor... eu...

— Vai, goza pra mim — sussurrou ele, me deixando ainda mais excitada.

Meu quadril rebolava para cima e para baixo enquanto ele continuava metendo com vontade. Connor tinha muitas personalidades, mas eu não sabia que ele era do tipo que gostava de falar sacanagem. Isso me fazia desejá-lo ainda mais do que antes.

Gozei gostoso nele, meu corpo inteiro tremendo enquanto eu chegava ao ápice. Ele se impulsionou com vontade para dentro de mim, apoiando as mãos em meus ombros.

— Merda, você vai me fazer gozar agora — disse ele, ainda metendo.

— Por favor — implorei, abrindo meus olhos para encontrar os azuis dele me encarando. — Por favor, goza dentro de mim. Quero tudo de você. Connor... por favor... me fode com força.

Essas palavras o deixaram enlouquecido, então ele se apoiou no chão duro e começou a meter mais e mais, para dentro e para fora, para dentro e para fora, me fodendo como se fosse encontrar a felicidade entre as minhas coxas e o nosso futuro nos meus lábios.

Pouco tempo depois, ele se perdeu dentro de mim, se entregando por completo, sua respiração se tornando ainda mais pesada enquanto ele descarregava. Assim que acabou, ele se deitou de barriga para cima ao meu lado, e nós dois ficamos parados por um momento, completamente ofegantes enquanto a chuva açoitava nossa pele.

— Meu — sussurrou ele.

— Deus — completei.

— Isso foi...

— Incrível.

Ficamos em silêncio por alguns instantes, tentando recuperar o fôlego quando ele girou de lado para me encarar. Ele tinha no rosto aquele sorriso bobo que eu tanto amava, então ele roçou os lábios por cada centímetro do meu corpo.

— Você é perfeita. Você é perfeita — sussurrou ele entre cada beijo que depositava em meus lábios. — Você é perfeita.

Suspirei, me sentindo completa pela primeira vez em muito tempo enquanto sua boca descansava sobre a minha, e falei:

— Nós somos perfeitos.

34

Aaliyah

Nos dias seguintes, eu e Connor já acordávamos fazendo amor, e íamos dormir fazendo a mesma coisa. Nós alternávamos os quartos onde ficávamos, e, às vezes, as coisas acabavam acontecendo na bancada da cozinha. Ou no sofá da sala. Ou no terraço.

Lá era o meu lugar favorito, com o vento soprando em nossas peles quentes conforme ele penetrava bem fundo em mim, com a lua brilhando enquanto ele deixava meus joelhos bambos. O que eu mais gostava na forma como nossos corpos se uniam era o jeito como Connor fazia tudo ser delicado e intenso. Suave e bruto, gentil e perigoso. Eu adorava o jeito como ele inalava todo o meu ser. Apesar de haver momentos em que parecia que eu ia desmaiar de cansaço, eu não me importava, porque era bom demais senti-lo dentro de mim.

Ele sempre fazia amor comigo como se fosse a primeira e a última vez. Portanto, significava que cada ato logo se tornava o melhor sexo da minha vida. E ele só parava depois de eu gozar várias vezes. Talvez pelo seu cavalheirismo sulista, porque sempre fazia questão de me fazer chegar ao orgasmo antes. Primeiro as damas.

Eu sempre retribuía o favor.

Eu não sabia que aquilo era possível — duas pessoas acabarem satisfeitas.

Parecia que eu estava vivendo um sonho, mas, infelizmente, todo sonho precisa chegar ao fim.

Certa manhã, Connor tinha uma videoconferência cedo, então acordei sozinha na cama. Acordei com dor. Mas não foi do nada. Nas últimas semanas, eu sentia que os sintomas estavam se intensificando.

Eu me sentia mais cansada do que o normal. Ficava sem ar depois de curtas caminhadas. Meus tornozelos estavam inchando de novo. Até Connor tinha reparado no inchaço, mas eu havia culpado os saltos altos, que eu usava o dia todo no trabalho. Connor fazia massagens nas minhas pernas, e, quando ele caía no sono à noite, eu chorava pensando no quanto estava mal.

Eu só precisava de um pouquinho mais de tempo.

Como minha consulta médica estava marcada para logo depois da viagem ao Kentucky, eu estava me esforçando para aguentar firme. Para aproveitar meus momentos alegres com Connor. Para viver. Para fingir, por um momento, que a minha vida era normal.

Mas, naquela manhã, eu não consegui continuar mentindo para mim.

Meu corpo doía, e meus pensamentos estavam nebulosos. Os calafrios eram a pior parte. Eu mal conseguia me sentar na cama. Qualquer movimento me dava a sensação de ter levado uma porrada.

— Não — sussurrei para mim mesma, incapaz de abrir os olhos, porque isso me faria ficar tonta de novo.

Tempo.

Só me dê um pouquinho mais de tempo.

Connor e eu iríamos para o Kentucky em poucos dias, e eu não queria cancelar a viagem. Não só porque era importante para a matéria, mas também porque era importante para mim. Eu queria vê-lo em sua cidade natal, queria conhecer as pessoas com quem ele tinha crescido, queria andar pelas ruas que o moldaram. Eu não podia perder aquilo.

Apoiei as mãos na beira da cama e fiz força para me sentar. Quando meus pés tocaram o chão de madeira, soltei um gemido. Tudo doía. Eu sabia que a maioria das pessoas era incapaz de compreender o nível daquela dor, mas o simples ato de sentar parecia uma tarefa muito árdua para mim. Queria me encolher em posição fetal e chorar. A dor era tão forte que até respirar em um ritmo normal era difícil.

— Você está bem. Você está bem. Você está bem — repeti para mim mesma, pegando emprestada a frase que Connor havia me dito tantas vezes nas últimas semanas.

Mesmo ao dizer aquelas palavras, a dor fazia com que elas parecessem fantasiosas.

Tentei me levantar da cama, mas fracassei. Eu me sentia fraca, cansada. Muito cansada. Lágrimas se formaram dentro dos meus olhos, que permaneciam fechados, e lentamente começaram a escorrer pelas minhas bochechas.

— Você está bem. Você está bem. Você está bem — repeti, sentindo vontade de vomitar, sentindo minha cabeça girar.

Comecei a tossir, tentando pigarrear. Tentando abrir uma passagem de ar para ajudar meus pulmões.

Eu odiava aquilo. Odiava meu coração e o fato de ele estar me abandonando. Odiava ter passado tanto tempo me sentindo bem, só para agora ver minha vida virar de cabeça para baixo em um intervalo de dois anos. Odiava o fato de que os dias bons sempre faziam com que os dias ruins parecessem um inferno.

Eu odiava saber que mais dias ruins estavam por vir.

Tempo.

Eu preciso de mais tempo.

Eu ia vomitar. Não demoraria muito para eu estar abraçada ao vaso sanitário. Minha cabeça não parava de girar, o que deixava isso dolorosamente claro. A última coisa que eu queria era vomitar enquanto Connor estava em uma reunião no escritório.

Connor.

Tempo.

Nós precisamos de mais tempo.

Para a minha surpresa, ele entrou no quarto com um sorriso enorme no rosto. Em uma das mãos, ele trazia uma caixa, e na outra, um suco verde.

— Bom dia, flor do dia. Acabei a reunião mais cedo e fui na rua comprar o café da manhã. Como você é mais saudável do que eu, trouxe um suco verde e um omelete pra você.

Só a ideia de comer qualquer coisa naquele momento fez meu estômago se revirar de um jeito que estômagos não deveriam se revirar.

Assim que ele me viu, seu rosto foi tomado pela preocupação.

— Aaliyah, o que aconteceu?

Eu devia estar horrorosa.

— Oi — falei, pensando em ir até ele para lhe agradecer, mas me senti muito tonta quando tentei andar. Connor rapidamente colocou a caixa e a bebida em cima da cômoda e correu para me ajudar. — Desculpa — murmurei.

— Não precisa se desculpar — falou ele, me colocando de volta na cama.

Ele se ajoelhou na minha frente, perfeito como sempre. Nossa, que vergonha. Se a minha aparência estivesse tão ruim quanto eu me sentia, ele provavelmente estava achando que eu ia morrer a qualquer momento.

E talvez eu fosse mesmo.

— O que aconteceu? — perguntou de novo. — O que eu posso fazer?

— Nada, nada, está tudo bem. Só acordei me sentindo meio esquisita. Só isso.

Eu não queria dar detalhes do que estava realmente acontecendo. Poderia parecer informação demais, e a última coisa que eu queria era que Connor ficasse preocupado comigo.

Ele arregaçou as mangas e foi até o banheiro. Segundos depois, voltou com uma toalha de mão molhada e quente e a colocou sobre a minha testa.

O calor aliviou a dor mais do que eu imaginava ser possível, e permaneci com os olhos fechados.

— Obrigada — falei, me esforçando ao máximo para não chorar. — Deve ser só um resfriado.

— A gente passou um tempão na chuva outro dia. Droga. Eu devia ter levado você pra dentro. A culpa é minha.

— Não. Não é. Confia em mim.

— Mesmo assim, talvez você devesse ficar em casa hoje, pra se recuperar. Quando fico resfriado, me sinto destruído, então acabo aceitando minha condição de doente e me desligo do mundo até me sentir melhor.

Quem dera fosse fácil assim para mim.

— Vou descansar hoje, pra ficar boa amanhã — falei, tentando me ajeitar para me sentar direito.

Mas eu não consegui me acomodar, pois senti minha visão embaçar, então fui correndo para o banheiro para vomitar. Minha cabeça estava latejando muito. Eu não estava só acabada, estava acabada na frente de Connor, o que só piorava as coisas. A essa altura, eu tinha a impressão de que ele já havia visto mais dos meus piores momentos do que dos melhores.

Ainda assim, ele ficou comigo, me seguindo até o banheiro e segurando minhas tranças.

— Será que foi alguma coisa que você comeu ontem? Talvez tivesse alguma coisa estragada na salada que você pediu. Mas, se for um resfriado forte, talvez seja melhor a gente remarcar nossas passagens...

— Não! — exclamei na mesma hora, balançando a cabeça. — Não precisa. Eu vou ficar bem, juro, Connor. Até amanhã já estou ótima.

— Posso ficar em casa com você hoje.

Eu me empertiguei um pouco e me obriguei a sorrir.

— Não, é sério, está tudo bem. Sei que você tem muita coisa pra fazer. Sério, Connor. Eu estou bem.

Mesmo hesitante, ele acabou concordando. Então me ajudou a voltar para a cama e ajeitou a coberta sobre mim.

— Se você precisar de qualquer coisa, me liga. Mesmo que seja só pra conversar. Eu vou atender.

— Obrigada.

Ele se inclinou para a frente e me deu um beijo na testa.

— Melhoras, Chapeuzinho.

— Pode deixar.

No instante em que ele saiu para o trabalho, cedi e liguei para o meu médico.

❧

— Deve ser só um resfriado — expliquei para o Dr. Erickson, já em seu consultório. — Fiz besteira e peguei chuva há alguns dias, então meu corpo deve estar apenas combatendo um vírus.

Pelo menos essa era a mentira que eu estava contando a mim mesma.

Dava para ver a preocupação nos olhos do Dr. Erickson depois da bateria de exames que eu fiz. A aflição em seu rosto me fez perceber que o medo do qual eu vinha fugindo começava a me alcançar. Os remédios não eram mais suficientes para me manter bem. Meu corpo não estava funcionando da forma como deveria.

— Infelizmente, Aaliyah, não é só um resfriado. — Ele puxou uma cadeira para se sentar ao meu lado e abriu um sorriso triste, tirando os óculos por um instante e apertando o nariz. — Sinto muito, mas parece que tudo o que fizemos até agora perdeu o efeito. Chegou a hora de sermos mais agressivos com o tratamento e seguir outro caminho.

— Isso quer dizer uma cirurgia?

— No seu caso, um procedimento cirúrgico seria muito arriscado. Precisamos adiantar o transplante do coração. É a única opção viável a essa altura. Sem isso... — Ele vacilou e me ofereceu outro sorriso forçado. — Seu lugar na fila de transplante está subindo. Seu dia pode chegar a qualquer momento.

— A qualquer dia ou a qualquer semana? Ou vai demorar meses? Ou anos? — perguntei, já que estava esperando naquela fila fazia uma eternidade.

Fazia mais de trezentos dias que eu havia entrado na lista de espera para o transplante, e nada tinha acontecido.

— Você sabe que é impossível prever, Aaliyah, mas seu nome está quase no topo. Por enquanto, precisamos manter sua saúde o mais estável possível. Quero que você tome alguns medicamentos. O próximo passo também pode incluir internação, até conseguirmos o coração, porque...

— Espera, não. — Ele levantou uma sobrancelha, confuso, enquanto eu balançava a cabeça. — Estou com uma viagem marcada pro Kentucky. Meu voo é daqui a alguns dias.

O Dr. Erickson me encarou como se eu fosse doida.

— Ah, isso não vai ser possível, Aaliyah. Sinto muito, mas por enquanto você não pode viajar. Primeiro porque, devido à sua condição, você corre mais risco de desenvolver trombose, e ficar sentada em um avião apertado seria uma péssima ideia. Sem contar que você está mais vulnerável a infecções, então não é seguro ficar perto de outros passageiros. Além disso, tem o motivo mais importante de todos: você está quase no topo da lista de espera do transplante. Precisa estar aqui quando te ligarem. Sinto muito, mas você não pode ir pro Kentucky.

Meu coração já prejudicado começou a se partir ainda mais.

— O quê?

— Sinto muito. Não existe essa possibilidade. Viajar está completamente fora de cogitação.

Ele continuou falando, mas minha cabeça já tinha se desligado da conversa.

Nas últimas semanas, eu tinha me apaixonado por mim e pelo Connor. Eu havia me esquecido da minha condição de saúde e focado apenas nele. Connor era a válvula de escape pela qual eu ansiava, ele fazia com que eu me sentisse nas nuvens todos os dias. O Kentucky havia se tornado apenas mais uma parte da fantasia que me empolgava, mas todos aqueles sonhos e todas as fantasias se chocaram com a realidade quando o Dr. Erickson explicou como a minha situação havia se agravado.

O tempo estava acabando, e havia uma boa chance de o meu coração não voltar a bater de novo depois que parasse.

Aquela realidade era avassaladora demais. Eu vinha me esforçando para não deixar que ela me dominasse, mas, agora, precisava encarar os fatos. O tempo que me restava era pouco, e, a menos que um transplante se tornasse possível para mim, eu era um caso perdido.

Eu estava morrendo.

∽∾

Voltei para casa e passei o restante do dia jogada no sofá. Maiv me deixou trabalhar de casa, mas eu não tinha conseguido fazer nada. Os novos remédios me deixavam mais lenta do que eu gostaria. A única coisa que eu podia fazer era descansar e torcer para que as coisas começassem a melhorar.

Quando Connor chegou, parecia preocupado. Assim que me viu deitada no sofá, veio correndo até mim.

— Oi.

— Olá — respondi, me sentando um pouco.

— Ainda está se sentindo mal?

— Ainda estou me sentindo mal.

Ele assentiu devagar com a cabeça e abriu um sorriso triste que mais parecia uma careta.

— Puxa vida... eu não devia ter deixado você pegar toda aquela chuva no terraço. Isso não deve ter ajudado nem um pouco a situação.

— A culpa não é sua.

— Eu sei. É só que... — Ele fez uma pausa e olhou para o chão antes de fixar seus olhos azuis nos meus castanhos. Aqueles olhos brilhavam com tanta tristeza que meu peito doeu. Sua boca se abriu de novo, como se ele tivesse encontrado as palavras que havia perdido. — É só que, se alguma coisa acontecesse com você, eu ficaria de coração partido.

Eu o amava.

Não era um amor como os que eu havia experimentado antes. Não, aquele era um amor sincero. Era empolgante e assustador ao mesmo tempo. Poderoso, porém tranquilo. Eu sabia que, se acabasse morrendo, ainda assim teria sido muito sortuda por saber, pela primeira vez na vida, como era amar de verdade. Connor se doava todos os dias. Eu não conseguia imaginar uma pessoa melhor para amar.

— Connor — comecei a dizer, sentindo a emoção se acumular nos meus olhos. Eu queria contar pra ele como eu me sentia, que ele fazia com que eu me sentisse segura em um mundo inseguro, que ele curou as feridas da minha alma sofrida, que havia sido maltratada e magoada pelos outros. Se alguma coisa acontecesse com ele, meu coração também ficaria partido. Em vez disso, forcei um sorriso e tentei ignorar os sentimentos que me dominavam. — Obrigada por se preocupar comigo — falei, me inclinando na direção dele, me sentindo fraca, mas sem querer que ele soubesse disso.

Porque, no nosso mundo de faz de conta, eu não estava doente. Eu não tinha nenhum tipo de doença, meu corpo não doía, e meu peito não ardia.

— Sempre vou me preocupar com você. — Ele se ajeitou no sofá. — Você quer alguma coisa? Sopa? Biscoitos de água e sal? Água com gás?

Balancei a cabeça. Para falar a verdade, eu não tinha conseguido comer nada sem botar tudo para fora depois. A ideia de ingerir qualquer coisa fazia meu estômago se revirar.

— Eu estou bem.

— Você vai ficar descansando no sofá?

— Vou. Passei quase o dia todo aqui.

— Você precisa de alguém para te fazer companhia?

Nossa, aquele homem fazia meu coração sentir coisas que eu não sabia que corações eram capazes de sentir. Se seu carinho e sua atenção bastassem para me curar, eu viveria para sempre.

Concordei com a cabeça, e ele me envolveu em seus braços em uma questão de segundos.

Ficamos deitados no sofá, e ele acabou virando meu travesseiro, me envolvendo com seus braços compridos. Connor era o cobertor aconchegante de que eu sempre precisei. Seu abraço era o suficiente para fazer com que eu me sentisse segura em um mundo inseguro.

— Hoje não é dia de *The Bachelor*? — perguntou ele, olhando para o relógio.

— É, mas sei que você não gosta. Vou gravar pra assistir mais tarde.

Na mesma hora, ele pegou o controle remoto e ligou a televisão, colocando no canal que exibia *The Bachelor*. Respirei pela boca, porque meu nariz estava muito entupido.

— Como foi o trabalho? — perguntei, tentando ignorar meu corpo dolorido.

Tudo doía. Até ficar de olhos abertos era exaustivo.

— Não consegui me concentrar. — Ele balançou a cabeça. — Fiquei muito preocupado com você.

— Não faz isso, por favor. Não se preocupa comigo, Connor.

— Tarde demais, Chapeuzinho. Eu me preocupo, sim.

Eu me aconcheguei em seus braços e não aguentei ver dez minutos do programa. Acabei caindo no sono. Quando acordei no meio da madrugada para ir ao banheiro, fiquei surpresa ao ver que ele ainda estava ali. Connor havia ficado comigo.

～∽e∽～

Depois que fiquei doente, Connor não desgrudava de mim. Ele já tinha cancelado a viagem para o Kentucky, depois de chegar à conclusão de que eu não devia viajar se não estivesse me sentindo bem. Fiquei agradecida por isso, porque preferia não ter de contar que não podia viajar, apesar de eu querer ir.

Continuei fingindo que estava apenas gripada, mas a gravidade da situação era um aperto em meu peito. Eu sabia que precisaria tomar decisões importantes muito em breve e encarar a realidade sobre o meu futuro, ou a ausência dele. Porém, em vez disso, me deixei levar ainda mais por Connor. Pelo seu carinho, pelo refúgio que ele havia me proporcionado. Eu queria fingir que não estava tão doente assim. Por um acaso, era mais fácil fazer isso quando eu estava nos braços dele.

Certa noite, quando estávamos enroscados um no outro, Connor pegou o celular e franziu a testa.

— O que foi? — perguntei, notando a preocupação em seus olhos.

— Coisas do trabalho. Parece que a filial da Costa Oeste está com alguns problemas.

— A do Jason?

Ele concordou com a cabeça.

— É. Alguns contratos foram cancelados, e parece que uma papelada importante sumiu. Vou ter que ir até lá resolver isso. — Ele se virou para mim ainda com uma careta. — Você me odiaria muito se eu fosse pra Califórnia amanhã? Só quero ter certeza de que ele não está destruindo a minha empresa.

— Não tem problema nenhum. Que diferença faz o que eu acho?

— Fico me sentindo culpado por deixar você sozinha... você está doente.

Eu ri.

— Connor, eu sou uma mulher adulta. Posso me cuidar enquanto estou doente.

Comecei a tossir, e ele franziu a testa.

— Esse barulho no seu peito parece doloroso.

— Eu vou ficar bem.

— É melhor mesmo. Ou a sua ameixa vai ter que se ver comigo.

Ele se aninhou ao meu lado e me puxou mais para perto. Eu me apoiei em seu corpo como se tivéssemos nascido um para o outro.

— Espero que o Jason não tenha feito muita besteira por lá — falei, tentando mudar de assunto.

— Não tem problema. Posso resolver as burradas dele. Vai ser tranquilo. Agora, a última coisa que eu quero fazer é falar do Jason. Quero aproveitar esse momento com você.

Aproveitar o momento.

Eu me derreti sobre ele, ainda me sentindo péssima, mas curtindo o presente. No presente, eu estava enroscada no homem por quem havia me apaixonando. Aquele era o único momento que importava.

35

Connor

Eu estava impossibilitado de ficar com Aaliyah porque precisava lidar com Jason e resolver as merdas dele. E odiava isso. Eu nunca havia sentido tanta vontade de dizer para Walter que o filho dele era péssimo no trabalho, mas isso não ajudaria em nada. Então eu faria o que já imaginava que ia acabar fazendo mesmo: limpar a barra de Jason.

Se um dia aquele cara tivesse de arrumar a própria bagunça, estaria muito ferrado. Ou talvez ele finalmente aprendesse e crescesse.

Quando o avião pousou em Los Angeles, fiz check-in no hotel e segui direto para o escritório para me encontrar com Jason. Eu pretendia resolver tudo rápido porque não queria passar mais tempo do que o necessário na Califórnia. Minha única vontade era voltar para Aaliyah, ficar agarradinho com ela e ser feliz para caralho.

Ao entrar no prédio, fiquei surpreso quando vi um rosto conhecido na recepção.

— Rose. O que você está fazendo aqui? — perguntei, abismado com a aparência dela.

Na última vez que nos vimos, ela havia encenado a própria versão de *O médico e o monstro* no meu escritório, depois de ter sido demitida.

Ela abriu um sorriso presunçoso e deu de ombros, juntando os seios num decote exagerado.

— Eu vim pra um lugar onde sou valorizada.

— Você só pode estar brincando.

Ela mascava um chiclete e enrolava uma mecha de cabelo no dedo, sorrindo como uma vilã de contos de fadas? Úrsula? É você?

— Descobrir alguns podres das pessoas certas pode render um bom emprego.

— Você descobriu podres de quem?

— De você — respondeu ela, mas demorei alguns segundos para registrar as palavras.

Que podres ela poderia ter descoberto sobre mim?

— Você achava mesmo que o Damian é o único capaz de descobrir as merdas dos outros? — zombou ela.

Meu Deus. Ela era mesmo desagradável. Eu não podia acreditar que tinha caído naquela atuação de santinha do pau oco.

Você é uma ótima atriz, Rose.

— Como assim você descobriu meus podres? — perguntei.

— Eu vi tudo no TikTok. Você dançando com a ex-noiva do Jason. Está na cara que vocês dois estão trepando. Ninguém se olha daquele jeito se não estiver rolando sexo. E depois surgiram umas fotografias de vocês dois praticamente se atracando no Central Park durante uma sessão de fotos. Olha como são as coisas: você me julgando por transar com o Jason pra depois pegar a ex dele. Dois pesos e duas medidas, né?

— Acho que você não sabe o que essa expressão significa. E nada disso é da sua conta.

— Ah, bom, passou a ser da minha conta depois que você me demitiu.

— Eu não tenho tempo pra isso — falei, cansado de bater boca com criança.

Passei direto pela recepção e entrei na sala de Jason.

— Connor. Achei que você fosse aparecer só depois do almoço — comentou Jason assim que entrei. Havia uma papelada empilhada em sua mesa, e seu rosto exibia uma expressão arrogante. Para alguém que estava fracassando na vida, era muita cara de pau soar arrogante daquele jeito. — Senta — disse ele, apontando para a cadeira em frente à mesa.

Eu fiz exatamente o que ele pediu e entrelacei as mãos.

— Você disse que sumiram uns documentos e que perdeu algumas negociações? — perguntei.

Ele dispensou minha pergunta com gesto.

— Ah, só falei isso pra te convencer a pegar um voo pra cá. Os negócios estão bem.

— Que história é essa, Jason? Então por que estou aqui?

Fiquei irritado na mesma hora, mas aquilo não foi nenhuma surpresa para mim. Eu sempre ficava irritado em tempo recorde quando estava perto de Jason.

Ele se recostou na cadeira e colocou as mãos atrás da cabeça.

— Você achou que eu não ia ficar sabendo? De você com a Aaliyah? A Rose me contou e me mostrou tudo.

— Foi por isso que você me fez atravessar o país? Porque está incomodado com uns vídeos no TikTok e algumas fotos que alguém tirou de nós dois?

— Você diz "nós dois" como se realmente estivesse rolando alguma coisa entre você e a Aaliyah. Mas isso seria ridículo.

Fiquei quieto, porque eu não precisava dar satisfação de nada para Jason.

Ele arqueou uma sobrancelha e se inclinou para a frente.

— Mentira! Você está mesmo com ela?

— O que eu faço na minha vida pessoal não é da sua conta.

— Não é até você decidir ficar com a minha Aaliyah.

— Ela não é sua, lembra? Você largou a Aaliyah no dia do seu casamento. Foi o fim de qualquer tipo de relacionamento que vocês tinham.

— E aí você resolveu pegar as minhas sobras?

Respirei fundo e balancei a cabeça ao me levantar da cadeira.

— Não tenho tempo pra isso. Não acredito que você me fez vir até aqui só porque está com dor de cotovelo pela Aaliyah ter seguido em frente.

— Mas ela seguiu em frente com você? Que falta de respeito.

Revirei os olhos.

— Vamos parar de fingir que somos próximos, Jason. Nós dois sabemos que isso não é verdade.

— Mas e a camaradagem? E o respeito?

— Nós somos adultos. Somos colegas de trabalho, não amigos. Não existe camaradagem nenhuma entre a gente.

— Você é babaca pra caralho.

— Acho que está na hora de eu ir embora.

Eu me virei para sair da sala, mas parei no instante em que ele falou:

— Espero que você se divirta com os passeios ao hospital — bradou ele.

Eu me virei e arqueei uma sobrancelha.

— O quê?

— Ela passa mal o tempo todo por causa da doença dela. É um saco. Eu não estava nem um pouco a fim de passar quase todo fim de semana numa sala de emergência, mas fiz o que precisava fazer pra conseguir isto — disse ele, gesticulando pela sala.

Mas que porra de história era aquela?

— Do que é que você está falando? — perguntei.

Ele levantou uma sobrancelha.

— Você não sabia que...? Ah, merda, você não sabe. Ela não te contou. Cara... A Aaliyah está, você sabe... — Ele fingiu que estava engasgando. Que babaca de merda.

— O quê?

— Ela está literalmente morrendo.

— O quê? Não está, não.

— Então... está, sim. Na verdade, é impossível você não ter percebido. Eu vi os sinais logo de cara: aqueles tornozelos enormes, a respiração ofegante o tempo todo. Eu sabia que tinha alguma coisa errada, mas foi a minha mãe que me contou.

— Te contou o quê?

— Ela tem insuficiência cardíaca congestiva. Foi diagnosticada tem uns dois anos. Deram só mais uns anos de vida pra ela, e foi por isso que, quando meus pais me prometeram este emprego se eu me casasse com ela, eu topei. Achei que valeria a pena passar um tempinho com a garota doente em troca de comandar a empresa aqui, mas, no fim das contas, não tive coragem. E, àquela altura, todos os contratos já tinham sido assinados, já estava tudo acertado. Então acabei me dando bem sem ter que ficar com a garota doente.

Ele insistia em chamá-la de doente, o que me fazia ter vontade de dar um soco na cara dele. Ela não estava doente. Era só um resfriado. Não passava de um...

Meus pensamentos aceleraram, ligando todos os pontos que estavam bem debaixo do meu nariz esse tempo todo, sinais que eu tinha escolhido ignorar porque meus sentimentos por Aaliyah só aumentavam.

Ela vivia cansada.

Ela ficava ofegante com facilidade.

Não... ela não podia estar... ela teria me contado...

— Enfim, tanto faz, cara. Pode ficar com as minhas sobras enquanto ainda dá. O tempo daquela lá está acabando, então não fica surpreso quando chegar a hora do enterro dela. Pelo qual eu não vou pagar, porque não me casei com aquela vaca.

— Seu babaca! — exclamei, voando na direção dele e o levantando pela gola da camisa.

Ele me encarou e começou a rir como se estivesse se divertindo ao ver minha reação ao descobrir que a única garota de quem eu já tinha gostado na vida não viveria por muito tempo.

— É, eu sou um babaca. Me solta antes que eu chame a segurança — alertou ele, se libertando de mim. Ele alisou a camisa com a palma das mãos e pigarreou. — Agora pode ir. Pode voltar pra Nova York e ficar com o seu prêmio danificado. Eu só queria dizer na sua cara que você se deu mal quando resolveu ficar com ela. No fim das contas, quem perdeu foi você, cara.

~∽∾~

Voltei para o hotel e peguei o laptop. Meu coração estava disparado desde a conversa com Jason. Pesquisei insuficiência cardíaca congestiva. Li sobre cada sintoma, as causas, sobre o tratamento. Assisti a vídeos no YouTube de pacientes que sofriam da doença, assisti a vídeos sobre pessoas que tinham perdido entes queridos. Meu pânico e a minha preocupação só aumentavam conforme eu ia lendo mais e mais coisas sobre a gravidade da doença.

Então pesquisei sobre a expectativa de vida das pessoas que eram diagnosticadas com isso.

Pesquisei a taxa de sobrevivência.

O meu coração se partiu em um milhão de pedaços.

A maioria não sobrevive por mais de cinco anos.

Ela havia sido diagnosticada dois anos antes.

Como saber quanto tempo ela ainda tinha?

Como aquilo podia estar acontecendo? Por que ela não tinha me contado? Droga, por que eu não tinha percebido? Eu sabia, porra. Uma parte de mim certamente estava ciente daquilo, mas eu ignorei todos os sinais porque não queria encarar a verdade. Eu não queria que todo aquele sofrimento do passado fizesse parte do meu presente também. Mas lá estava eu, fazendo exatamente o que havia feito quando era pequeno. Estava buscando respostas. Buscando alguma luz. Buscando uma cura para o incurável.

Fiquei sentado no quarto escuro do hotel, em frangalhos, com a luz do laptop iluminando meu rosto, assimilando a ideia de que a mulher que eu amava ia morrer.

E não havia nada que eu pudesse fazer para evitar isso.

36

Connor
Dez anos de idade

Minha mãe estava tentando não chorar enquanto me contava sobre o câncer.

Eu nem entendia direito o que era aquilo, mas sabia que era ruim, já que era algo que ela não queria me contar. Eu sabia que ela estava doente, mas não achava que fosse grave. Imaginei que fosse só uma gripe forte, porque ela ficava tossindo o tempo todo.

— Você entendeu, Connor? Você entendeu o que eu estou explicando? — perguntou ela enquanto as lágrimas escorriam pelas suas bochechas.

Ela as secou rapidamente, tentando fingir que nada havia acontecido, mas eu já tinha visto.

— Você vai morrer? — perguntei, sentindo meu corpo todo se revirar por dentro.

Minha barriga não parou de doer desde que ouvi aquela palavra. Câncer. Era algo que a machucava. Era algo que a fazia querer chorar, mas ela estava fingindo que não, porque não queria que eu chorasse também. Mas eu queria chorar.

Eu quero chorar.

Mas eu não podia, porque minha mãe havia chorado horrores quando meu pai abandonou a gente, e ela chorava sempre que eu chorava. Eu não queria que ela chorasse, então eu também não podia chorar. Eu precisava ser forte por ela.

— Não, querido — disse ela, segurando minhas bochechas. — Não, eu não vou morrer. A gente vai lutar, tá bom? A gente vai lutar e vencer.

Eu funguei e concordei, acenando com a cabeça, querendo ser forte, mas eu era só uma criança, e crianças às vezes ficam tristes. Dei um abraço apertado nela, então me afastei.

— Posso ir deitar?

— Você já está cansado? Ainda é cedo.

— Eu sei. Mas só quero dormir.

Ela franziu o cenho, mas concordou com a cabeça.

Fui para o meu quarto e fechei a porta. Eu me deitei na cama, coloquei um travesseiro em cima do rosto para a minha mãe não me escutar e comecei a chorar. Meu corpo inteiro tremia. Eu não conseguia parar de pensar que minha mãe estava doente. Ela não podia estar doente. Eu precisava dela. Ela era minha melhor amiga entre todas as pessoas. Eu não suportava imaginar que havia algum problema com ela, e odiava saber que não podia fazer nada para melhorar aquilo. Eu tinha de ser capaz de ajudá-la, curá-la, ser o homem da casa.

Eu não conseguia parar de chorar feito um menininho idiota, mas sabia que tinha de me controlar, porque minha mãe precisava que eu fosse forte, só que eu estava com medo e não sabia o que ia fazer se ela não ficasse bem. Eu precisava que ela ficasse bem. Eu precisava que ela ficasse bem. Eu precisava...

— Connor Ethan — disse minha mãe, entrando no quarto.

Continuei segurando o travesseiro no rosto porque eu sabia que, se ela me visse, saberia que eu estava triste, e eu não queria que ela soubesse. Eu precisava ser forte por ela. Por nós. Eu tinha de ser forte porque meu pai foi embora e não havia outra pessoa para ser forte para nós dois ali.

— Querido, olha pra mim — pediu minha mãe, se aproximando da cama e se sentando ao meu lado.

Ela puxou o travesseiro, e eu o puxei de volta.

— Não!

— Connor, por favor. Está tudo bem.

— Não. Não está! Não está tudo bem! Não pode estar tudo bem se você não está bem! —gritei, as lágrimas ainda escorrendo, ensopando a fronha do travesseiro.

Eu parecia um bebê chorão, mas não conseguia agir de outra forma. Minha mãe estava doente. Ela não estava bem, e isso me deixava muito assustado.

Ela conseguiu tirar o travesseiro do meu rosto e o colocou do outro lado da cama. Eu me sentei e apoiei os joelhos dobrados contra o peito, abraçando as pernas.

— Olha pra mim, Con.

Eu não conseguia. Não conseguia olhar para ela, porque isso faria com que eu me lembrasse de que ela não estava bem.

Mas ela me obrigou. Ela segurou minhas bochechas e me forçou a olhar em seus olhos. Então pegou minhas mãos e as colocou em seu rosto.

— Eu estou bem. Você está vendo? Está sentindo o meu rosto? Está sentindo a minha pele? Eu continuo aqui, e estou bem. Você entendeu? Eu estou bem. Você está bem. Nós vamos ficar bem. Você entendeu?

Concordei com a cabeça, ainda fungando.

— Quer dormir comigo hoje? —perguntou ela.

Balancei a cabeça.

— Não. Eu já sou grande.

Mas eu queria que ela ficasse comigo naquela noite. Eu não queria ficar sozinho. Eu queria acordar de manhã e ver que ela continuava bem.

Ela sorriu.

— Quer que eu durma aqui com você?

Dei de ombros.

— Isso vai ajudar você a se sentir melhor?

— Com certeza. Acho que eu preciso de você hoje.

— Tudo bem então, mas a gente vai pro seu quarto, porque a sua cama é maior.

— Por mim tudo bem.

Ela secou minhas lágrimas e me deu um beijo na testa. Fomos para o quarto dela, e não demorou muito para que minha mãe caísse no sono.

Depois disso, saí de fininho da cama e peguei o laptop. Entrei no closet dela e fechei a porta, para que ela não acordasse com a luz do computador.

Entrei em um site de buscas na internet e comecei a digitar com um dedo de cada vez enquanto meu coração martelava em meu peito.

O que é câncer?

O que vai acontecer se a minha mãe morrer?

Quanto tempo minha mãe vai viver mesmo com câncer?

Minha mãe está morrendo?

Cada palavra que eu digitava fazia minha barriga doer ainda mais. Se minha mãe morresse, quem cuidaria de mim? Para onde eu iria? Como eu conseguiria viver sem ela?

Eu não conseguiria.

Eu não conseguiria viver sem ela.

Depois de digitar palavras demais e me sentir ainda mais triste do que antes, voltei para a cama e abracei minha mãe. Deitei a cabeça sobre o peito dela para ver se o seu coração continuava batendo e se seu peito ainda subia e descia.

— Mãe — sussurrei, sabendo que ela não estava me escutando. Lágrimas começaram a escorrer pelo meu rosto quando me debrucei sobre ela.

— Por favor, não faz isso, tá? Por favor... por favor, não morre.

37

Aaliyah
HOJE

Eu não recebia notícias de Connor desde que ele tinha me avisado que havia chegado à Califórnia. Cheguei a mandar várias mensagens, e, quando comecei a ficar preocupada, ele me respondeu. A mensagem era meio vaga e curta.

Connor: Estou bem. Ocupado. A gente se fala quando eu voltar.

Odiei ler a mensagem e me sentir preocupada e insegura.

Não fica se preocupando à toa, Aaliyah.

No dia da volta dele para Nova York, resolvi preparar um jantar para ele. Fiz vários dos seus pratos favoritos e montei uma bandeja com todos os tipos de Cheetos que consegui encontrar.

Ele chegou duas horas depois do horário que tinha dito que estaria em casa, parecendo destruído. Sua gravata estava frouxa, seus olhos estavam sérios. Ele cheirava a uísque, e eu não consegui entender o que estava acontecendo. Jason tinha botado fogo no prédio da Califórnia? Por que Connor estava tão abatido?

— Oi — falei, me aproximando dele.

Ele abriu um sorriso forçado.

— Olá.

Ele passou direto por mim sem me dar um beijo nem um abraço — nada. O nervosismo começou a aumentar dentro de mim, mas me controlei para não demonstrar.

— Achei que você fosse chegar com fome depois da viagem, ainda mais tendo que lidar com o Jason e as trapalhadas dele, então preparei seus pratos favoritos. E...

— Você está morrendo? — soltou ele, olhando para mim pela primeira vez desde que tinha pisado em casa.

Suas palavras deixaram meu corpo inteiro em estado de choque.

Abri a boca para falar, mas nenhum som saiu. Então sussurrei:

— O quê?

Ele deu alguns passos na minha direção. Baixou a cabeça e depois me encarou com os olhos cheios de sofrimento.

— Você está morrendo, Chapeuzinho?

— Como você desco...

— O Jason. Ele ficou sabendo que nós dois estávamos... juntos. Foi por isso que ele quis que eu fosse pra Califórnia. Primeiro, ele jogou na minha cara que eu estava com as sobras dele e depois me contou sobre seu problema cardíaco. Então estou perguntando, pra você me dizer que não é verdade. Por favor... diz que não é verdade — implorou Connor, sua voz falhando.

Meus lábios se abriram, mas eu não conseguia organizar meus pensamentos de forma coesa para dizer qualquer coisa que fizesse sentido.

— Desculpa, eu...

Não vinha nenhuma palavra.

Parecia que ele ia desmoronar.

Eu tinha feito isso com ele.

Eu tinha causado dor à alma dele.

Dei um passo em sua direção, mas ele levantou a mão, então baixou a cabeça, olhou para baixo e colocou as mãos nos bolsos.

— Eu... me desculpa — falei, sem saber o que mais poderia dizer.

Foi a única coisa em que consegui pensar. Quando ele olhou para mim, seus olhos estavam vítreos, como se meu pedido de desculpas fosse o suficiente para comprovar que eu estava mesmo doente... que eu estava morrendo. Foi naquele momento que vi o botão desligar. Eu vi o momento em que ele começou a se afastar de mim.

— Escuta, acho que nós estamos indo rápido demais — começou ele.

Não...

Não... não faz isso...

— Talvez fosse melhor continuarmos só amigos em vez de tentar algo mais sério. Pra falar a verdade, estou com muito trabalho acumulado, e preciso voltar a me concentrar nos meus projetos. Não tenho tempo pra...

— Mim — sussurrei com a voz trêmula. — Você não tem tempo pra mim.

Ele fez uma careta e esfregou a nuca com a palma da mão.

— Acho melhor a gente se afastar antes que nossos sentimentos fiquem mais sérios. Podemos voltar a ser só amigos. Estamos indo rápido demais, e preciso de um tempo pra me recompor.

Como ele podia dizer aquilo? Como ele podia agir como se a gente já não sentisse algo um pelo outro depois de tudo o que havíamos compartilhado?

— Eu, hum... eu vou trabalhar — disse ele.

E foi isso. Não havia mais nada a ser dito. Ele entrou no escritório e fechou a porta.

Eu não o vi pelo restante da noite. Não consegui dormir nada. Minha cabeça girava rápido demais. Eu só queria atravessar o corredor e bater à porta de Connor, tentar explicar tudo, tentar expressar meu arrependimento por ter mentido sobre a gravidade da minha doença. Então fiz isso. Fui até o escritório e bati à porta. Mas ele não respondeu, então girei a maçaneta e abri a porta. Ele não estava lá. Olhei no quarto, ele também não estava lá. Procurei pela casa toda, inclusive no terraço, e não o encontrei.

Ele tinha ido embora.

◦~◦

Alguns dias se passaram, e Connor não voltou para casa. Depois de quatro dias de silêncio, fui ao trabalho dele para conversar. Eu sabia que nossa primeira conversa não tinha ido bem, mas não estava pronta para desistir de nós. Eu precisava que ele me ouvisse e entendesse que não tinha tido intenção de mentir e que lhe contaria tudo de agora em diante. Eu só precisava conseguir falar com ele pessoalmente de novo, agora que nós dois estávamos cientes da situação.

— Jason? — arfei quando passei pela recepção da Roe Imóveis e dei de cara com meu ex-noivo. Ele se virou para me encarar. A princípio, ele pareceu surpreso, mas sua expressão logo assumiu um ar de desdém. — O... o que você está fazendo aqui? — perguntei, engasgada.

Eu não o via desde que tinha saído da cobertura dele e estava torcendo para que nossos caminhos nunca mais se cruzassem. Se desse para ele ser apenas um pesadelo longínquo, seria perfeito para mim.

Ele parecia satisfeito consigo mesmo enquanto mexia nas abotoaduras caras de seu terno de grife.

— Na verdade, sou sócio desta empresa, então sou eu quem deveria estar te perguntando isso. Vim resolver um assunto com o Connor. — Ele colocou as mãos nos bolsos da calça e arqueou uma sobrancelha, curioso. — O que você está fazendo aqui?

Naquele mesmo instante, eu me lembrei do motivo que me fez estar ali. Para conversar com Connor. Para saber o que ele estava pensando. Para entender o que poderíamos fazer para que as coisas dessem certo. Mas eu não podia dizer nada disso para Jason.

Eu não devia me importar — afinal de contas, ele tinha me largado no altar —, mas eu me importava.

Um sorriso maldoso surgiu nos lábios dele.

— Aqueles boatos escrotos eram verdade, né?

— Do que você está falando?

— Você está dando pro meu sócio? A fofoca corre. Eu só não achava que você seria capaz de uma coisa dessas.

— Não é o que você está pensando, Jason.

— Ah, meu amor, é exatamente o que eu estou pensando. Penso que você é uma piranha que ficou com o ego ferido e se jogou pra cima de qualquer um pra não perder a pose.

— Não é nada disso.

— Essa não foi sua vingança por eu ter te largado? Você achou que chamaria minha atenção se desse pro meu sócio?

— O quê? Não... Eu...

— O negócio é o seguinte, Aaliyah — disse ele, chegando mais perto, fazendo com que eu me sentisse encurralada, apesar de estarmos no meio da recepção. — Estou pouco me lixando pra quem você dá ou não, porque estou pouco me lixando pra você. Você não passava de um rostinho bonito do meu lado, só isso. Você é uma garota bonita que é boazinha na cama, mas nada que qualquer cara queira levar pra casa.

— Você quase levou — retruquei, com a voz embargada, sentindo as lágrimas ardendo atrás dos meus olhos. — Você ia se casar comigo.

— É, e ainda bem que percebi que isso ia acabar fodendo com a minha vida. Quer dizer, sejamos honestos. Daqui a pouco você vai cair morta por aí, a julgar pela sua cara de fantasma, e eu não estava a fim de bancar essa conta. Você foi apenas uma transação de negócios. Se eu me casasse com você, ganharia a filial da Costa Oeste. Essa é a verdade. Eu não queria lidar com os seus problemas. Duvido que Connor também queira.

— Você está errado. O Connor não é assim.

Ele soltou uma risada maldosa.

— Você acha mesmo que o Roe se importa com você? Eu conheço aquele cara. Trabalho com ele há anos. A verdade é que ele não se interessa por ninguém que não gere lucro, quem dirá alguém como você. O Connor é um homem de negócios e não se mete em roubadas. Vamos encarar os fatos: você é uma roubada. Na verdade, você é um peso morto. Ele não tem espaço pra você no império que está construindo. — Jason chegou mais perto e passou um dedo pela minha bochecha até alcançar meu queixo. — Você ainda não entendeu, Aaliyah? Você não é o final feliz de ninguém. Você não passa de um casinho temporário. Além do mais, depois de toda merda que o Connor passou com a doença da mãe, é muito escroto da sua parte querer que ele lide com o seu drama. Você apareceu na vida dele só pra morrer no final. Muito legal, Aaliyah.

Afastei a mão dele do meu rosto e dei um grande passo para trás. Minha mente girava mais rápido do que eu queria admitir. Minha visão embaçava conforme as emoções se acumulavam em meus olhos. Eu me virei de costas para Jason e saí correndo pela porta, indo direto para as ruas de Manhattan.

Eu odiava Jason. Eu odiava Jason e tudo o que ele representava com todas as minhas forças. Eu odiava o fato de ele ter me abandonado no dia do meu casamento. Eu odiava o fato de ele ter mentido. Eu odiava o fato de ele ter me traído e tornado mais difícil ainda que eu confiasse nas pessoas. Eu odiava sua raiva, sua personalidade, seu coração. Eu odiava o fato de ele ter sido cruel.

No entanto, o que eu mais odiava nele era o fato de que as coisas que ele havia dito faziam sentido, que era compreensível que ninguém quisesse um final feliz com uma garota que tinha prazo de validade.

Eu odiava que as palavras dele coincidissem com os medos de Connor.

Eu odiava saber que Jason tinha razão.

38

Connor

— Mas o que você pensa que está fazendo? — bradou Marie, irrompendo na minha sala.

Eu estava trabalhando sem parar nos últimos dias, sem querer encarar minha situação com Aaliyah, e o fato de Marie entrar de repente na minha sala me deixou chocado. Ela nem percebeu a presença de Damian ali.

Levantei uma sobrancelha.

— Desculpa, mas não estou entendendo...

— É verdade que você está com a Aaliyah?

Jason devia ter contado a novidade para a mãe, e essa era a última coisa com a qual eu estava a fim de lidar. Eu não queria encarar o fato de que Aaliyah estava doente, de que ela estava morrendo. Eu não queria encarar o fato de que realmente chegaria um dia em que ela não estaria por perto. Então a última coisa de que eu precisava era da mãe de Jason Rollsfield gritando na minha cabeça sobre minha relação com Aaliyah.

— Escuta, Marie, agora não é uma boa hora.

— É, sim, senhor, e preciso que você termine com ela, está me entendendo? Seja lá o que estiver acontecendo entre você e a Aaliyah precisa terminar.

Eu já tinha terminado, mas ela não precisava saber disso. Eu só queria que ela saísse da minha sala.

— Meu relacionamento com a Aaliyah não é da sua conta, Marie...

— Mas é, sim — bradou ela, andando de um lado para o outro da minha sala como se tivesse enlouquecido. — Não. Não. Ela precisa ficar com o Jason. Eles foram feitos um pro outro! Eu não passei por tudo o que passei pra ela acabar ficando com você!

— Como assim, você não passou por...

— Deixa ela em paz, Connor. Ela não é pra você. Eu lutei por isso, lutei por ela, e não vou deixar você se meter entre a gente e estragar tudo pra minha família! — vociferou ela, os olhos cheios de lágrimas que teimavam em não cair. — Acabe com isso, ou você vai ver só — disse ela em um tom de voz ameaçador, empurrando a alça da bolsa mais para cima do ombro. Então ela girou nos calcanhares e saiu da minha sala batendo os pés.

Damian a observou com uma sobrancelha arqueada, mas não disse nada. Então olhou para mim, confuso.

— Que droga foi essa? — perguntou ele.

— Não tenho a menor ideia.

— Bom, independente disso, você está com uma cara de merda — declarou ele. Eu sabia que estava com uma cara de merda. Eu não dormia fazia dias. Minha mente não parava de remoer as coisas, e eu não conseguia me concentrar em nada além da possibilidade de Aaliyah morrer. — O que houve?

— Nada. Eu estou bem.

— Porra nenhuma. O que houve?

— Só coisas do trabalho.

— Porra nenhuma de novo. Eu conheço a cara que você faz quando está incomodado com o trabalho. E não é essa aí.

— Esquece isso, tá, Damian? Não quero conversar — rebati, irritado. Pois é. Fui grosso com ele. E me senti culpado na mesma hora. — Desculpa. Não dormi muito ontem.

— Isso é óbvio. Eu já disse, você está com cara de merda. — Ele se sentou na minha frente. — Tem a ver com a Aaliyah?

— Não quero falar sobre isso.

333

— Aham. Então vamos falar sobre isso. O que aconteceu?

Apertei o nariz e dei de ombros.

— Nada. Eu terminei seja lá o que fosse que eu tinha com a Aaliyah. Achei que seria melhor me concentrar só no trabalho sem me distrair com outras coisas.

Ele deu uma risada. Sem sacanagem nenhuma, Damian riu de verdade.

— Você ficou com medo, né?

— Você não sabe do que está falando.

— Eu sei. Não sou idiota. — Ele fez uma pausa e pigarreou. — Foi porque você descobriu que ela está doente?

Olhei para ele, chocado com suas palavras.

— O quê? Você sabia?

— Aham.

— Como?

— Eu falei pra você que investiguei a vida dela. Fiz isso assim que percebi que você gostava dela, só pra ter certeza de que não havia nada muito comprometedor sobre ela.

— E você descobriu que ela estava doente?

— Aham.

Ele me respondeu com tanta calma que aquilo me tirou do sério.

— Por que caralhos você não me contou?!

— Porque eu sabia que você se afastaria dela, e foi exatamente isso que aconteceu.

Passei as mãos pelo cabelo. Meu sangue fervia enquanto Damian falava tudo aquilo, como se não fossem informações relevantes que teriam sido úteis para mim. Se eu soubesse que Aaliyah estava doente, jamais teria deixado meus sentimentos ficarem tão fortes. Jamais teria me aberto. Jamais teria me apaixonado.

Eu sabia que não devia ter feito aquilo.

Eu sabia que não devia me aproximar de ninguém.

— Você devia ter me contado — falei.

— Ainda bem que não contei.

— E o que isso quer dizer? Você queria que eu ficasse na merda assim como estou agora? — bradei, a raiva se acumulando cada vez mais.

— Não. Eu só queria que você sentisse alguma coisa. — Ele se ajeitou na cadeira e se inclinou para a frente. — Eu entendo, cara. Eu não tenho coração. Não sinto nada muito forte por ninguém. Eu sou assim. Mas você é diferente. Você foi feito pra amar, mas fica preso a esse medo de perder as pessoas. Eu sabia que, se você descobrisse que a Aaliyah estava doente, ia acabar se afastando dela.

Franzi o cenho e fiz uma careta.

— Não foi por isso que eu terminei com ela. Eu terminei porque ela mentiu.

— Mas ela não mentiu.

— Omitir a verdade é mentir.

— Eu não te conto quando vou cagar, mas isso não significa que estou mentindo. É só um detalhe que eu não te conto.

— Estou falando sério, Damian.

— Eu também. Para de falar como se ela fosse a maldade em pessoa só porque não te contou que estava doente. Você está se comportando como um babaca.

— Para de me encher o saco, tá, Damian?

— Não. Eu gosto disso. — Ele se ajeitou na cadeira. — Vamos analisar a situação.

— Não tem nada pra ser analisado.

— Para de mentir. Você tem um trauma sério. Porra, talvez seja até mais sério que os meus.

— O que você quer que eu diga?

— Que você se afastou da Aaliyah porque está com medo de ela morrer.

Comecei a ajeitar a papelada na minha mesa.

— Não tenho tempo pra esta conversa, Damian. Então, se você não tiver nenhum assunto de trabalho pra falar comigo...

— Não tenho.

— Então pode ir embora. E quer saber? Vai se foder por não ter me contado sobre ela. Isso foi bem escroto.

— Fazer o quê? Eu sou escroto. Você pode ficar irritado comigo, estou pouco me fodendo. Pode descontar a sua raiva em mim pelo tempo que precisar se isso te deixar feliz. Mas, em algum momento, você vai ter que encarar o fato de que está jogando fora uma coisa boa só porque está com medo.

— O que você quer que eu faça, hein? Ela está morrendo, Damian, e...

— Todo mundo está morrendo, porra! — gritou ele, jogando as mãos para o alto, irritado. — A gente já começa a apodrecer no dia em que toma o primeiro fôlego. A única garantia que nós temos na vida é que todos um dia vamos conhecer nosso criador. O cronômetro está correndo pra todo mundo, cara. A gente pode sair na rua, ser atropelado por um carro e perder a vida num piscar de olhos. Simples assim. A única coisa que este mundo promete pra gente é a morte. Mas, com a Aaliyah, você tem uma chance de viver de verdade. Tem muito idiota por aí que está vivo, mas não está vivendo. Eles não encontram níveis mais profundos de felicidade, e você poderia fazer isso com ela, por mais limitado que o tempo de vocês possa ser.

— Você não entende...

— Claro que eu entendo. Antes de você me conhecer, eu não tinha vida. Eu só existia, mas então você apareceu e me deu um propósito. Você me deu uma família. Então não vem me dizer que eu não entendo. Você que sabe, cara. Pode ficar irritado pelo tempo que precisar, mas não perca a chance de ser feliz por causa desse seu medo teimoso. Grande parte das pessoas não encontra o amor verdadeiro antes de morrer. Não seja uma delas. — Ele se levantou da cadeira. — Toc-toc.

— Quem é?

— Você parando de ser um babaca e indo conversar com a Aaliyah.

Baixei a cabeça e soltei um suspiro cansado. Ele tinha razão, mas eu não sabia como fazer aquilo.

— Ei, Damian?

— Sim?

— Você pode dar uma pesquisada na Marie Rollsfield?

Ele pareceu surpreso com meu pedido. Quando nos conhecemos, eu tinha deixado bem claro que não queria que ele investigasse ninguém que eu já conhecia. Mas havia algo de errado com Marie. Aquela situação toda com Jason não estava fazendo muito sentido, eu só não conseguia entender por quê.

Damian concordou com a cabeça sem hesitar.

— Pode deixar.

⁓თ⁓

Eu sabia que precisava conversar com a Aaliyah, porque Damian tinha razão. Ele não costumava errar muito. Eu só precisava reunir coragem para ir para casa, encontrar Aaliyah e ter uma conversa franca com ela. Mas todos os meus planos foram pelo ralo quando, certa noite, fui mais tarde para casa e a encontrei no quarto, empacotando suas coisas.

— Oi — falei, entrando pela porta aberta. Ela parou o que estava fazendo e olhou para mim. — O que está acontecendo?

Ela piscou algumas vezes, parecendo confusa. Devia estar surpresa por me ver em casa depois de passar dias desaparecido.

— Estou arrumando as minhas coisas.

— Pra quê?

— Achei um apartamento. Vou me mudar no fim de semana.

Tudo dentro de mim se contorceu ao ouvir aquelas palavras. Merda. Eu sabia que estava lidando com meus próprios demônios, mas não queria que ela fosse embora. Eu queria que ela ficasse. Queria muito que ela ficasse, mas eu tinha agido feito um babaca nos últimos dias.

— Você não precisa ir.

Ela não olhou para mim, apenas deu de ombros.

— Não, está tudo bem. Minha chefe adiantou o meu aumento, e já consegui juntar dinheiro suficiente pra alugar um apartamento decente. O lance entre nós sempre foi temporário mesmo, né? Então estou seguindo em frente pro meu próximo capítulo.

Eu queria pedir para ela ficar. Queria tomar vergonha na cara, parar de agir como um idiota e explicar que eu só estava com medo. Que eu não sabia lidar com o fato de que ela não ficaria comigo para sempre. Eu queria dizer que não sabia o que estava fazendo e que não tinha ideia de como processar minhas emoções.

Porém, em vez disso, perguntei:

— E a entrevista?

Desejei não ter dito isso, porque vi a expressão magoada que surgiu no rosto dela.

— O quê?

— A gente não terminou a entrevista. Você ia comigo pro Kentucky pra conhecer o meu passado.

— É, bom, não vai rolar. E os meus médicos acham que não seria seguro viajar na minha condição.

Na condição dela.

Aquelas palavras foram apenas outro lembrete de que ela estava doente. De que Aaliyah estava morrendo. De que tinha um tempo limitado de vida, e ele estava acabando. *Não morre, por favor...*

Senti minhas emoções entaladas na garganta. Eu estava quase desmoronando, mas não conseguia fazer isso. Eu não conseguia me expressar; não conseguia dizer para ela como eu me sentia, então fiquei quieto, feito um idiota.

— Além do mais, acho que já tenho material suficiente pra escrever a matéria. Tenho tudo de que preciso — explicou ela.

Eu sabia o que dizer, mas não conseguia juntar coragem para pronunciar as palavras. Eu devia ter pedido para que ela ficasse. Eu devia ter dito que ficaria do lado dela independentemente de qualquer coisa. Eu devia tê-la puxado para os meus braços e a reconfortado, porque ela provavelmente estava assustada. Ela devia estar apavorada com tudo o que estava acontecendo.

Eu devia ter implorado para que ela ficasse, mas, feito um idiota, eu a deixei ir embora.

39

Connor

Saí de Nova York e peguei um voo para o Kentucky com o rabo entre as pernas. Eu sabia que tinha cometido um grande erro ao terminar com Aaliyah, mas não conseguia pensar em um jeito de consertar as coisas. E a ideia de perdê-la continuava apertando no meu peito. Desde que descobri a verdade, vinha pesquisando sobre insuficiência cardíaca. Eu procurava tratamentos, ligava para especialistas, mas terminava o dia em frangalhos, odiando o universo por trazer Aaliyah de volta para mim só para depois levá-la embora de novo.

Isso não era justo, porra.

Quando meu avião aterrissou no Kentucky, minha mãe veio correndo me encontrar no desembarque. Segundos depois, ela envolveu os braços ao meu redor, me apertando com vontade. Fiquei emocionado apenas com o conforto de seu abraço. Você só percebe quanto precisa de um abraço da sua mãe quando está quase tendo um surto.

— Ah, querido! Estou tão feliz em te ver!

Ela olhou ao redor com olhos arregalados e cheios de esperança.

Um buraco quase se abriu no meu peito quando me dei conta de que ela estava procurando por Aaliyah.

— Ela não veio, mãe.

— O quê? Mas achei que ela viesse com você pra conhecer...

— Ela está morrendo — declarei, sem conseguir mais me segurar, engasgando com minhas próprias palavras. Lágrimas começaram a escorrer pelas minhas bochechas quando sussurrei: — Ela está morrendo, mãe.

~∘φ∘~

Fomos para casa, e mergulhei em uma depressão profunda. Só conseguia pensar em Aaliyah. Eu me odiava por ser um merda. Eu me odiava por ter medo de perdê-la. Eu me odiava por tê-la abandonado.

— Insuficiência cardíaca? Mas ela é tão nova — disse minha mãe enquanto passava um café para mim. — Que coisa mais triste.

— Pois é — falei. Eu não conseguia dizer mais nada.

Então de repente a porta da frente se abriu, e um homem entrou na casa da minha mãe como se fosse o dono do lugar.

— Querida, chegueeei! — anunciou ele, cantarolando. Ele entrou todo serelepe, no instante em que me viu, bateu palmas. — Ah, minha nossa, Connor! Vem cá! — disse ele, agarrando minha mão e a balançando com força.

Aquele devia ser o tal do Danny de quem minha mãe tanto falava. Que ótimo.

Estava na cara que ele não havia percebido o clima pesado no ar, porque estava sorrindo, todo animado. Ele usava uma camisa de botão com estampa de flores cor-de-rosa e amarelas, calça verde neon e um chapéu tie-dye. O cara devia ter uns sessenta e poucos anos e se vestia como uma criancinha que tinha recebido permissão para escolher as próprias roupas naquele dia.

Sério, mãe? Ele?

— Aham, é um prazer conhecer você também, Dan.

— É Danny — disse ele. — Então, cadê a mocinha especial que você ia trazer pra casa?

Eu sabia que não tinha sido a intenção dele, mas a pergunta me acertou como um soco.

Minha mãe se aproximou de Danny e o abraçou pela cintura.

— Bom, queria que as notícias fossem outras, mas acontece que a Aaliyah está com um problema grave de saúde. Ela não conseguiu vir — explicou minha mãe.

— Ela vai ficar bem? — perguntou Danny.

— Não. Não vai. Ela está morrendo, e eu não posso fazer porra nenhuma para salvá-la. Terminei com ela porque eu não ia aguentar ficar sentado, vendo ela morrer.

Minha mãe ficou boquiaberta.

— Você terminou com ela? Vocês estavam namorando?

— Sim, estávamos. E, sim, terminei. Ela está saindo da minha casa neste exato momento, vai se mudar pra outro lugar. Acabou.

— Não... Connor. Você não pode fazer isso... Quer dizer... Sei que é uma situação complicada, mas você não pode abandoná-la... Sei que está assustado, mas...

— Eu não estou assustado, mãe, e estou apavorado pra caralho. Eu estou apavorado. Mas não consigo fazer isso de novo. Não posso ficar sentado, vendo alguém importante pra mim perder a batalha pela vida. Não consigo passar por isso. Enfrentei essa situação duas vezes, vendo você lutar, e simplesmente não consigo fazer isso de novo.

Os olhos da minha mãe se encheram de lágrimas, e ela cobriu a boca com a mão, soluçando. Eu não queria fazê-la chorar, mas precisava ser sincero. Eu não aguentaria passar por aquele trauma mais uma vez. Não aguentaria passar a noite acordado me perguntando se Aaliyah ainda estava respirando. Eu não aguentaria viver no limite, pensando que aquele poderia ser o dia em que eu seria obrigado a me despedir dela. Eu não aguentaria ver Aaliyah morrer.

Danny deu um passo para a frente e abriu um meio sorriso para minha mãe. Ele estava bem mais sério, sua personalidade enérgica havia ficado mais contida.

— Posso conversar a sós com o Connor por um instante, querida?

Minha mãe concordou com a cabeça e saiu do cômodo, me deixando ali, todo desconfortável com a ideia de interagir com Danny. Eu nem conhecia o cara.

Ele se sentou à mesa comigo e soltou um suspiro pesado.

— Às vezes a vida é uma merda, né?

— Sem querer ofender, Dan, mas eu...

— Danny.

— Certo. Danny. Sem querer ofender, mas não quero falar sobre esse assunto. Ainda mais com alguém que é praticamente um desconhecido pra mim.

— Sei o que você está passando.

— Não sabe, não.

— Sei, sim, Connor. Provavelmente mais do que você imagina.

— Não. Você não tem a menor ideia de como foi passar pelo que eu passei. Você não tem a menor ideia de como é difícil ver alguém a quem você ama lutar contra o câncer duas vezes. Você não tem a menor ideia do que isso faz com a sua cabeça. E aí, quando você consegue superar esse trauma, se apaixona por alguém que traz esses mesmos medos de volta. Você não tem a menor ideia de como é isso, de porra nenhuma, na verdade.

Danny passou o polegar pela ponta do nariz e se recostou na cadeira, então ficou olhando para o nada, como se eu nem estivesse ali, e abriu um sorriso forçado que não tinha um pingo de alegria.

— Você pode até achar que eu não tenho a menor ideia, mas eu tenho, rapaz. Fui casado antes de conhecer a sua mãe. Ela se chamava Jules e era uma mulher fenomenal. Fiquei ao lado dela quando o câncer apareceu pela primeira vez, e continuei lá durante o segundo também, que acabou tirando a vida dela.

As sobrancelhas de Danny se uniram, e ele entrelaçou as mãos no colo e ficou mexendo com os dedos.

Meu coração entalou na garganta quando ouvi aquele relato. Eu me senti um completo imbecil, porque não fazia ideia do que ele tinha passado.

— Ninguém sofre mais do que as vítimas dessa doença horrível, ou de qualquer doença, na verdade. Ninguém sabe a dor pelas quais essas pessoas passam. Mas lembro de pedir a Deus que invertesse a situação.

Que transferisse a dor dela pra mim. Que passasse o sofrimento dela pra mim.

Continuei em silêncio, mas prestando atenção.

Eu também tinha pedido isso várias vezes, até demais.

— Mas e as pessoas que mais sofrem depois das que recebem o diagnóstico? Seus entes queridos. Eu nunca deixei que ela visse a minha dor, porque não queria que tivesse mais uma preocupação. Eu sabia que a tristeza e o medo que ela sentia eram dez vezes maiores que os meus. Ela já sofria mais do que era capaz de expressar. Eu seria um grande babaca se dissesse que estava sofrendo também, não seria? Então, em vez disso, eu chorava no carro. Antes de ir trabalhar. Depois do trabalho. Na hora do almoço. Sempre que eu tinha uma chance de chorar, eu chorava. Chorava porque a mulher que eu amava, a mulher que eu idolatrava com todo o meu coração, estava indo embora, e eu não tinha controle nenhum sobre aquela situação. — Ele respirou fundo e juntou as mãos. — Por favor, acredite quando eu digo que entendo o medo que você sente de perder a Aaliyah. Quando conheci a sua mãe e descobri que ela teve câncer, fiquei com o pé atrás igual a você. Porque, e se ele voltasse? E se ela me deixasse antes do tempo? E se todo aquele tempo que eu passei chorando no carro voltasse? Ficar imaginando isso é a pior parte de tudo, porque é impossível saber o que de fato pode acontecer.

— Como você superou isso?

— Com o sorriso dela, com o coração dela — respondeu ele em um tom tranquilo, como se amar a minha mãe fosse a coisa mais fácil do mundo. — É impossível conhecer uma mulher como a sua mãe e jogar fora a chance de ser feliz só porque você tem medo. Você não faz isso. Você agarra essa oportunidade com unhas e dentes. Você segura mais firme ainda, porque sabe que o amor dela vai valer a pena pra sempre. Eu me dei conta de que não podia viver esperando por uma coisa que não sabia o que era. Eu precisava me jogar. Além do mais — ele bufou uma nuvem de ar quente e sorriu —, eu sou um desgraçado sortudo que teve a oportunidade de se apaixonar por duas mulheres extraordinárias. Se a vida precisa de um motivo para ser vivida, o amor é a resposta.

Droga.

Eu queria muito detestar aquele cara.

— Eu estraguei tudo com a Aaliyah — falei, me sentindo desanimado com a minha situação.

Porra, como eu sentia falta dela. Eu sentia tanta falta dela que não sabia nem o que fazer. Não imaginava que meu coração pudesse se partir em mil pedacinhos todos os dias. E a culpa era minha por ter me afastado dela, devido às minhas dificuldades, devido aos meus medos, a tudo o que tinha acontecido no passado.

— Você ama essa moça? — perguntou Danny.

— Sim, eu amo.

Aquela era a primeira vez que eu admitia isso. Era a primeira vez que eu permitia que aquelas palavras saíssem da minha boca, apesar de senti-las pesando em meu peito há semanas.

— Você tem medo disso?

— Pavor.

— Que bom. — Ele assentiu com a cabeça. — Às vezes, a gente precisa ter medo de perder o que a gente ama pra garantir que isso nunca aconteça.

— Ela já foi embora. E não tenho nem como culpá-la, porque agi como um babaca me afastando dela quando ela mais precisava.

— Você acha que ela também te ama?

Concordei lentamente com a cabeça.

— Acho que sim. Espero que sim.

— Então ainda não acabou. Quando duas pessoas se amam, elas superam todos os obstáculos. Elas lutam uma pela outra. Elas não desistem. Agora, você só precisa encontrar um jeito de provar pra ela que não importa o que aconteça, que não importa o quanto as coisas fiquem difíceis, você não vai mais fugir. Pelo que parece, a coitadinha cansou de ser abandonada na vida. Prova pra ela que você está com ela pra ficar.

Na manhã seguinte, acordei me sentindo mais acabado do que na noite anterior. Talvez tomar meia garrafa de uísque com meu novo amigo Danny não tenha sido a ideia mais genial do mundo, mas pelo menos eu não tinha bebido sozinho.

— Connor! Visita pra você! — berrou minha mãe pela casa, me fazendo soltar um gemido.

Eu me forcei a sair da cama e segui para a sala com a cabeça latejando. Abri um sorrisinho triste quando vi aquele rosto familiar.

— Oi, garoto — disse Jax, franzindo a testa. Ele colocou as mãos nos bolsos da calça jeans manchada de graxa. — Fiquei sabendo que você estava na cidade.

— Minha mãe te ligou?

— Ligou. — Ele pigarreou. — Ela disse que você estava na merda.

— Pois é.

— Você sabe que eu não sou muito bom em lidar com essas coisas de sentimentos... então que tal a gente relembrar os velhos tempos e você me ajudar a consertar um encanamento hoje?

— Como nos velhos tempos?

— Isso aí. Vamos. Fiz um shake proteico pra você.

Fiz uma careta.

— A gente não pode comprar uns donuts?

— Jamais. Vai se arrumar rápido. Você está atrasado.

Fui correndo me arrumar. Uns quinze minutos depois, eu estava sentado no banco do carona do carro de Jax e, na mesma hora, voltei a ser aquele garoto de dezessete anos, fazendo as rondas diárias. Às vezes, tinha vontade de poder voltar para aquela época, só para não sentir o que estou sentindo hoje.

— Como vão a Kennedy e a Elizabeth? — perguntei sobre a esposa e a filha dele.

— Bem, bem. A Elizabeth cismou que gosta de ginástica, e vou te contar... não é o hobby mais barato do mundo, não. Mas não consigo falar não para aquela menina, mesmo que ela vire uma demônia na pré-adolescência. A Kennedy está grávida de novo. Descobrimos na semana passada. Eu não devia contar isso pra ninguém por enquanto, mas você não é uma pessoa qualquer.

— Eu sou o seu melhor amigo de todos no mundo inteiro.

Ele revirou os olhos. Eu sorri.

Certas coisas não mudavam nunca.

Paramos na casa do velho Mike, que era nojenta para caralho. Mike era um acumulador e tinha pelo menos treze gatos soltos pela casa. Todo mundo na cidade sabia que entrar ali era um inferno. Sempre que ele fazia tortas para os festivais, as pessoas sorriam ao pegar um pedaço, mas o jogavam no lixo quando ele não estava olhando.

Nosso trabalho era consertar o vaso sanitário de Mike, que parecia estar entupido havia anos. A cor da água, junto com o cheiro, quase me fez vomitar.

— Não sinto a menor falta deste emprego — confessei, cobrindo o nariz com a minha camisa.

Jax não parecia nada abalado com a situação.

— Costumo dar mais atenção à empresa de paisagismo, mas aceito uns serviços de hidráulica de vez em quando pra não perder o contato com as minhas raízes — explicou ele. — Veja bem, o problema aqui são os canos velhos. Mike passou muito tempo acumulando porcaria aí dentro. Ele não resolveu os problemas logo de cara e ficou fingindo que nada estava acontecendo. Foram anos sem reconhecer a merda que estava se acumulando, até o dia em que tudo começou a transbordar. — Ele resmungou ao descer um arame pelo cano, remexendo-o enquanto continuava falando. — Mas nunca é tarde demais pra dar um jeito na merda acumulada. A merda que ele ignorou, a merda que ele fingiu que não existia — então Jax atingiu o ponto certo com o arame, e a privada automaticamente deu descarga, sinalizando seu sucesso —, tudo pode ser resolvido com tempo, perdão e cuidado.

Eu revirei os olhos.

— Você está fazendo uma analogia com cocô pra cima de mim, Jax?

— Sou um homem de cidade pequena. Nem sei o que significa analogia — brincou ele.

— Não. Você está dizendo que estou na merda e que preciso lidar com os traumas emocionais que desenvolvi com toda a situação da minha mãe, pois só assim vou conseguir dar descarga em tudo e apoiar a Aaliyah.

Ele pegou um pano e começou a limpar as mãos.

— Foi isso que você entendeu?

— Foi. Você disse que eu estou na merda.

— Porque você está na merda. — Ele deu de ombros. — A Kennedy é minha melhor amiga. Se eu descobrisse que hoje seria o nosso último dia juntos, faria tudo o que estivesse ao meu alcance pra passar todos os segundos que restavam ao lado dela. Então faça isso, Con. Você precisa desentupir toda a merda que está entupindo a sua vida.

— Agora todos os coroas da cidade estão compartilhando palavras de sabedoria poderosas com os outros?

Ele se empertigou e me deu um tapinha nas costas.

— Se me chamar de coroa de novo, eu arranco todos os seus dentes.

— Você é que manda, seu velho. — Fiz uma pausa. — Você encostou em mim com essa mão suja de merda?

— Encostei.

— É exatamente por isso que eu não sinto falta deste emprego, mas sinto falta de você.

— Deixa de ser sentimental, garoto.

— Eu também te amo, Jax.

Nesse momento, meu celular apitou com a chegada de uma mensagem. Era de Damian. Eu a abri e senti meu peito prestes a explodir.

— O que foi? — perguntou Jax, notando minha expressão de pânico.

— É a Aaliyah. Preciso voltar pra Nova York.

40

Aaliyah

Dizer que eu estava exausta não era o suficiente para descrever o que eu vinha sentindo ultimamente. Cada manhã era pior do que a anterior. Eu só queria ficar na cama e cair em um sono profundo, mas precisava trabalhar. Eu estava me esforçando para tocar minha vida, apesar de isso parecer cada vez mais difícil com o passar dos dias.

Eu tinha acabado de entregar minha matéria sobre Connor para Maiv aprovar quando ele apareceu no meu trabalho. Greta me mandou uma mensagem no instante em que ele pisou no prédio. Quando Connor entrou na minha sala, achei que ia desmaiar de tão nervosa que estava.

— Oi — arfou ele, dias depois de ter embarcado para o Kentucky.

Achei que aquele tivesse sido o fim da nossa história. Aquele precisava ser o fim da nossa história. Eu não podia dar mais nada de mim para ele. Não seria saudável para nenhum de nós dois. Não seria certo.

— Você não devia estar aqui — falei, tentando esconder minhas verdadeiras emoções.

Eu não podia deixar que ele visse que a proximidade dele fazia eu querer chegar ainda mais perto. Eu não podia mostrar que sentia sua falta, não podia mostrar o quanto o queria de volta. Eu ainda desejava tudo nele.

— Eu te magoei. — Ele suspirou. — Desculpa, Aaliyah. Entrei em pânico e fugi.

— Já passou, Connor.

Ele baixou as sobrancelhas, me encarando. Meu comportamento frio provavelmente o pegou de surpresa, mas eu não conseguia evitar. Eu precisava ser fria para permanecer forte.

— Me dá outra chance, Chapeuzinho. Por favor.

Eu queria chorar, mas não podia.

— Agora é tarde demais.

— Eu te amo — arfou ele, sua voz embargada e cheia de tristeza.

Olhei para ele e tive certeza de que meus olhos brilhavam de emoção. Então abri a boca e sussurrei as palavras:

— Eu te amava também.

— Amava?

— Sim. Amava.

No passado. Era mentira, mas uma mentira necessária.

— Aaliyah...

— Vai embora, por favor — pedi, séria.

— Mas eu... eu te magoei — sussurrou ele de novo, sua voz sofrida.

Assenti ao ouvir aquilo.

— Sim.

— Vamos tentar de novo.

— Não.

— Por que não?

— Porque, na primeira vez, foi você quem me magoou. Na segunda, se eu te aceitar de volta, sou eu quem vai magoar a mim mesma.

— Aaliyah...

— Eu não tenho tempo pra isso, Connor. Eu não tenho mais tempo a perder. Não posso ficar nessa incerteza com você.

Ele assentiu levemente com a cabeça e abriu a boca para falar. Mas eu não podia deixar que ele falasse mais nada, não podia permitir que Connor dissesse nem mais uma palavra, porque o som da voz dele fazia meu coração bater descompassado. O som da voz dele fazia eu querer me jogar em seus braços e perdoar todos os seus erros. O som da voz dele me deixava fraca.

Eu não podia mais ser fraca.

Mesmo assim, sua voz...

A forma como ela me atraía...

Só mais um pouquinho dele... Eu queria só mais um pouquinho de... tempo.

— Eu sei que você está chateada comigo, e eu sei que sou um grande idiota, mas preciso te contar uma coisa, Aaliyah, uma coisa muito importante — insistiu ele.

— Você pode ir embora? — pedi, sem querer mesmo isso, mas precisando que ele fosse embora.

— Eu vou, mas preciso que você saiba que...

— Connor, é sério, você pode...

— Ela é sua mãe — soltou ele, me deixando paralisada.

— Desculpa, o quê? — Ele deu um passo na minha direção, e eu recuei. Levantei a mão. — Espera aí. Do que você está falando? Quem é minha mãe?

— A Marie. Ela é sua mãe. Eu... hum... — Ele pigarreou e esfregou a nuca. — Eu pedi pro Damian investigar a Marie depois que ela apareceu no meu escritório com um papo meio doido. Ela ficou falando que não tinha passado por tanta coisa pra você acabar ficando com outra pessoa que não fosse o Jason. Pra ser sincero, foi uma conversa muito esquisita e perturbadora, mas as coisas fizeram sentido depois que o Damian me mostrou as provas.

— Provas — bufei, balançando a cabeça, sem acreditar.

Por que ele estava fazendo isso? Por que ele estava me dizendo aquelas coisas? Marie não podia ser a minha mãe. Eu saberia se ela fosse a minha mãe. Eu saberia se fosse filha dela.

É totalmente impossível...

Minha cabeça começou a girar. Tentei me lembrar de todas as minhas interações com Marie, e acabei ficando tonta. Nós nos conhecemos quando eu trabalhava na cafeteria, e ela sempre foi muito legal comigo. Havia me apresentado a Jason e vivia dizendo que sempre sonhou em ter uma filha como eu. Ela chorava toda vez que eu dizia que ela era uma boa mãe.

Não.

Aquilo não podia ser verdade.

— Quero que você vá embora — disse de modo forçado, sentindo que estava a ponto de surtar.

Aquilo era demais para mim. Eu já estava atolada em problemas e não tinha capacidade mental para lidar com algo tão monumental quanto aquela informação.

— Aaliyah...

— Por favor — implorei, fechando os olhos, tentando fazer com que minha vertigem passasse. Quando os abri de novo, os olhos azuis dele estavam grudados em mim. — Por favor, Connor, vai embora.

Ele engoliu em seco e concordou devagar com a cabeça.

— Desculpa, Aaliyah. Por tudo. Eu sei que isso é muito complicado, mas achei que você devia saber. Eu te amo, Aaliyah. Sempre vou te amar, e espero de verdade que você saiba disso. — Os olhos dele encontraram os meus por um breve segundo antes de ele enfiar as mãos nos bolsos e sussurrar: — Nunca vou desistir de você. De nós. Vou continuar tentando. Eu te amo, Aaliyah, e não vou desistir disso, da gente.

Ele se virou e foi embora.

Se não fosse o meu cérebro, meu coração teria implorado a Connor que ficasse. Eu não o deixei ir embora porque o odiava. Eu sabia que ele estava arrependido e sabia que, se eu permitisse, ele ficaria comigo. Mas eu não queria isso para ele. Eu não queria que ele sofresse quando a minha vida chegasse ao fim.

Eu sabia dos traumas dele e não podia fazê-lo passar por nada parecido de novo. E foi por isso que menti para que ele pudesse abrir mão de mim. Ele foi embora sem saber que levava um pedaço meu.

Desabei na minha cadeira, tentando controlar minhas emoções. Minha mente se voltou para Marie. Comecei a ter dificuldade para respirar pensando naquilo tudo. Antes que eu tivesse tempo de processar tudo o que tinha acabado de acontecer, Maiv surgiu na minha porta com uma expressão séria. O que não era de surpreender, já que expressões sérias eram a marca registrada dela.

— Aaliyah. Eu li a matéria — disse ela, franzindo o cenho.

— Ah? Se você precisar que eu mude alguma coisa...

— Parabéns pela promoção. Você vai ser uma excelente editora.

Meu coração não sabia o que sentir. Ele estava magoado por ter perdido Connor, mas orgulhoso de mim. Eu sabia que tinha mandado muito bem na matéria, porque a escrevi com o coração, mesmo despedaçado. Eu tinha sangrado aquelas palavras no papel, mostrando Connor da única forma que achava possível — com seu brilho ofuscante.

Era fácil escrever sobre alguém tão especial quanto ele.

— Acho que podemos chamar de "O cavalheiro moderno". Essa vai ser uma das melhores matérias que já publicamos. Você deveria ficar orgulhosa do seu trabalho. Não espero nada menos do que isso daqui em diante.

— Pode deixar — prometi.

Ela saiu da minha sala, e fiquei ali sentada pensando no título. "O cavalheiro moderno" era bem apropriado. Descrevia Connor Roe perfeitamente.

Depois do trabalho, peguei um táxi e fui para a casa de Marie e Walter. Eu tinha certeza absoluta de que não conseguiria fazer mais nada antes de olhar nos olhos dela e fazer a pergunta que vinha causando esse aperto no meu peito.

Ela não estava em casa quando eu cheguei, então fiquei esperando na varanda.

Horas se passaram até o dia se transformar em noite, e eu continuei esperando. Quando o carro dela surgiu e ela saiu do veículo, parecia surpresa ao me ver sentada ali. Marie correu até mim parecendo preocupada.

— Aaliyah, querida, está tudo bem? — perguntou ela, provavelmente notando minha palidez e meus olhos cansados.

Eu me levantei dos degraus e olhei bem no fundo dos olhos dela enquanto meu corpo inteiro começava a tremer.

— Você é minha mãe?

A hesitação e a culpa que tomaram conta de sua expressão me disseram mais do que quaisquer palavras que ela pudesse pronunciar.

Ai, meu Deus. Eu ia vomitar.

— Isso não pode ser sério! — gritei, minha voz falhando quando eu levei as mãos à cabeça.

Meu coração batia em uma velocidade inacreditável contra o meu peito, e eu estava à beira de um ataque de pânico.

Lágrimas surgiram nos olhos de Marie quando ela tentou se aproximar de mim.

— Querida...

— Não — interrompi, esticando a mão na direção dela. — Não me chama de querida.

— Não sei como você descobriu, mas... — Ela engoliu em seco, suas mãos estavam tremendo. Marie juntou as mãos como se estivesse rezando, as levou à boca e balançou a cabeça. — Não era pra você descobrir. Eu tinha tudo planejado pra que você jamais descobrisse, mas ainda seríamos uma família. Você se tornaria parte da minha família quando se casasse com o Jason. Sei que parece loucura, mas não havia um jeito melhor de trazer você de volta para a minha vida sem que viesse à tona toda a culpa e o trauma por trás do fato de que eu...

— Me abandonou. Você me abandonou quando eu nasci.

As lágrimas escorriam pelas bochechas dela, mas eu me recusava a permitir que as minhas fizessem o mesmo.

— Não foi assim.

— Então me conta como foi.

— Eu tive uma vida parecida com a sua... eu era jovem e sozinha. Quando conheci o Walter, parecia que eu ia fazer diferença no mundo pela primeira vez. Alguém me queria. Foi tudo mágico no começo. Então o Walter começou a trabalhar até mais tarde. Ele ficou obcecado em ser bem-sucedido e fazia tudo o que fosse preciso pra subir na vida. Quando descobri que ele estava tendo um caso, meu mundo caiu, eu me senti traída. Fiquei com nojo dele, de mim. Então resolvi que seria uma esposa melhor. Uma mulher melhor pra ele. Tentei engravidar, mas não consegui. Ele continuava me traindo, então eu me entreguei a outro homem. Cheguei à conclusão de que, se ele me traía, eu podia fazer o mesmo.

Esperei que ela continuasse. Eu precisava de todas as peças do quebra-cabeça pelo qual eu tinha passado a vida inteira procurando. Não importava o quanto doesse.

— Eu, bem, conheci um homem em um bar. O nome dele era Cole Simms. Ele era charmoso e foi o cara mais engraçado que eu já conheci. Ele tocava jazz no Ralph's, no Queens, nas noites de sábado. Passei semanas indo até lá pra ouvi-lo tocar. Fui pra cama com ele e acabei engravidando de você. Contei tudo pro Walter. Ele me disse que só me perdoaria se eu desse o bebê pra adoção. Ele falou que me abandonaria e que acabaria com a minha vida se eu não fizesse isso. Sei que parece loucura, Aaliyah, mas eu não tinha nada. Eu era só uma garota pobre, sem um tostão no bolso, e não pensei que fosse engravidar. Tudo o que eu queria era que o Walter tivesse um gostinho do que ele tinha feito comigo.

— Então você me abandonou pra ficar com um homem que te traía.

— É meio difícil de explicar... — disse ela, mas eu sabia que era mentira.

— Não é, não. Você me largou, me deixou sozinha e desamparada, e adotou um garotinho pra chamar de filho.

Ela baixou a cabeça.

— Sei que parece...

— Que você é o demônio em pessoa — completei, me sentindo ofegante.

Eu não consigo respirar...

— Acho que essa foi a forma que o Walter encontrou de me castigar. Depois que você nasceu e eu te dei pra adoção, ele começou a falar que queria um filho. Um menino. Ele falou que, se pudesse ter um filho, ia fazer terapia comigo. Então adotamos o Jason... que já tinha cinco anos, porque o Walter não queria saber de trocar fraldas nem lidar com um bebê.

— Você preferiu o Jason a mim.

— Você tem que entender...

— N-não te-tenho que en-entender nada — arfei, sentindo uma dor no peito.

Dei um passo para trás, e Marie veio na minha direção.

— Aaliyah, é melhor você se sentar. Você está muito pálida — ordenou ela.

— O q-que a-aconteceu com o meu pa-pai? — Eu me forcei a perguntar, sentindo que ia desmaiar.

Síncope.

Substantivo.

Definição: perda temporária de consciência causada pela queda da pressão sanguínea.

Também conhecido como o termo médico para desmaio.

Eu sentia a vertigem aumentar conforme minha visão ia e vinha.

— Aaliyah, por favor — implorou ela.

— Me conta.

Ela fez uma cara péssima enquanto as lágrimas escorriam de seus olhos.

— Eu voltei lá há alguns anos, quando eu e o Walter passamos por uma fase difícil, pra ver se o Cole ainda tocava jazz lá. Descobri que ele tinha falecido.

— De quê?

Ela engoliu em seco.

— Ele teve um ataque cardíaco. A família dele toda tinha uma condição genética hereditária, e... — Ela balançou a cabeça para mim e cobriu a boca com a mão. — Eu sinto muito, Aaliyah. Eu sinto muito mesmo. Assim que descobri sobre a doença dele, decidi que encontraria você. Então descobri onde você trabalhava e, depois que te conheci, soube que não poderia seguir em frente sem você na minha vida.

Tantos pensamentos passavam pela minha cabeça naquele momento... Tantos sentimentos, tantas emoções, tanta dor...

Dor.

Eu estava com dor.

Comecei a tombar para trás, tentando me manter firme ao chegar ao primeiro degrau da escada da varanda de Marie. Fui me escorando até atingir o chão e coloquei a mão no peito, lutando para respirar.

— Marie?

— Sim?

— Chama uma ambulância.

41

Aaliyah

Minha pressão despencou quando eu estava na casa de Marie. Fui levada às pressas para o hospital e fiquei no oxigênio. Cada fôlego era um suplício. Quando o Dr. Erickson ficou sabendo da minha situação, foi direto para o hospital. Só de olhar para ele vi que meu caso era grave. Por outro lado, eu não precisava que ele me dissesse o que eu já sabia, o que meu coração exausto vinha me mostrando havia tanto tempo.

Eu estava morrendo.

Marie tentou me visitar, mas não autorizei sua entrada. Eu não estava pronta para encontrá-la e ainda lidar com o fato de que minha vida estava chegando ao fim.

Eu sabia muito bem que não sairia do hospital. Não na condição em que me encontrava. Um dia inteiro passou, e fiquei em observação. O quarto estava muito frio, e médicos e enfermeiros entravam e saíam o tempo inteiro. Eles me furavam com agulhas e observavam meus sinais vitais, certificando-se de que eu permanecia estável.

Eu me sentia cansada o tempo todo.

A única coisa que eu queria fazer era dormir.

A única coisa que eu queria fazer era fechar os olhos e deixar a dor desaparecer.

Para minha surpresa, no segundo dia de internada, recebi uma visita. Alguém que eu jamais esperaria ver ali, parado na minha porta.

— Damian. O que você está fazendo aqui? — perguntei ao vê-lo. Ele parecia desanimado e sério, como de costume. — Como você soube que eu estava aqui?

— Tenho talento pra descobrir as coisas. Posso entrar?

— Claro, mas... Não entendi por que você está aqui.

Eu e Damian não éramos próximos. Nós tínhamos nos encontrado pouquíssimas vezes.

— Estou aqui por causa do Connor — disse ele, direto.

— Não entendi.

— Ele te ama. Talvez você não queira que o Connor esteja ao seu lado porque ele te magoou. Mas eu vim porque ele te ama e não ia querer que você ficasse sozinha, então vou te fazer companhia.

— I-isso é loucura — arfei, cansada. Exausta.

— É, pois é. Ouvi dizer que o amor às vezes deixa tudo meio louco. — Ele coçou a barba por fazer em seu queixo. — Você precisa dar outra chance pra ele.

— Damian...

— Escuta, não vim até aqui pra te estressar nem nada. Dá pra ver que você está passando por umas paradas bem sérias. Eu só precisava te dizer isso. Eu entendo. Também cresci em lares de adoção temporária. Sou bem cético quando se trata de confiar nos outros. Tenho traumas de abandono que não estão no gibi, mas o Connor não é o vilão da história, Aaliyah. O vilão é o resto do mundo.

— Não sei...

— Eu entendo. Você está magoada. E tem o direito de se sentir assim. Mas, quando isso passar, dá outra chance pra ele.

— As coisas não são tão fáceis assim, Damian.

— Elas precisam ser. Porque isso é pessoal pra mim.

— Como assim?

Ele entrelaçou as mãos e se inclinou para a frente.

— Você me salvou.

Levantei uma sobrancelha.

— O quê?

— Você salvou a minha vida. Há uns três anos, eu estava no fundo do poço. Comecei a cogitar tirar a minha vida. Eu me sentia perdido e sozinho. Ninguém queria saber de mim, e eu também estava pouco me fodendo pra mim mesmo, então achei que não fazia mais sentido continuar vivendo. Aí, do nada, aquele palhaço que só faz piadas horríveis apareceu na minha vida e não parou de encher o meu saco pra que eu me abrisse. E ele não desistiu. Ficava insistindo daquele jeito alegre e cafona dele, tentando ganhar a minha confiança. Depois de todo esse esforço, perguntei por que ele fazia tanta questão de se aproximar de mim. Ele me disse que tinha conhecido a Chapeuzinho Vermelho e que ela havia mudado a vida dele pra melhor.

"Ele queria fazer o mesmo por outra pessoa. Se você não existisse... se você nunca tivesse mudado a vida do Connor, ele nunca teria mudado a minha. Eu não estaria vivo hoje se não fosse por você, Aaliyah. Você me deu alguém que acreditava que a minha vida valia a pena. Alguém que me ofereceu uma oportunidade pra crescer, quando o resto do mundo só me ignorava. Então, acredite quando eu digo que isso é pessoal pra mim."

As palavras dele atingiram o fundo da minha alma. Eu mal podia conceber tudo o que ele me estava me contando, mas, por outro lado, eu conseguia entender, sim, porque Connor era exatamente esse tipo de pessoa — ele ajudava os outros. De qualquer forma, eu tinha medo de me reaproximar.

— Você já se apaixonou, Damian?

— Não — respondeu ele na mesma hora. — Mas eu jamais fugiria de algo assim. Pessoas como nós não têm começos felizes, mas isso não significa que não podemos ter finais felizes.

Eu sabia que o fato de Damian ter vindo falar comigo era importante. Damian não era de falar muito com as pessoas. Sempre que nossos caminhos se cruzavam, ele apenas esboçava um sorriso vez ou outra e ia cuidar de seus afazeres.

— Aaliyah — disse Damian, chegando um pouco mais perto de mim. — Não faz isso.

Apesar de ele sempre parecer bem durão, sério e frio, seus olhos agora transbordavam empatia e preocupação. Naquele instante, tudo nele emanava um carinho que eu não via fazia muito tempo.

— O quê?

— Não foge de algo bom porque você está com medo que outra pessoa fuja primeiro. O Connor não foge das coisas. Tá, ele fez merda e deu pra trás, mas, porra, ele é humano. Ele passou a infância inteira achando que ia perder a mãe. Quando descobriu que você estava doente, aqueles velhos pensamentos que passaram tantos anos assombrando a cabeça dele voltaram. Ele está assustado pra caralho, Aaliyah. O cara está apavorado com a ideia de te perder, mas ele não ia fugir. Ele só deu um tropeço.

— Eu sei que é difícil pra ele, Damian. De verdade. Eu entendo. E é por isso que não posso colocar esse peso nas costas dele.

Ele me encarou, confuso.

— O quê?

— Eu estou morrendo, Damian. Sei que não tenho muito tempo, e não quero que ele lide com isso. Não quero que ele fique me vendo sofrer, porque isso vai partir o coração dele.

— Você está deitada numa cama de hospital, preocupada com o coração dele, quando o seu está literalmente caindo aos pedaços. Se isso não é amor, não sei o que é. Ele devia estar aqui.

— Não posso fazer isso com ele... Sinto muito, Damian. Não posso deixar que ele assista à minha morte.

Damian franziu as sobrancelhas e apertou o nariz. Depois ele se sentou em uma cadeira.

— O que você está fazendo? — perguntei.

— Estou me sentando.

— Por quê?

— Pra você não ficar sozinha.

— Dam...

— Eu entendi. Você não quer que ele se machuque. É um ato nobre. Idiota pra caralho, na minha opinião, porém nobre. Só que isso não significa que você mereça ficar sozinha. Se você está morrendo mesmo, paciência. É uma merda, é assustador e muito escroto, porque conheço um milhão de pessoas que mereciam morrer antes de você. O mundo é um lugar injusto que caga na cabeça das pessoas boas. Sinto muito pelo mundo estar fazendo isso com você, Aaliyah, mas você não vai enfrentar essa merda sozinha. Tá bom? Eu vou ficar sentado aqui e... — Ele enfiou a mão no bolso de trás da calça e puxou uma revista em quadrinhos. — Vou ler pra você, porque é isso que o Connor faria.

— Damian. Você não precisa ficar aqui. Sério. Eu estou bem.

— Não, não está. E não tem problema. Não preciso que você esteja bem. Só preciso que você me deixe ler, pra você não ficar sozinha.

— Olh...

— Aaliyah — disse ele em um tom firme, profundo. — Só escuta.

Eu suspirei e obedeci.

Antes que ele conseguisse começar a ler, um rosto familiar entrou no quarto. Marie parecia atordoada e preocupada.

— Ah, meu Deus, Aaliyah. Você está bem? — arfou ela.

— O que você está fazendo aqui? — perguntei, tentando me sentar, sentindo o enjoo bater na mesma hora.

— Bom, depois que a ambulância trouxe você, eu precisei pegar minhas coisas, e foi um parto pra conseguir que me deixassem subir até aqui. Mas como sou sua acompanhante pro transplante...

— Mas você tem muita cara de pau mesmo, minha senhora — vociferou Damian, encarando-a com um olhar que parecia querer matá-la.

— O que você está fazendo aqui? Isso não tem nada a ver com você — rebateu Marie.

— Não. Isso não tem nada a ver é com você — falei.

Os olhos castanhos de Marie encontraram os meus. Eles estavam cheios de tristeza, e eu odiei seu olhar naquele momento, porque era muito parecido com o meu.

Como eu não tinha percebido antes?

— Aaliyah. Eu sei que você está brava comigo, mas essas foram as regras que o coordenador do transplante nos explicou. Você precisa ter um acompanhante pra depois da cirurgia. Sem mim, você não vai poder fazer a operação quando chegar a sua vez na fila. Você precisa de mim.

— Não pre-preciso — falei, respirando fundo. — De você.

— Sim, querida. Você precisa, sim — insistiu ela.

— Que tal você parar de chamar a Aaliyah de querida? Que coisa pedante — ordenou Damian, parecendo um pitbull protetor.

— Que tal você cuidar da sua vida? — zombou Marie.

— Meu irmão está apaixonado por essa mulher, então ela faz parte da minha vida — disse ele sem nenhum sinal de hesitação. — E ela já deixou bem claro que não quer que você fique aqui, muito menos que seja sua acompanhante, então é melhor você ir embora.

— Ela não tem mais ninguém — afirmou Marie.

— Isso não é verdade. Ela tem a mim. Se ela quiser, quer dizer. — Damian olhou para mim em busca de aprovação. Mordi o lábio inferior e fiz que sim com a cabeça. Ele se virou novamente para Marie. — Viu? Seus serviços não são mais necessários.

A essa altura, Marie estava ficando vermelha de raiva enquanto lançava um olhar fulminante para Damian.

— Não sei quem você pensa que é, rapaz, mas eu passei os últimos dois anos ao lado dela, durante todos os problemas de saúde que ela enfrentou. Eu cuidei dela dia e noite esse tempo todo, sempre que ela precisou de mim. Eu fiquei do lado dela. Eu visitei a Aaliyah todos os dias no hospital e dei meu ombro pra ela chorar todas as vezes que precisou. Eu fiz isso por dois anos; você não tem ideia do quanto levei essa responsabilidade a sério.

— Vinte e quatro — respondeu ele, seco.

Marie levantou uma sobrancelha.

— O quê?

— Você devia estar fazendo isso há vinte e quatro anos, e não dois.

O comentário acertou Marie como um soco. Ela cambaleou ligeiramente para trás, abalada. Eu também senti o impacto das palavras de Damian, mas fiquei quieta.

O que eu poderia dizer?

— Escuta, minha senhora, não vim até aqui pra ouvir sua ladainha de que a vida não seguiu o rumo que você queria. Eu vim até aqui pela Aaliyah e pelo Connor. Então, que tal você parar de causar ainda mais estresse na cabeça dela? Se você se importa de verdade com a Aaliyah, vai comigo agora mudar o cadastro do acompanhante pro transplante. E então vai deixá-la em paz — declarou Damian.

Marie olhou para mim com os olhos cheios de lágrimas.

— É isso que você quer, Aaliyah?

Concordei com a cabeça.

— S-sim.

Completamente derrotada, Marie ajeitou a alça da bolsa em seu ombro e se virou para Damian:

— Vamos ter que preencher uma papelada.

— Eu sei assinar meu nome.

Ela franziu a testa. Ele fez uma carranca.

Então os dois foram resolver toda a burocracia.

Vinte e cinco dias.

Damian apareceu no hospital durante vinte e cinco dias seguidos para ler para mim, para me fazer companhia. Ele pesquisou o que precisaria fazer para ser meu acompanhante no processo do transplante e fez planos para ficar ao meu lado em todos os momentos. Às vezes, eu queria perguntar para ele como Connor estava, mas não tinha coragem de pronunciar as palavras. Eu sentia saudade demais dele para me permitir perguntar.

42

Connor

Vinte e cinco dias.

Eu estava sentado na recepção do hospital desde que Damian me contou que Aaliyah havia sido internada. Ela não queria nenhum contato comigo, então Damian vinha todos os dias para lhe fazer companhia. Ela nem desconfiava de que eu estava sentado ali perto dela. Eu precisava ficar por perto, mesmo que ela não soubesse. Eu nem cogitava estar em nenhum outro lugar.

Eu só precisava que ela ficasse bem. Precisava que ela se recuperasse e voltasse sã e salva para mim.

Todas as noites, Damian vinha me atualizar sobre a situação de Aaliyah, e eu lhe dava uma nova revista em quadrinhos para que ele lesse para ela. Ele dizia que ela era uma guerreira e que tentava permanecer animada mesmo quando era nítido que estava mal.

Ele me falava que ela sentia a minha falta — não que ela verbalizasse isso, mas ele via nos olhos dela.

Eu achava que ele falava essas coisas porque sabia que era o que eu precisava ouvir, e não porque fosse verdade. Mas, puta merda, como eu queria que fosse verdade.

Certa noite, enquanto eu esperava por notícias de Aaliyah, recebi um e-mail de Maiv Khang.

Para: ConnorXRoe@roeempreendimentos.com
De: maivkhang@passion.com
Assunto: Aprovação da matéria

Olá, Connor,
    Espero que esteja bem. Segue em anexo a matéria escrita por Aaliyah Winters sobre você. Gostaria da sua aprovação antes de a encaminharmos para a publicação na edição de setembro. Obrigada por disponibilizar seu tempo para a entrevista. A *Passion* agradece por sua gentileza e sinceridade durante todo o processo.
    Fique à vontade para expressar sua opinião ou quaisquer preocupações ou questões que tiver. Mas duvido que exista algum motivo para reclamações, pois eu mesma li a matéria.

— Maiv

PS: Em anexo estão algumas fotos da sessão. A que ela está olhando para você é a minha favorita. Obrigada por provar para mim, e para a Aaliyah, que alguns homens valem a pena.

Abri as imagens anexadas ao e-mail, e meu coração quase explodiu quando vi uma foto de nós dois juntos, abraçados, sorrindo e dando gargalhadas. O mundo havia parado naquelas fotos, e eu só queria criar mais momentos como aqueles. Eu precisava de mais tempo com ela. Precisava de mais tempo com a gente.
    Depois de passar um longo tempo admirando as fotos, abri a matéria, me permitindo mergulhar profundamente nas palavras que Aaliyah havia escrito sobre mim.

O cavalheiro moderno: minhas semanas com Connor Roe,
por Aaliyah Winters

Connor sorri enquanto toma um gole do seu café.
    Esse é o nosso terceiro encontro desde que Connor concordou em dar esta entrevista, e tudo em sua postura deixa claro que ele não per-

cebe o quanto é poderoso — das melhores maneiras possíveis. Ele se recosta em sua cadeira com a perna direita apoiada no joelho esquerdo. Seus ombros largos estão completamente relaxados, mostrando que ele está à vontade.

Seu café tem um toque de leite de coco e três cubos de açúcar — nunca dois, nunca quatro.

Ele passa a impressão de ser a pessoa mais acessível do mundo. É revigorante ver que ele se mantém calmo e tranquilo em uma cidade onde se está sempre correndo na velocidade da luz para alcançar o mais novo sucesso. Connor Roe não está com pressa. Ele vai devagar. Ele nunca olha o relógio para ver que horas são, como se nada fosse tão importante quanto o momento presente.

Essa foi a principal coisa que aprendi sobre Connor nas semanas que passamos juntos — ele é um homem que vive no momento presente. E é fácil sonhar que cada momento com ele dure por toda a eternidade. Quando a garçonete traz nosso café da manhã, ela tropeça, e uma tigela de mingau de aveia quase se espatifa no chão. Connor se move depressa, alerta e atento, pegando a tigela em uma velocidade recorde. Sem derrubar uma gota, nem queimar as mãos. A garçonete fica corada, constrangida, mas Connor abre seu sorriso mais deslumbrante para ela e a tranquiliza.

— Não tem problema — declara ele, deixando a garçonete mais aliviada.

Ela fica ainda mais corada — algo normal na presença daquele homem.

Não tem problema — um lema que eu logo aprendi com o cavalheiro moderno.

Connor acredita no poder de contribuir com o mundo. Ele dá mais do que recebe, luta pelos outros mais do que por si mesmo. Todo santo dia, ele se esforça para criar uma vida melhor para aqueles que não nasceram ricos e privilegiados. Sonha com um mundo onde idosos são tratados de forma justa, onde pessoas de classes sociais mais baixas não precisam se preocupar em pagar aluguel, e onde crianças em orfanatos nunca se sentem solitárias.

Ele sonha com um mundo onde ninguém passa fome, onde a eletricidade da casa de mães solteiras nunca é cortada, onde idosos nunca sofrem abusos nem são abandonados.

Em parceria com instituições beneficentes como Adote um Avô, Food Trucks da Hora (um programa que oferece almoços grátis para crianças durante o verão) e ACEA (Aja, Cuide, Ensine, Ame), Connor Roe tenta criar um futuro melhor, lidando com os problemas do presente.

Ele luta pelo bem maior, todos os dias. Ele é a definição de um bom homem, e é por isso que devo dizer que ele não é apenas um cavalheiro moderno cheio de charme sulista em Nova York — ele é o super-herói desta geração. Um benfeitor. Uma fonte de esperança. Uma obra-prima da existência humana.

Sei o que você deve estar pensando, porque foi o que eu também pensei no começo. Ele é bom demais para ser verdade. Deve existir algum defeito nele, e estou aqui para reportar os fatos: nenhum defeito foi encontrado.

Nadica. De. Nada.

Connor Roe funciona à base de esperança, é movido pelo amor. Tudo que ele cria surge da sua bondade e do seu carinho genuínos. Até quando ele está com medo, é porque seu coração está tomado por amor. Mas isso está longe de ser um defeito — esse é o superpoder de Roe. Seu poder é amar.

Se algum dia seu caminho se cruzar com o de Connor Roe, ele vai lhe oferecer amor. Mesmo que seja apenas por um breve momento. Uma dose de amor, por assim dizer. Ele vai abrir a porta para você, vai oferecer para pagar o café da pessoa que está atrás dele na fila. Ele vai contar piadas ruins que farão você morrer de rir. Ele vai escutar todas as histórias que você tiver para contar — mesmo que elas não façam sentido. Ele vai lhe dar um abraço quando você precisar, e até quando não precisar. Ele vai olhar para você como se visse o nascer e o pôr do sol nos seus olhos.

Ele será seu amigo quando você não tiver com quem conversar. Ele será sua âncora quando você se sentir à deriva. Ele fará você sorrir.

Nossa, como você vai sorrir.

Esse é o superpoder que ele traz para este mundo. Ele cria milhões de sorrisos em uma sociedade que se alimenta de dificuldades e medos. Ele valoriza cada indivíduo, cada vida, e faz com que seja impossível você não se apaixonar perdidamente por ele.

Ao fim do nosso tempo juntos, sou vítima dos seus poderes. Eu me apaixonei, e me apaixonei sem hesitar nem titubear, porque sei que, no fim das contas, independentemente de qualquer coisa, ele estará ao meu lado.

Em seus braços, eu estou segura.

Em seus braços, eu sou amada.

E em seus braços, eu amo.

Estou muito apaixonada pelo meu super-herói.

Connor Roe é muitas coisas: um empresário poderoso, uma história de superação e uma força relevante no mercado imobiliário. Mas a melhor coisa que ele é?

Amor.

Connor Roe é amor.

Qualquer um que encontre o seu amor jamais será o mesmo. Sei que eu não serei.

Connor sorri enquanto toma outro gole do seu café.

E eu também me pego sorrindo enquanto tomo um gole do meu.

— AW, editora

∽҂ᴄ

Ela me amava.

A matéria tinha sido escrita depois que eu a abandonei, e, ainda assim, ela me amava.

Ela me ama.

No presente.

Depois que li a matéria, fui fazer uma visita que sabia ser necessária. Eu não podia ir para casa e me deitar em uma cama na qual Aaliyah não estava mais. Eu precisava da ajuda de alguém maior do que eu, maior do que os médicos, maior do que a vida.

— Olá — arfei, me agachando na frente do túmulo de Grant. — Eu sei que a gente só se falou rapidinho uma vez, mas, como você é importante pra Aaliyah, achei que seria uma boa ideia conversar com você. Bom, ela não está muito bem, Grant — falei, fungando enquanto as palavras saíam da minha boca. Externá-las parecia tornar o sofrimento de Aaliyah ainda mais real. — A nossa menina anda mal. E eu estou apavorado pra caralho. Ela não me quer por perto. Ela não quer nada comigo, e dá pra entender por quê. Eu sei como dói quando as pessoas vão embora, como estava doendo nela, e eu fui um covarde no momento em que as coisas ficaram mais difíceis. Assim que a situação apertou, eu agi como um frouxo. Não posso voltar atrás, nem posso mudar o que fiz, mas você precisa acreditar em mim, Grant. Estou arrependido. — Esfreguei o nariz. — Eu sei que você não me deve favor nenhum, e eu te dou todo o direito de me odiar tanto quanto ela me odeia. Mas aqui estou eu... porque preciso da sua ajuda. Você é o mais próximo que a Aaliyah tem de uma figura paterna, então vim até aqui pedir uma coisa muito importante. Quando isso tudo passar, quando a Aaliyah tiver vencido tudo isso, vou pedir pra ela casar comigo. Não tenho a menor dúvida de que ela é a mulher que quero ter ao meu lado pelo resto do nosso tempo neste planeta. Não importa quanto tempo for. O que significa que preciso que ela vença isso, Grant. Mesmo que ela me odeie por um período de tempo, não vou desistir. Não vou desistir da gente, vou ficar ao lado dela. Está me ouvindo? Até quando eu estiver com medo, vou ficar ao lado dela. Então preciso da sua ajuda. Sei que você deve sentir falta dela, mas preciso que você aguente um pouco mais, tá? Eu vim até aqui para pedir a mão dela em casamento. Quero casar com ela, Grant, então eu imploro, por favor... — Respirei fundo e me ajoelhei. Levei uma das mãos até a pedra entalhada e sussurrei enquanto o vento tocava minha pele, enquanto as lágrimas escorriam dos meus olhos, enquanto cada parte de mim começava a tremer de medo.

— Por favor, Grant... Por favor... — Pigarreei e pedi baixinho: — Por favor, não leva ela ainda.

Depois que terminei minha conversa com Grant, voltei para o carro, onde Luis me esperava para me levar para casa.

— Você está bem, Connor? — perguntou ele.

— Não — respondi.

Eu nunca ficaria bem se ela não estivesse bem.

Antes que ele pudesse responder, meu telefone tocou, e o nome de Damian surgiu na tela. Atendi segundos depois.

— Oi. E aí?

— Você precisa voltar pro hospital, Connor. Rápido.

Eu jurava que Luis era capaz de dirigir mais rápido, mas ele fez o melhor que pôde. Minha cabeça não conseguia controlar o pânico que eu estava sentindo pelo que poderia estar acontecendo com Aaliyah. Damian parecia nervoso ao telefone. A situação tinha piorado? Ela estava indo embora? Eu a perderia?

Por favor, não me deixa perdê-la. Assim, não. Agora, não.

Saí em disparada do banco detrás do carro e entrei correndo no hospital sem nem fechar a porta do veículo. Eu não podia sobreviver nem mais um segundo sem saber o que estava acontecendo com Aaliyah.

No instante em que pisei na recepção, dei de cara com Damian, que esperava por mim. Ele se levantou da cadeira e veio na minha direção.

— O que houve? O que aconteceu? Ela está bem? Ela está...? — Engoli em seco, com as lágrimas ardendo no fundo dos meus olhos. — Ela...?

Morreu? Ela se foi? Merda, eu não conseguia respirar. E se ela tivesse morrido... se ela não estivesse mais...

— Cara. Calma. Relaxa. — Damian segurou meus ombros e fixou seus olhos escuros nos meus. Então o canto de sua boca se curvou em um sorriso. — Eles encontraram.

— O quê?

— Eles encontraram um coração pra Aaliyah.

43

Aaliyah

Um coração.

Um coração para mim.

Damian estava lá quando o Dr. Erickson me deu a notícia. E fiquei feliz, porque eu precisava segurar a mão de alguém, e Damian me ofereceu a dele imediatamente.

Eu sempre achei que ficaria extremamente feliz quando descobrisse que havia um coração para mim, mas senti uma culpa indescritível. Culpa por alguém ter perdido a vida para que a minha pudesse continuar. Por saber que alguém agora sofria com a perda de um ente querido. Pela fonte do desespero dessa pessoa ser o meu triunfo.

Tudo aquilo me deixou mal. Era como se eu estivesse enganando a morte. Não parecia justo.

— É o ciclo da vida — disse Damian, ainda segurando a minha mão. Ele falou de um jeito tão calmo, parecendo saber os rumos que meus pensamentos estavam tomando. — Todo começo tem um fim, e todo fim gera um começo. Isso é bom, Aaliyah. Isso é bom.

Concordei com a cabeça enquanto o Dr. Erickson me explicava tudo o que estava acontecendo. Ele disse que a família estava se despedindo e que, depois que os aparelhos do doador fossem desligados, a equipe dele viria imediatamente me preparar para a cirurgia. E, em poucas horas, eu teria um novo coração.

Tudo parecia surreal, como se eu estivesse flutuando em um sonho que me levaria a um futuro que eu tinha começado a duvidar que teria a chance de viver.

Damian saiu do quarto por uns minutos enquanto o Dr. Erickson continuava me explicando os próximos passos. Quando ele terminou de me dar todos os detalhes e saiu do quarto, fiquei sozinha por um instante, pensando em tudo o que estava acontecendo. Pensei no que significaria para mim receber esse coração, no que significaria para a tal família perder o mesmo coração. A vida era muito complexa, e eu jamais seria capaz de entendê-la.

Alguém bateu à porta, e fiquei surpresa ao levantar o olhar e dar de cara com Damian parado ali, e Connor ao seu lado.

Eu me ajeitei na cama, me sentando um pouco mais ereta, e inclinei a cabeça, confusa.

— O que você está fazendo aqui? — perguntei para Connor, então olhei para Damian. — Você contou pra ele?

— Eu tive que contar — confessou ele. — Ele é meu irmão. — Ele deu um tapinha nas costas de Connor e assentiu com a cabeça. — Vou deixar vocês conversarem.

Assim que Damian saiu, Connor se aproximou.

— Oi — sussurrou ele.

— Oi — respondi, desconfortável com o quanto eu me sentia à vontade perto dele.

Eu deveria odiá-lo. Eu deveria pedir a ele que fosse embora. Eu devia tentar afastá-lo de mim, mas, em vez disso, fiquei quieta, esperando que Connor falasse alguma coisa. Esperando para ouvir o que ele tinha a dizer.

Ele pigarreou.

— Você vai ganhar um coração novo?

— Vou.

— Isso é ótimo.

Fiquei quieta.

Ele chegou mais perto.

As máquinas apitaram mais alto.

Ele deu um passo para trás.

— Escuta, não quero causar mais estresse na sua vida, Aaliyah. Eu entendo, você me odeia. Faz sentido. Nas últimas semanas, eu me odiei mais do que nunca, mas, por favor, Aaliyah... me deixa ficar hoje. Você vai fazer uma cirurgia daqui a pouco, e eu não vou conseguir ficar em nenhum outro lugar que não seja aqui. Não preciso nem falar com você. Não vou nem olhar pra você, se você não quiser. Se você me mandar ficar virado para aquele canto, vou passar a porra da noite inteira ali, mas não posso deixar você, tá bom? Se eu sair daqui e alguma coisa der errado, se a cirurgia não correr como o esperado, se você acabar me deixando... por favor, Aaliyah. Por favor... Por favor, me deixa ficar esta noite, porque meu corpo inteiro já começa a doer só de eu pensar em ir embora. Por favor, Chapeuzinho... por favor... — Ele fechou os olhos por um instante e, quando os reabriu, lágrimas começaram a escorrer pelas suas bochechas. Ele pressionou a língua no céu da boca e seu corpo inteiro começou a tremer. Todo seu ser estava desmoronando diante dos meus olhos. — Por favor, me deixa ficar.

Ele ficou paralisado, totalmente destruído. Ele tinha me mostrado suas feridas, deixando-as sangrar. Eu vi seu medo, seu pânico, mas, acima de tudo, eu vi seu amor. O amor não se mostra só em momentos de felicidade. Ele não dá as caras apenas nos dias ensolarados. Não. Às vezes — na maior parte das vezes —, o amor é uma tempestade no meio de uma guerra.

O amor explora o mundo durante a escuridão. Ele se arrasta através da dor, trava batalhas e chega ao fundo do poço com milhões de cicatrizes de guerra. O amor não é apenas um mar de rosas. O amor brilha sob os raios e grita durante as trovoadas. Naquele exato momento, o amor que inundava Connor era direcionado a mim. Puro. Ilimitado. Verdadeiro.

Eu me ajeitei na cama do hospital e olhei para as minhas mãos.

Eu também havia pensado naquilo. Na possibilidade de eu não sobreviver à cirurgia. De o transplante não dar certo. Na chance de a areia da ampulheta da minha vida chegar ao fim. De eu nunca mais vê-lo. De que nossa última conversa se resumisse aos meus pedidos para que ele fosse embora.

Quando tudo o que eu mais queria era que ele ficasse ao meu lado.

— Você pode ler? — perguntei baixinho, olhando para ele. — Você pode ler a revista em quadrinhos pra mim?

Ele seguiu meu olhar até a mesa de cabeceira na qual Damian havia deixado uma pilha de revistas.

— Posso — respondeu ele, sem pensar duas vezes. — Posso puxar minha cadeira pra perto de você?

— Pode — falei, sem pensar duas vezes.

Eu queria que ele ficasse perto de mim.

Eu precisava que ele ficasse perto de mim.

Eu sentia falta da sua proximidade.

Ele pegou uma das revistas e puxou uma cadeira para perto da cama. Ele começou a ler e eu caí no sono ouvindo suas palavras. Quando acordei, já de madrugada, vi que ele estava com a cabeça apoiada na beirada da cama, dormindo. Um dos braços estava apoiado no colo, e ele segurava algo. Eu me estiquei para ver o que era, e fiquei emocionada quando vi um punhado de moedas de vinte e cinco centavos.

Pouco depois, peguei no sono de novo. Foi uma enfermeira que me acordou desta vez. Connor tinha ido embora, mas as moedas tinham ficado no meu colo. Olhei ao redor e fiquei surpresa ao ver que meu quarto estava coberto de Post-its. Eles cobriam as paredes e a estrutura da cama. A televisão também estava cheia deles, o que me deixou chocada.

Peguei um dos papeizinhos que se encontrava mais perto de mim e reconheci a letra de Connor na mesma hora.

Quero mais tempo com a Aaliyah.

Li outro.

Mais tempo com a Chapeuzinho.

Quero me casar com ela.

Quero beijá-la.

Quero passar mais um minuto com ela.

Quero que ela se cure.

Devia haver centenas de desejos dele espalhados pelo quarto. Centenas de Post-its pequenininhos com suas palavras, que atingiam direto o meu coração.

— Bom dia, flor do dia — disse uma enfermeira, entrando no quarto. — Já vi que você encontrou suas cartinhas de amor. Aquele rapaz deve te amar muito. Ele veio aqui todos os dias.

Balancei a cabeça.

— Não. O Damian é só meu amigo.

— Ah, não. Não estou falando dele. Estou falando do Connor. O rapaz que fica sentado na recepção todos os dias. O pessoal do hospital chama ele de Romeu moderno. Ele dizia que sabia que você não queria falar com ele, mas ficou esperando do lado de fora o tempo todo. E, à noite, quando você estava dormindo, ele subia e ficava sentado aqui te fazendo companhia. Eu achava muito fofo.

As palavras dela me chocaram. Ele tinha vindo todos os dias? Eu estava internada há mais de vinte e cinco dias. Como ele foi capaz de passar tanto tempo esperando sem ter o menor sinal de que teria outra chance comigo?

Quando chegou a hora de eu ir para a cirurgia, os enfermeiros me disseram que havia alguém querendo se despedir de mim no corredor. Eu me virei para acenar para Damian, e meu coração sofrido começou a bater mais forte quando encontrou os olhos mais azuis do mundo me encarando. Ele ficou.

Quem imaginaria que até corações partidos eram capazes de bater de amor?

— Eu te amo — articulei com a boca, sem emitir nenhum som, olhando direto em seus olhos.

Eu precisava dizer aquelas palavras. Precisava que ele soubesse que, independentemente de qualquer coisa, eu o amava. Porque, apesar de todas as besteiras, de todo o nosso drama, a verdade era que ele era a minha luz. Ele era as luzes do Leste que me iluminavam intensamente por breves períodos, me fazendo lembrar que eu não estava sozinha. Ele era a luz que alcançava a minha escuridão e, por isso, receberia o meu amor eterno.

Eu rezei antes da cirurgia. Não sabia para quem. Para Deus, para o universo, para os alienígenas. Rezei para quem quer que estivesse lá em cima, sabendo que a única coisa de que eu precisava era ficar mais um pouquinho com Connor. Para que a gente pudesse brigar. Para que a gente pudesse gritar. Para que a gente pudesse fazer as pazes. Para que a gente pudesse mergulhar ainda mais no que quer que fosse que estávamos prestes a descobrir.

As lágrimas vieram quando Connor abriu a boca e sussurrou:

— Eu te amo mais.

44

Aaliyah

Tum, tum.

Tum, tum.

Tum, tum...

Meu peito subia e descia.

Eu os sentia. Eu sentia os batimentos cardíacos. Batimentos cardíacos que agora eram meus, mas não exatamente meus.

Tempo extra. A promessa de mais um amanhã. Uma bênção que eu não sabia se merecia, mas que tinha certeza de que valorizaria para sempre.

Obrigada, William.

O transplante foi um sucesso absoluto, e o fato de eu quase não sentir dor depois me surpreendia.

Precisei ficar algumas semanas no hospital depois da cirurgia, mas logo tive alta e pude voltar para o meu apartamento. Damian ficou ao meu lado o tempo todo, organizando meus remédios e me ajudando em todas as etapas. A recuperação ia de vento em popa, mas, apesar de eu ter um novo coração e de ele estar batendo, a tristeza ainda permanecia dentro de mim. Eu ainda precisava lidar com muitos traumas que iam além da minha recuperação — Marie, por exemplo.

Além disso, eu sentia falta de Connor, mas sabia que ainda não havia chegado a hora de procurá-lo. Eu precisava estar totalmente recuperada, precisava ter certeza de que ficaria bem antes de ir conversar com ele sobre os meus sentimentos.

Então, quando minha campainha tocou e eu o vi parado na frente do prédio segurando um buquê, fiquei bem surpresa. Desci e abri a porta para ele.

— Oi — falei, cruzando os braços na frente do corpo para me proteger do vento frio do outono.

— Oi — respondeu ele com a voz baixa. — Eu sei que você não deve estar querendo me ver agora, e eu entendo, Aaliyah, mas precisava ver você. Preciso ver que você está bem, que está melhorando... que está aqui. Então, desculpa, mas eu precisava vir.

— Tudo bem.

Ele franziu o cenho.

— Não está tudo bem. Não depois de tudo o que aconteceu entre a gente. Eu cometi um milhão de erros. Eu não entendia nada sobre amor, sobre corações partidos, nada, Aaliyah. Não entendia nada sobre o amor até conhecer você. Você merece tudo, e eu nunca vou querer ser o motivo da sua tristeza. E... eu só queria dizer o seguinte.

— Connor...

— Por favor, Aaliyah. Vou deixar você em paz depois disto, eu juro, mas preciso que você conheça a minha verdade.

Meus olhos fitaram o chão por um momento antes de eu voltar a encará-lo, lhe dando permissão para continuar com um aceno de cabeça.

— Você me transformou. Você despertou partes da minha alma que eu não sabia que estavam adormecidos. Eu entendi que não era do amor nem de compromisso que eu tinha medo. Eu tenho medo da morte. Tenho medo de perder as coisas que mais valorizo no mundo. Passei boa parte da minha infância paranoico, achando que acordaria numa manhã e encontraria minha mãe morta. Até hoje, é difícil não pensar que o câncer pode voltar e ser ainda pior. Porra, eu tenho pavor de perder a minha mãe, de perder você. Tenho pavor do desconhecido. Tenho pavor de voltar àquela época em que eu via a pessoa que eu mais amava sofrer, sem poder fazer nada pra diminuir sua dor. Eu tenho pavor, Liyah... Eu tenho pavor.

— Eu entendo isso tudo, de verdade. Mas, mesmo depois do transplante, ainda existe a possibilidade do meu corpo rejeitar o coração. Os rumos que a minha vida vai tomar ainda são desconhecidos, e eu não posso amenizar seus medos, Connor.

— Não estou pedindo pra você fazer isso. Estou pedindo pra você me deixar ficar com você, sabendo que eu tenho medo. Porque a ideia de não ter você na minha vida é mais assustadora do que qualquer coisa que possa acontecer. Eu quero envelhecer do seu lado? Quero. Quero contar os seus cabelos brancos e fazer piada disso daqui a alguns anos? Com certeza. Quero me apaixonar por todas as suas rugas? Sem dúvida. Mas, se eu só puder ter você agora, eu quero também, Chapeuzinho. Eu quero isso, eu e você, neste momento. Eu quero todos os momentos que Deus me der pra ser seu.

"Então eu vim pedir, implorar, pra você me dar outra chance. Eu não vou ser perfeito, mas não vou fugir. Mesmo que eu esteja com medo, vou ficar do seu lado. Mesmo que eu sinta que as coisas estão saindo do meu controle, vou ficar do seu lado. Se eu tivesse que viver pra sempre, eu iria querer viver pra sempre com você. Mas, se eu só tivesse hoje, iria querer me sentar em um terraço e olhar as luzes do Leste com você. Não importa quantos dias, quantas semanas ou quantos anos nós tenhamos, eu estou nesta. Seja por hoje ou pra sempre, eu só quero você."

Mordi meu lábio inferior, bem nervosa depois de ouvir aquele discurso.

— Quer conhecer meu apartamento novo?

O rosto dele assumiu uma expressão confusa, mas ele não recusou o convite. Subimos juntos, e, quando abri a porta, os olhos dele se iluminaram ao reparar no espaço. Havia centenas de Post-its que eu vinha preenchendo nas últimas semanas, porque estava esperando por aquele momento. Estava esperando pelo dia em que ele voltaria para mim.

Peguei um Post-it e o entreguei para ele.

Quero que o Connor volte pra mim.

— Viu? — sussurrei, chegando mais perto dele. Fechei os olhos enquanto ele me envolvia em seus braços e apoiava a testa na minha. — Eu desejei por você também.

Na vida, nada é garantido. A única promessa que temos é o agora. Então eu fazia questão de viver o momento, o agora, porque nada mais existia. Não existia ontem e não existia amanhã, apenas aquele momento. Se eu tivesse apenas uma hora, um minuto, um segundo, eu o faria valer a pena. Eu passaria o restante do meu tempo coberta de amor, com ele, conosco, com nossas doses de amor.

45

Connor

Eu não saía do apartamento de Aaliyah desde o dia em que ela havia me aceitado de volta. Prometi a mim mesmo, e a ela, que jamais deixaria de valorizar o nosso amor. Que eu estaria ali dia e noite, não importava quanto medo eu sentisse. E a verdade? Eu continuava apavorado, mas estava aprendendo depressa que não tinha problema sentir pavor quando se tinha coragem de encarar seus medos.

Todos os dias, Aaliyah me lembrava por que eu encarava meus medos. Eu os enfrentava pelo sorriso dela. Pela risada dela. Pelo amor dela. Se eu pudesse amá-la, então nada, nunca mais, me faria fugir.

— Vai trabalhar. — Aaliyah sorriu ao pressionar os lábios na minha testa.

Minha cabeça estava levemente apoiada em seu peito, para não pressionar as cicatrizes da cirurgia. Todas as manhãs, eu adorava escutar o coração dela. Todas as noites, eu fazia a mesma coisa.

— Eu prefiro ficar aqui — resmunguei, me aconchegando a ela.

— Já é a quinta vez que o Damian liga pra você — disse ela, se sentando.

Ela se retraiu ligeiramente, e eu fiquei mais alerta. Ela ainda sentia um pouco de dor da cirurgia, mas era guerreira. Eu ficava mais preocupado do que ela. E imaginava que a situação não mudaria tão cedo. Talvez o amor fosse assim às vezes — se preocupar com quem você mais amava.

Soltei um gemido.

Ela riu e beijou minha boca.

— Você vai ter que voltar pra realidade em algum momento, Connor. Não dá pra ficar aqui o tempo todo.

— Quem disse?

— Eu disse. Você tem um sonho pra conquistar.

— Eu já conquistei — falei, puxando-a para o meu colo.

— Para de ser brega. — Ela riu, distribuindo beijos pelo meu queixo. — É sério. Você tem uma empresa inteira pra comandar. Toma um banho e vai pro trabalho. Eu estarei aqui quando você voltar pra casa, pro nosso lar.

Lar.

Era qualquer lugar onde ela estivesse.

Com relutância, obedeci às suas ordens e me arrumei para ir trabalhar. Damian logo veio me dar uma bronca por ter sumido, mas uma parte de mim sabia que ele entendia.

— Escuta, eu sei que você está todo feliz e essa porra toda, e parabéns, inclusive. Que bom que vocês dois pararam de palhaçada, mas não dava pra eu ficar segurando esta informação por muito mais tempo — disse Damian, jogando uma pasta na minha mesa.

Na mesma hora, senti um mal-estar. A última vez que ele tinha jogado uma pasta na minha mesa, eu havia descoberto que Marie era a mãe de Aaliyah, e, bom, eu nem precisava dizer que Aaliyah ainda estava tentando digerir esse desastre.

— O que é isso?

— A cova do Walter Rollsfield. Eu sei que você me pediu que não investigasse nada, mas depois daquela merda toda que descobri sobre a esposa dele, eu sabia que precisava fazer isso. Estou irritado por não ter feito isso antes. A gente podia ter evitado essa porra toda.

Abri a pasta, e a onda de náusea que me acertou quase me fez desmaiar. Damian havia reunido e-mails antigos de Walter para outros clientes. Contratos. Novos imóveis que ele tinha comprado usando o nome de outra empresa.

Os meus imóveis.

Walter Rollsfield havia comprado todos os imóveis que eu tinha apresentado a ele para o meu projeto dos sonhos e estava secretamente planejando transformá-los em condomínios de luxo. Cada. Um. Deles.

— No fim das contas, era aquele babaca quem estava atrapalhando todo o seu esforço. Ele roubou todos os prédios pra ganhar mais dinheiro. Cara... ele te passou a perna. Eu não me surpreenderia se as negociações do imóvel do Queens também caíssem por terra.

Por que ele faria isso comigo? Desde o começo, sempre considerei Walter uma figura paterna. Ele havia me ensinado tudo sobre o mercado. Investiu em mim, nos meus sonhos. Por que ele faria isso tudo só pra acabar me roubando? Só pra acabar mentindo e me enganando? Só pra pegar algo que eu amava, algo em que eu acreditava de verdade, pra si mesmo?

Cacete, eu tinha visto o choque e a irritação dele quando não conseguia concluir uma negociação! Era tudo fingimento? Será que eu era apenas uma peça no jogo de xadrez doentio que ele estava jogando?

Eu confiava nele.

Eu confiava mais nele do que em qualquer outra pessoa no mercado. Aquele tempo todo, eu nunca tinha entendido como ele tinha conseguido criar um filho tão monstruoso, quando, na realidade, Jason estava apenas imitando o próprio pai.

Quando terminei de ler tudo, fui direto para o escritório de Walter. A secretária me disse que ele estava em uma reunião, mas eu estava pouco me fodendo. Fui entrando na sala, sem me importar com o que eu estaria interrompendo.

Escancarei a porta, e cerca de dez homens se viraram para me encarar. Walter estava sentado à cabeceira da mesa. Ele estreitou os olhos para mim, chocado.

— Connor, o que você está fazendo aqui?

— É verdade? — bradei, meu peito subindo e descendo com força enquanto eu olhava nos olhos de alguém em quem eu havia confiado por tanto tempo.

Walter riu de nervoso, balançando a cabeça.

— Estou no meio de uma reunião. A gente pode conversar mais tarde, filho...

— Não me chama de filho — sibilei. — É verdade que você comprou todos os prédios que acabaram não fechando negócio comigo?

Walter fechou a cara e pigarreou. Ele olhou para os homens sentados à mesa e abriu um sorriso falso.

— Sinto muito, senhores. Se puderem me dar licença por um instante, preciso terminar essa conversa na minha sala — disse ele enquanto se levantava e passava direto por mim. — Volto em um minuto.

Ele seguiu para seu escritório, e eu fui atrás, em seu encalço. Assim que entramos, Walter bateu a porta com força e se virou para mim, fumegando.

— Você ficou doido, garoto? Tem noção de como aquela reunião é importante pra mim?

— Você tem noção de como aqueles prédios eram importantes pra mim?! — Ecoei, com a raiva dominando meu corpo. Quanto mais eu olhava para aquele babaca, mais irritado ficava.

Ele foi até o bar e soltou um suspiro demorado ao se servir de um copo de uísque.

— Sinceramente, Connor, não acredito que você veio encher o meu saco com essa merda. Depois de tudo o que eu fiz por você.

— Eu também fiz coisas por você, Walter — falei. — Aceitar trabalhar com o Jason foi uma delas.

— Se você acha mesmo que fez algo por mim, está redondamente enganado. Você não seria nada sem mim, garoto. Se eu não tivesse investido em você no começo, a Roe Imóveis não existiria. Então, só vou te dar um aviso: acho melhor você parar de ser mal-agradecido.

Ele foi até sua mesa, puxou a cadeira e se sentou. Seu comportamento era muito tranquilo, como se ele não fosse o culpado por arruinar meus sonhos.

— Você me ferrou e fingiu que tinha sido outra pessoa.

— Cá entre nós, estou surpreso por você ter demorado tanto tempo pra entender o que estava acontecendo. Era muito fácil juntar os pontos. Mas é o que dizem, a gente deve ensinar o outro a pescar, não a pegar o peixe.

— Por que você faria uma coisa dessas?

— Não é óbvio? Porque eu amo dinheiro. Não me leve a mal, os prédios que você encontrou são fantásticos. Eles serão lugares ótimos pra pessoas podres de ricas morarem. E isso, por sua vez, também vai fazer com que eu seja podre de rico. Todo mundo sai ganhando. — Ele tomou um gole do uísque e fez uma pausa. — Bom, acho que só você sai perdendo. Mas que se dane, eu estou feliz.

— Seu filho da puta — falei, com desprezo, desejando apenas dar um soco na cara dele. O jeito convencido de falar de Walter estava me deixando louco. — Você mentiu pra mim sobre tudo.

— É, bom... bem-vindo ao mundo real. As pessoas mentem pra conseguir o que querem. Você acha mesmo que eu cheguei até aqui sendo honesto? Na verdade, você me ajudou bastante. Vou te mandar um cheque com um bônus de agradecimento quando o dinheiro começar a entrar na minha conta.

— Não quero fazer mais nenhum negócio com você. Não quero mais nada de você. Já chega. Você está me entendendo, Walter? Chegamos ao fim da linha.

— É, bom, até que eu queria que fosse fácil assim, mas, sabe como é... existe uma coisa chamada contrato, que impede você de fazer isso. Quando você aceitou trabalhar comigo, recebi quarenta por cento da Roe Imóveis. Então, mesmo que você esteja chateado, continuamos sendo sócios.

— Eu ainda sou o sócio majoritário. Vou fazer de tudo pra me livrar de você.

— Ah, não. — Ele balançou a cabeça, decepcionado. — Você não leu as letras miúdas do contrato do Jason, né? Poxa, esses jovens inocentes sempre se esquecem de ler as letras miúdas. Quando você passou a filial da Costa Oeste pro Jason, ele ganhou vinte por cento da empresa. O que significa que você só tem trinta. Então parece que a maior parte da Roe Imóveis agora pertence aos Rollsfields. Que situação, meu rapaz. De verdade.

— O contrato só é válido se o Jason ficar no cargo por um ano — argumentei.

— Sim, e ele vai ficar. Tenho um cheque bem gordo esperando por ele quando o ano terminar, e depois ele vai passar as ações dele pra mim, fazendo com que eu me torne o sócio majoritário da empresa. Além do mais, o Jason não vai querer sair de lá agora, sabendo que você está comendo a noiva dele. Ele é mesquinho com essas coisas. E vai querer te acertar onde mais dói: no bolso. Então é melhor você ficar na sua. Não quero acabar te demitindo, filho, mas não pense que eu não faria isso.

— Esse sempre foi o seu plano, né? Desde o começo, você só queria a minha empresa. Você me usou.

— Agora você está entendendo. Você não achou mesmo que eu acreditava nos seus sonhos bobos, né? Eu sabia que as pessoas iam adorar o seu rostinho bonito e a sua personalidade engraçadinha. Você não passou de um fantoche, e obrigado por ter sido tão fácil de manipular. Fala sério, Connor. Você não acha mesmo que imóveis de luxo pra população de baixa renda podem ser um investimento interessante, né? Que piada. Ninguém se meteria numa furada dessas.

— Eu te admirava. Você era como um pai pra mim — confessei, me sentindo um idiota.

— Ding, ding ding! Ele conseguiu! Agora, sim, pessoal! O segredo do esquema todo. Quando você me contou que o seu pai tinha ido embora, eu sabia que essa seria a minha porta de entrada. Sinto muito se você levou as coisas pro lado pessoal, garoto. São só negócios.

Eu me sentia completamente derrotado.

Tudo o que aquele homem tinha feito por mim no passado fora apenas para encher o próprio bolso. Eu me sentia usado, abusado, enquanto ele não via nada de errado em acabar com a minha vida.

Tudo o que eu havia construído e tudo o que eu pretendia construir estava desabando na minha frente. E não havia nada que eu pudesse fazer para consertar a situação, porque eu tinha dado de bandeja a minha alma para o diabo, que fingia ser meu anjo da guarda.

∾ೕ∾

— Ele não deve poder fazer isso legalmente, né? Não tem como isso ser legal — disse Aaliyah quando estávamos sentados no sofá da casa dela.

Depois da minha conversa com Walter, fui direto para a casa dela. Estava me sentindo um idiota. Como eu pude ser tão cego a ponto de não enxergar a verdade que estava bem debaixo do meu nariz? Passei muito tempo achando que Walter era um santo, um homem que havia encontrado um jovem garoto e acreditado nele e em seus sonhos ridículos. Na realidade, tudo o que ele viu em mim foi uma chance de lucrar.

— Mesmo não sendo legal, tenho a sensação de que ele conseguiria dar um jeito. É isso que ele faz: dá um jeito de conseguir a porra toda e lucrar com isso. Duvido que eu seja sua primeira vítima, e duvido que serei a última.

— Odeio ele. — Ela suspirou, chegando mais perto de mim e apoiando a cabeça em meu ombro.

— Eu também. Não acredito que ele me enganou por tanto tempo. Se eu tivesse pedido pro Damian investigar ele antes...

— A culpa não é sua, Connor. Walter Rollsfield é um mentiroso patológico. Não tinha como você saber. Eu também não sabia nada sobre a Marie. Os dois fingiram ser algo que não eram pra conseguirem o que queriam. Pra falar a verdade, acho que a própria relação deles foi construída sobre mentiras. Eles não conseguem ser honestos um com o outro porque não são honestos nem consigo mesmos. Deve ser uma vida bem triste. Nós devíamos ficar felizes por termos descoberto tudo. Tenho certeza de que muita gente ainda admira aqueles dois babacas.

Suspirei e apoiei a cabeça sobre a dela.

— O que eu vou fazer agora? Não posso, em sã consciência, continuar trabalhando com ele. Vou ter que vender a minha parte da Roe Imóveis.

— Bom. — Ela entrelaçou os dedos aos meus e me puxou para mais perto. — Se for preciso recomeçar, nós vamos recomeçar juntos. Você não está sozinho, Connor. Você construiu sua reputação do zero. Vamos fazer isso de novo. Mas não importa o que aconteça, estou aqui pra te ajudar.

— Obrigado, Chapeuzinho — sussurrei, roçando a boca na dela.

— De nada, Capitão.

Mais tarde, fomos para o quarto, e ela caiu no sono antes de mim. Apoiei a cabeça no peito dela, sentindo seu coração bater. Minha música favorita, minha canção de ninar predileta. Eu não tinha a menor ideia se as coisas ficariam bem, mas, enquanto o coração dela estivesse batendo, nós encontraríamos uma forma de enfrentar o mundo juntos.

46

Aaliyah

— Aaliyah, o que você está fazendo aqui? — perguntou Marie ao me ver parada na entrada da casa dela. — Você está bem? O seu coração...?

Eu não a via desde sua última visita ao hospital. Ainda não tinha conseguido digerir a informação de que ela era minha mãe biológica, mas eu não estava ali por mim, e sim por Connor.

— Estou bem — respondi com frieza, abraçando meu corpo. — Posso entrar?

— Sim, é claro.

Ela deu um passo para o lado, liberando o caminho para mim, e entrei na casa. Eu havia passado muito tempo entre aquelas paredes nos últimos anos. Sonhava com todos os eventos de família que compartilharíamos ali. Pensava em todos os feriados nos quais estaríamos juntos. Engraçado... às vezes era melhor quando certos sonhos não se realizavam.

Se eu tivesse me casado com Jason, meu mundo acabaria se tornando uma tragédia de verdade.

— Quer beber alguma coisa? Água? Chá? — ofereceu ela.

Suas mãos tremiam. Dava para ver que ela estava nervosa. Parte de mim ficou um pouco culpada, mas eu não podia me sentir mal por ela estar desconfortável. Eu precisava que Marie se sentisse incomodada, só assim ela aceitaria me ajudar.

— Não, estou bem.

Ela remexeu os dedos e forçou um sorriso.

— Eu não sabia se teria outra chance de falar com você de novo depois da última vez. Não me deixaram mais fazer nenhuma visita a você depois que o Damian assumiu o meu lugar.

— É claro que não. Só amigos e parentes podiam entrar.

Isso a magoou.

— Bom, o que você quer falar comigo? Quer continuar a nossa conversa? — perguntou ela.

— Não. Não agora. Não estou aqui por minha causa. Estou aqui pelo Connor.

— Connor? O que ele tem a ver com isso?

— Ele tem tudo a ver com isso. O Walter está ameaçando tomar a Roe Imóveis dele, e preciso que você o impeça.

— O quê?

— Não se faz de boba, Marie. A gente já sabe de tudo. O Walter contou pro Connor que pretendia assumir o controle da empresa e comprar a parte dele. Preciso que você convença o Walter a não fazer isso.

— Sinto muito, Aaliyah, mas não tenho a menor ideia...

— Eu nunca te pedi nada — eu a interrompi. — Eu nunca te pedi absolutamente nada e, durante todos esses anos, você me usou pra conseguir o que queria. Então você me deve. E eu preciso que você faça isso por mim, Marie.

— Espera. Como o Walter assumiria a empresa do Connor? Nada disso faz sentido pra mim.

Ela parecia atordoada com a situação, mas eu não tinha como saber se a reação dela era real ou apenas fingimento. Isso sempre acontece quando você pega alguém mentindo — mesmo se a pessoa estiver dizendo a verdade, você ainda vai questioná-la.

— Ele está em casa? — perguntei.

— Está, no escritório. Mas não acredito que ele faria uma coisa dessas com o Connor. Mesmo depois de tudo o que aconteceu entre você, o Connor e o Jason. O Walter não é esse tipo de pessoa.

— Você tem certeza de que conhece bem o seu marido? — perguntei.

O olhar dela assumiu um ar de hesitação quando fiz essa pergunta. Ela abriu a boca para falar, então parou por um instante, pigarreou e berrou:

— Walter. Você pode vir aqui na sala?

— Mulher, você sabe que eu não gosto de gritaria pela casa. O que foi? — resmungou Walter, entrando na sala. Assim que me viu, seus olhos se estreitaram. — Aaliyah. O que você está fazendo aqui?

— Vim tentar resolver um problema — expliquei.

Marie se virou para Walter e o encarou, parecendo chocada.

— É verdade que você está tentando tomar a empresa do Connor?

As sobrancelhas grossas de Walter se franziram.

— Você me chamou por causa dessa bobagem? Não tenho tempo pra isso, Marie.

Ela ficou boquiaberta, perplexa.

— Por que você faria uma coisa dessas? Por que tentaria roubar o que aquele rapaz criou?

— Fui eu quem criei o Connor. Tudo o que aquele menino construiu ele deve a mim, o que me dá o direito de pegar o que eu quiser.

— Você não criou o Connor — rebati. — Ele fundou a Roe Imóveis sozinho. Você só se aproveitou do talento dele.

— Ele pode até ser bom, mas eu sou melhor, menina. E, pra falar a verdade, nem sei por que você está aqui, no meio dessa conversa, já que nada disso é da sua conta.

— É da minha conta, sim. Eu amo o Connor e vim lutar por ele.

Walter revirou os olhos.

— Você ama o Connor agora. Espera só até eu tirar tudo dele. Você acha que eu não sei que tipo de mulher você é? Você é uma garota pobre que se envolve com homens ricos pra ter vida fácil.

— Isso não é verdade, Walter. Você sabe que a Aaliyah é uma boa pessoa — disse Marie, me defendendo.

— Era o que eu pensava até ela ir correndo pra cama de outro cara assim que terminou com o meu filho — disse ele, com raiva.

— Ele me abandonou no dia do meu casamento! Depois de me trair sabe-se lá quantas vezes. Você está tentando fazer com que eu me sinta culpada por ter me apaixonado por um homem que me tratou bem? É isso mesmo?

— Ele não deve ter te tratado tão bem assim, se só te quis depois que você conseguiu um coração novo — rebateu Walter com frieza.

— Walter! — gritou Marie, mas não deixei que as palavras dele me abalassem.

Eu sabia que ele não passava de um homem cruel, que dizia e fazia coisas cruéis.

Ele a calou com um aceno de mão.

— Ah, para de show, Marie. Não precisa ficar fingindo surpresa com tudo o que eu digo. Você sabia quem eu era quando se casou comigo. E foi por isso que achou que precisava manter em segredo o fato de que a Aaliyah é sua filha.

Isso foi o suficiente para fazer Marie perder o fôlego e cambalear para trás.

— Você sabia?

— Você acha mesmo que eu sou um idiota que não percebe nada? Fiz vista grossa porque achei que seria bom melhorar a imagem do palerma do nosso filho, e se casar com a Aaliyah ajudaria nisso. Analisei os prós e os contras da situação e cheguei à conclusão de que era o passo mais estratégico a se tomar.

— Você é um homem horrível — falei, meu ódio por ele aumentando a cada segundo.

— Bom, pois é, pelo menos eu não larguei minha filha na porta dos bombeiros pra ficar rico — disse ele, dobrando as mangas da camisa. — Já encerramos aqui?

Lágrimas de horror escorriam pelas bochechas de Marie, e parte de mim queria consolá-la. Mas, por outro lado, ela sabia com quem tinha se casado. Ela sabia com quem dividia a cama todas as noites. Ela havia se enfiado naquela roubada, então agora precisava decidir se preferia aguentar as consequências ou recomeçar por conta própria.

— Ainda não encerramos. — Peguei meu celular, fiz uma ligação rápida e, quando a pessoa do outro lado atendeu, falei: — Oi, é. Não deu certo, pode vir.

Segundos depois, Damian entrou na casa sem bater e veio na minha direção trazendo alguns documentos.

— O que é isso? — perguntou Walter, franzindo as sobrancelhas.

Se alguém no mundo conseguia intimidar Walter, essa pessoa era Damian. Connor era pura bondade e amor. Mas Damian? Ele seria capaz de matar alguém com um olhar.

— A gente tentou fazer o esquema de policial bom e policial mau — expliquei. — Você devia ter me ouvido. Eu era a policial boa.

— E eu sou o mau — disse Damian, jogando a pasta na mesa de centro.

— Você acha mesmo que eu tenho medo dessa sua cara de mau? Você é uma criança. Não tem nada que possa fazer pra... — Walter pegou os papéis e, quando começou a folheá-los, parou de falar. — Onde você arrumou isso?

— Eu sou um coveiro — declarou Damian em um tom calmo. — Eu desenterro podres.

— A gente precisa que você transfira a sua parte da Roe Imóveis pro Connor. Você vai dar o controle de tudo pra ele, sem tentar dar uma de espertinho — expliquei.

— Caso contrário, tenho certeza de que o FBI vai ficar muito interessado no seu esquema de lavagem de dinheiro — disse Damian.

— Lavagem de dinheiro?! — arfou Marie.

Estava ficando cada vez mais claro que ela não sabia nada sobre Walter nem sobre a vida que ele levava pelas suas costas.

Walter parecia arrasado por Damian ter descoberto seus escândalos, alguns dos quais facilmente o fariam passar um bom tempo na prisão. Por sorte, nós não queríamos destruí-lo. Nós só queríamos que Connor tivesse tudo pelo que tinha batalhado tanto.

Walter começou a resmungar e ficou andando de um lado para o outro enquanto passava as páginas. Então ele me encarou.

— Vou pedir pra minha equipe preparar os contratos de transferência.

— Incluindo o imóvel no Queens — falei. Connor merecia o prédio pelo qual havia se apaixonado, e no qual planejava realizar seu sonho.

— Tudo bem — murmurou Walter, emburrado.

— E cem milhões de dólares pra ele investir na propriedade — declarou Damian.

Tentei não reagir a essa exigência exorbitante quando vi que os olhos de Walter se esbugalharam.

— Isso é ridículo! — gritou ele.

— Página cinco. Você quer mesmo que isso aí vaze, Waltinho? — perguntou Damian em um tom seco.

Walter foi até a página cinco. Ele parecia chocado quando fechou a pasta.

— Tá bom. Combinado.

Damian sorriu, e seu sorriso era enorme, ousado, de verdade.

— Foi um prazer fazer negócios com você, Rollsfield. Espero que você tenha uma ótima vida de merda. Vamos, Aaliyah, está na hora de ir embora.

Quando me virei para ir embora, meu olhar cruzou com o de Marie por um instante. Então vi a tristeza em seus olhos. Meu coração ficou um pouco apertado, mas eu não estava pronta para lidar com o que aquele aperto significava. Eu não estava preparada para lidar com aquelas mágoas enquanto ainda lambia minhas próprias feridas.

Damian e eu saímos da casa, e olhei para ele, um pouco confusa.

— O que tinha na página cinco?

— Digamos que envolvia algo com o piscineiro dele nos Hamptons e cachorros-quentes de plástico.

Tudo bem, então. Eu preferia não saber os detalhes.

47

Connor

— Puta merda.

Eu estava encarando meu laptop quando Aaliyah se sentou ao meu lado com o dela no colo. Era sábado, e nós estávamos de pijama, tentando colocar em dia todo o trabalho atrasado. Quando um determinado e-mail chegou à minha caixa de entrada, achei que estivesse tendo uma alucinação.

— O que foi?

— O Walter Rollsfield... Ele me deu as ações dele da empresa. E também vai tirar a filial da Costa Oeste do Jason e colocar no meu nome.

— Ah, é? Nossa. Que maravilha — disse Aaliyah, fechando seu laptop e se aproximando de mim. — Foi só isso que ele falou?

— Na verdade, não. Ele também vai transferir o prédio do Queens pra mim e me dar cem milhões de dólares pra eu investir no projeto.

— Nossa! Que incrível! — exclamou Aaliyah, um pouco empolgada demais.

Estreitei os olhos.

— O que você fez?

— Quem, eu?

— É, você. Por que estou com a impressão de que você está escondendo alguma coisa? Desembucha.

— Pode ter acontecido de eu e o Damian termos dado uma dura no Walter e ameaçado ele.

— Uma dura? Como assim? Vocês são mafiosos agora?

— Não, bobinho. Eu fui a policial boa, e o Damian foi o mau. Fomos um pouco incisivos e conseguimos o que queríamos. O que você merecia.

Fiquei sentado ali, um pouco surpreso pelo que Aaliyah e Damian haviam feito por mim. Deixei o laptop de lado, peguei-a pela cintura e a puxei para o meu colo. Eu adorava a forma como ela se encaixava em mim, como se tivesse nascido para estar ali.

— Você é boa demais pra mim — sussurrei, apoiando a testa na dela.

— Acho que sou boa na medida certa — discordou ela.

— Você nunca vai saber o que isso significa pra mim, Aaliyah. Você salvou a minha carreira. E, mais do que isso, você me salvou de uma vida solitária.

— Eu te amo.

— Eu te amo mais. — Eu a beijei de leve, roçando os dentes por seu lábio inferior. — Mas estou meio chateado por vocês terem brincado de polícia sem mim.

— Eu até comprei algemas pro caso do Walter não querer colaborar — brincou ela. — Se você quiser, a gente pode brincar de polícia hoje à noite.

— Ah, é?

— É. — Ela apontou para mim, fazendo uma arma com a mão. — Mãos ao alto! — Esfreguei de leve meu quadril contra o dela, e observei suas bochechas corarem de vergonha. — Não foi bem isso que eu mandei você levantar.

— E eu tenho culpa? Tô com saudade de estar dentro de você — murmurei.

Eu sabia que Aaliyah precisava estar totalmente curada antes de qualquer atividade intensa. O que significava que nossa vida sexual estava temporariamente suspensa. Mas eu sentia falta de prová-la, de me enterrar nela, de ouvi-la gemendo, dizendo o meu nome.

Ela mordeu o lábio inferior e lentamente começou a se esfregar no meu pau.

— Você está com muita saudade de mim?

Gemi de prazer. Nossa, como aquilo era gostoso.

— Muita.

Ela se inclinou para a frente e lambeu meu lábio inferior lentamente, depois o sugou de leve.

— Quanto você me quer?

Merda...

— Muito...

— Você consegue ir devagar? Pra eu não ficar muito cansada?

— Meu amor... deixa comigo, eu faço o trabalho todo. A única coisa que você precisa fazer é deixar. A única coisa que você precisa fazer é pedir pra eu continuar.

Aaliyah enroscou os dedos em sua blusa e a puxou por cima da cabeça. Seus belos seios nus estavam bem na minha frente, fazendo meu pau latejar ainda mais. Meus olhos encontraram a cicatriz maravilhosa que cobria sua pele. Aquela cicatriz significava tudo para mim. Significava mais momentos como o que estávamos compartilhando agora. Significava mais momentos de amor. Mais momentos de risada. Mais lembranças favoritas para colecionar.

Mais tempo.

O tempo era um conceito estranho, algo que ia e vinha. Cada segundo passava, cada minuto evaporava. Se eu tivesse algum superpoder, adoraria poder parar o tempo, para conseguir desfrutar um pouco mais dos meus momentos favoritos.

Mas não era assim que o tempo funcionava. Ele continuava passando, e eu havia aprendido a aceitar isso. Cada instante que passava era uma bênção, porque muitas pessoas não tinham a oportunidade de apreciá-lo. Eu me sentia agradecido por ter ganhado alguns momentos a mais com Aaliyah. Cada segundo era importante. Eu não desperdiçaria nenhum.

Naquela noite, eu a levei para o quarto e a deitei na cama. Despi a parte de baixo de sua roupa enquanto minhas mãos percorriam seus seios. Beijei cada centímetro dela, indo devagar, sendo gentil a cada passo.

Naquela noite, fiz amor com a minha melhor amiga.

E fiz cada segundo valer a pena.

Na manhã seguinte, acordamos com o nascer do sol e seguimos nossa tradição de todo domingo. Preparamos uma cesta de piquenique e fomos visitar Grant. Desde que eu e Aaliyah reatamos, passávamos todos os domingos com ele. Ficávamos sentados lá, rindo e lendo revistas em quadrinhos enquanto o sol beijava nossa pele.

Não havia nada que eu amasse mais do que assistir ao nascer do sol com Aaliyah, a não ser assistir ao pôr do sol com ela em meus braços.

Eu sentia que devia tudo a Grant por não ter tirado Aaliyah de mim tão cedo, e eu passaria o restante da vida agradecendo a ele por isso.

Eu segurava uma revistinha do Capitão América e a lia em voz alta. Aaliyah estava totalmente imersa na história.

— E o Capitão soube que tinha encontrado seu final feliz quando a Chapeuzinho Vermelho entrou na sua vida — falei, fazendo Aaliyah rir.

— O quê?

Continuei lendo.

— Porque o Capitão se deu conta de que o segredo da vida não era ter superpoderes. O segredo da vida era ter amor. O amor é o maior superpoder que qualquer pessoa pode ter. Então, o Capitão se ajoelhou. — Fechei a revista e sorri ao enfiar a mão no bolso de trás da calça e tirar uma aliança dele.

— Connor — sussurrou Aaliyah, surpresa ao ver o diamante.

— Você é tudo de bom que há no mundo, Aaliyah Winters. Você é o paraíso na Terra e a minha melhor amiga. Então, se você me der a honra de se tornar minha esposa, eu ficarei muito agradecido. Porque descobri que preciso de mais do que doses de amor. Preciso do seu amor em tempo integral, porque você me completa. O seu amor é o meu destino. Quer casar comigo, Chapeuzinho?

Segundos depois, os lábios dela estavam grudados nos meus, porém, antes, ela havia sussurrado:

— Quero.

Com uma única palavra, minha vida se tornou muito mais radiante.

Com uma única palavra, eu me tornei completo.

48

Aaliyah

Era dezembro quando tomei coragem para ligar para Marie.

Os flocos de neve caíam devagar e derretiam segundos depois de atingir as ruas do Upper East Side. Os últimos meses haviam sido uma loucura. Eu estava me recuperando e me apaixonava cada vez mais por Connor. Ao mesmo tempo que me apaixonava cada vez mais por mim mesma. Se eu havia aprendido algo no último ano era que amar a si mesmo realmente era o maior ato de rebeldia que alguém poderia cometer.

Eu não era perfeita, continuava tendo meus defeitos. Às vezes, eu julgava os outros; outras, julgava a mim mesma. Eu cutucava minhas cicatrizes e, de vez em quando, odiava o número que via na balança. Porém, a maior descoberta sobre amor-próprio era entender que você não precisava ser perfeito para merecer ser amado e respeitado, para ser capaz de crescer a cada dia.

A forma mais verdadeira de amor começa quando alguém consegue se olhar no espelho, ver seus defeitos e ainda se aceitar como um ser completo, que merece toda a felicidade do mundo.

Eu sabia que era importante cuidar de mim antes de encarar o passado. Eu precisava criar limites fortes o suficiente para não deixar que os outros me magoassem.

Combinamos de nos encontrar na nossa cafeteria favorita.

— Tem certeza de que não quer que eu vá junto? — perguntou Connor quando estávamos no banco de trás do carro dele.

Abri um sorriso torto.

— Tenho. Preciso fazer isso sozinha. Mas você pode ficar me esperando? Não sei como vai ser essa conversa, nem se vai ser rápida. Mas...

— Vou ficar aqui. Posso esperar o tempo que for.

Meus lábios encontraram os dele, e seu beijo me deu uma dose extra de coragem. Era isso que o amor de Connor fazia por mim. Ele me tornava mais forte todos os dias.

Saí do carro, deixando a neve bater nas minhas bochechas enquanto apertava o cinto do meu casaco de lã. Marie já estava sentada lá dentro da cafeteria, encarando as próprias mãos, que seguravam uma xícara de café.

Assim que abri a porta, um sino tocou no alto, avisando a chegada de mais um cliente. Marie olhou para mim na mesma hora, seu olhar cheio de tristeza.

Aqueles olhos.

Como eu nunca tinha notado como eles eram parecidos com os meus?

Os olhos, o nariz, a covinha discreta no queixo.

Uma onda de enjoo me acertou, mas não fugi. Eu me permiti sentir o desconforto, porque todas as emoções eram válidas.

— Oi — arfou, fazendo menção de se levantar.

— Não, não precisa. Pode ficar sentada — falei, me acomodando na cadeira em frente à dela.

Ela se acomodou e voltou a segurar a xícara de café.

— Pensei em pedir um café pra você, mas fiquei em dúvida se você viria mesmo.

— Não tem problema. Não quero beber nada.

— Fiquei surpresa quando recebi a sua mensagem dizendo que queria me encontrar.

— Pois é. Desculpa ter demorado tanto. Eu precisava de um tempo.

— Eu entendo, Aaliyah, de verdade. Eu só estou feliz por você ter me procurado. Sei que você deve pensar coisas horríveis sobre mim. E sei que o meu raciocínio não parece fazer muito sentido, mas...

— Você ainda está com ele? Com o Walter?

Os olhos dela se encheram de culpa. Aquela já era a resposta. Palavras não eram necessárias.

— Veja bem, eu sei que deve ser patético... — Ela começou a explicar.

— Ele é um monstro.

— Eu entendo o fato de você pensar assim, mas... Quer dizer, ele... — Ela respirou fundo e soltou o ar devagar. — Eu nunca conheci nada além dele.

— Começa uma nova história. Tenta conhecer outras coisas.

— Não é tão fácil assim.

— Eu não disse que seria fácil, mas sempre vale a pena.

Nas últimas semanas, pensei no que perguntaria para ela. Pensei nas dúvidas que eu tinha, na dor que imaginei que suas respostas poderiam abrandar, nas partes que faltavam em minha alma e que ela talvez pudesse preencher. Mas, sentada ali, percebi que aquela conversa não era sobre mim. Era sobre ela.

Eu já tinha aprendido a me amar. Marie não sabia nem por onde começar. No fim das contas, o amor-próprio não é algo que surge a partir de uma determinada idade. Algumas pessoas morrem sem nunca se descobrir. Outras, nunca serão capazes de se olhar no espelho e saber que são amadas.

Fiquei triste só de pensar nisso, porque eu sabia que, se tivesse tomado algumas decisões diferentes, eu poderia estar no lugar dela. Aquela poderia ser eu. Eu não era melhor do que ninguém que não sabia se amar.

— Eu te perdoo — sussurrei. — Pelas decisões que você tomou. Por abrir mão de mim. Pelo plano que você bolou de me levar de volta pra sua vida. Pelas mentiras, pelo escândalo. Eu te perdoo.

Seus olhos brilharam com esperança e ela esticou os braços sobre a mesa, colocando as mãos sobre as minhas.

— Você não imagina o que isso significa pra mim. Aaliyah, agora vai dar certo. Este pode ser um recomeço pra nós duas. A gente pode...

— Não. — Desvencilhei minhas mãos das dela devagar. — Você me entendeu mal. Eu te perdoo, Marie. Mas isso não significa que eu quero você na minha vida.

Perdoar alguém não significa que você precisa deixar a pessoa voltar para o seu mundo. Às vezes, perdoar significava finalmente desapegar. Perdoar significava cortar a última conexão que alguém tem com a sua alma.

— Espero que você encontre a felicidade, Marie. De verdade. Espero que você comece a sua jornada de aprender a se amar. Espero que você tenha mais dias bons do que ruins, e que você dê muitas risadas. Espero que você encontre alegria nos momentos difíceis. E espero que você largue o Walter, porque, mesmo tendo me magoado, isso não significa que você mereça ser magoada também. Se você deixar, o Walter vai te magoar até o dia da sua morte.

— Talvez eu mereça isso. — Ela baixou a cabeça e encarou as próprias mãos.

Coloquei as minhas sobre as dela.

— Ninguém merece isso.

Ela me fitou com os olhos cheios de lágrimas.

— Eu cometi tantos erros na minha vida...

— Não tem problema. Você pode começar de novo agora. Posso te perguntar por que ainda quer continuar com um homem como ele?

— Teve uma época em que ele era o meu mundo. Eu só esperava que ele voltasse pra mim... Que Walter fosse o homem que eu achava que ele sempre tinha sido. Estou esperando uma coisa que sei que provavelmente não passou de uma ilusão.

— Descubra quais são suas verdades feias — falei, me lembrando de uma conversa que tive com Connor meses antes. — É melhor lidar com verdades feias do que nadar em mentiras bonitas.

Ela abriu um sorriso fraco para mim, depois secou as lágrimas.

— Desculpa, Aaliyah, por tudo. Por ter te magoado. Por ter te abandonado. Por todas as escolhas erradas que eu fiz.

Sorri.

— Obrigada. — Olhei pela janela, vendo o carro de Connor parado na rua. — Acho melhor eu ir...

— Ele pediu você em casamento — mencionou ela, olhando para a aliança no meu dedo.

— Sim, há alguns meses.

— Parabéns. Ele é um bom rapaz.

— Sim, ele é. — Eu me levantei da mesa. — Desejo tudo de melhor pra você, Marie.

— Desejo o mesmo pra você.

Eu me virei para ir embora, mas parei quando ouvi Marie chamar meu nome. Olhei para trás e a encontrei de pé, com as mãos trêmulas.

— O Cole era um bom homem. Um músico poderoso, que amava a palavra escrita. Ele sorria feito o sol e amava como os raios da lua. Ele ria igual a você, jogando a cabeça pra trás quando dava gargalhadas. Você tem o nariz e a boca dele. Ele amava experimentar coisas novas, e tenho certeza absoluta de que, se soubesse que você existia, jamais teria te abandonado. — Seus lábios se abriram enquanto lágrimas começavam a escorrer pelas suas bochechas. — "At Your Best, You are Love" — disse ela, me fazendo arquear uma sobrancelha, confusa. — Era a música que o Cole estava tocando quando entrei no bar de jazz naquela primeira noite. Tem uma versão dos Isley Brothers, mas a que eu conhecia era da...

— Aaliyah — murmurei, sentindo uma onda de emoções.

Eu havia escutado aquela música um milhão de vezes, me perguntando se ela tinha sido feita para mim.

Ela engoliu em seco e concordou com a cabeça.

— Nos seus melhores momentos, Aaliyah, você é amada.

Eu podia contar nos dedos de uma das mãos todos os fatos que sabia sobre a minha mãe. Ela usava Chanel nº 5 e gostava de café puro. Ela adorava ler e, quando sorria, mostrava todos os dentes. Eu tinha puxado os olhos e as orelhas dela. Ela havia escolhido meu nome em homenagem à falecida cantora Aaliyah, que eu tinha passado a adolescência escutando. Ela havia dedicado "At Your Best (You are Love)" pra mim.

Minha mãe adorava brunch e odiava ervilhas — igual a mim. Ela chorava assistindo a comerciais de TV e comia salada em todas as refeições. Ela odiava couve-de-bruxelas, e a forma como amava? Ela devia amar tanto que chegava a doer. Ela dava seu amor para pessoas que não o mereciam. E ela tinha defeitos — como todas as pessoas.

Os cachos de seus cabelos eram definidos e pretíssimos. Sua risada era contagiante, do tipo que fazia os outros rirem só de ouvir. Ela também dançava — mal, igual a mim, mas, ah... como seu corpo se movia. E ela era triste. Talvez mais triste do que a maioria das pessoas. Talvez mais solitária também.

Eu a abracei. Eu a puxei para perto de mim e a apertei. Ela também me abraçou, e, quando começou a chorar no meu ombro, eu a apertei um pouco mais. Eu sabia que, depois que a soltasse, nós provavelmente nunca mais nos veríamos de novo. Eu seguiria em frente com a minha vida e torcia para que ela descobrisse a própria.

Então a abracei por mais uns minutos, porque não estava totalmente pronta para deixá-la ir embora.

— Obrigada, Aaliyah — sussurrou ela.

— Você faz diferença — falei para ela, baixinho. — Você faz diferença, Marie.

Eu falei para Marie as palavras que desejava que alguém tivesse me falado quando eu era criança. Disse as palavras que eu mais precisei ouvir quando estava perdida na solidão. Ofereci a Marie as palavras que ela nunca tinha sido capaz de me dar. Então a soltei.

Voltei para o carro. Connor saltou e abriu a porta para mim. Ele me olhava com um olhar preocupado. Ele me tratava com tanto cuidado que os caquinhos da minha alma começavam a se curar de novo.

Ele não disse uma palavra, apenas me abraçou enquanto a neve caía do céu. Connor sabia que eu precisava de apoio e o ofereceu sem hesitar. Quando entramos em casa, eu ainda me sentia meio sensível.

Eu não tinha contado para Connor nada da conversa que tive com Marie, nem achava que precisava compartilhar todos os detalhes. Pelo menos não agora. Eu precisava digeri-los um pouco mais, então coloquei a música "At Your Best (You are Love)" para tocar na sala. A melodia preencheu a cobertura, e eu me levantei do sofá. Fechei os olhos e comecei a me balançar de um lado para o outro, sozinha.

As lágrimas escorriam pelas minhas bochechas enquanto eu me balançava ao som da música. As emoções do dia estavam cobrando seu preço, e, antes de eu desmoronar ali, antes que a dor no meu peito se tornasse forte demais para suportar, Connor me segurou. Ele me puxou para os braços dele e começou a dançar comigo. Ele não fez perguntas, só mexeu o corpo junto com o meu.

Ele começou a dançar lentamente ao som da música sem nem saber por quê. Apoiei a cabeça em seu ombro, deixando as lágrimas caírem.

— Se entregue aos seus sentimentos, Aaliyah, você está segura aqui — disse ele, me apertando contra seu corpo. A música acabava e tocava de novo, e nós continuamos dançando ao longo da noite. Os lábios dele tocaram minha testa, e ele sussurrou: — Nos seus melhores momentos, você é amada.

O simples fato de ele existir no meu mundo já me curava. Ele era a minha pessoa no mundo.

Meu amor.

Meu amigo.

Minha família.

E, nos seus melhores momentos, ele era amado.

Epílogo

Connor

Um ano depois

Ela estava nervosa, e dava para entender por quê. Era um dia importante para ela, e sua ansiedade era justificada. Caramba, até eu estava emotivo. Eu não conseguia imaginar o que Aaliyah estava sentindo.

Nós estávamos sentados na sala de reuniões da Roe Imóveis, esperando o grupo chegar.

— Você acha que isto é idiota? — perguntou Aaliyah, segurando um urso de pelúcia gigante no colo. — Ah, caramba, é muito idiota.

— É perfeito — falei para ela pela milionésima vez.

Ela esfregou as mãos suadas na minha calça, e não me incomodei nem um pouco.

— Ei, eles chegaram — avisou Damian, no batente da porta.

Depois que ele anunciou a chegada, o grupo de treze pessoas entrou na sala. A esposa, seis adultos e seis netos.

Por muito tempo, Aaliyah se perguntou se deveria conhecer a família do doador. Ela morria de medo de que eles estivessem ressentidos, de que sentissem raiva por ela ter sobrevivido enquanto eles haviam perdido um ente querido, mas, depois de passar por um longo processo de troca de mensagens através do programa de doação de órgãos, que protegia a privacidade de todas as partes envolvidas, Aaliyah e a família decidiram se encontrar pessoalmente.

O nome do doador era William Brick, e ele era muito amado.

Assim que a família dele entrou na sala de reuniões, uma onda de afeto se espalhou pelo local.

A esposa de William, Addie, começou a chorar na mesma hora, puxando Aaliyah para um abraço, fazendo com que ela chorasse também. E, droga, eu fiquei emocionado com a interação entre as duas. Não demorou muito para que todo mundo estivesse se debulhando em lágrimas.

— Ah, nossa, você é tão novinha — comentou Addie, segurando as bochechas de Aaliyah entre as mãos. — Que bom. Isso é tão bom.

Aaliyah sorriu e deu uma gargalhada, nervosa.

— Eu estava com medo de conhecer vocês.

— Eu entendo, e somos muito gratos por você querer nos conhecer. Ver uma pessoa sobrevivendo e prosperando por causa de alguém que amávamos é... bom, se isso não for mágica, não sei o que mais poderia ser.

— Por favor, pessoal, sentem — falei, apontando para as cadeiras ao redor da mesa.

Todos nós nos sentamos e rimos enquanto o nervosismo disparava pelo ambiente. Aaliyah começou a explicar por que precisou de um transplante de coração, então Addie e a família compartilharam histórias a respeito de William.

Aaliyah e eu queríamos ouvir todas. Eles nos contaram sobre a época em que William servira no Exército. Nos contaram do péssimo gosto dele para músicas e filmes. Sobre suas imitações engraçadas.

— Ele imitava o Jim Carrey igualzinho — disse sua filha, Becca, segurando o filho no colo. Ela riu da memória. — Lembro que, quando era pequena, toda vez que eu estava chateada com o meu pai, ele começava a imitar o Ace Ventura pra me fazer rir.

— O nosso Grant era assim mesmo. — Addie concordou com a cabeça. — Ele iluminava os lugares por onde passava.

— Desculpa, o que você disse? — perguntou Aaliyah, se empertigando na cadeira. — Você disse Grant?

— Ah, é. Era o nome do meio do William. A maioria das pessoas o chamava de Will, mas nós, da família, o chamávamos de Grant. Eu o chamava assim desde o dia em que nos conhecemos.

Aaliyah olhou para mim com um brilho no olhar, e eu também senti. O amor intenso que o nosso Grant mandava para nós. Eu apertei a mão dela por baixo da mesa, e ela retribuiu.

— Bom, não quero tomar muito o tempo de vocês, mas tenho um presente. Bom, tenho treze presentes, pra ser mais exata, na outra sala. Mas aqui está — disse Aaliyah, se levantando e indo até Addie com o urso de pelúcia.

Ela o entregou a Addie, que pareceu um pouco confusa.

— Bom, obrigada, querida — disse ela, ainda meio atordoada.

— Aperta — orientou Aaliyah, indicando o urso com a cabeça.

Addie obedeceu, e, em poucos segundos, lágrimas surgiram em seus olhos quando o som dos batimentos cardíacos de William saíram do ursinho.

— Isso é...? — perguntou Addie, sua voz falhando.

— É. Achei que vocês mereciam ter um pouquinho dele de alguma forma — explicou Aaliyah.

Droga, tinha alguém cortando cebola ali?

No fim da visita, todo mundo estava chorando, mas eram lágrimas de amor, de gratidão, de reconciliação. Depois que a família foi embora, fiquei parado ali na sala de reuniões, satisfeito com a forma como a conversa se desenrolou.

Aaliyah veio até mim e se jogou nos meus braços.

— O nome dele era Grant — disse ela, radiante.

— É claro que era. — Eu ri. Olhei para o relógio e me empertiguei. — Ah, merda, a gente precisa ir. Já é meio-dia, e não podemos nos atrasar. Afinal de contas, é nosso casamento.

Nós não tínhamos começado o dia do nosso casamento como a maioria dos casais, e estava tudo bem, porque nós não éramos como a maioria dos casais. Nós éramos a nossa própria história, a nossa própria aventura, o nosso próprio final feliz.

Saímos do escritório e fomos para o lugar onde a mágica havia começado — o Bar do Oscar. Alguns anos antes, eu era um super-herói, e ela, uma dama vestida de vermelho. Ela procurava uma distração da própria vida, e eu procurava por ela, mesmo sem saber.

O bar estava todo decorado, graças à minha mãe e ao pessoal da minha cidadezinha, que tinham vindo para Nova York comemorar minha união com Aaliyah. Assim que entramos, Jax e Damian me levaram para o banheiro masculino, onde eu ia me arrumar. Minha mãe e Kennedy levaram Aaliyah para o feminino.

— Vocês estão atrasados — disse Jax, me entregando a minha roupa, que estava pendurada em uma das cabines. — Hoje não é dia pra se atrasar.

— Até parece que teria festa sem mim — falei, desabotoando a calça e a tirando para colocar a roupa da cerimônia. — Mas, antes de a gente começar, que tal uma piada?

Jax e Damian gemeram ao mesmo tempo.

Quem diria... eu tinha dois melhores amigos rabugentos. E não os trocaria por nada nesse mundo.

— Um super-herói entra em um bar e se casa com uma mulher vestida de vermelho. E eles vivem felizes pra sempre — falei.

Jax estreitou os olhos.

— Você está sendo extremamente meloso agora. É isso?

— Estou sendo extremamente meloso agora. Eu amo a Aaliyah, Jax.

— Porra. Espero que ame mesmo, porque eu gastei um rim pra vir pra esse casamento. Você sabe quanto custa um voo direto pra cá? É dinheiro pra caralho.

Eu ri.

— É, bom... eu poderia me oferecer pra reembolsar a passagem, mas não vou fazer isso.

— Que surpresa. — Ele arqueou uma sobrancelha. — Você vai usar isso mesmo?

— Ele vai usar isso mesmo — respondeu Damian em um tom seco, me observando enquanto eu vestia minha roupa.

Minha fantasia de Capitão América.

Ainda cabia, feito uma luva.

Uma luva bem, bem apertada, mas não deixava de ser uma luva.

— O quê? Acho que fiquei bonito. E o que mais eu usaria em um casamento na noite de Halloween?

— Dá pra ver o contorno do seu saco — disse ele, sem achar graça.

— Esta não seria a primeira vez que você tem essa visão, né? — brinquei, dando uma cotovelada no braço dele.

Jax olhou para Damian.

— Eu nunca vi o saco desse cara.

— Eu sei. O Connor é esquisito pra caralho.

— Mas vocês me amam mesmo assim. — Eu sorri.

— A gente se sente mal por você... por ser meio prejudicado das ideias. Nós seríamos pessoas ruins se te abandonássemos — disse Jax, me dando um tapinha nas costas.

Respirei fundo, finalmente começando a ficar nervoso com a situação. Eu estava mesmo a ponto de fazer aquilo. Eu ia me casar com a minha melhor amiga.

— Algum conselho pra um noivo nervoso? — perguntei a Jax. — Quer dizer, já faz uns anos que você está com a Kennedy. Que palavras de sabedoria você tem pra compartilhar comigo sobre casamento?

— Você está errado — disse ele sem pestanejar. — Não importa qual for a situação, mesmo quando você estiver certo... você está errado.

Antes que eu conseguisse falar qualquer coisa, a cabeça de Kennedy apareceu na porta do banheiro.

— Jax, preciso das fraldas, e elas não estão onde você disse que estariam.

— Você olhou atrás do bar, como eu falei? — perguntou ele.

Ela suspirou.

— Você não falou atrás do bar.

— Falei... — Jax fez uma pausa. Ele olhou para mim antes de se virar para a esposa e abrir um enorme sorriso falso. — Você tem razão. Eu não falei. Estou errado.

Ela concordou com a cabeça.

— É claro que eu tenho razão. Eu sempre tenho razão. Vem me ajudar. A fralda do Trevor explodiu pra tudo que é lado.

Jax sorriu para mim e deu de ombros.

— Viu, garoto? Você está errado. Se lembrar disso, vai dar tudo certo. Já volto.

Ele saiu do banheiro, me deixando com Damian, que parecia ainda mais quieto que de costume. Ele segurava um pedaço de papel, com a testa franzida.

— O que houve, cara? Tudo bem? — perguntei, me aproximando.

Ele fez uma careta, dobrou o papel e o enfiou no bolso.

— Não é nada.

— Você não pode mentir pro seu irmão no dia do casamento dele — avisei.

— Não quero estragar o clima.

— Você pode estragar o clima rapidinho, aí depois a gente anima as coisas de novo. O que houve?

Ele suspirou e me entregou uma carta.

— É do meu pai. Bom, me mandaram em nome dele. Ele estava na Califórnia esse tempo todo e sempre soube onde eu estava. Acho que ele bateu as botas por agora. Mas, antes de morrer, escreveu isso aí pra mim. O enterro é na semana que vem.

— Puta merda. — Eu li a carta e fiquei chocado. O nome do pai dele era Kevin Michaels, e ele tinha convidado Damian para ir à Califórnia descobrir as respostas pelas quais Damian havia passado a vida toda procurando, as partes que faltavam de sua história. — Você vai? — perguntei.

— Acho que preciso ir, mas não sei quanto tempo vou ficar lá. Não sei quanto tempo vou demorar pra encontrar as respostas que eu quero. A porra das respostas que eu mereço.

— É. Faz sentido.

— Nem sei por onde começar. Não posso ir pra lá e ficar desperdiçando tempo e dinheiro pra ficar catando partes da minha história de merda.

— Bem que você podia ter uma empresa pra gerenciar na Costa Oeste.

Ele se virou para mim e arqueou uma sobrancelha.

— O quê?

— A filial da Costa Oeste está fechada desde aquela situação com o Jason e o Walter. Fiquei postergando a reabertura até encontrar a pessoa certa pra cuidar das coisas por lá. Estou me sentindo um idiota por ter demorado tanto a perceber que a pessoa certa sempre foi você.

As sobrancelhas de Damian se uniram, e ele franziu o cenho.

— Você não precisa me fazer favor nenhum, Connor.

— Preciso, sim. Família serve pra essas coisas. A gente cuida um do outro. Vai encontrar as suas respostas, Damian. Você merece conhecer a sua história.

Ele estava fungando, e esse foi o mais perto que cheguei de ver Damian chorar.

— Toc-toc — disse ele.

Eu sorri.

— Quem está aí?

— Você. — Ele deu de ombros. — É você que está. Você não saiu do meu lado desde o dia em que apareceu na minha vida, e acho que você não faz ideia de como isso é importante pra mim. Você é o irmão que eu sempre quis. — Eu estava a ponto de cair no choro, e ele revirou os olhos. — Não vai deixar o clima esquisito, Connor.

— Não, quer dizer, eu não vou chorar.

— Você já está chorando.

— Bom, você não pode falar essas porras, Damian, e achar que eu não vou chorar, cacete! Posso te dar um abraço?

— Não.

— Posso dizer que te amo sem você ficar sem graça?

— Acho que não.

— Então tá, eu te odeio.

Ele sorriu.

— Eu também te odeio.

Cocei a barba.

— Mas a gente precisa conversar sobre as suas piadas qualquer hora dessas. Essa daí foi bem esquisita.

— Vou deixar as gracinhas por sua conta, já que você é uma piada em pessoa.

Eu ri e piei.

— Viu? Essa foi engraçada.

— Eu não estava brincando. Acho mesmo que você é uma piada.

Sorri e dei um tapinha nas costas dele.

— Eu também te amo.

Ele se empertigou, tentando abafar as emoções.

— Chega de falar de mim. Vamos casar você, coroa.

Apontei um dedo para ele, sério.

— Não me chama de coroa! O coroa aqui é o Jax, não eu!

— Aham. Que seja, coroa.

O terraço do Bar do Oscar estava cheio de cadeiras para os convidados. Havia girassóis por todo canto — as flores favoritas dela. Havia sacos de Cheetos pra todo mundo levar como lembrancinha — o meu biscoito favorito.

Esperei diante do altar com meus melhores amigos ao meu lado. O sol havia começado a se pôr atrás de mim, e essa era a deixa dela.

Esse era o sinal para ela entrar com seu lindo vestido vermelho que tinha feito com que eu me apaixonasse anos antes. Com a postura reta e levando um buquê de girassóis, ela seguiu pelo caminho ladeado com moedas de vinte e cinco centavos até o altar. Sua pele brilhava sob a luz, destacando cada lindo detalhe do seu ser.

Aaliyah chegou ao altar, entregou o buquê para a minha mãe e se virou para me encarar.

Segurei suas mãos, porque parecia impossível não a tocar.

— Oi — sussurrou ela.

— Oi — falei.

— Pronto?

— Pronto.

Ela sorriu para mim, e eu sorri para ela, sentindo o calor do seu amor irradiando de todo o seu ser.

Meu início, meio e fim.

Naquela noite, ela passou a ter meu sobrenome, e nós dançamos com as pessoas que amávamos a noite inteira. Nós comemoramos a vida, comemoramos o começo de algo mágico, algo que duraria para sempre.

Quando a noite terminou, eu e Aaliyah continuamos ali no terraço por horas, esperando juntos pelo amanhecer. Desta vez, quando o sol aqueceu nossa pele, eu não a soltei. Desta vez, eu tive a sabedoria de segurá-la com mais vontade ainda. Desta vez, eu ficaria o tempo que fosse possível. Eu não me importava se seriam horas, meses ou anos. Eu era totalmente dedicado a ela, à nossa história, a cada aventura que ainda viveríamos.

Cada centímetro do meu ser pertencia à minha Chapeuzinho Vermelho, e cada parte dela era minha.

Até que a morte nos separe.

Fim.

AGRADECIMENTOS

Foi uma alegria escrever *Luzes do Leste*, com tantos altos e baixos. Esta é uma história sobre encontrar a si mesmo, amar a si mesmo, e abrir o coração para permitir que mais amor entre — algo ao qual me dediquei neste último ano. Sei que eu não poderia ter feito isso sem o poderoso apoio daqueles que caminharam ao meu lado durante toda essa experiência.

À minha família, que me inspira todos os dias a me apaixonar ainda mais pelo meu trabalho — obrigada. Obrigada por estarem sempre ao meu lado, e espero que vocês saibam que sou sua maior fã, e estou sempre do lado de vocês também. Vocês me encantam todos os dias.

Aos meus pais: obrigada por me amarem nos dias em que eu não sabia fazer isso por mim. O amor de vocês acalmou as partes atormentadas da minha alma.

Às minhas irmãs: sem vocês duas, meu coração jamais seria inteiro. Obrigada por fazerem meu coração bater. Obrigada por me ensinarem a abraçar a minha força. Obrigada por serem as melhores irmãs com as quais uma garota poderia sonhar. O poder das três vai nos libertar. Para todo o sempre.

Aos meus irmãos: obrigada por demonstrarem amor da forma mais tranquila, porém profunda, do mundo. É por causa de vocês que acredito em homens bons.

À minha sobrinha e ao meu sobrinho: me sinto abençoada por vocês existirem no mesmo plano que eu. O mundo continua girando por causa do coração de vocês.

Para a coach Jen: obrigada por me incentivar a explorar, por me incentivar a mergulhar dentro de mim e por me incentivar a abraçar o meu poder. No último ano, você me encorajou a cada passo do caminho, me sinto abençoada por conhecer você e a sua força. Você é uma fonte de poder e beleza.

À minha amiga mais querida, Bryanna: obrigada por caminhar comigo durante um dos anos mais difíceis da minha vida, comemorando as vitórias e me oferecendo palavras de incentivo nas derrotas. Ser sua amiga e sua irmã é mais importante para mim do que você imagina. É uma bênção conhecer você.

À minha irmã de alma, Danielle: obrigada por sempre me fazer rir e por me lembrar que a verdadeira força vem de dentro. Obrigada pela sua voz, pelo seu poder, pela sua força. Você me inspira todos os dias.

À minha vizinha favorita, Samantha: obrigada por sempre ser uma boa vizinha. O mundo precisa de mais vizinhos maravilhosos como você, e fico muito feliz por você ser minha.

Obrigada à minha equipe editorial incrível, que está sempre a postos. Caitlin, Ellie, Jenny e Virginia: vocês são mulheres inspiradoras. Fico encantada com tanto talento, e é uma honra conhecer todas vocês.

Obrigada à primeira leitora deste livro, Kim Anderson Bias, por me ajudar quando eu mais precisava. A sua opinião e visão foram afiadíssimas quando as minhas embaçaram. Sou mais agradecida a você do que seria capaz de expressar.

Obrigada a Hang Le pela capa maravilhosa da edição original, que faz meu coração acelerar. O seu talento foge à razão. Você nasceu para criar coisas belas.

À fotógrafa Michelle Lancaster, obrigada pela linda imagem de capa da edição original. Fico fascinada com você.

Ao modelo da capa da edição original, Heath Hutchins, por dar vida a Connor. Obrigada.

Obrigada à equipe maravilhosa da Record! Começando pela tradutora brasileira, Carolina Simmer, por seu talento e sua dedicação ao trabalho. Obrigada por toda sua dedicação a esta obra. Agradeço também a Isabela Duarte Britto Lopes pelo copidesque. Obrigada à designer Leticia Quintilhano por ter feito a capa mais deslumbrante que já vi em muito tempo! E então chegamos a Mariana Ferreira. Não tenho palavras para elogiar o suficiente suas habilidades extraordinárias. É uma honra trabalhar com uma editora tão maravilhosa quanto você. Por último, o maior agradecimento do mundo para a fantástica Renata Pettengill — obrigada por enxergar meus sonhos quando eu não conseguia enxergá-los e por acreditar nas minhas histórias. Serei eternamente grata a você e a toda a equipe da Record.

Este livro também é dedicado às minhas agentes, Flavia e Meire. Seu incentivo, seu amor e sua insistência em não desistirem de mim me dão forças. Obrigada por segurarem a minha mão a cada etapa.

Para todos os leitores e blogueiros que continuam me apoiando: vocês me deixam maravilhada. Vocês me inspiram. Vocês me impressionam. A sua bondade, a sua compreensão e a sua capacidade de não desistir de mim me incentivam todos os dias. Escrevo com a minha alma e sangro no papel. Nem sempre tenho certeza das palavras que crio, e, mesmo assim, vocês estão aqui. Obrigada por me apoiarem. Obrigada por estarem presentes. Obrigada por ficarem ao meu lado. Estou muito feliz por vocês ficarem comigo.

Ainda há muito por vir.

Ainda há muitos sonhos para conquistar.

Até a próxima,

— BCherry

Este livro foi composto na tipografia ITC Galliard
Pro, em corpo 11/16, e impresso em
papel off-white no Sistema Cameron da
Divisão Gráfica da Distribuidora Record.